한국문화의 자장과 서사문학

한국문화의 자장과 서사문학

진은진 지음

보고사

머리말

  대학원생 시절, 서늘하게 잘 벼린 칼날 같은 논문을 읽으며 사인이
라도 받아 놓을까 생각했던 선생님들이 몇 분 있었다. 물론 단 한번도
실행에 옮기지는 못하였다. 그런데 그 중 한 분이 내 박사학위논문을
심사해 주시게 되었고, 심사 확인 사인이기는 하나 어찌되었든 학문적
으로 존경하던 선생님께 사인을 받을 수 있어서 몰래 기뻐했던 적이
있다.

  바로 그 선생님께 얼마 전 편지를 받았다. 올해로 새로 한 살을 맞으
셨다는 선생님은, 당신이 탈고해 놓은 논문을 보니 부끄럽기 짝이 없
다는 것이다. 그러면서 '이제라도 죽도록 공부를 해보고 싶다'신다.
나는 그 때, 책을 만들겠노라고 출판사에 원고를 보내고 자괴감에 빠
져있던 차였다. 이제라도 죽도록 공부를 해 보고 싶다는 고백 앞에서
말할 수 없이 부끄럽고, 나는 얼마나 더 노력해야 하는 건가 싶어 두렵
기도 하였다. 정말 죽을 때까지 해도 못다하는 게 공분가 하는 생각이
들면서 내가 그것을 감당할만한 자격이 있는가 걱정이 되었다. 그런
데, 가만히 생각하니 슬그머니 웃음이 났다. 학자로서 일가를 이룬
분도 당신 글을 부끄럽게 생각하시는구나 생각하니 스멀스멀 은근한
기운이 샘솟는 것 아닌가. 당장 감사의 편지를 보냈다.

  이 책은 나의 산만한 관심을 대변이라도 하듯, 설화에서부터 고전

소설을 다루되, 여성, 어린이 문학의 관점 등 다양한 분야와 관심에 걸친 논문들을 모았다. 거개의 논문들이 여성과 관련된, 혹은 여성주의적 시각의 논문들이다. 이 논문들을 쓰면서 나는 여성으로서의 내 정체성을 찾을 수 있었다. 「어린이를 위한 창작 판소리의 현황과 특징」은 서툴게나마 어린이와 고전 연구를 연결지어 보려는 노력의 소산이다. 국어국문학은 참 매력적인 학문이다. 어느 곳으로 한눈을 팔든 결국은 국어국문학이라는 큰 틀 아래로 묶이게 되어 있지 않은가 말이다.

공부는 참 즐겁다. 그러나 논문을 써 내는 일은 괴로운 일이고 그것을 책으로 묶어내는 일 또한 함부로 되지 않는 일이다. 고민하고 있던 차에 지도 교수님이 책의 제목을 정해주셨다. 한국문화라는 큰 틀 속에서 앞으로도 자유롭게 공부하라는 뜻이라 새긴다. 이 책이, 더 나은 도약의 발판이 되어야 하겠다.

어려운 출판 사정을 감내하면서 선뜻 출판을 허락해 주시고 예쁘게 책을 만들어 주신 보고사 김홍국 사장님과 황효은 선생님께 깊이 감사 드린다.

2008년 9월
저자 진은진

차 례

〈나무꾼과 선녀〉 설화의 순환체계 연구

1. 머리말

　〈금강산 선녀〉, 〈사슴을 구해 준 총각〉, 〈수탉의 유래〉, 〈은혜 갚은 쥐〉 등 다양한 이름으로 불리는 〈나무꾼과 선녀〉 설화는 1939년 임석재[1]가 신과 인간의 교혼의 한 양상으로 소개한 이래 연구가 시작되었다. 〈나무꾼과 선녀〉 설화에 대한 초기 연구는 크게 두 가지 방향으로 모아지는데 하나는 애초에 손진태가 언급했던바, '이류교혼(異類交婚)'의 한 양상으로서 접근[2]이고 또 하나는 이 설화가 전세계적인 분포를 보인다는 점에 착안하여 전파 경로를 파악하고자 하는 접근[3]이었다. 배원룡에 의해 〈나무꾼과 선녀〉 설화의 연구사가 정리

---

1) 임석재, 「조선의 이류교혼담」, 『조선민속』 제3호, 조선민속학회, 1939, 198-192쪽.
2) 이석래, 「이류 교혼 설화-설화와 문학의 방법」, 『문리대 학보』 제11권 제1호, 서울대학교 문리과대학, 1963. ; 소재영, 「이류교구고」, 『국어국문학』 42, 43호, 국어국문학회, 1968. ; 김기창, 「이류교혼설화의 연구」, 성균관대학교 석사학위논문, 1984.
3) 최상수, 「백조처녀 설화의 비교 연구」, 『민속학보』 제2집, 민속학회, 1957. ; 권영철, 「금강산 선녀 설화 연구」, 『효성여대 연구논문집』 제1집, 효성여자대학, 1969. ; 성기열, 「민담 〈선녀와 나무꾼〉의 한일 비교」, 『인문과학논문집』 8, 인하대학교 인문과학연구소, 1982. ; 최운식·김기창, 「나무꾼과 선녀와 백조처녀의 비교」, 『전

되고, 유형과 구조, 성격에 대한 종합적인 연구4)가 이루어진 이후 연구들은 <나무꾼과 선녀> 설화 작품 자체가 지니고 있는 주제와 의미에 대한 천착들로서 <나무꾼과 선녀> 설화 자체에 대한 이해가 목적이 되었다.5)

이 글은 앞선 연구들에 힘입어 <나무꾼과 선녀> 설화의 성격을 밝혀 보고자 하는 데서 출발한다. 단, 김태곤의 순환 체계 이론을 통해서 <나무꾼과 선녀> 설화에 접근하고자 한다. 뒷장에서 자세히 후술하겠지만 순환 체계 이론은 단순히 고소설이나 설화 등 서사의 구조만을 논하는 것이 아니라 존재론과 관련되어 있는 철학적인 문제이다. 즉, 인간 존재를 무한 자유의 영속적인 것으로 보는 데서 출발하는데 순환이 자유롭게 이루어지는 이유는 바로 이 미분화된 동일근원원리 때문이다. 그러한 미분적 동일근원원리에 의해 자유로운 순환이 반복되고, 그로 인해 존재가 영구히 지속되어 간다고 믿는 '원본사고'가 바로 순환 체계 이론의 바탕인 것이다. 그렇기 때문에 이 순환은 통과제의로서의 의미도 지니게 되는 것이다.

조셉 캠벨은 수 천 가지의 신화, 전설, 민담, 동화 등에 하나의 원질

신화(原質神話)가 존재함을 밝힌 바 있는데 이것이 바로 분리/시련/통합을 근간으로 하고 있는 통과제의의 서사화인 것이다. 이처럼 인간이 만든 모든 이야기는 기본적으로 '인간 존재'의 문제를 담고 있을 수밖에 없으며, 그것은 어떤 방식으로든 인간의 근원적 심성, 인간의 욕망을 표출하고 있다고 보아야 할 것이다. 북아메리카 인디언들 사이에서 전승되고 있는 이야기에는 북아케리카 인디언들의 심성, 욕망, 존재에 대한 철학들이 들어 있을 것이고, 중국 소수민족들 사이에서 전승되고 있는 이야기에는 중국 소수민족들만의 그것이 중심이 될 것이다. 이처럼 각 민족이나 나라별로 독특한 문화적 전통을 간직한 채 전승되는 이야기도 있지만 신데렐라나 야래자(夜來者) 설화와 같이 세계적인 분포를 보이는 이야기들도 있다. 문화나 지역별 특성에 따라 약간의 변이를 보이기는 하나 분포냐, 다원발생이냐라고 하는 설화의 발생론을 넘어 그 기저에 있는 공통된 심성은 전세계적으로 비슷한 이야기를 분포하도록 만들었던 것이다.

〈나무꾼과 선녀〉 설화는 전국적인 분포를 지니고 있는 광포설화로서 우리나라뿐만 아니라 세계적인 분포를 보인다. 이처럼 광범위한 분포를 지니고 있다는 것은 지역적, 문화적 차이를 넘어서 인간이라면 누구나 공감하는, 기본적인 인간의 심성을 드러내고 있기 때문일 것이다. 〈나무꾼과 선녀〉 설화가 다양한 유형으로 존재하면서 행복한 결말과 비극적 결말을 동시에 지니고 있다는 점도 〈나무꾼과 선녀〉가 광포 설화로 존재하게 만드는 중요한 요소 중 하나이다. 즉 이 이야기는 전승자들의 다양한 요구와 원망들을 담아낼 수 있게 열린 구조로 존재한다는 것이다. 〈나무꾼과 선녀〉 설화가 현재에도 전승자들 사이에서 문자로, 구비 전승으로 활발하게 전승되고 또 소설이나 연극,

애니메이션 등의 다양한 매체로 재창작되고 있다는 점 또한 단순히 이야기 자체가 가진 재미나 흥미 때문만은 아닐 것이다. 요컨대 하나의 이야기가 광범위한 지역에 걸쳐 전승자들의 다양한 바람들을 다양한 방식으로 담아내고 있다는 것은 이 이야기가 인간이라는 존재의 보편적 심성을 건드리고 있기 때문으로 보인다.

따라서 이 글은 문학을 통해 인간의 존재론적 사고가 어떻게 드러나고 있는지를 밝혀 놓은 순환체계 이론을 가지고 <선녀와 나무꾼> 설화를 분석해 봄으로써 <선녀와 나무꾼> 설화가 오랫동안 전 세계적으로 사랑받을 수 있고, 현재에도 재창작되고 있는 이유가 무엇인지, <선녀와 나무꾼> 설화가 얼마나 보편적인 인간의 심성을 담아내고 있는지를 확인해 보고자 한다.

2. 순환체계의 개념과 의미

순환체계6)는 본래 설화 연구과정에서 도출된 이론이 아니라 고소설 연구 과정에서 도출된 이론이다. 김태곤은 상반된 양극적 상황이 교체되어 서로 바뀌면서 그것이 일회적으로 끝나지 않고 그 서로 뒤바뀌는 것이 계속되는 현상을 '순환'으로 보고 고소설의 '사건'7)이 대부

---

6) 김태곤, 「고소설의 순환체계 연구」, 『경희어문학』 5집, 경희대학교 문리과대학 국어국문학과, 1982.

7) "이 논문은 고소설의 사건 순환을 연구 대상으로 삼으려고 한다." 김태곤, 위의 논문, 17쪽.
　지금은 '서사'라는 용어를 더 흔히 쓰고 '씨퀀스'라는 용어도 쓸 수 있겠는데, 인용된 '사건'이라는 용어는 소설의 3대 구성 요소인 '인물', '사건', '배경'을 염두에 둔 용어 선택이라고 여겨진다.

분 양극적 순환의 체계로 짜여져 있다고 보았다. 물론 논의의 출발점은 '인간의 상상문제를 중심으로 하여 문학의 의의를 찾'[8]고자 하는 것이다. 문학에 대한 김태곤의 기본적인 태도는 신문 기사처럼 현실을 그대로 보도하는 것이 아니라는 것이다. 즉, 문학은 상상력을 기반으로 한 형상화를 기본으로 하며, 사실을 기록한 신문기사와는 구별된다고 본다. 그렇다면 사실이 아닌 허구임에도 불구하고 상상 속에서 꾸며진 이야기를 누가 무엇 때문에 왜 그런 상상을 하는지, 그렇게 상상 속에서 꾸며진 이야기를 누가 무엇 때문에 왜 읽느냐 하는 질문으로부터 그의 논의는 출발한다.[9] 문학이 궁극적으로 인간 존재에게 어떤 의미인지, 그러한 문학을 창작하고 향유하는 인간의 심성은 어디에서 기인하는 것인지를 밝혀내고자 하는 작업이었던 것이다. 순환체계 이론이 고소설뿐만 아니라 동서고금, 기록문학과 구비문학의 구분을 넘어서 모든 서사문학 전반에 적용될 수 있는 이유가 바로 고소설의 특징으로부터 문학을 향유하는 존재들의 심성과 존재론을 도출해 내고 있기 때문이다.

김태곤은 고소설 순환을 사건 내용의 순환에 따라 다음의 4가지 유형으로 묶었다.[10]

① 이승과 저승의 순환형
② 변신 순환형
③ 꿈의 순환형
④ 현실의 순환형

---

8) 김태곤, 위의 논문, 18쪽.
9) 김태곤, 위의 논문, 18쪽 참조.
10) 이후 김태곤, 위의 논문 참조.

한편의 소설 안에는 소설 전편을 총괄하는 순환 유형이 있는가 하면, 여러 유형이 복합되어 나타나기도 하는데 전자를 상위 순환, 후자를 하위 순환으로 보고 유형 분류 기준으로는 소설 전편을 총괄하는 상위 순환을 택하였다.

이승과 저승의 순환형은 소설 속에서 사건의 주체인 주인공이 이승과 저승을 왕래하면서 사건이 이승과 저승으로 바뀌어 순환되는 것을 의미하는데 이승과 저승의 순환은 물론 지상계와 천상계의 순환, 지상계와 수중계의 순환까지 포괄한다. 천상계나 수중계 등은 모두 현세 이승이 아닌 타계의 저 세상이란 의미로서 여기서 사용되는 저승이라는 용어는 '사후 세계' 타계의 개념이다.

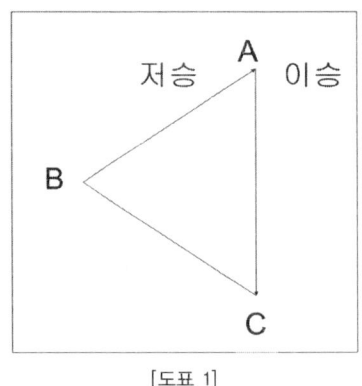

[도표 1]

원래의 이승은 한결같이 고난과 결핍으로 불모의 불행한 곳으로 설정되어 있다. 그러나 저승으로 가서 순환되어 나오면서 주인공은 고난과 결핍을 회복하고 행복한 상태로 변화한다. 따라서 A와 C는 같은 이승이지만 A는 변신 이전의 결핍 상태이고, C는 변신 이후 결핍이 충족된 상태로서, 질적으로 달라져 있다. 저승과 이승의 순환은 [도표 1]과 같이 도식화 될 수 있는데 이와 같은 ABC 단락의 순환은 저승에서 이승으로 왔다가 다시 저승으로 돌아가는 BAB 형식, 이승에서 저승으로 갔다가 이승으로 돌아와 다시 저승으로 가는 ABCB 형식, 저승에서 이승으로 와서 다시 저승으로 갔다가 이승으로 돌아오는 BABC 형식 등 A(이승) B(저승)의 순환을 기초로 해서 이루어진 순환의 변형들이 나타난다. 요컨대 이승과 저승의 순환형은 사건이 이승과 저승으로 바뀌면서 순환하고 이승에서의 고난과 불행은 저승에서 극복되어 다시 이승에서 행복하게 성취된다는 것이다. 그리고 여기서 중요한 것은, 이승인 현실계에서 순환되어 가는 저승은 천상이나 수중, 지상, 지하 등 그 위치가 구체적으로 밝혀지고, 주인공이 아무런 불편 없이 자유롭게 저승과 이승을 직접 오고 가고 있다는 점이다. 사건의 순환 양상이 아무런 불편 없이 전개되고 있다는 것은 작품의 주인공들뿐만 아니라 작가와 독자들의 우주에 대한 인식과 맞물려 있다. 이러한 순환은 우주를 현대인이 보는 현실적인 공간과 시간 안의 것으로 한정시키지 않고 현실 밖의 것까지 연장시켜 우주를 입체적으로 파악하고 있는 것이다. 따라서 이승과 저승 순환형에서는 ①이승과 저승이 순환되면서, ②이승의 고난과 불행이 저승에서 극복되어, ③이승에서 충족되는 행복의 근원이 저승인 비현실 쪽이 된다.

변신순환형은 소설 속에서 사건의 주체인 주인공이 사람에서 동물이나 기타 자연물로 바뀌거나 여기서 다시 사람으로 바뀌면서 사건이 순환되는 것을 의미한다. 김태곤은 고소설만을 한정시켜 논하고 있기 때문에 사람, 동물, 기타 자연물 등으로 한정시키고 있으나 설화에서는 여기에 신이 포함될 수 있어 신과 인간, 신과 동물의 변신까지 매우 다양한 양상을 띠게 된다.

이 도표 또한 앞서의 이승과 저승의 순환과 마찬가지로 A의 본체에서 B의 변신으로 갔다가 다시 C

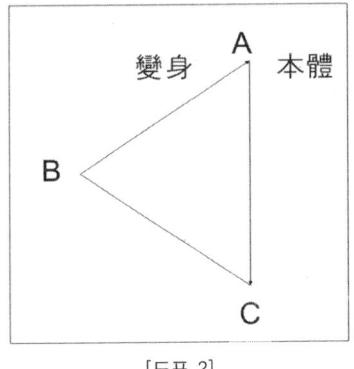

[도표 2]

의 본체로 환원되는 ABC단락의 변신순환체계이다. 이 변신순환형에서는 현실 안의 고난이나 불행이 현실 밖의 비현실 쪽의 변신을 통해 극복된다. 그렇게 성취된 행복의 근원은 비현실 쪽이 된다. 따라서 현실은 적강지로 나타나게 되는데 그만큼 전승자들이 느끼는 현실은 인간에 의한 분쟁, 질투와 모략으로 가득 찬, 고난과 불행이 연속되는 곳이다.

변신 순환형 또한 이승과 저승 순환과 마찬가지로 우주적 순환을 내포하고 있다. 주인공의 변신이 자유롭다는 점, 현실에서의 고난과 불행이 변신에 의해 극복된다는 점, 또 변신에 의해 현실의 행복이 성취된다는 것 등은 현실의 시간과 공간을 초월한 상황이며, 현실 밖으로의 비현실적인 변신이다. 그래서 변신 순환형의 사건 순환 양상은 ①주인공인 인간과 동물이나 자연물이 서로 자유롭게 변신하면서, ② 현실의 고난과 불행이 변신에 의해 극복되어, ③현실에서 충족되는 행복의 근원이 변신이 이루어지는 비현실 쪽이 된다.

꿈의 순환형은 소설 속에서 사건의 주인공이 꿈을 통해 현실계에서 타계나 현실계 밖의 상황을 체험하여 현실계와 외계, 이 양자가 서로 바뀌면서 사건이 순환되는 것을 의미한다.

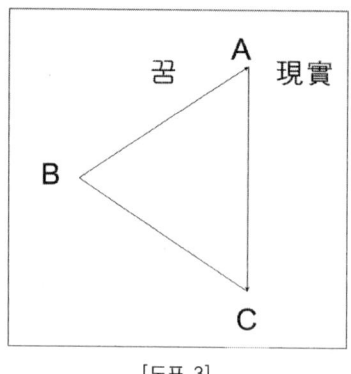

[도표 3]

꿈의 순환형은 이승의 고난이나 불행이 주인공의 꿈 속에서 극복되는데, 그 극복되는 상황은 이승이 아닌 저승이다. 이승과 저승이 순환한다는 것은 앞의 이승과 저승의 순환형과 같으나 그것이 이승에서 직접 자유롭게 저승으로 순환되는 것이 아니고 꿈을 통해서 저승으로 순환된다는 차이가 있다. 그래서 이 꿈의 순환형은 사건 순환 양상이 ①꿈을 통해 이승과 저승이 바뀌어 순환되면서, ②현실의 고난과 불행이 꿈을 통해 꿈 속에서 꿈으로 극복되어, ③꿈 속에서 이루어진 사건이 현실로 이어진다.

현실의 순환형은 소설 속에서 현실을 무대로 주인공에 의한 사건이 불행에서 행복으로, 악에서 선 등으로 바뀌어 사건이 순환되는 것을 의미한다.

김태곤은 [도표 4]를 설명하면서 여기서 A의 행복이 B의 불행으로 인해 폐기되고, B의 불행은 다시 C의 행복으로 역전되어 A·B·C가 순환되었으며 고소설 작품에서 두루 발견된다고 하였다. 그런데 여기서 조금 더 보충 설명을 해 둘 필요가 있다. 앞서 꼭지점 A와 C를 잇

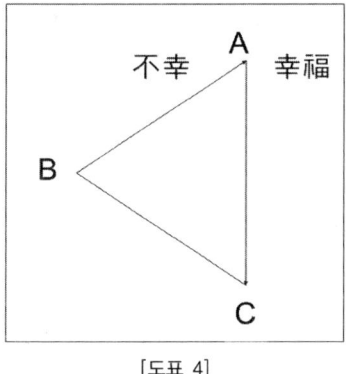

[도표 4]

는 축은 각각 이승, 본체, 현실에 해당한다. 그리고 여기는 언제나 처음 (A)에는 결핍된 상황이었고, B의 영역, 즉 저승, 변신, 꿈을 통해서만 이 결핍된 상황이 충족됨으로써 행복한 상태(C)로 바뀌게 되는 것이다. 따라서 이 현실 순환형에서 행복한 상태인 A는 불행을 내포하고 있는, 불완전한 행복이라고 보아야 한다. 불완전한 상태이기 때문에 B의 불행이 다가올 수밖에 없고, 그 불행을 거쳐 회복된 C의 행복은 완전히 행복한 상태라고 보아야 옳은 것이다.

이처럼 현실의 순환형은 행복이 고난과 불행으로 바뀌었다 다시

행복으로 반전되는데, 그와 같은 순환이 앞에서 본 세 가지 순환형과
는 달리 현실 안에서 이루어지는 순환이다. 그래서 이런 현실의 순환
형은 사건의 순환 양상이 ①현실 안에서 불행과 행복이 순환되어, ②
처음의 행복이 고난과 불행으로 바뀌고, ③이와 같은 고난과 불행이
다시 행복으로 반전된다.

　네 가지의 순환형에서 사건의 순환 양상에 차이가 있는 것은 달라
지는 ①항의 차이다. 네 가지의 순환형 중에서 이승과 저승의 순환형,
변신 순환형, 꿈의 순환형은 현실의 고난과 불행을 ②항의 비현실 쪽
상황(저승, 변신, 꿈)에 의해 극복함으로써 현실과 비현실의 자유로운
왕래가 가능하다. 그러나 현실의 순환형은 고난과 극복이 모두 현실
안에서 일어난다는 점에서 다른 세 가지 순환형과 차이를 보인다.

　고소설은 A·B·C 단락을 꼭지점으로 연결하는 삼각형의 순환체
계로 사건이 짜여져 있는데, 순환의 차원에서 볼 때 이 삼각의 순환은
원운동이 된다.11) 현실 안에서 순환되는 작품일수록 순환의 빈도가
낮은 것이 될 가능성이 있다. 그래서 현실계에 기반을 두는 작품일수
록 비현실 쪽의 상황-저승, 변신, 꿈 등의 순환이 희박해지는 것이라
생각된다. 이처럼 중층적 순환의 가장 기본 틀은 순환의 체계이고,
그 순환의 체계가 각 유형 상호간의 합동체계이기도 하다. 따라서 그
것은 합동인 하나의 순환, '본(pattern)'에 의한 것이라는 귀결됨에 이
르게 된다. 이와 같은 순환의 본이 그 구심에 있는 상상력에 의해 형상

---

11) 여기서 유의할 점은 처음 시작점으로 돌아가는 단순한 원운동이 아니라는 점이다.
　　동일한 현실의 상태로 회복되기는 하나 처음의 결핍과 불행이 극복된 다른 차원의
　　현실로 돌아가게 되는 것으로서 사건 순환은 1회로 끝나지 않고 연속적으로 순환
　　하게 된다. 결국, 나사 모양의 순환운동을 하게 되는 것이다.

화되는 2차적 과정에서 형상화의 형상소재로 각기 저승이나 변신, 꿈, 현실 등이 수용되어 외적 순환 양상의 차이를 보이게 되는 것이다.

이러한 순환은 두 가지 의미를 지니게 되는데 그 첫 번째는 재생적 순환이다.

A의 현실계는 고난과 결핍의 불행한 상황으로 설정되고, A의 불행이 B의 비현실계 상황에서 극복된다. 그리고 B는 C로 이어져 다시 현실계로 돌아오는데, 여기서 A와 C는 현실이란 동일 축에 있지만 C는 B로 순환되기 이전의 A와 달라 가난하고 천하거나 또는 악하던 A에서 부하고 귀하거나 선한 전혀 차원이 다른 C로 세상에 나오게 된다. 현실 순환형 또한 현실 내에서 불행과 행복이 순환한다는 점에서는 나머지 세 유형들과 차이를 보이지만, A가 완벽하게 행복한 현실이 아니라 불행을 내포하고 있는 현실, 변화를 갈망하는 현실이라는 점에서는 다를 바가 없다. 또한 현실에서의 고난 극복 또한 현실 세계에서 이루어지고 있기는 하지만 상상 속의 원망(願望)이라는 점에서도 비현실계에서의 극복과 의미는 크게 달라지지 않는다.

이렇게 A가 전혀 다른 차원의 C로 세상에 다시 나오는 것을 현실계 쪽에서 재생이다. 김태곤은 이것을, A의 고난이 C로 승화되는 과정에서 B를 거쳐야 하기 때문에 A→B→C의 순환을 통과제의적 의미로도 볼 수도 있다고 하였다. 이렇게 되면, 순환체계는 모든 문학 작품에 적용할 수 있는 보편적이고 일반적인 원리로 자리 잡을 수 있게 되는 것이다.

그러한 순환을 통한 재생이 현실계에서 가능하다고 상상할 수 있는 이유는 바로 미분적 상상력에 기인한 순환의 미분성 때문이다.

불행한 현실을 행복한 새 현실로 바꾸려는 재생적 순환은 현실을 거부한다. 즉 인간은 불행한 현실 속에 있으면서도 행복한 현실을 원하는 것인데, 이는 인간 자신이 행복한 현실로부터 분화되어 있지 않고, 그런 행복한 현실과 미분화된 상황 속에 있으려는 미분적 상상에서 기인하는 것이다. 김태곤은 이와 같은 미분적 상상의 미분된 심성을 미분성이라는 말로 묶어서 사용하고 있다.

3. 〈나무꾼과 선녀〉 설화의 서사와 순환체계

1) 〈나무꾼과 선녀〉 설화의 서사와 유형

(1) 나무꾼과 선녀 설화의 서사

〈나무꾼과 선녀〉 설화는 유형은 배원룡[12]에 의해 꼼꼼하게 정리된 이후 서은아[13]가 서울지역에서 채록한 이야기가 10여 편 더 있다. 그러나 이들 각편들도 모두 배원룡의 유형 분류에서 크게 벗어나지 않으므로 배원룡의 유형 분류를 중심으로 논의를 전개하기로 한다.

배원룡은 각편을 포괄하는 서사 단락을 다음과 같이 제시하면서 여섯 개의 유형으로 분류하였다.

1. 선녀 승천형(기본형)
   가. 나무꾼의 지상 생활(상황설정)
       A. 어느 가난한 나무꾼 총각이 홀어머니와 함께 살아간다.
       B. 나무꾼이 포수를 속여 사슴의 목숨을 구해 준다.

---

12) 배원룡, 앞의 책.
13) 서은아, 앞의 논문.

C. 사슴은 구명의 보답으로 선녀와 혼인하는 방법을 알려 준다.

나. 선녀의 하강

D. 나무꾼이 막내 선녀의 날개옷을 숨긴다.

E. 언니들은 승천하고 막내는 지상에 남는다.

F. 나무꾼은 선녀를 아내로 맞이하여 행복하게 산다.

다. 선녀의 승천

G. 사슴은 아이 셋을 낳을 때까지 날개옷을 돌려주지 말라고 한다.

H. 나무꾼은 아이 둘을 낳았을 때 날개옷을 돌려준다.

I. 선녀는 아이들을 세리고 승천하고, 나무꾼은 좌절에 빠진다.

2. 나무꾼 승천형

라. 나무꾼의 승천

J. 나무꾼은 사슴의 보은(2차)에 힘입어 두레박을 타고 승천하여 처자를 만난다.

3. 나무꾼 천상시련 극복형

마. 나무꾼의 천상 생활

K. 나무꾼은 천상에서 장인, 장모로부터 여러 가지 시험을 당한다.

L. 선녀와 쥐의 도움으로 과제를 성취하고 가족들과 행복하게 산다.

4. 나무꾼 지상 회귀형

바. 나무꾼의 지상 회귀

M. 나무꾼은 지상의 가족이 그리워 병이 날 지경이다.

N. 나무꾼은 천마를 타고 하강하여 어머니를 만난다.

O. 선녀는 나무꾼에게 '말에서 내리지 말라'고 한다.

P. 나무꾼이 실수하여 말에서 떨어진다.

Q. 천마는 천상으로 승천하고, 나무꾼은 죽거나 수탉으로 변신한다.

5. 나무꾼 시신 승천형

사. 나무꾼 시신의 승천

R. 선녀는 아들을 시켜 남편의 시신을 천상으로 옮겨 장사지낸다.

6. 나무꾼과 선녀 동반하강형

아. 나무꾼과 선녀의 동반 하강

M′. 옥황상제가 지사에 내려가 살라고 한다.

N′. 나무꾼은 선녀와 함께 동반하강하여 행복하게 산다.

(2) 유형별 검토

우선, 서사의 주체가 누구인지를 살펴 볼 필요가 있겠다. 세계적인 분포를 보이고 있는 <백조처녀>나 우리나라의 <금강산 선녀 전설>이라는 이름에서도 그렇고, 중국의 『수신기(搜神記)』에도 이 설화의 제목은 <모의녀(毛衣女)>라고 되어 있다. 조현설은 바이칼 호수 주변에 사는 부랴트 족의 시조 신화를 소개하면서 나무꾼과 선녀 설화가 본래 신화였으며 <선녀와 나무꾼> 이야기가 오랫동안 한국인들의 입과 귀를 드나들었음에도 불구하고 지상에서 행복한 가정을 꾸미는 결말이 없는 것은 이 이야기의 원천이 선녀를 주인공으로 하는 신화였기 때문이라고 하였다. 잃어버린 신화에 대한 기억은 마치 '유전자'와 같이 한국인들의 심성에 남아 있어 행복한 결말을 원하는 한국인의 심성이 발동하지 못하도록 훼방을 놓았다고 보았다.14) 이 견해에 모두 동의할 수는 없으나 〈나무꾼과 선녀〉 설화의 주인공이 누구인지가 이 설화를 이해하는 데 중요한 지점이라는 통찰은 주목할만하다. 설화가 누구의 욕망이 전면에 드러나고 있는지, 상대적으로 누구의 욕망이 은폐되어 있는지를 밝히는 것은 이 설화의 성격을 드러내기 위한 가장 중요한 열쇠가 될 것이기 때문이다.

구비전승되는 설화는 다양한 유형을 지니고 전승된다. 그러나 그 다양한 변이형은 전승 과정에서 축소나 부연에 의한 것이 대부분이고, 〈나무꾼과 선녀〉 설화의 경우처럼 결말 자체가 다양하게 드러나는 경우는 흔하지 않다. 전세계적으로 분포된 유형은 선녀 승천형이고, 〈나무꾼과 선녀〉 설화의 기본형 또한 선녀 승천형이라고 볼 수 있다. 그러나 〈나무꾼과 선녀〉 설화의 유형 분포를 보면 선녀 승천형 외에도 다양한 유형이 공존하고 있으며 단순히 '이형태'의 수준을 넘어 나무꾼과 선녀 설화의 중요한 한 유형으로 자리잡고 있다.

그 단적인 예로 서은아가 서울지역에서 채록한 〈나무꾼과 선녀〉 설화를 들 수 있다. 서은아가 서울지역에서 채록한 자료는 모두 10편인데, 그 중 단 하나의 각편만 기본형인 선녀승천형을 보이고 있다. 나머지 9편 중 나무꾼 승천형은 6개나 나타나고 나무꾼 천상극복형도 한 편이 나타난다. 그 외 나무꾼이 승천한 후 견우와 직녀 이야기가 혼재되어 있는 변이형 2개가 있는데 이들도 결국 선녀와 나무꾼이 천상에서 상봉한다는 유형에서 크게 벗어나지 않는다. 결국, 10개의 새로 채록된 각편 중 아홉 개가 나무꾼과 선녀가 하늘에서 만나 행복

---

14) 조현설, 『우리 신화의 수수께끼』, 한겨레출판, 1996, 40-47쪽.

하게 산다는 내용이다. 제한된 자료이기는 하나 우연한 결과라고 보기도 어렵다. 요컨대, 나무꾼이 지상으로 회귀함으로써 불행하게 끝나는 유형뿐만 아니라 나무꾼이 선녀와 행복하게 사는 유형 또한 그에 못지않은 전승력을 지니고 있는 것이다.

선녀 승천형은 <나무꾼과 선녀> 설화의 기본형이다. <나무꾼과 선녀> 설화의 변이형이라고 하더라도 이 선녀 승천형이 없으면 이야기 자체가 성립되지 않을 뿐더러 중국의 <모의녀(毛衣女)>나 부랴트족을 비롯한 세계 여러 나라에 흩어져 있는 <백조처녀> 이야기와도 동일한 유형이다. 선녀 승천형은 선녀의 서사다. 선녀는 타의에 의해 땅의 남자와 결혼을 하게 된다. 강제로 결혼할 수밖에 없는 여자들은 언제나 자신의 본향을 꿈꾸고 탈출을 꿈꾼다. 괴물이나 도적에게 잡혀간 여성의 이야기들이 그러한 범주에 속할 수 있을 것인데, 신화의 예로는 바리데기를 들 수 있다. 바리데기는 아버지를 위해 약수를 찾으러 나서지만 무장승의 요구에 따라 하는 수 없이 무장승과 결혼하여 아이를 낳아 준다. 그러나 바리데기는 자신의 본향, 자신의 본래 임무를 한시도 잊지 않고 있다가, 때가 되자 약수를 얻어 가지고 아버지가 계신 곳으로 떠난다. 여기서 굳이 바리데기를 언급하는 이유는, 바리데기는 여성신화로서 여성의 입장에서 작품을 읽는 것이 가능하기 때문이다. 흔히 전승자들은 나무꾼과 자신을 동일시해서 <나무꾼과 선녀>를 향유하고, 그 결과 나무꾼의 불행을 두고 볼 수 없어 선녀를 매정한 아내로 비판하면서 나무꾼의 행복한 결말을 바란다. 그렇지만 <나무꾼과 선녀>의 이야기를 선녀의 이야기로, 전승자가 선녀와 자신을 동일시했을 때에는 선녀의 행동은 윤리 도덕을 떠나 당연한 것이 되고 나무꾼의 불행 또한 어쩔 수 없는 것이 되는 것이다. 사랑에 의한,

자발적인 결혼이라고 하더라도 문제가 생기면 여자들은 미련 없이 남자를 버리고 하늘로 올라가 버리기도 한다. <목도령> 설화에서 계수나무와 사랑하여 목도령을 낳은 선녀가 바로 그러한 인물이다. 이 선녀는 하늘로 올라간 뒤 홍수를 내려 남편이 계수나무와 아들이 살고 있는 땅에 고난을 주기도 한다. 인간적인 애정이나 모정 등은 찾아볼 수 없는 냉정한 아내, 냉정한 어머니가 아닐 수 없다. 이러한 모습은 아내와 유복자를 버려두고 떠나는 신화 속의 아버지들과 겹쳐지는 모습으로서 신화적으로 보자면 윤리와 도덕과는 범주가 다른 이야기라고 할 수 있다. 즉, <나무꾼과 선녀> 설화는 누구의 시각에서 읽느냐에 따라 선녀와 나무꾼의 행복과 불행이 서로 상충하고 있다. 따라서 <나무꾼과 선녀> 설화는 나무꾼의 욕망과 선녀의 욕망이 서로 충돌하고 있는 이야기라고 보는 것이 옳을 것이다.

선녀 승천형은 기본형으로서 선녀의 욕망이 중심이 되고 있는 선녀 이 이야기다. 나무꾼이 사슴을 살려주고 그에 대한 보답으로 선녀 아내를 얻는 방법을 알게 된다는 점이 첨가되어 있기는 하지만, <나무꾼과 선녀> 설화가 보은담이 되려면 나무꾼은 그 보은에 대한 답으로 행복한 결말을 맞는 것이 자연스러우므로 나무꾼의 서사라고 하기에는 어려움이 있다. 따라서 보은담은 후대에 첨가된 것이고, 선녀가 날개옷을 잃었다가 다시 찾아 하늘로 올라간다는 이야기가 <나무꾼과 선녀> 설화의 기본형이라고 할 수 있다. 그러나 어떤 유형이 기본형이냐 하는 문제보다는 이 기본형이 어떻게 변화하였고, 또 무엇 때문에 그러한 변화 과정을 거쳤는지가 더욱 중요한 문제가 아닐 수 없다.

나무꾼 승천형은 나무꾼이 사슴의 도움을 다시 한 번 받아 다시 승천하는 내용이다. 각편에 따라서는 선녀나 옥황상제가 나무꾼을 불쌍히 여겨서 두레박을 내려준다는 내용도 있으나 이들 소단락의 변이형들에서 주목해야 할 것은 나무꾼을 불쌍히 여긴다는 점이다. 이는 전승자들이 나무꾼과 자신을 동일시하고 있는 것이며, 이로써 서사는 나무꾼 중심으로 옮아가게 된다.

나무꾼 천상시련 극복형에 오면 선녀와 쥐의 도움으로 과제를 성취하고 가족들과 행복하게 사는 것으로 나오는데 이 부분은 나무꾼의 욕망이 최대치로 드러나 있는 부분이라고 할 수 있다. 나무꾼이 지상에 있을 때 사슴뿐만 아니라 쥐도 도와 준 적이 있어 쥐의 도움을 얻어 천상의 시련을 극복했다는 설정은 다소 억지스럽기는 하나 합리성이 자체가 떨어지는 것은 아니다. 그러나 선녀가 나무꾼을 도와주었다는 부분은 합리적이지 못하다. 선녀는 나무꾼을 버리고 하늘로 도망갔기 때문이다. 다소 잔인하기는 하나 나무꾼이 두레박을 타고 올라오는 것을 알고는 두레박 줄을 끊어버렸다는 설정이 더욱 자연스러운 것이 아닐 수 없다.

이지영은 <나무꾼과 선녀> 설화와 <우렁색시> 설화를 결혼시련담으로 다룬 바 있는데15) 이는 선녀와 나무꾼의 결혼이 우렁색시와 총각의 결혼과 동궤에 있는 것이라고 판단한 때문이다. 그러나 선녀는 나무꾼의 트릭에 의해 강제로 결혼을 했고, 우렁색시는 우렁색시의 자발성에 의해 결혼이 이루어졌다는 점에서 큰 차이가 있다. 두 경우 모두 이류교혼담이나 <우렁색시> 설화에선 우렁이와 총각의 욕망이 상충되지 않는다. 우렁이도 총각과 결혼을 하고 싶어하고, 총각 또한

---

15) 이지영, 「한국결혼시련담 연구」, 서울대학교 석사학위논문, 1987.

늦도록 장를 못간 처지이므로 미혼이라는 결핍을 안고 있었다. 우렁이는 총각의 배우자 겸 조력자로서 총각의 결핍을 해소할 수 있도록 돕는다. 이러한 관계는 온달 설화나 서동 설화에서 나타나는 구도와 일치한다. 평강공주는 스스로 온달에게 시집가기를 자처했고, 선화공주 또한 서동의 계략에 의해 궁에서 쫓겨나지만 서동을 따라 나선다는 점에서는 스스로 배우자를 선택하였다는 점에서 동일하다. 그런데 이들 이야기들의 또 하나의 공통점은 이 이야기들은 여성의 이야기가 아니라 남성의 이야기라는 점이다. 온달과 서동 설화에서 여성 배우자들은 자기 서사를 지니고 있음에도 불구하고 남성 주인공의 조력자를 자처한다는 것이다. 그 결과, 이 설화들은 각각 온달과 서동의 남성들 이야기가 되고 만다. 〈우렁색시〉 설화 또한 마찬가지다. 후반부의 아내 찾기 시험은 〈우렁색시〉 설화를 우렁색시의 이야기가 아닌, 총각의 결혼시련담, 총각의 서사로 만들어 버리고 만다.

　그러나 〈나무꾼과 선녀〉의 경우는 조금 다르다. 나무꾼의 결혼 시련 모티프가 첨가되어 있기는 하나 이야기 전체를 결혼시련담으로 정의하기에는 무리가 있는 것이다. 왜냐하면 이 이야기 전반에는 선녀의 시각, 선녀의 욕망이 강하게 남아 있기 때문이다. 〈나무꾼과 선녀〉 설화가 결혼시련담이라면 시련을 이기고 완벽한 결합을 이루는 것이 자연스러운 결말이 될 것이다. 그러나 〈나무꾼과 선녀〉 설화는 나무꾼이 시련을 이기고 선녀와 아이들과 함께 천상생활을 한다는 각편보다는 나무꾼이 지상으로 돌아와 병들어 죽거나 수탉이 된다는 이야기가 더욱 보편적이기 때문이다. 설화 전편에는 선녀를 땅에 끌어내려, 혹은 자신이 이계인 천사에 가서 선녀와 아이들과 행복하게 살고 싶은 나무꾼의 욕망이 전면적으로 드러나 있는 한편 자신의 본향에 돌아가 자유롭게 살고 싶은 선녀의 욕망 또한 강하게 드러나 있다. 곧, 선녀와 나무꾼은 본향이 각각 다르고, 상충되는 욕망을 지니고 있기 때문에 선녀의 행복은 나무꾼에게는 불행이거나 더없이 불편한 상황이 되며, 반대로 나무꾼은 행복은 선녀에게는 불행이거나 더없이 불편한 상황이 되는 것이다. 따라서 그러한 선녀의 욕망과 나무꾼의 욕망은 지속적으로 충돌하고, 그 욕망의 결과 또한 다양한 모습을 띠고 나타날 수밖에 없는 것이다. 나무꾼 시신 승천형이나 나무꾼과 선녀 동반하강형은 그러한 갈등을 해소해 보고자 하는 노력에서 덧붙여진 결론이겠으나 그것은 나무꾼과 자신을 동일시하는 전승자들에 의한 변이형이라고 보아야 옳다. 나무꾼이 죽어 시신이 승천했다는 것은 현실에서는 결국 나무꾼이 불행했음을 반증하는 것이며, 나무꾼과 선녀가 동반하강했다는 이야기는 애초에 선녀가 나무꾼을 두고 하늘로 올라가 버렸다는 설정과 상치되는 것이므로 합리성이 떨어지는 서사다. 따라서 이 두 서사 모두 나무꾼을 위한, 나무꾼의 서사가 덧붙여진 것이라고 볼 수 있는 것이다.

선녀와 나무꾼의 욕망이 충돌하면서 나무꾼의 서사와 선녀의 서사가 갈등을 일으키고 있다는 증거는 두 사람의 이별이 외부적인 것에서 기인한 것이 아니라는 데서도 발견할 수 있다. <우렁색시> 설화의 경우, 두 사람의 결연이 장애를 겪게 된 이유는 두 사람의 문제가 아니다. 우렁색시와 총각이 헤어지게 되는 결정적인 이유는 우렁색시가 외부에 노출되었기 때문이다. 그 계기는 어머니가 누룽지가 먹고 싶어 우렁색시에게 밭에 밥을 이고 나가라고 시키거나 우렁색시를 그린 그림이 바람에 날려 날아가는 등의 이유이다. 그 결과 원님이 나타나 우렁색시를 빼앗으려 들고 그 때문에 우렁색시와 총각은 이별을 겪게 되는 것이다. 그러나 〈나무꾼과 선녀〉 설화에서는 선녀의 자발적인 행동에 때문에 두 사람은 이별을 겪게 된다. 나무꾼이 아이를 몇 명 낳을 때까지 주지 말라는 금기를 어겼기 때문이라고도 볼 수 있으나 남편에게 독주를 먹여 잠들게 한 후 옷을 찾아 입고 하늘로 올라갔다는 각편에 이르면 금기는 그리 중요하지 않아진다. 중요한 것은 나무꾼의 아내로 남아 있고 싶지 않은, 본향으로 돌아가고 싶은 선녀의 강한 욕망인 것이다. 따라서 〈나무꾼과 선녀〉 설화에서 두 사람이 비극적 결말을 맺게 되는 가장 근본적인 이유는 선녀의 강한 욕망이 나무꾼의 욕망과 상치하고 있기 때문이다.

2) 〈나무꾼과 선녀〉 설화의 순환 양상

(1) 변신 순환

〈나무꾼과 선녀〉 설화에 가장 두드러지게 나타나는 것은 선녀의 인간으로의 변신이다. 선녀는 인간으로 변신했다가 다시 선녀로 변신한다. 첫 번째 변신은 나무꾼의 욕망 때문에 강제적으로 이루어진 변신이고, 두 번째 변신은 자발적인 변신이다. 따라서 더 이상의 변신은 이루어지지 않고 이야기는 끝을 맺는다. 선녀의 서사로 이 이야기를 파악했을 때 인간으로 변신하기 이전의 선녀는 불완전한 존재이다. 인간세계에 대한 경험이 부족하기도 하고, 그만큼 위험에 노출될 가능성도 많은 존재인 것이다. 그러나 인간으로의 변신과 그 과정에서의 고난을 겪고 다시 선녀가 된 상태는 질적으로 차별되는 존재이다.

앞서, 같은 이류교혼담이면서 결혼시험담으로 함께 분류되기도 했던 〈우렁색시〉 설화와 비교해 보면 그 차이는 더욱 잘 드러난다. 우렁이는 '우렁이-색시-(우렁이)'의 변신 과정을 거친다. 우렁이가 총각과 행복하게 산다는 결말에서 우렁이의 변신은 한번으로 끝난다. 우렁이는 색시로 변해서 지상에서 총각하고 행복하게 산다. 그러나 다시 우렁이로 변신하는 경우는 우렁이에게는 행복이 아닌 불행이다. 우렁색시는 우렁이의 서사가 아니라 온전히 총각의 욕망이 투영된 총각의 서사이기 때문이다. 여기서 우렁이는 선녀처럼 본래의 모습으로 재생되지 않고, 본래의 모습을 회복하는 것은 불행이며 이 불행은 총각의 불행이기도 하다.

그러나 <나무꾼과 선녀> 설화에서는 선녀의 변신은 불행한 현실, 불완전한 현실을 극복하고 완전하고 행복한 현실로 회복시키는 과정이 된다. 단, 여기서 선녀는 천상계의 인물이므로 선녀에게는 천상계가 현실이 된다.

(2) 사건의 순환

앞서 <나무꾼과 선녀> 설화는 나무꾼과 선녀의 욕망이 각각 충돌하고 있어 두 인물의 서사가 교직되어 있음을 밝힌 바 있다. 따라서 사건의 순환은 나무꾼의 서사와 선녀의 서사로 나누어 살펴볼 필요가 있을 것이다.

나무꾼은 애초에는 늦도록 장가도 못가고 홀어머니를 모시고 불행하고 살고 있는 처지였다. 그러나 사슴을 도와줌으로써 선녀를 아내로 맞게 되어 행복하게 살 수 있게 된다. 그러나 선녀의 승천으로 다시 불행에 빠졌다가 두레박을 타고 다시 하늘로 올라가 선녀를 만나 행복하지만 그것도 잠깐, 다시 사위 자격시험을 치러야만 하는 어려움에 빠진다. 그러나 선녀 혹은 쥐의 도움으로 어려움을 극복하고 선녀의 남편으로 행복하게 살게 되는데 어머니가 보고 싶어 스스로 불행을 자초한다. 땅으로 내려와 영영 하늘로 돌아갈 수 없게 된 것은 불행이다. 따라서 나무꾼의 서사는 '불행-행-불행-행-불행-행-불행'이 여러 차례 반복되는 것을 볼 수 있다. 선녀는 애초에는 불행하지는 않았으나 나무꾼으로 인해 느닷없는 불행을 겪게 된다. 그러나 다시 지략을 발휘하여 하늘로 되돌아가게 됨으로써 행복을 찾는다. 즉 선녀의 서사는 '행-불행-행'이 반복되는 구조를 지니고 있다.

여기서 재미있는 것은 나무꾼의 욕망과 선녀의 욕망이 상치되고 있다는 것을 발견할 수 있다는 점이다. 두 인물의 서사를 행불행으로 표시해 비교해 보면 다음과 같다.

　　　나무꾼 : 불행-행-불행-행-불행-행-(불행)
　　　선녀　 : 행-불행-행

나무꾼이 불행한 상태는 선녀에게는 행복한 상태이며 나무꾼이 행복한 상태는 선녀에게는 벗어나고 싶은, 불행한 상태인 것이다.

더욱 흥미로운 것은 나무꾼은 유형에 따라 행복할 수도 불행할 수도 있지만 선녀는 어떤 경우라도 행복하다는 점이다. 선녀의 천상행 이후로 나무꾼에게는 많은 사건들이 나타나고, 그에 따라 나무꾼은 행-불행을 거듭하게 되지만 선녀는 천상행 이후로는 변화가 없다. 두레박을 타고 선녀를 찾아 온 나무꾼을 하늘에서 살 수 있도록 선녀가 발벗고 나서서 도와준다는 이율배반적인 결론에서도 선녀는 불행하지 않다. 자신이 남편을 도왔으므로 천상에서 남편과 함께 사는 것은

불행이 아니다. 남편이 지상으로 떠나간 뒤에도 선녀는 불행하지는
않다. 이미 남편과 떨어지더라도 하늘로 돌아가야겠다는 결심이 굳은
상태로 남편을 떠나 하늘로 갔기 때문에 어찌어찌 남편이 찾아 온
것이 반가웠을 수도 있기는 하다. 그러나 남편이 땅으로 내려가 다시
는 올라오지 못했다고 하더라도 처음 상태로 되돌아간 것이기 때문에
선녀가 불행하다고 볼 수는 없다. 두레박 줄을 끊어버리는 경우에는
더더욱 말할 것도 없이 선녀는 남편의 불행과는 상관없이 행복한 상황
을 유지하고 있으며, 선녀 혼자 하늘로 올라가 버렸다는 데서 이야기
가 끝나는 경우에도 마찬가지로 남편의 비통함과는 상관없이 선녀는
행복하다. 요컨대 <나무꾼과 선녀> 설화는 나무꾼과 선녀의 서사가
충돌하고 있기는 하지만 나무꾼의 서사는 나무꾼의 서사대로, 선녀의
서사는 선녀의 서사대로 남아 있어 서로 각기 독립적으로 순환하면서
행복과 불행을 반복하고 있다.

(3) 공간의 순환

　<나무꾼과 선녀> 설화는 천상계와 인간계를 자유롭게 왕래하면서
서사가 전개되어 공간이동이 자유롭다. 앞서 비슷한 설화로 언급되었
던 <우렁색시> 설화가 현실계를 중심으로 전개되는 것과는 현격한
차이를 보이는 것이다.
　애초에 선녀는 천상과 지상을 자유로이 왕래할 수 있는 존재이기도
했고, 나무꾼 역시 두레박이나 천마를 이용하여 천상과 지상을 왕래하
는 것이 가능하다. 공간의 이동이 자유롭다는 점은 등장인물에 국한되
지는 않는다. 서사 전개 또한 지상에서 전개되기도 하고, 하늘에서

전개되기도 한다.

나무꾼은 선행에 대한 보은이라고는 하나 도둑질을 한다. 나무꾼은 가난과 미혼이라는 결핍 상황에서 벗어나고픈 강한 욕망을 가지고 있으며 그 욕망을 실현시키기 위해 적극적으로 노력을 한다. 지상은 나무꾼의 공간이다. 따라서 지상에서 나무꾼은 천상계의 존재인 선녀를 억지로 지상에 동화시키려 한다. 그러나 그것은 쉽지 않다. 선녀는 선녀대로의 욕망을 버리지 않고 있기 때문이다. 욕망을 간직한 채 때가 되기를 기다리고 있던 선녀는 결국 남편만 남겨 두고 자신의 본향으로 돌아가 버리고 만다. 현실은 나무꾼의 욕망과 선녀의 욕망이 충돌하는 곳이다. 따라서 나무꾼은 현실에서는 행복을 쟁취할 수 없게 되는 것이다.

천상은 선녀의 공간이다. 따라서 나무꾼에게는 시험의 공간이 된다. 선녀의 도움이 있는 때, 즉 선녀와 나무꾼의 욕망이 충돌되지 않는 지점에서 나무꾼은 사위자격시험을 통과하고 선녀와 행복한 가정을 꾸릴 수 있게 된다. 그러나 결국, 천상은 나무꾼의 공간이 아니라는 한계 때문에 나무꾼은 자신의 공간으로 회복하게 되고, 불행을 맞게 된다. 여기서 김태곤의 순환체계와 어긋나는 지점이 발생한다. 만일, <나무꾼과 선녀>가 온전히 나무꾼의 서사라면 나무꾼은 천상에서 불행을 극복하고 지상에는 행복한 상태로 회복해야 옳다. 그러나 나무꾼은 자신의 공간으로 돌아왔을 때 행복하지 않았다. 이것은 <나무꾼과 선녀>의 설화가 많은 조력자들을 등장시키고, 심지어 선녀까지 나무꾼의 조력자로 바꾸어 놓았음에도 불구하고 온전히 나무꾼의 서사가 되지는 못했던 것을 반증하는 것이다. 분화된 세계인 현실계를 그 본향으로 하고 있는 나무꾼은 끊임없이 미분화된 상상을 통해서

천상계를 추구하지만 존재적 한계에 부딪혀 비극적인 결말을 맞게
되는 것이다. 반면, 선녀는 미분화된 시공, 즉 천상계의 존재이므로
공간과 존재를 자유롭게 순환하는 것이 가능하고, 그 결과 행복을 얻
을 수 있게 된다.

4. 〈나무꾼과 선녀〉 설화의 성격과 의미

앞서 살펴 본 바에 의하면 〈나무꾼과 선녀〉 설화는 변신순환, 사건
순환, 공간 순환의 세 가지 순환이 일어나고 있다. 이는 각각 김태곤의
변신순환, 현실의 순환, 이승과 저승의 순환에 해당한다. 순환형의 양
태에 다소 차이를 보이는 이유는 앞서도 언급한 바와 같이 김태곤의
순환체계는 고소설 분석을 통해 이루어진 것이므로 설화에서는 조금
다른 양상으로 나타날 수 있는 것이다.

우선 선녀의 변신은 이 설화가 선녀의 욕망을 드러내고 있다는 점
을 명확히 해준다. 또한 〈나무꾼과 선녀〉 설화는 나무꾼의 서사와
선녀의 서사가 충돌하면서 나무꾼의 행복은 선녀의 불행, 나무꾼의
불행은 선녀의 행복으로 서로 상치되어 나타난다는 점, 나무꾼의 서사
가 행-불행이 무수히 반복되면서 결말에 따라 행으로 끝나기도 하고
불행으로 끝나기도 하는 데 반해 선녀의 서사는 결말과는 관련 없이
전편에서 행복으로 끝난다는 점 또한 이 서사가 선녀와 나무꾼의 욕망
이 교직되어 있음을 알 수 있게 해준다. 천상과 현실의 순환 또한 선녀
와 나무꾼의 욕망을 읽을 수 있다. 선녀의 본향은 천상이고 따라서
선녀는 미분화된 세계에 속한, 미분화된 상상이 가능한, 또한 미분적

인물이다. 그러나 나무꾼은 분화된 세계에 속해 있으면서 미분화된
세계를 욕망하고 꿈꾸는 인물이다. 따라서 나무꾼은 현실에서는 행복
을 얻기가 쉽지 않고 미분화된 세계를 안타깝게 욕망하는 것으로 이야
기가 마무리 되는 것이다.

　김태곤은 비극에 대한 언급은 없었으나 현실계 인물이 동일근원
원리에 의해 자신을 미분화된 세계 존재라고 상정하고 끊임없이 미분
화된 상상을 통해 미분화의 상황을 꿈꾸고 욕망하는 것은 서사에서
이승과 저승, 변신, 꿈, 현실의 순환이라는 서사로 드러나게 된다. 인간
은 이미 분화된 세계에 속한 존재이므로 그것은 경우에 따라 실패할
수는 있으나 심성만은 여전히 하늘을 향해 있는 것이다. 나무꾼이 천
상을 그리다가 죽는 것으로 끝나는 것이 아니라 수탉으로 변하였다는
사실 또한 나무꾼의 강한 욕망을 형상화 해낸 것이라고 보아야 한다.
요컨대 수탉은 나무꾼의 욕망이 구체화 된 것이다.

　설화는 구비전승 과정에서 전승자들의 다양한 욕망들이 교직되는
것이 가능해진다. 이 때문에 〈나무꾼과 선녀〉 설화 같은 경우는 나무
꾼의 욕망과 선녀의 욕망이 각기 충돌하면서 서사를 이루는 것이 가능
해진다. 이 경우, 나무꾼의 입장에서만 작품을 파악하려고 한다면 작
품을 온전히 파악하기 어렵게 된다.

　나무꾼과 선녀는 나무꾼의 이야기이면서 선녀의 이야기이다. 남성
은 여성을 변신시키려 하지만 쉽지 않다. 욕망의 대상인 여성은 자신
의 욕망을 절대 버리지 않는다. 서사의 다른 한편에서 여성은 서사
주체로 기능하고 있기 때문이다. 따라서 현실에 발 디딘 총각은 불행
해질 수밖에 없으며 수탉이 되어 하늘(여성)을 욕망할 수밖에 없는
슬픈 이야기가 되고 만다. 이 이야기는 이미 선녀의 신화가 아닌 나무

꾼의 이야기로 바뀌어 있으며 나무꾼과 <나무꾼과 선녀> 설화를 향유하는 전승자들은 이미 현실과 비현실이 분화된 질서 잡힌 세계에 속해 있다. 따라서 미분화된 세계에 속한 존재인 선녀와 분화된 세계에 속한 나무꾼의 이야기가 서로 충돌하였을 때 그 충돌의 충격은 분화된 세계에 속한 사람들의 몫이 되는 것이다. 현실은 이미 견고하게 분화된 세계이며 거기서 오는 좌절과 불행은 고스란히 나무꾼과 전승자들에게 전가된다. 결국, 나무꾼은 비극적 결말을 맺게 되고, 전승자들도 비극적인 서사를 감수할 수밖에 없어진다.

　<나무꾼과 선녀> 설화를 나무꾼의 서사로 읽을 때, 이 이야기는 나무꾼의 통과제의와 그 실패를 말하고 있다고 볼 수 있다. 금기의 파기와 그로 인한 비극은 통과제의에 성공하지 못한 미숙함을 드러내는 것이다. 나무꾼이 통과제의에 성공하지 못한 미숙한 인물이라는 점은 선녀와 결혼하여 천상에서 행복하게 살면서도 어머니가 그리워 지상으로 내려온다는 설정은 나무꾼이 아직 어머니로부터 독립하지 못했다는 것을 뜻한다. 따라서 어머니로부터 아직 독립하지 못한 미숙한 존재인 나무꾼은 사슴이나 선녀, 쥐의 도움으로 천상의 시련을 극복하는 데는 성공했으나 결정적인 실수를 범함으로써 비극적인 인물이 되고 만다. 선녀가 지상에서의 삶을 불행하게 여기면서도 아이들도 데리고 하늘로 가 버렸다는 점에서 강한 모성성을 바탕으로 한 자아 정체성을 지니고 있는 점과 대비가 되는 지점이다. 나무꾼은 아직 미성숙한 인물로서 어머니로부터 독립하여 스스로 가정을 꾸리면서 행복을 성취하기에는 부족한 존재였던 것이다.

　<나무꾼과 선녀> 설화가 이류교혼 설화라는 점도 중요하다. 이류교혼은 현실과 비현실의 경계에 대해 말하고 있는 서사다. 따라서 현

실과 비현실의 관계에 대한 전승자들의 의식을 알 수 있다는 점에서 흥미롭다. 신화에서 이류교혼이 신성혼의 성격을 띠고 있고, 신화적 흔적을 간직하고 있는 설화들, 즉 〈구렁덩덩신선비〉나 〈견훤설화〉 등에서 이류교혼이 집중적으로 드러난다는 점 또한 현실과 비현실에 대한 전승자들의 의식을 발견할 수 있다. 〈나무꾼과 선녀〉 설화처럼 애초에는 선녀의 신화였다고 하나 나무꾼의 서사가 증폭되면서 현실 계의 인물인 나무꾼을 중심으로 민담화가 상당히 진행된 설화에서는 이류교혼이란 자연스러운 일이 되지 못하고, 자칫 불행을 야기할 수 도 있게 되는 것이다. 그러나 어떤 경우이든, 전승자들은 원본 사고를 지니고 있고 끊임없이 미분성을 욕망하고 있으며 그것이 바로 〈나무 꾼과 선녀〉 설화의 다양한 결말, 다양한 유형이 내포하고 있는 의미 이다.

5. 결론

〈나무꾼과 선녀〉 설화는 단일 유형으로는 많은 연구가 진행된 작 품에 속하며 괄목할만한 연구 성과들이 축적된 상태다. 그럼에도 불구 하고 〈나무꾼과 선녀〉 설화에 대해 다시 언급을 하는 이유는 이 설화 가 전 세계적 분포를 보이는 광포설화라는 점 때문이다. 앞서 언급한 바와 같이 이 글은 김태곤의 순환 체계 이론을 좀 더 공고히 하려는 의도에서 출발하였다. 순환 체계 이론은 인간 존재를 무한 자유의 영 속적인 것으로 보는 데서 시작한다. 순환이 자유롭게 이루어지는 이유 는 미분화된 동일근원 때문으로서 그러한 미분적 동일근원원리에 의해 자유로운 순환이 반복되고, 그로 인해 존재가 영구히 지속되어 간다고 믿는 '원본사고'가 바로 순환 체계 이론의 바탕이 된다. 따라서 광포 설화인 <나무꾼과 선녀> 설화에 순환체계 이론이 얼마나, 어떻게 투영되어 있는지를 밝힌다면, 그리하여 <나무꾼과 선녀> 설화의 성격과 의미를 순환체계 이론으로 설명하는 것이 가능하다면 <나무꾼과 선녀> 설화가 전세계적인 분포를 보이면서 전승되는 그 전승력의 비밀을 이해할 수 있게 될 것이기 때문이다. 또한 <나무꾼과 선녀> 설화에 투영된 존재론적 사고를 이해함으로써 원본사고가 한국인에 국한되는 것이 아니라는 사실도 알 수 있게 되는 것이다.

<나무꾼과 선녀> 설화는 김태곤의 네 가지 순환체계 중 꿈의 순환을 제외한 변신 순환, 이승과 저승 순환, 현실 순환 세 가지가 나타났다. 여기서 흥미로운 점은 선녀의 욕망과 나무꾼의 욕망이 교직되면서 서사가 충돌하고 있다는 사실이었는데 나무꾼의 서사로만 이야기를 읽을 때에는 설명되지 않던 문제들이 선녀와 나무꾼 각각의 서사로 읽게 되면 순환체계가 명백하게 드러나는 것을 볼 수 있었다. 즉, 전체 서사에서 사슴, 쥐, 심지어는 선녀 등 조력자들의 노력에도 불구하고 나무꾼이 수탉이 되고 마는 나무꾼 지상하강형의 경우, 나무꾼의 서사로만 읽었을 때에는 순환체계로 읽는 것이 불가능해지지만, 선녀의 서사로 읽을 경우에는 순환체계 이론으로 설명이 가능해진다. 분화된 세계에 속한 나무꾼에게 천상적 존재와의 결합은 욕망으로만 남아 비극이 되는 것이다. 이는 나무꾼의 미성숙함과도 관련이 있다.

<나무꾼과 선녀> 설화는 세계적인 분포를 보이는 설화다. 이는 지역적, 문화적 차이를 넘어서 인간이라면 누구나 공감하는, 기본적인 인간의 심성을 드러내고 있기 때문일 것인데, <나무꾼과 선녀> 설화

는 순환체계를 지니고 있어 순환체계 이론이 우리나라뿐만 아니라
인간의 보편적인 심성과 그리 다르지 않다는 점을 알 수 있었다. 현재
에도 꾸준히 사랑받으면서 재창작되고 있다는 점 또한 <나무꾼과 선
녀> 설화가 인간의 보편적인 심성에 기반하고 있다는 증거가 될 수
있을 것이다.

⟨우렁색시⟩ 설화의 전승 유형과 성격

1. 머리말

가난한 노총각이 논에서 우렁이를 주웠는데 그 우렁이가 색시로 화하여 총각과 결혼한다는 내용의 ⟨우렁색시⟩ 설화는 변신설화로 다루어지기도 하고, 이류교혼담(異類交婚譚)으로 분류되기도 하였다. 또한 ⟨우렁색시⟩ 설화에는 우렁색시와 총각의 결연 후에 원님이 등장하여 우렁색시를 빼앗아 가는 부분이 첨가되기도 하는데, 이처럼 원님의 등장으로 인한 서사전개에 중점을 두는 경우에는 ⟨우렁색시⟩ 설화를 결혼시련담이나 관탈민녀형(官奪民女型) 설화의 한 유형으로 다루기도 하였다. 이와 같이 ⟨우렁색시⟩ 설화는 우렁색시의 변신과 총각과의 결연을 중심으로 하는 단순한 서사와 여기에 원님과의 갈등이 덧붙여지는 서사형태가 공존하고 있다. 원님이 우렁색시를 빼앗아 가는 서사가 덧붙여진 유형의 경우에 서사는 더욱 다양성을 띠고 전개된다. 이처럼 ⟨우렁색시⟩ 설화는 다양한 서사 전개를 보이고 있어 유형 분류를 둘러 싼 논은 또한 다양하게 전개되었다.

유증선은 ⟨우렁색시⟩ 설화를 A, B, C, D의 4종으로 나누고 가장 대표적인 유형으로는 A형과 B형을 들었는데 A형은 기본 원형으로서 우렁이와 총각이 결혼하는 것으로 끝나는 단순한 유형이고, B형은 원님이 등장하여 총각과 아내내기 시합을 벌이는 유형으로서, 이는 청자의 관심을 끌기 위하여 흥미로운 삽화가 첨가되어 윤색된 발전적 복합형이라고 하였다.[1]

이에 비하여 보다 많은 자료를 대상으로 하여 <우렁색시> 설화의 전승유형과 변이에 대해 집중적인 연구를 시도한 이수자의 유형분류는 기본형과 복합형이라는 <우렁색시> 설화의 특징적인 서사 구조를 잘 드러내고 있다. 이수자는 17편의 자료를 대상으로 하여 전승 내용을 일곱단락으로 나누고 이들 단락의 결합 양상에 따라 다음 6가지로 전승유형을 분류하였는데 <우렁색시> 설화의 다양한 서사를 잘 보여주고 있다.

　(가) A 형
　(나) A+B+C 형
　(다) A+B+D 형 – 새와 나무형
　(라) A+B+E 형 – 원망노래형
　(마) A+B+F 형 – 새털벙거지형
　(바) A+B+G 형 – 내기시합형[2]

이지영은 <우렁색시> 설화를 결혼시련담으로 보고 유형 분류나 의미 해명도 주인공 우렁색시와 총각의 결합과 분리의 측면에서 접근

---

1) 유증선, 「<조개색시> 구혼민담 소고」, 『한국민속학』 5, 한국민속학회, 1972.
2) 이수자, 「<우렁색시>형 설화의 연구」, 『이화어문논집』 제7집, 이화여자대학교 한국어문학연구소, 1984, 161쪽 참고.

할 때 명확해질 것이라고 하였으며3) 김기창도 복합형을 기본형으로
보고 있어 다른 연구자들과는 다른 시각을 드러내고 있다.4)

이상의 논의들을 살펴 보면, 연구자마다 유형 분류의 기준과 방법
이 다르기는 하지만 <우렁색시> 설화는 대체로 단순한 형태의 변신
담이나 이류교혼담에 다양한 모티프가 첨가됨으로써 다양한 양상으
로 전개되고 있다는 점을 염두에 두고 유형 분류를 시도하고 있음을
알 수 있다. 요컨대 <우렁색시> 설화는 변신 모티프, 혼사장애 모티
프, 이류교혼 모티프 등 다양한 모티프의 결합으로 이루어진 다양한
형태의 변이형들을 거느리고 있다.

따라서 이 글에서는 각 모티프들이 <우렁색시> 설화에서 어떤 의
미를 지니고 있으며 유형군 형성 과정에서는 어떤 의미를 지니면서
변모되었는가를 살펴 <우렁색시> 설화의 성격을 해명해 보고자 한다.

2. 전승 유형

<우렁색시> 설화는 서사 전개의 특징으로 볼 때 크게 단순형과
복합형으로 유형을 나눌 수 있고, 후반부에 첨가되는 다양한 모티프
에 따라 복합형은 다시 몇 개의 유형으로 나눌 수 있다. 따라서 필자
는 <우렁색시> 설화를 단순형과 복합형으로 나누어 유형을 분류한
바 있다. 단순형은 '기본형'으로, 복합형은 원님이 우렁색시를 빼앗아

---

3) 이지영, 「한국결혼시련담 연구」, 서울대학교 석사학위논문, 1987.
4) 김기창, 「전래동화에 나타난 변신양상과 의미-<우렁색시> 이야기를 중심으로」,
   『문학과 비평』 통권 5호, 1988.

간 뒤 총각이 원님과 내기 시합을 벌이는 '아내내기시합형', 총각이
새털옷을 입고 찾아가 원님과 자리바꿈을 하는 '새털옷형', 원님에게
서 아내를 되찾지 못하고 비극적인 결말을 맺고 마는 '원혼형'으로
나누었다.5)

각 유형별 자료를 제시하면 다음과 같다.

❖ 기본형

	제목	채록자	구연자	채록지방	채록시기	출전	비고
①	달팽이 아가씨	유증선	김옥분 (여, 67)	경북 경주시	1969	'조개색시 구혼민담소고'	문어체로 정리.
②	우렁이 색시	〃	양분이 (여, 61)	경북 안동군	1969	〃	자료는 없고 유형만 제시.
③	골부리 각시	〃	권씨부인 (여, 61)	경북 안동군	1969	〃	〃
④	우렁이에서 나온 각시	임석재	주서애 (여, 54)	전북 익산군	1977	『임석재 전집』 7	
⑤	우렁이와 총각	손동인		경기 여주군	1977	'여주군 북내면의 전래동화'	요약.
⑥	우렁이 속에서 나온 처녀	강은해	김경선 (여, 80)	경북 성주군	1979	『한국구비문학대계』 7-5	
⑦	허물 벗고 행복하게 산 우렁색시	최래옥	홍태정 (여, 83)	전북 전주시	1980	〃 5-2	
⑧	우렁색시	박계홍 황인덕	방경숙 (여, 66)	충남 부여군	1982	〃 4-5	
⑨	우렁색시	박순호 이홍	원대일 (남, 66)	전북 옥구군	1982	〃 5-4	
⑩	우렁이에서 나온 처녀	〃	고아지 (여, 70)	전북 정읍군	1982	〃 5-4	

---

5) 진은진, 「<우렁색시> 설화 연구」, 경희대학교 석사학위논문, 1995.

	제목	채록자	구연자	채록지방	채록시기	출전	비고
⑪	소라우렁과 결혼한 총각	박순호	시봉님 (여, 78)	전북 정읍군	1984	〃 5-5	
⑫	우렁이 속에서 나온 미인	최래옥 외 2인	김영동 (여, 89)	전남 화순군	1984	〃 6-9	
⑬	우렁각시	박계홍 황인덕	오영순 (여, 64)	충남 공주군	1984	〃 4-6	
⑭	우렁이 각시	정상박 외 2인	김금순 (여, 61)	경남 울주군	1984	〃 8-13	
⑮	우렁이와 젊은이	손동인		인천 영종도	1984	'인천시 영종도의 전래동화 연구'	요약.
⑯	우렁이(달팽이) 각시	유증선 성병희		고령군, 안동군, 경주시	1990	'경북지방의 민화연구'	자료에 대한 상세한 내용은 없고 발견된 지역만 게재.

❖ 아내내기시합형

	제목	채록자	구연자	채록지방	채록시기	출전	비고
①	우렁이 색시	유증선	조차기 (여, 61)	경북 안동군	1969	'조개색시 구혼민담소고'	문어체로 정리
②	우렁이 색시	손동인		경기 양평군	1973	'양평군 청운면의 전래동화'	요약
③	남편을 가르친 우렁이 색씨	최래옥 외 3인	최경호 (남, 65)	전북 무안군	1981	『한국구비문학대계』 5-3	
④	우렁이 각시	정상박 외 4인	김도연 (여, 68)	경남 밀양군	1981	〃 8-7	
⑤	우렁이 마누라 얻은 총각	김영진	박임순 (여, 71)	충북 영동군	1982	〃 3-4	
⑥	금붕어 아가씨	남영전	리삼의	연변	1983	'민담집 짜개바지'	정리
⑦	고동각시	김승찬 이헌홍	안용순 (여, 51)	경남 함안군	1989	'함안지방의 구비문학조사 보고'	문어체로 정리

❖ 새털옷형

	제목	채록자	구연자	채록지방	채록 시기	출전	비고
①	붕어와 노총각	성신여대 국문과	김정순 (여, 61)	경북 경주시	1976	향란문학 5집	
②	우렁색시(2)	최래옥 외 2인	이순옥 (여, 85)	전북 전주시	1980	『한국구비문학 대계』 5-2	전반부의 총각과 우렁이와의 대화가 노래로 되어 있음
③	우렁색시(3)	최래옥 외 2인	김형순 (여, 81)	전북 전주시	1980	〃 5-2	전반부의 총각과 우렁이의 대화가 노래로 되어 있음
④	달팽이(우렁이) 각시	박계홍 황인덕	윤민녀 (여, 70)	충남 대덕군	1980	〃 4-2	
⑤	우렁이에서 나온 처녀(2)	박순호 이홍	나보옥 (여, 43)	전북 옥구군	1982	〃 5-2	
⑥	우렁이 색시 덕에 임금 된 사람	천혜숙 조형호	원옥이 (여, 67)	경북 선산군	1984	〃 7-16	

❖ 원혼형

	제목	채록자	구연자	채록지방	채록 시기	출전	비고
①	우렁이에서 나온 각시	임석재	이씨 서양례 설삼쇠 서정영 배윤선 (남, 58)	전북 정읍군 전북 정읍군 전북 순창군 전북 고창군 전북 장수군	1917 1917 1918 1940 1969	『임석재 전집』	문어체로 정리
②	螺夫說話	손진태		전북 정읍	소화 13년	『조선』 7월호	일어
③	螺中美夫	손진태	유춘섭 (남)	전북 전주군	1921	『조선민담집』	일어
④	우렁이에서 나온 각시	임석재	백남승 박기상 (남, 60)	전북 전주군 전북 진안군	1933 1969	『임석재 전집』 7	문어체로 정리 후반부에 원망노래

⑤	螺中美夫説話	손진태	유춘섭 (남)	전북 전주군	1947	『한국민족설화의 연구』	
⑥	우렁이 속에서 나온 색시	임석재			1958 (정리)	『청파문학』	문어체로 정리 후반부에 원망노래
⑦	우렝이에서 나온 색씨(1)		김정순 (여, 52)	경북 문경군	1974	한국민속종합 조사보고서 4책	
⑧	우렝이에서 나온 색씨(2)		이영이 (여, 60)	경북 문경군	1974	〃	
⑨	우렁미인	임동권			1979	한국의 민담	문어체로 정리
⑩	우렁이 속에서 나온 미인	최래옥 강현모	최판순 (여, 67)	전북 남원군	1979	『한국구비문학대계』 5-1	
⑪	우렁색시(1)	최래옥 외 2인	박옥염 (여, 75)	전북 전주시	1980	〃 5-2	후반부에 원망노래
⑫	참빗이 된 우렁이 처녀	최래옥 외 2인	박성예 (여, 86) 김현녀 (여, 86)	전북 완주군	1980	인천교대 『논문집』 16집	박성예가 구술하다가 김현녀가 이어서 구술
⑬	우렁색시와 뻐꾹새	손동인		경기 평택군	1981	『한국구비문학대계』 5-2	요약
⑭	우렁색시(1)	최래옥 외 2인	임사봉 (여, 70)	전북 전주시	1985	〃 4-6	
⑮	우렁각시	박계홍 황인덕	유조숙 (여, 75)	충남 공주군	1983	황구연 민담집 『파경노』	
⑯	효자와 금붕어 처녀	김재권 박창묵	황구연	연변		『한국구비문학대계』 5-5	문어체로정리
⑰	병 속에서 나온 색시	박순호	송점순 (여, 71)	전북 정읍군	1985	〃 5-5	
⑱	우렁색시	박순호 외 2인	이금녀 (여, 70)	전북 정읍군	1985	〃 5-5	
⑲	우렁색시	박순호 박현국	김판례 (여, 73)	전북 정읍군	1985	〃 5-5	
⑳	고동각시	박우성	박보배 (여, 92)	경남 남해읍	1992	『MBC 한국민요대전』 경상남도 해설집	민요를 부른 뒤 그 민요를 설명하느라 구술했다

'기본형'은 우렁이가 여인으로 변화하여 총각과 결혼한 뒤 행복하게 사는 결말로 끝나기도 하고, 총각이 금기를 어겨 두 사람의 결혼이 파탄에 이르기도 하여 행복한 결말과 불행한 결말이 함께 나타난다. 복합형에서는 '새털옷형'이나 '아내내기시합형'이 행복한 결말에 해당하고 '원혼형'이 비극적인 결말에 해당하는데 단순형보다는 복합형이 수적으로도 우세하며 훨씬 더 다양한 서사 전개를 보여주고 있다.

3. 〈우렁색시〉 설화의 성격

1) 변신 모티프와 미분적 상상력

서진(西晉) 초기에 속철(束哲:AD. 261-300)이 쓴 『발몽기(發蒙記)』에서는 매우 간단한 형태의 <우렁색시> 설화를 확인할 수 있다.

> 侯官謝端, 曾於海中得一大螺, 中有美人, 云:"我天漢中白水素女. 天
> 矜卿貧, 今我爲卿妻6)

이 기록이 우리 나라 <우렁색시> 설화와 직접적인 연관관계에 있다고 볼 수는 없겠지만 우리가 접할 수 있는 가장 빠른 시기의 기록이며, 우리 나라 <우렁색시> 설화도 이처럼 우렁이의 변신이라는 단일한 모티프로 된 '기본형'이 존재하는 것으로 보아 이러한 형태가 <우렁색시> 설화의 가장 초기적인 형태였음을 짐작할 수 있다. 즉 <우렁

---

6) 민관동, 「「우렁이 색시 설화」의 형성과 연변의 소고」, 『상산 한영환 박사 화갑기념 논문집』, 동 간행위원회, 1993, 173쪽 재인용.

색시> 설화의 가장 기본이 되는 모티프는 변신 모티프라고 할 수 있겠는데 <우렁색시> 설화와 관련을 가지고 있는 <욕신금기설화(浴身禁忌說話)>나 <잉어색시> 유형7) 등이 <우렁색시> 설화와 차이를 지니는 부분도 바로 '변신'이 주된 모티프로 작용하고 있느냐 하는 점이다.

민관동은 우렁이나 조개 같은 패류 외에도 금어(金魚)와 잉어가 여인으로 변하는 중국과 우리 나라 설화의 예를 들면서 <우렁색시> 설화와 같은 유형에 <욕신금기설화>를 포함시키기도 했다.

㉮옛날 가난한 어부가 어느날 큰 잉어 한 마리를 잡아 물통에 키웠는데 매일 누군가 밥을 지어 놓고 사라졌다. 어부가 몰래 살펴보니 잉어가 소녀로 변신하여 밥을 짓고 있어 어부가 소녀를 붙잡았다. 소녀는 삼일만 기다리면 완전한 사람이 된다고 기다려 달라고 하였다. 3일 후 소녀는 완전한 사람이 되었고, 마술을 써서 원하는 물건을 마음대로 가지고 어부와 행복하게 살았다. ㉯그런데 어부의 아내는 목욕할 때는 절대로 나를 엿보지 말라고 어부에게 당부하였다. 어부는 이를 참지 못하고 아내의 목욕하는 모습을 몰래 엿보니 아내는 커다란 잉어가 되어 헤엄치고 있었다. 잉어는 1년만 더 약속을 지키면 영원한 사람이 될 수 있었는데 약속을 어겨 인연이 끊겼다고 하면서 아이와 함께 용궁으로 사라졌다. 그 후 어부는 다시 이전의 상태로 돌아갔는데, 3년 후 아내가 하늘에서 내려 와 어부와 함께 승천하였다.8)

---

7) 이성희는 이 유형은 <우렁색시> 설화와는 다른 유형으로 분류하고 그 특징을 밝힌 바 있으며, 잉어색시에서 용궁의 초월성이 두드러진다는 점을 근거로 <우렁색시> 설화 형태보다 더욱 선행하는 형태라고 주장한 바 있다.
  이성희, 「용궁의 서사문학적 구현 양상 연구」, 경희대학교 박사학위논문, 2001. ; 이성희, 「<잉어색시> 연구」, 『고황논집』 제28집, 경희대학교 대학원, 2001, 참조.
8) 손진태, 『한국민족설화의 연구』, 일조각, 1990.

<욕신금기설화>는 ㉮와 ㉯, 두 부분으로 나눌 수 있다. <우렁색시> 설화와 매우 흡사한 ㉮부분은 우렁이 대신 잉어가 여인으로 화하고 있어 '변신'이 주요한 모티프로 작용하고 있다. 이에 비하여 ㉯부분은 잉어색시의 '금기'와 어부의 '금기 파기'가 중요한 모티프로 작용하고 있다. ㉮부분에서도 금기가 등장하기는 하나 여기서는 잉어색시의 변신이 주요한 모티프로 작용하고 있기 때문에 금기는 그다지 중요하게 여겨지지 않는다. 비록 금기가 지켜지기는 했지만 금기의 준수로 인하여 모든 문제가 완전히 해결되지는 못하고 있다는 점도 ㉮부분에서 금기와 금기의 준수 여부는 핵심적인 문제가 아니라는 것을 말해준다. 금기의 준수 여부가 심각한 문제를 발생시키는 것은 ㉯부분에서이다. 잉어색시는 두 번째 금기를 제시하고 있으며 이는 금기의 파기로 이어지고 이로 인하여 어부와 잉어색시는 이별을 경험하게 된다. 즉 ㉯에서 핵심적인 모티프는 '금기'라고 할 수 있는 것이다. 이처럼 <욕신금기 설화>에는 '변신'과 '금기' 모티프가 공존하고 있지만 '변신'보다는 '금기'가 더욱 중요한 모티프로 작용하고 있음을 알 수 있다.

'변신'과 '금기' 모티프가 공통으로 나타나면서도 '금기'가 더 중요한 요소로 작용하면서 서사 전개에 결정적인 영향을 끼치는 또 다른 예로 <잉어색시> 설화를 들 수 있다. 이성희는 용궁을 배경으로 하는 용궁설화의 한 유형인 시은득보형(施恩得寶型)의 하위 유형으로 <잉어색시> 설화를 검토한 바 있다.[9] 이성희가 정리한 <잉어색시> 유형에서는 <우렁색시> 설화에서 나타나는 원님과의 내기 모티프도 나타나고 있어 우렁색시와의 친연성을 드러내고 있다. 그런데 <잉어색시> 설

---

9) 이성희, 앞의 논문, 68-86쪽 참조.

화가 <우렁색시> 설화와 다른 점은 금기의 준수 여부가 매우 중요한
문제가 된다는 것이다. 금기는 '목욕하는 것을 보지 말아라', '3년 동안
궤짝문을 열지 마라' 등인데 이러한 금기는 <욕신금기설화>의 경우
와 비슷하다. 그리고 금기를 준수하는 경우 남주인공과 여주인공은
행복한 결말을 맞는 데 비해 금기를 준수하지 않는 경우, 여주인공은
돌아가 버리는 것으로 나타나 이들 설화에서는 금기가 필수적인 요소
이며 금기의 준수 여부에 따라 결말이 달라지는 것을 볼 수 있다.

　<잉어색시> 유형에서 '금기' 모티프와 함께 중시되는 모티프는 '보
은' 모티프이다. <잉어색시> 설화에서는 남자 주인공의 용족(龍族)에
대한 선행과 그 보답으로 아내가 선물로 주어진다. 따라서 이야기의
서두에서 남주인공의 선행과 그 결과가 부각된다. 이에 비하여 <우렁
색시> 설화의 경우, 우렁색시는 노총각의 노래에 화답함으로써 스스
로 자신을 드러낸다. <우렁색시> 설화의 남주인공들은 가난한 노총
각이라는 것만 강조될 뿐 어떤 선행을 하지는 않는다. 이는 중국측
기록에서도 동일하게 나타나는 바이다. 『발몽기』에서 우렁이에서 나
온 미인은 자신의 신분을 "天漢中白水素女"라고 밝히고 하늘이 남주
인공의 가난을 불쌍히 여겨 아내가 되도록 하였다[10]고 한다. 이는 『발
몽기』보다 후대의 기록이나 <우렁색시> 설화와 그 형태가 매우 흡사
한 『수신기(搜神記)』의 기록에서도 동일하게 나타난다. 날마다 밥을
해 놓는 인물이 누구인지 궁금해하던 남자 주인공은 어느날 몰래 울타
리 밖에서 집안을 살펴보고 있다가 항아리 속에서 나온 아가씨를 발견
하고 정체를 묻는다. 이에 항아리 속에서 나온 아가씨는 자신의 신분

---

10) 天矜卿貧, 今我爲卿妻. 민관동, 앞의 논문, 173쪽 재인용.

을 "天漢中白水素女"라고 밝히고 하늘이 경을 불쌍히 여겨 자신을 보냈다고[11] 한다.

요컨대 <우렁색시> 설화는 <욕신금기설화>나 <잉어색시> 설화와는 달리 '금기'나 '보은'보다는 여주인공의 변신이 기본적인 모티프로 작용하고 있음을 알 수 있다. <우렁색시> 설화 중에서도 우렁이가 붕어나 금붕어 등의 어류로 나타나는 경우가 있지만[12] 이들 각편에서도 남주인공의 선행에 대한 보은은 드러나지 않고 금기 또한 필수적인 요소로 등장하지는 않는다.[13]

그렇다면 <우렁색시> 설화에서 변신 모티프는 어떠한 의미를 지니는가. 현실에서는 인간이 동·식물로 변화하거나 동·식물이 인간으로 변화하는 것이 자유롭지 않다. 변신을 가능하게 만드는 것은 인간의 상상력이다. 질서 이전의 원초적 세계에 대한 동경이 바로 상상력의 발현으로 나타나는데 신화에서 변신이 자연스럽게 받아들여지는 것도 이러한 이유 때문이다. 김태곤은 이를 '원본사고(原本思考)'로 설명한 바 있는데 '원본사고'는 존재에 대한 입체적 사고를 바탕으로 한다. 질서화된 시간과 공간에 의해 유형화된 존재와 무시간 무공간의 무형존재 양자를 다 인정하며 이때의 존재는 유형존재의 근원을 무형존재로 파악하고 있기 때문에 존재의 근원에 대한 지속적인 추구가

---

11) 天帝哀卿少孤, 恭愼自守, 故使我權爲守舍炊恐.

12) '아내내기시합형'의 자료 ⑥번 <금붕어 아가씨>와 '원혼형'의 자료 ⑯번 <효자와 금붕어 처녀>를 들 수 있는데 이들 자료들은 연변에서 출판된 자료집에 들어 있다는 공통점을 지닌다.

13) '원혼형'인 <효자와 금붕어 처녀>의 경우에는 금기가 나타나지만, '아내내기시합형'인 <금붕어 아가씨>의 경우 금기가 나타나지 않는다. 이는 비극적인 결말을 지니는 '원혼형'과 행복한 결말을 가지는 '아내내기시합형'이라는 유형의 차이에서 기인하는 것이라고 할 수 있다.

가능해진다.14) 원본사고에 의한 상상이 바로 문학 작품에서 변신을 가능하도록 만든다는 것인데, 김미란도 "가능태와 현실태의 공유에 대한 관념"이 변신에 대한 기본적인 인식이라고 본 바 있다.15)

행복한 결말로 끝나는 '기본형'의 경우, 이러한 미분적 사고에 기반한 자유로운 상상력이 돋보인다. 우렁색시는 현실계의 인물이 아님에도 불구하고 변신이나 현실계 인간과의 결연에 통과제의적인 의미의 제약이나 금기가 따르지 않는다. 남주인공 또한 마찬가지이다. 비록 이계 체험을 하는 것은 아니지만 우렁색시를 만남으로써 가난을 극복할 수 있게 되고, 총각이라는 신분적 결함도 해소함으로써 변신을 경험한다. <잉어색시> 형의 경우처럼 선행이 전제되지도 않고, 금기나 제약이 개입되지 않으며 변신은 매우 자연스러운 일로 받아들여진다. 두 주인공은 미분적 상상력 속에서 완전한 변신을 경험하게 된다.

2) 금기 모티프와 인간적 합리성

변신에는 앞서의 경우와 같이 미분적 상상에 기반한 완전한 변신이 있는가 하면 미완의 변신이 있을 수도 있다. 이 경우는 현실적 합리성의 개입으로 인한 불완전한 변신, 혹은 변신의 실패라고 할 수 있을 것인데 <아기장수> 설화나 <육신금기설화> 등이 이에 속하며 여기에는 변신의 전제로 금기가 매우 중요하게 여겨지며 금기가 파기됨으로써 이야기는 비극적 결말을 맞게 된다.16) <우렁색시> 설화의 경우,

---

14) 김태곤, 「고소설의 순환체계 연구」, 『경희어문학』 제5집, 경희대학교 국어국문학과, 1982, 59쪽 참조.

15) 김미란, 「고대소설에 나타난 변신 모티브 연구」, 연세대학교 박사학위논문, 1983, 47쪽.

불행한 결말로 끝나는 '기본형'과 '원혼형'이 여기에 해당될 수 있을 것이다. 이 두 유형에서는 금기 모티프가 중요한 역할을 한다. 금기 모티프는 자유로운 미분적 상상에 인간의 합리적인 사고가 개입되면 서 비로소 등장하게 되며17) 금기의 파기는 불행으로 이어진다.

최운식은 금기를 서로 대립적인 성격을 지닌 성과 속이 결합하기 위한 완충 장치로 파악한 바 있으며18) 장장식도 속적 존재가 신성성 을 획득하여 성적 존재가 되거나, 성적 존재가 성에서 속으로 전이와 약화를 통해서 속의 존재로 되는 데는 갈등이 수반되기도 하는데 이 갈등의 표현이 금기(taboo)19)라고 하였다. 이처럼 금기가 필요한 단 계에 이르면 성과 속은 자유롭게 넘나들 수 없도록 분화된 세계로 존재하며 이 둘의 결합을 위해서는 금기라는 완충 장치가 필요하게 되는 것이다. 이러한 분화된 세계의 인간은 비극적 결함을 가질 수밖

---

16) 이상일은 이러한 불완전한 변신이 미완성의 체계와 통한다고 보고 이 미완성의 변신이 민담적인 구조를 갖게 되면 변신의 실패 즉 원형(原形)-타형(他形)-원형의 실패담이 되며 또한 순환체계를 지니게 된다고 보았다. 즉 타형이 원형의 영이성 (靈異性)을 지니고 있다가 금기의 불이행이나 방해에 의하여 완전 변신이 실패로 돌아간다는 것이다. 이상일, 『충격과 창조』, 창원사, 1977, 303쪽 참조.

17) 손진태는 금기 모티프가 현관이 우렁색시를 데려 가는 모티프가 전라 지방에서 삽입되면서 우렁색시와 총각의 비극을 합리화하기 위해서 금기 모티프가 첨가되었 다고 추측한 바 있다. 손진태, 『조선민족설화의 연구』, 을유문화사, 1948, 34쪽.
    그러나 이성희는 신성혼에서 제시되는 금기가 세속적인 존재인 남성에게 부과된 입사식의 형태로서 새로운 존재로 거듭나기 위한 시험이라고 보고 <우렁색시> 설화 유형에서 금기 모티프가 부각되지 않는 경우가 세속화의 결과라고 보기도 하였는데 이에 대해서는 좀 더 치밀한 논의가 필요하리라고 본다. 이성희, 앞의 논문, 76-84쪽 참조.

18) 최운식, 「<나무꾼과 선녀> 설화의 전승 양상 및 구조와 의미」, 『한국설화연구』, 집문당, 1991, 313-314쪽 참조.

19) 장장식, 「금기의 갈등구조」, 『한국민속학』 제18집, 민속학회, 1985, 104쪽 참조.

에 없다. 즉 미분적 상상에 의한 자유로운 변신이 가능한 단계에서는 금기가 나타나지 않으며, 분화된 사고로 인하여 변신이 자유롭지 않거나 불완전할 경우 금기가 나타난다.

〈우렁색시〉 설화의 경우 금기가 두 번 나타나는데 두 번째 금기는 복합형에만 나타나는 금기로서 아내가 타인에게 발각되지 않아야 한다는 것이다. 어머니가 누룽지를 긁어 먹기 위해서 우렁색시를 대신 밭에 나가게 하는 경우나 우렁색시의 화상이 바람에 날아가 원님에게 발각되는 경우 등이 금기가 파기되는 예인데 이로써 우렁색시가 외부에 알려지게 되고 우렁색시와 남주인공은 분리를 경험하게 된다.

이 경우는 이미 파기가 전제된 금기이다. 금기는 지켜야 하는 것임과 동시에 지켜지기 어려운 것으로서 성과 속의 엄격한 분리와 그로 인한 인간의 한계를 환기시키는 데 사용되어 전설적 비극미를 드러낸다. 이처럼 금기가 비극성과 직결되는 예로는 〈아기장수〉 전설, 〈선녀와 나무꾼〉 설화, 〈장자못〉 전설 등을 들 수 있을 것이다.

그러나 파기가 전제된 금기이면서도 비극성과 직결되지 않는 경우가 있다. 그러한 경우의 예로 〈구렁덩덩신선비〉를 들 수 있을 것이다. 신선비는 허물을 셋째 딸에게 주면서 허물을 잘 간수하라고 하기도 하고 자신의 비밀을 다른 사람에게 알리지 말 것을 당부한다. 그러나 셋째 딸은 언니들의 꼬임에 빠져 비밀을 누설하게 되고 허물을 훼손함으로써 신선비와의 이별을 경험하게 된다. 이는 셋째 딸에게 남편찾기라는 과제를 부여하기 위하여 주어진, 파기가 전제된 금기이지만 금기의 파기가 불행으로 이어지지는 않는다.

〈우렁색시〉 설화의 금기 또한 파기가 전제된 금기이기는 하나 비극성과 직결되지는 않는다. '원혼형'의 경우, 비극적 결말을 맺기도 하지만 '아내내기시합형'이나 '새털옷형'에서는 또 다른 모티프가 덧붙여지기 위한 장치로 작용할 뿐이다. 때문에 '아내내기시합형'이나 '새털옷형'의 경우, 두 번째 금기뿐만 아니라 첫 번째 금기 또한 강조되는 경우와 그렇지 않은 경우가 혼재한다. 금기가 결말에 결정적 영향을 끼치지 못하고 있는 것이다.

즉 <우렁색시> 설화의 경우, 우렁색시와 남주인공의 결합이 실패로 돌아가는 원인은 금기의 파기가 아니라 이류교혼이라는 한계를 극복하지 못했기 때문이다. 이류교혼이 자연스럽게 받아들여지지 않는다는 것은 이미 분화된 사고체계에 속해 있다는 것이며 주인공들은 그러한 한계를 가지고 있는 인물로 속화되어 있음을 뜻한다. 따라서 변신은 더 이상 자유롭지 못하며 금기가 전제되게 되고 금기를 준수해야만 완전한 변신에 이르게 된다.

행복한 결말을 가지는 단순형의 단계는 아무 금기 없이 우렁색시의 변신이 자유롭게 받아들여지는 미분적 상상이 가능한 단계이다. 단군신화에서 환웅의 변신과 웅녀의 변신이 차이가 나는 이유도 바로 여기에 있다. 환웅은 신성한 존재로서 미분적 존재인 반면 웅녀는 분화된 속의 존재이다. 따라서 환웅은 아무런 금기 없이 변신이 자유로운 반면 웅녀나 호랑이는 금기를 지켜야만 변신을 할 수 있는 것이다. 환웅은 인간적 합리성으로 설명이 불가능한 존재임에 비해 웅녀나 호랑이는 세속적 존재로서 인간적 합리성의 범주에 있는 인물이다. 요컨대 분화된 질서에 의한 합리성이 금기를 동반하게 되고, 금기의 파기는 불행이나 위기로 이어진다. <우렁색시> 설화의 경우 이러한 금기의 파기는 다시 결혼시련담이나 변신담 등의 모티프가 개입되는 연결고리 작용을 한다. 따라서 복합형에 등장하는 금기는 여러 모티프의 서사적 결합을 공고히 하기 위한 장치로 사용되고 있다고 할 수 있다.

3) 이류교혼 모티프와 풍요지향성

〈우렁색시〉 설화는 천상적 존재인 우렁색시와 지상적 존재인 총각의 결합으로서 이류교혼의 성격을 나타내고 있다.[20] 이류교혼은 인간과 비인간, 즉 인간 외의 존재가 교혼하는 설화를 일컫는데[21] 여기에는 신과 인간 또는 인간과 동식물·무생물과의 관계를 모두 포함시킨다.

〈우렁색시〉 설화는 이 중에서 인간과 동물의 교혼에 해당하며 우렁색시가 천상의 선녀로 나타나는 이본도 있고, 또 우렁색시의 신이한 능력도 예사롭지 않으므로 인간과 신의 결합으로 볼 수도 있다. 따라서 총각과 우렁색시의 결합은 이류교혼이면서 속(profane)의 존재인 인간이 성(sacred)의 존재와 결합하는 신성혼(神聖婚)의 성격을 띤다.

신성혼에서 여성은 대체로 물을 상징한다. 유화(柳花)나 알영(閼英), 허황옥(許黃玉) 등은 모두 물과 밀접한 관련을 가진 여성이다. 이 때 여성들은 생생력의 근원으로서 풍요의 의미를 지니는데 이러한

---

20) 이지영은 〈나무꾼과 선녀〉와 〈우렁색시〉 설화를 결혼시련담이라고 하여 〈우렁색시〉 설화를 천상적 존재와 지상적 존재의 기이한 결합과 이에 따른 시련과 극복 양상을 살핀 바 있다. 이지영, 앞의 논문 참조.

21) 논자에 따라서는 '이류교구'(소재영, 「이류교구고」, 『국어국문학』 42·43 합호, 국어국문학회, 1969. 2)라고 일컫기도 하나 학계에서 이류교혼이라고 주로 명명되고 있으므로 이류교혼이라는 명칭을 사용하기로 한다.
　임석재, 「조선の 이류교혼담」, 『조선민속』 제3호, 조선민속학회, 1939. ; 이석래, 「이류교혼설화」, 『문리대학보』 제11권 제1호, 서울대학교 문리과대학 상임위원회, 1963. ; 김기창, 「이류교혼설화연구」, 성균관대학교 석사학위논문, 1983, 참조.

신성혼이 지니는 창조적 성격과 풍요 상징은 <우렁색시> 설화에서는 매우 구체적으로 드러난다.

총각은 일을 하다가 논 혹은 밭에서 우렁이를 얻는다. 아이들에게 잡아 먹히려는 자라를 구해주고 말하는 자라를 얻었다는 설화나 잉어를 살려주고 보물을 얻었다는 보은설화들과는 그 성격을 달리하고 있는 것이다. <선녀와 나무꾼> 설화도 <우렁색시> 설화와 함께 신성한 존재와 인간의 결혼시련담으로 파악된다. 그러나 성과 속의 결합이라는 점에서는 두 설화가 동일하지만 풍요 상징이라는 저에서는 차이를 드러낸다.

<선녀와 나무꾼> 설화에서 나무꾼은 나무를 하는 사람이다. 나무를 하는 것은 생산적인 일이라기보다는 소비적인 일이다. 이에 비하여 땅에서 씨를 뿌리고 거둬들이는 일은 생산적이며 창조적인 행위에 속한다. <우렁색시> 설화의 남주인공은 논이나 밭에서 일을 하다가 우렁이를 얻는다. 논과 밭은 대지이며 대지는 무한한 생산력의 상징이다. 이 대지가 지닌 생산력은 우렁색시의 여성으로서의 풍요 의미와 총각의 밭을 가는 행위와 결합하여 하나의 종합적인 의미를 이루고 있다. 이는 고대부터 광범위하게 퍼져 있는 여성과 경지의 동일시, 남근과 쟁기의 동일시, 농경작업과 생식행위의 동일시[22]라는 측면에서 생각할 때 총각의 노동이라는 의미를 넘어서 다산과 풍요를 추구하는 의례적 행위의 한 일부분이었음을 추정할 수 있다.

또한 우렁색시가 총각을 위해 한 일도 가난한 총각을 위해 밥상을 차려 주는 일이었다. 밥과 쌀을 마음껏 먹기를 바라는 것은 늘 풍년을

---

22) 엘리아데 저, 이은봉 역, 『종교형태론』, 형설출판사, 1979, 282쪽 참조.

바라는 민중들의 소박한 마음씨다. 쌀은 풍요의 상징이다. 그래서 가신신앙에서는 성주 단지나 조왕 단지 등에 흔히 쌀을 넣어 두고 해가 바뀌면 이를 햇곡식으로 갈아 넣곤 하였다.

우렁색시와 쌀과의 연관은 우렁색시의 풍요의 여신으로서의 기능, 업신으로서의 기능도 추정해 볼 수 있게 한다. 우렁이가 달동물로서 여성이나 물과 관련이 깊고 이는 다시 풍요를 상징하는 동물로 연상이 가능한 것은 물론이고, 우렁이의 형상에서도 이러한 풍요 상징을 읽어낼 수 있다. 가신신앙에서는 뱀이 업신으로 여겨지기도 하는데 우렁이의 형상은 뱀이 또아리를 틀고 있는 모양으로서 업신의 형상을 환기시키기도 한다. 우렁이를 깨버리자 우렁이가 사라지는 것은 신체를 훼손함으로써 복이 사라지는 것으로 해석할 수가 있는 것이다. 뿐만 아니라 우렁색시가 스스로 총각의 아내가 되고자 하고 인간이 되고자 하는 것 또한 풍요의 여신으로서의 역할을 다하려는 것으로 파악할 수 있다.

이처럼 〈우렁색시〉 설화에서 나타나는 이류교혼 모티프는 창조와 풍요를 상징하는 신성혼의 성격을 띨 뿐만 아니라 총각과 우렁색시 또한 풍요와 관련이 깊은 인물로 나타나 우렁색시 서화의 풍요 지향적 성격을 강하게 드러내고 있다.

4) 혼사장애 모티프와 현실 비판적 성격

김열규는 '혼사장애 내지 시련이 입사식의 당연한 연장인 통과의례로서 또는 입사식과 밀접한 연계성을 지니고 있는 통과제의로서 혼례가 의당 지니고 있어야 할 절차의 하나'가 된다고 하였다.[23] 그러나 단순형 <우렁색시> 설화에서 우렁색시의 변신담이 주가 되는 경우 이러한 혼사장애 모티프는 나타나지 않는다.[24] 따라서 변신이 완벽할 경우에는 남녀의 결연에 혼사장애가 개입하지 않지만 변신이 완벽하지 않았을 경우 혼사장애는 완전한 결합을 위한 필수적 요소라 할 수 있을 것이다. 완벽한 변신이 가능하지 않다는 것은 분화된 인식체계에 속해 있다는 것이며 따라서 분화된 인식체계에 의해 이질성을 지니고 있는 두 남녀가 하나로 결합하기 위해서는 그 결합을 공인해 줄만한 과제 수행이 뒤따르게 되는 것이다. 즉 혼사장애는 "그들이 신랑일 수 있는 자격을 실증할 어떤 시련을 이기고 나아가 그의 비범성을 보일 어떤 과업을 수행하는 것"[25]으로 파악된다.

그런데 이러한 장애가 현실적인 문제에서 기인한 것일 때 주인공의 능력이 드러날 뿐만 아니라 현실 비판적인 성격도 강하게 드러나게 된다. <춘향전>을 비롯한 애정소설들이 현실비판적 성격을 강하게 드러내고 있는 이유도 바로 남녀의 사랑을 방해하는 세력이 탐관오리이거나 봉건적 신분질서이거나 그러한 신분 질서를 엄격히 고수하고자 하는 구세력으로 나타나기 때문이다.

<우렁색시> 설화의 경우 둘의 결합을 위협하는 갈등의 대상은 원님이거나 왕이다. 왕과 옷을 바꾸어 입음으로써 왕과 자리바꿈을 하는 '새털옷'의 경우, 체제 전복적인 사고가 드러나기는 하지만 갈등의 대상이 왕으로 나타나는 경우보다는 원님으로 나타나는 경우가 더욱 많다. 그리고 원님이나 왕은 표현상의 차이일 뿐 큰 차이가 있는 것은

23) 김열규, 『한국민속과 문학연구』, 일조각, 1971, 145쪽.
24) 이럴 경우, 변신 자체를 혼사장애로 취급할 수는 있을 것이다.
25) 김열규, 앞의 책, 145쪽.

아니다. 원혼형 각편 ④에 따르면 '원님'이라고 했다가 '서울 대통령'이라고 고쳐 말하기도 한다. 이는 전승자들이 우렁색시를 빼앗아가는 사람을 원님이나 임금, 나랏님이라고 구체적으로 밝히고 있기는 하지만 그 각편들이 의미에 있어서 차이가 나는 것이 아니고 지배계급이라는 동일한 의미를 지니고 있는 것이라고 볼 수 있는 것이다.

〈우렁색시〉 설화에서 가장 기본적인 모티프는 변신 모티프이지만 혼사장애 모티프의 개입으로 인한 '아내내기시합형'과 '새털옷형'의 현실비판적 성격은 〈우렁색시〉 설화의 매우 중요한 성격으로 꼽히고 있다. 따라서 논자에 따라서는 혼사장애 모티프를 중시하여 결혼시련담의 일종으로 우렁색시를 파악하고 있기도 하고[26] 원님에게 색시를 빼앗겼다가 다시 찾아서 행복하게 사는 '아내내기시합형'이나 '새털옷형'을 우렁색시의 기본형으로 파악하는 논의도 있다.[27]

'원혼형'의 경우, 우렁색시가 외부에 노출되는 계기를 만드는 인물이 늙은 어머니로 나타나는 경우도 있는데 이 때 우렁색시와 노총각의 이별은 어머니의 탓으로 돌려져 사회비판적 성격이 가정내의 문제로 축소되기도 한다. 그러나 며느리와 시어머니의 갈등이 매우 현실적인 문제이며 가정이나 개인의 문제가 아니라 여성대 여성의 권력 관계를 드러내고 있다는 점에서는 또 다른 사회적 권력관계를 드러내고 있다고 보아야 할 것이다.

---

26) 이지영, 「한국결혼시련담연구」, 서울대학교 석사학위논문, 1987.
27) 최운식 · 김기창 공저, 「우렁이 색시」, 『전래동화 교육의 이론과 실제』, 집문당, 1998.

4. 맺음말

변신 모티프, 혼사장애 모티프, 이류교혼 모티프 등 여러 모티프의 결합으로 이루어져 다양한 형태의 변이형들을 거느리고 있는 <우렁색시> 설화는 크게 '기본형'과 '복합형'으로 나뉘어진다. 우렁색시의 변신 모티프를 기본으로 하는 '기본형'에 다양한 모티프가 덧붙여지면서 나타나는 '복합형'은 '기본형'에 비하여 수적으로도 훨씬 우세하며 '복합형'에는 '아내내기시합형', '새털옷형', '원혼형' 등 다양한 서사전개를 보여주고 있다. 이 중 '아내내기 시합형'이나 '새털옷형'은 행복한 결말에 해당되는 반면 '원혼형'은 비극적인 결말을 보여주고 있다.

우렁색시의 변신이라는 '기본형'의 이야기에 다양한 모티프의 결합으로 하나의 이야기군을 이루고 있는 우렁색시 설화는 다양한 성격을 드러내고 있다. 첫째, 종종 같은 유형으로 분류되기도 하는 <욕신금기 설화>나 <잉어색시>와 달리 <우렁색시>는 '금기'나 '보은'보다는 여주인공의 변신이 기본적인 모티프로 작용하고 있는 것을 볼 수 있다. 여기에는 <잉어색시> 경우처럼 선행이 전제되지도 않고 금기나 제약이 개입되지 않는다. 이처럼 아무런 제약 없는 변신은 미분적 사고에 기반한 자유로운 상상력의 발현으로 <우렁색시> 설화 전반에 나타나는 특징이다.

둘째, 금기를 강조하는 기본형 일부와 '원혼형'에서는 불행한 결말을 맞게 되는데 이는 자유로운 미분적 상상에 인간의 합리적 사고가 개입되면서 파생된 것으로 보인다. 자유로운 변신이 금기에 의해 제약을 받으면서 금기의 파기는 불행으로 이어진다. 그러나 금기의 파기가 비극성으로 직결되는 <아기장수> 전설, <선녀와 나무꾼> 설화, <장

자못> 전설 등과는 달리, '아내내기시합형'이나 '새털옷형'에서는 금기의 파기가 비극성으로 직결되지 않고, 새로운 모티프가 덧붙여지기 위한 장치로 활용된다.

셋째, 천상적 존재인 우렁색시와 지상적 존재인 총각의 결합은 이류교혼이면서 성과 속의 존재의 결합인 신성혼의 성격을 띤다. 유화나 알영, 허황옥 등에서 보여지듯 여성들은 생명력의 근원으로서 풍요의 의미를 지니는데, <우렁색시> 설화에서는 이러한 신성혼이 지니는 창조적 성격과 풍요상징이 논, 밭, 밥, 쌀 등으로 매우 구체적으로 나타나면서 풍요지향적 성격을 강하게 드러내고 있다.

넷째, <우렁색시> 설화에 나타나는 혼사장애 모티프는 현실비판적 성격을 지닌다. <우렁색시> 설화의 경우 둘의 결합을 위협하는 갈등의 대상은 원님이거나 왕이다. 왕과 옷을 바꾸어 입음으로써 왕과 자리바꿈을 하는 '새털옷'의 경우, 체제전복적인 사고가 드러나기도 한다. 바로 이러한 현실비판적 성격이 변신을 기본 모티프로 하고 있는 다른 유사한 설화들과 <우렁색시>의 차이를 만든다.

요컨대, <우렁색시> 설화는 우렁색시의 변신 모티프를 기본으로 하는 '기본형'에 다양한 모티프가 결합되어 다양한 형태의 유형들을 파생시켰으며 이로 인하여 <우렁색시> 설화는 다양한 성격을 드러내고 있음을 알 수 있었다.

〈문전본풀이〉에 나타난 측간신의 성격

1. 〈문전본풀이〉를 둘러 싼 기왕의 논의와 몇 가지 의문

〈문전본풀이〉는 제주도에서 굿을 할 때 심방이 풀어내는 문신의 신화로서, 집안에서 무의(巫儀)를 할 때, 문신을 비롯한 가신(家神)들을 위하는 제차(祭次)에서 구송된다. 〈문전본풀이〉는 그 명칭에서도 알 수 있듯이 문전의 내력을 풀어내는 신화일 뿐 아니라 부엌 신인 조왕, '올래'의 '정주목' 신인 주목·정살지신, 변소신인 칙도부인 집안 울타리 안을 오방에서 지키는 오방신장 등, 이른바 가신들의 내력도 함께 설명하고 있는 본풀이다. 이처럼 가신(家神)들의 내력을 풀어내는 신화들을 무속 신화의 하위 단위인 '가신신화(家神神話)'로 파악하기도 하는데1), 이 신화는 집을 지켜주는 가신들의 이야기이며 가신들 자체로 하나의 가족을 이루고 있다.

우선, 이 신화의 줄거리를 간단히 요약하면 다음과 같다.

옛날 남선고을의 남선비와 여산 고을의 여산부인이 부부가 되어 살았다. 아들을 일곱형제나 낳아 집안 살림이 어려워지자 여산부인은

---

1) 김태곤, 『한국의 무속신화』, 집문당, 1985, 99쪽.

남편에게 쌀장사를 떠나도록 권한다. 부인의 말을 좇아 배 한 척을 마련하여 쌀장사를 떠난 남선비는 오동나라에 도착한다. 오동나라에는 간악하기로 소문난 노일저대귀일의 딸이 있었다. 남선비의 소식을 들은 노일저대의 딸[2]은 선창가로 달려와 남선비를 유혹하여 배와 쌀과 돈과 빼앗는다. 남선비는 첩 노일저대가 끓여주는 겨죽으로 연명하다가 눈마저 머는 신세가 되었다. 한편 남편의 소식을 애타게 기다리던 여산부인은 남편이 오래도록 소식이 없자 아들을 불러 배 한 척을 지어 주면 아버지를 찾아오겠다고 한다. 아들들이 배를 지어 주자 그 배를 타고 떠나 오동고을에 닿는다. 새 쫓는 아이의 도움으로 남편을 찾으니 남편을 움막에서 겨죽을 먹고 사는데 눈이 멀어 아내를 알아보지 못한다. 여산부인이 남선비에게 밥을 지어 주니 남선비는 그제야 아내가 자신을 찾아 왔음을 알아보고 눈물을 흘리며 함께 집에 돌아가기로 한다. 이윽고 노일저대가 들어와 본처가 찾아 온 것을 알고는 거짓으로 반가운 체하며 여산부인에게 목욕을 가자고 꾄다. 노일저대는 여산부인 등을 밀어 주는 척하다가 여산부인을 물에 밀어 넣어 죽이고는 여산부인의 옷을 입고 남선비에게 돌아와 "노일저대의 행실이 괴씸하길래 죽였다"며 자신이 본처인 척한다. 남선비는 이 말을 곧이 듣고 노일저대와 함께 고향으로 돌아간다. 아들들이 가짜임을 눈치 채자 노일저대는 일곱 형제를 죽일 계략으로 거짓으로 배가 아파 죽는 시늉을 하면서 남선비에게 점을 쳐 보라고 한다. 남선비가 노일저대가 가르쳐 준 집으로 점을 치러 가자 노일저대가 먼저 와 점쟁이인 척하면서 일곱 형제의 간을 먹어야 낫는다고 한다. 세 차례 점을 쳐도 점괘가 같으므로 남선비는 하는 수 없이 아들들을 죽이려고 칼을 간다. 이것을 알라 차린 막내가 아버지 대신 형들의 간을 내어 오겠다고 하고는 형들과 함께 산으로 올라간다. 지쳐 잠을 자는데 어머니 영혼이 나타나 돼지 간을 내어 가라고 가르쳐 준다. 어머니 말대로 돼지 간을

---

2) 이후 노일저대라 통칭함.

내어 계모 노일저대에게 가져 가니 노일저대는 먹는 체하며 자리 밑에 간을 숨겼다. 막내아들이 몰래 지켜보다가 들어와 자리를 걷어 치우자 노일저대의 흉계가 드러나고, 아들들도 들이닥친다. 이에 놀란 노일저대가 측간으로 도망가 목을 매어 측간 신이 되고, 남선비도 부끄러워 달아나다가 정낭에 걸려 죽어 주목지신이 된다. 일곱형제는 서천 꽃밭에서 환생꽃을 얻어다가 어머니를 살리고 조왕신으로 앉혔다. 일곱 아들은 각각 오방장군과 앞뒷문전 신이 되었다.

'가족'이라는 범주에서 이들 신격들의 역할을 보면, 이 신화는 남성 중심적인 신화로 읽힐 수밖에 없다. '문전신'이 가장 상위 신이라고는 하나 집안 전체를 아우르는 출입구에 해당하는 주목 정살의 신으로 아버지가 좌정됨으로써 집안 전체를 지키고 통솔하는 가장으로서의 역할을 상기킨다. 아들들 또한 아버지와 마찬가지로 오방신, 문전신 등이 되어 아버지와 함께 집 전체를 상징하는 권력을 갖는다. 조왕신으로 좌정된 어머니는 부엌에서 가족의 음식을 담당하는 것이 자연스럽다. 안주인과 대립할 수밖에 없는 첩이 부엌과 멀리 떨어진 측간의 신으로 좌정되는 것 또한 당연한 귀결인 것이다. 굳이 〈문전본풀이〉의 신화적 서사를 상기하지 않는다고 할지라도 가족 내의 질서에 따른 신들의 좌정은 매우 자연스러운 연결인 것처럼 보인다. 바꾸어 말하자면 신화적 서사에 의해 신들이 좌정되었다기보다는, 이미 체계화된, '가족'으로 대변되는 남성적 질서에 따라 신들이 좌정되고 그것을 바탕으로 신화가 성립된 것처럼 보인다는 것이다.

〈문전본풀이〉가 남성 중심의 가족 질서를 합리화하고 강화하는 데 얼마나 효과적인 기능을 하고 있는지는 현용준의 연구에서 잘 밝혀진 바 있다. 현용준은 〈문전본풀이〉가 우둔한 아버지, 성실한 어머니,

사악한 첩실, 지혜로운 아들들을 각각 격에 맞는 신들로 좌정시킴으로써 가족 생활에 있어서 가족원의 역할에 교훈을 주고 있다고 보았다. 제주도는 섬이라는 특성상, 해난사고로 인해 남자가 많이 죽고 여자가 많아 축첩제도가 일반적인 사회현상으로 받아들여졌다고 한다. 이러한 제주도의 사회·문화적 특색 하에서, 가족 구성원의 역할에 대한 교훈을 주는 <문전본풀이>는 일부다처제라는 '가족 질서'를 공고히 하고 가정의 평화를 유지하는 데 커다란 기능을 하였을 것이라는 것이다. 뿐만 아니라 <문전본풀이>는 정낭에 관련된 행동양식을 규제하고 있어 가족뿐만 아니라 사회 질서를 유지하는 행동 양식을 규제하는 기능을 하고 있다고 보았다.[3] 현용준이 제시한 바 이 신화의 사회적 기능에 동의하면서도 몇 가지 의문점을 제시하지 않을 수 없다.

우선, 이 신화는 등장인물과 좌정신의 연결이 명확하지 않다는 점이다. 물론 기록물과 달리 구전 서사물의 경우, 가변성을 염두에 두지 않을 수 없다. 그러나 문제는 <문전본풀이>의 가장 중요한 신격이라 할 수 있는 문전에 해당하는 인물이 일정하게 나타나지 않는다는 것이다.[4]

본 연구에 사용된 여섯 편의 각편을 살펴 본 결과는 다음과 같다.

---

3) 현용준, 「무속신화의 사회적 기능」, 『문헌신화와 무속신화』, 집문당, 1992.

4) 장유정은 이에 대해 이수자가 말한 큰굿에서 나타나는 '말자중시' 특징을 환기하면서 제주도가 '말자잔유제'와 연관 있는 '말자중심'의 사고를 드러내는 것이라고 보기도 했다. 장유정, 「<문전본풀이>를 통해 본 제주도 가족제도의 한 특징-아이누의 <카무이 후치 야이유카르>와의 비교를 통해서」, 『구비문학연구』 14, 한국구비문학회, 2002.

	채록자	남선비	예산국	노일저대	아들 1,2,3,4,5,6	녹디셍인
①	현용준5)	문전아방/ 올레주목 정쌀지신	문전어멍/ 삼덕조왕	칙도부인	오방신장, 뒷문전	일문전
②	赤松智城・秋葉 隆6)		조왕		상정주, 샛정주, 하정주, 차정주, 오방신장	문전
③	진성기7)	문전 할으방	조왕할망		주먹대신, 북두칠성	
④	진성기8)	문전아방	문전어멍/조 왕할망	칙신부인	북두칠성	
⑤	진성기9)	거리동티	삼만조왕	칙간동티	상성주, 중성주, 하성주, 터신, 지신, 지공상사	문전감상
⑥	장주근10)	나무목신	조왕할망	칙간동투	청대장군, 흑대장군, 백대장군, 상성주	일문전

위 표를 살펴보면 문전신이 남선비로 나타나는 각편은 ③④, 문전신
이 막내아들인 녹디셍인으로 나타나는 경우는 ①②⑤⑥이다. '문전모
를 공스가 있으며 주인모를 손님이 있으리까'(⑥)11)에서 볼 수 있듯이
〈문전본풀이〉에서는 문전신이 가장 중요한 신이며 문전신에 대한
제의를 할 때, 그 순위에 있어서나 메를 올리는 데 있어 우위를 부여하

5) 현용준,『제주도 무속자료사전』, 신구문화사, 1980, 398-415쪽.(구송자: 안사인,
   남무, 제주시 용담동)
   이후 자료를 지칭할 때는 자료 번호를 따르기로 함.
6) 赤松智城・秋葉 隆,『朝鮮巫俗の硏究』, 대판옥호서점, 소화 12년.
7) 진성기,『제주도 무가본풀이 사전』, 민속원, 1991, 103-111쪽. (구송자: 이춘아,
   여무 75, 남제주군 서쉬읍)
8) 위의 책, 111-121쪽. (구송자: 신명옥, 남무, 62, 표선면)
9) 위의 책, 121-131쪽. (구송자: 박남하, 남무, 48, 안덕면)
10) 장주근,『제주도 무속과 서사무가』, 역락, 191-202쪽. (구송자: 고대중, 남무, 46,
    구좌면, 1962)
11) 제주도에는 이 말이 속담처럼 일반적으로 쓰이는 말이라고 한다.

여 중요시한다.

그런데 제주도 가옥 구조는 본토와는 차이가 있다. 제주도에는 '상방'이라는 것이 있는데 본토의 마루에 해당하는 공간이라고 할 수 있다.12) 이 상방에는 전면과 후방에 출입문이 있는데 전면 출입구를 대문, 후방 출입구를 뒷문이라 하고 대문을 차지한 문신을 앞문전, 혹은 일문전이라고 하고, 뒤쪽 문을 차지한 문신을 뒷문전이라고 한다고 한다. 또한 여기는 성주 기둥이 서 있어 문전이 머무르는 곳인 동시에 가옥의 최고신인 성주신을 모시는 곳이기도 하다. 그런데 제주도에는 성주가 가옥신으로 관념되고 있기는 하지만 그 신앙이 매우 희박하다고 한다.13) 요컨대 제주도의 문전은 상방의 앞문전과 뒷문전을 일컫는 것이며, 본토와 비교하면 성주신과 같은 가옥신에 해당한다.

이러한 제주도 가옥의 특성을 고려할 때, 집안 살림을 맡고 있는 어머니가 조왕신이라면 집안 전체를 통솔하는 아버지는 가옥신인 문전이 되는 것이 자연스럽다. 그런데 <문전본풀이>에서는 문전이 아버지로 나타나기도 하고, 막내아들로 나타나기도 하는 등 혼란을 보인다. 아버지는 문전이 되는 경우도 있지만 그 죄과(罪過)로 인하여 주목 정살지신, 거리 동티 등이 되는 경우가 있기 때문이다. <문전본풀이>가 문전의 내력을 풀어내는 이야기라고 할 때 이런 혼란은 매우 근원적인 문제가 아닐 수 없다. 이에 비한다면 어머니나 첩은 각각 조왕신, 측간신으로 각편에서 일관되게 좌정되는 것을 볼 수 있다.

---

12) 상방은 주택의 중심부에 위치하여 주거 생활의 중심 공간이 됨과 동시에 조상의 제사 등 관혼상제와 휴양, 가족의 집회, 단란, 손님의 접대, 오락, 식사, 유희와 가사 노동 등 주택의 다양한 사회적 기능을 충족시키는 공적인 요소가 짙은 곳이다.

13) 정영철, 「제주도 전통민가의 공간적 구조 및 의미에 관한 연구-민간신앙을 중심으로」, 한양대학교 박사학위논문, 1991, 37-38쪽 참조.

조왕신과 더불어 측간신에 대한 인식은 전승자들에게 명확히 자리잡고 있는 반면, 문전신에 대한 인식은 혼선을 빚고 있음을 보여 주는 것이다. 그렇다면 <문전본풀이>는 가족의 문제를 다루고 있다기보다는14) 조왕신과 측간신의 서사로 보아야 하지 않을까. 그리고 이 신화는 '가정신'의 내력을 풀어내는 신화이기 전에 '여성신'을 말하는 신화는 아니었을까. 이 글은 이러한 의문에서 출발한다.

2. 가족의 서사와 여성의 서사

<문전본풀이>는 서대석이 '가정의 탄생 및 가정의 시련과 극복 과정을 보여주는 가정신화'15)로 규정한 이후, 주로 '가정'이나 '가족 질서', '가족관계' 등과의 관련 하에서 연구가 진행되어 왔다. 서대석은 <성신굿>, <살풀이>, <칠성풀이>, <문전본풀이>를 하나의 서사 유형으로 파악하여 계모담과 아들의 친부탐색담을 가장 중요한 서사로 보았는데 그 결과 이 신화가 '부자관계'에 중점을 두고 있으며, 이는 한국의 가족구조가 부계 혈연을 중시하는 가부장제 가족으로 변천한 사실과 관계가 깊다고 하였다. 후기 연구자들 가운데는 <문전본풀이>가 '부자관계'보다는 '모자관계'에 더 비중을 두고 있다는 연구 결

---

14) 김대숙은 <문전본풀이>뿐 아니라 동서양을 막론하고 신화는 가족사라고 해도 과언이 아닐 정도로 가족 구성원의 이야기로 전개되면서 인물의 이동에 따라 가족이 구성되기도 하고 해체되기도 한다고 보았다. 김대숙, 「한국신화의 가족구성체계 (1)-비교 신화연구를 위한 시론」, 『평택대학교 논문집』 제13집, 1999, 57쪽.
15) 서대석, 「칠성풀이의 연구-신화적 성격과 서사시적 서술구조」, 『진단학보』 65집, 진단학회, 1988, 110쪽.

과를 내놓으면서 <문전본풀이>에서 여성적 성격을 찾으려 시도하기도 하였다.16) 그러나 '가족제도'라는 측면에서 신화를 파악하고 있기 때문에 기존의 결론과 크게 다른 결론을 도출해 내지는 못하였다. 설사 <문전본풀이>가 제주도 특유의 '비부계적(非父系的)'인 특성을 지니고 있다고 할지라도17) '가족관계'라는 기준을 가지고 신화를 파악하고자 한다면 견해의 차이를 확인하는 정도의 수준에 머무를 수밖에 없을 것이다.

즉 <문전본풀이>를 '가족의 이야기' 혹은 '가정의 이야기'로 읽어내는 데에는 일정한 한계가 있을 수밖에 없게 되는데, '가정' 혹은 '가족'이라는 제도적 틀 안에서 서사의 주체는 쉽게 망각되어버리거나 모호해질 가능성이 짙기 때문이다. 서대석은 후반부에 일곱 아들들의 역할이 부각되는 본토의 신화들과 제주도 서사무가 <문전본풀이>를 하나의 서사 유형으로 파악하여 <칠성풀이>라고 하였다. 그 결과 <문전본풀이>를 포함한 <칠성풀이> 유형 신화들은 '계모담'과 '아들의 친부탐색담'을 중요한 서사로 지닌 '가정의 신화'가 될 수밖에 없었던 것이다. 그러나 <문전본풀이>는 다른 지역 각편들과는 명칭이나

---

16) 정주혜는 <칠성풀이>와 <문전본풀이>를 대비하여 전자는 부자관계를 중심으로 수직적 연대를 보여주고 있다면, 후자는 부부관계와 모자관계를 중심으로 수평적 연대관계를 보여주고 있다고 파악하였다. 정주혜, 「<칠성풀이>와 <문전본풀이>의 대비 연구-가족관을 중심으로」, 서강대학교 석사학위논문, 1988.
한편 장유정은 조왕신의 신화이면서 가족 이야기를 담고 있는 아이누의 조왕신 신화 <카무이 후치 야이류카르>와 <문전본풀이>를 비교하여 두 신화는 공통적으로 부부중심의 가족제도를 드러내고 있으며 이와 더불어 <문전본풀이>서는 '모자중심', '모성중심'의 가족제도도 나타난다고 하였다. 장유정, 앞의 논문.
17) 장유정, 위의 논문. 장유정 또한 '가족제도'라는 측면에서 <문전본풀이>를 다루고 있다.

구조에 있어서 차이를 보인다.18) 〈문전본풀이〉에도 아들들이 어머니
를 구원하는 각편이 주종을 이루고 있기는 하나 그럼에도 불구하고
〈문전본풀이〉는 아들들의 서사보다는 남편을 찾아 떠나는 조왕신의
서사와 사악한 측신의 간계와 그 실패, 그리고 그에 따른 응징을 주된
서사로 삼고 있다. 즉 〈칠성풀이〉와 〈문전본풀이〉는 그 서사 유형은
비슷하나 서사 주체에 있어서는 차이를 보이고 있는 것이다.

  장유정은 〈문전본풀이〉와 〈카무이 후치〉를 비교하면서 〈카무이
후치〉가 〈문전본풀이〉에 비해 서술 방식에 있어서 구술성이 더 강하
며 그 내용에 있어서도 더욱 원초적인 모습을 담고 있다고 하였다.
〈카무이 후치〉는 1인칭 서술로 주인공 신이 스스로 자신의 행적을
서술하는 형식을 취하고 있는 것에 반해, 〈문전본풀이〉는 3인칭 서술
의 형식을 띠고 있다는 것이다. 또한 〈카무이 후치〉에서는 '물신',
'불신'의 싸움이 주된 내용을 이루고 있었던 데 비하여, 〈문전본풀이〉
에서는 '물과 불'의 속성은 이면으로 사라지고 처와 첩의 관계, 부모와
자식의 관계로 변용·확장되어 나타나고 있다고 본다.19) 이론의 여지
가 없는 것은 아니지만 〈카무이 후치〉가 〈문전본풀이〉의 원초적
형태라는 연구 결과는 〈문전본풀이〉를 이해하는 데 매우 중요한 의

---

18) 이러한 이유로, 장유정은 제주도의 〈문전본풀이〉만으로 제한하여 연구 대상으로
    삼으면서 〈칠성풀이〉로 대표되는 본토의 각편들과 〈문전본풀이〉는 명칭과 기능
    이 다를 뿐 아니라 내용도 달리 해석될 여지가 있으며, 이는 또한 신화적 해석도
    달라질 수 있다는 것을 시사한다고 밝힌 바 있다. 장유정, 「제주도 〈문전본풀이〉와
    아이누의 〈카무이 후치 야이유카르〉의 비교 고찰」, 『국문학 연구』 7호, 국문학회,
    태학사, 2002, 158쪽.
    또한 이러한 차이 때문에 정주혜가 〈칠성풀이〉와 〈문전본풀이〉 비교를 시도하
    기도 했던 것이다.
19) 장유정, 위의 논문, 162-163쪽 참조.

의가 있다고 본다.

가족의 이야기인 <문전본풀이>의 원초적 형태가 <카무이 후치>, 즉 여신의 이야기라면, <문전본풀이>도 본래는 여신의 서사였을 가능성을 생각해 보지 않을 수 없다.[20] <카무이 후치>가 '불의 온신'의 신화라면, <문전본풀이>도 '조왕신'의 신화로 읽어 낼 필요가 있을 것이다. 그리고 여기에서 여신의 신화에 '가족', '가정'이 개입됨으로써 여신의 이야기가 어떤 모습으로 변용되는지 알 수 있을 것이다. 또한 <문전본풀이>에서 회복하고자 하는 '가족'이나 '가정'은 남성적 지배 질서가 요구하고 있는 '가족 이데올로기', 즉 남성을 중심으로 남성적 질서를 공고히 하려는 것이다. 따라서 '가족'이나 '가정'의 범주에서 <문전본풀이>를 이해하는 시각은 일정한 한계를 지닐 수밖에 없다.

특히 남성적 질서가 '위협적'이라고 규정짓고, '비정상적'인 것으로 배제하려고 했던 여성의 경우에는 더욱 왜곡되었을 가능성을 생각하지 않을 수 없다. <문전본풀이>에서 조왕신과 대립하면서 갈등의 주체로 떠올랐던 측신은 남성 지배 질서가 개입하기 이전에는 어떤 모습이었을까? 한 가정의 어머니로, 남성적 질서에 안정적으로 편입됨으로써 성적 사회적 차별 체계를 내면화 해버린 조왕신보다는 남성적 질서에 길들여지지 않음으로써 '위험'하고 '사악'한 신으로 남게 된 측신의 모습에서 원초적 여성신으로서 면모를 더 잘 발견할 수 있지 않을까? 역사적인 부분들을 건너 뛰어 좀 더 비약을 한다면, 조왕신의 신화와 측신의 신화가 남성적 지배 질서 속에 편입되는 과정

---

20) 여기서 <문전본풀이>의 역사적 변용에 대해 언급하고자 하는 것은 아니다. 다만, <문전본풀이>를 여성의 시각에서 읽어낼 필요가 있으며, 그것이 연구자의 작의적인 시각만은 아니라는 것이다.

에서 '가족의 서사'인 〈문전본풀이〉를 탄생시켰다고도 볼 수 있지는 않을까?21)

〈문전본풀이〉가 조왕신의 서사, 즉 여성의 서사였던 흔적을 〈카무이 후치〉가 보여주고 있다면, 〈문전본풀이〉를 측신의 서사로 읽을 수 있기 위해서는 그 흔적이 되는 측신의 서사를 찾아야 할 것이다. 그 흔적을 중국 신화에서 찾아볼 수 있다.

> 변소의 신은 자고(紫姑), 측고(厠姑), 모고(茅姑) 또는 갱삼고랑(坑三姑娘)으로 불린다. 전설에 따르면 이 여신은 원래 산서 지방에서 관리 노릇을 하던 이경이라는 사람의 소실로서 7세기 때 살았었다고 한다. 그녀를 질투한 정실에 의하여 변소에서 살해된 다음 옥황상제가 그녀는 변소의 여신으로 삼았다고 한다. 이 여신은 부녀들에 의해 숭배된다.22)

변소의 신이 변소라는 공간을 차지하게 된 이유는 변소에서 살해되었기 때문인데, 이 신화에서도 변소의 신이 정실부인이 아닌, 소실로 등장하고 있다. 사실은, 정실이 아닌 소실이었기 때문에 부엌으로 대표되는 가정의 중심을 차지하지 못하고 변소를 차지하는 것에 만족할 수밖에 없었을지도 모른다. 그런데 굳이 살해된 장소가 변소라서 변소신이 되었다는 설명 방식은 변소신을 최대한 미화하려고 했던 흔적이

---

21) 필자는 2003년 고전여성문학회 춘계 발표회에서 조왕신과 측신이 '두 개의 얼굴을 가진 하나의 어머니'라는 연구를 발표한 바 있다. 좀 더 보완이 필요한 논의이기는 하나 조왕신과 측신이 이질적인 신이 아니라는 점은 분명해 보인다. 본 논의에서도 그와 관련된 뒤에 언급될 예정이므로 여기서는 '이질적이 아니다'는 점만 밝혀 두기로 한다.

22) G. 프루너, 조흥윤 옮김, 『중국의 신령』, 정음사, 1984, 72쪽.

아닌가 생각된다. 왜냐하면, <카무이 후치>나 <문전본풀이>와는 달리, 이 신화에서는 질투심 강한 정실이 소실을 죽이는 것으로 나타나기 때문이다. 질투에 눈이 멀어 소실을 죽이는 정실에 대비하여 소실은 착하고 죄없는 순결한 존재로 부각될 수밖에 없고, 그렇다면 문명화된 시각에서 변소라는 공간은 착하고 순결한 여성의 자리라고 하기에는 적절치가 않았을 것이다. 그 때문에 소실은 변소에서 죽임을 당할 수밖에 없고, 그리하여 변소신이 될 수밖에 없었던 것이다. 요컨대, 이 신화는 순결한 변소신의 이야기인 것이다. 그렇다면 다음 장에서는 이 순결한 변소신의 이야기가 남성 중심적 서사에 편입되면서 어떻게 달라지고 있는지 살펴보겠다.

3. 남성 중심의 서사와 악녀 만들기

1) 첩, 유혹하는 요부

측간신으로 좌정되는 노일저대는 전체 서사에서 시종일관 악녀로 묘사되는데, 노일저대의 중요한 악역 중 하나는 남편을 빼앗은 '첩'의 역할이다. 제주도는 섬지역이라는 지형적 특성 때문에 남성이 현저하게 모자랐다고 한다. 때문에 남자들은 거지라고 해도 첩실을 서넛씩 거느렸다고 한다. 그렇다면, 본처보다는 첩실이 더 많았다는 얘긴데 그럼에도 불구하고 첩을 악녀로 묘사하고 있는 이 <문전본풀이>가 오래도록 전승집단의 수긍 속에서 전승되었다는 것은 잘 납득이 가지 않는다. <문전본풀이>가 가족 구성원의 역할에 대한 교훈을 주면서 일부다처제라는 '가족 질서'를 공고히 하고 가정의 평화를 유지하는

기능을 하였다는 현용준의 견해를 받아들인다 하더라도 '착한 첩에
관한 이야기는 왜 없는가'라는 의문이 생길게 된다.

〈문전본풀이〉에서 첩 노일저대가 악녀의 이미지를 갖는 이유는
'첩'은 '요부', '간부'의 이미지를 중복적으로 지니고 있기 때문이다.
〈문전본풀이〉에는 노일저대가 '요부'임을 드러내는 표현들이 곳곳에
등장한다.

> 오동나라 오동고을 노일제대귀일의 뚤이 남선고을 남선비가 전베
> 독선 잡아아전 무국장수 오랐뎬 소식 듣고, 흐를날은 오동나라 성창
> ᄀ을 가고 보니 남선비가 전배독선 타고 와시난 어잇 언강 ᄉ뭇 내뱅
> 남선비야, 남선비야, 옵서 우리 심심소일로 바둑 장기나 뛰뎡 노념놀이
> 나 허여 보게(①)

노일저대는 남선비가 왔다는 소식을 듣고 선창으로 달려나가 남선
비를 유혹한다. 여산부인에게 남선비가 있는 곳을 일러 준 새 쫓는
아이의 입을 통해서도 '노일저대 홀림에 들언(③④)', '오동나라 귀일
이 뚤 호탕에 들언 바둑 장귀 두단(⑤)', '노일저대구일이뚤 호탕에
들언'(⑥) 등의 표현을 들을 수 있어 노일저대가 남선비를 유혹했음을
알 수 있다.

배를 타고 떠난 남선비를 유혹하여 파멸에 이르게 한 노일저대는
항해길의 선원들을 유혹하는 사이렌을 연상시킨다. 사이렌이나 노일
저대와 같은 여성들의 공통적인 이미지는 성적인 매력으로 남성을
유혹해 파멸시키는 팜므 파탈의 이미지이다.

서사 문면에 드러난 유혹방법은 '장기'나 '바둑' 등의 놀음이다. 노일
저대가 장기를 두자고 남선비를 유혹한 것이다. 그러나 본처 여산부인

의 눈에 비친 노일저대는 성적인 매력을 가지고 남성을 유혹하는 여성
이었다.

> 가다 보난 일천 할량들이 노는디 어떤 예주가 대홍대단 홑단지매
> 구실둥이 저고리에 늦인 낭제 ㅂ뜬 낭제 늦익마직 차아 놓고 왼 손엔
> 은가락지 ㄴ단 손엔 놋가락지 ㅎ고 할량들캉 웃임재작 ㅎ멍 오곰춤을
> 추엄구나.(④)

새 쫓는 아이의 말을 좇아 남선비의 초막을 찾아 가던 여산부인은
어떤 여자가 웃음을 흘리며 한량들과 오곰춤을 추고 있는 광경을 보게
된다. 화려하게 차려입고 한량들에게 웃음을 흘리며 춤을 추고 있는
여자는 다름 아닌 노일저대였던 것이다. 여기서 노일저대의 이미지는
창녀를 연상시키는데 노일저대가 성적인 매력으로 남성을 상대하면
서 살아가는 것을 업으로 삼고 있음을 알 수 있다.

니키 로버츠는 선사시대 사회 내에서는 문화, 종교, 섹슈얼리티가
여신이라는 동일한 원천에서 솟아나 한데 섞여 있었다는 스죄와 모르
의 주장을 근거로 들면서, 선사 사회에서는 여성 사제들은 성적 의례
를 집전했고, 공동체 전체가 참여해 생명력을 통한 무아경(無我境)
속의 합일을 함께 경험했다고 말하고 있다. 신성한 여성 사제들은 신
성한 여성인 동시에 매춘부였으며 역사상 최초의 창녀라는 것이다.
모든 여성들은 남성의 사유 재산이 되어야 한다고 주장하면서 성도덕
이라는 개념을 제도화시켰던 남성 사제들에 의해 이들 '성스러운 매춘
부'들은 혐오스러운 '죄인'으로 전락하기에 이르렀다고 한다.23) '혐오'

---

23) 니키 로버츠 지음, 김지혜 옮김, 『역사 속의 매춘부들』, 책세상, 2004, 20-33쪽.

에서 더 나아가 '위협적인 여성'으로서의 팜므 파탈 이미지 또한 남성
들에 의해 왜곡된 이미지다.

우리나라 신화의 경우, 〈세경본풀이〉의 농경신 자청비도 문도령에
게 함께 목욕을 하자고 하는 등 성에 대해 매우 개방적이고 적극적인
태도를 취하고 있다. 좀더 강력한 예는 마고 할미 설화에서 찾을 수
있다. 강진옥은 강원도 지역 구전 설화인 서구암 마고 할미 설화와
문헌에 나타난 여성신격과의 비교를 통해 여성신격 관념의 변모를
살핀 바 있다. 서구암 마고 할미는 어린애들이 천연두, 홍역 등 열병에
걸려 죽게 하거나, 사람과 말이 걷지 못하도록 발이 땅바닥에 붙어
몇 시간 후 죽게 하는 흉악한 장난을 하는 마녀인데, 어떤 때에는 숫처
녀에게 약을 먹여 아이를 배게 하기도 하고 떼기도 하는 등 임신과
관련된 능력들을 지니고 있으며, 요염한 여인이 되어 사람을 홀리기도
하고, 간부에게 마력을 주기도 하며, 교간을 일삼기도 하였다고 한다.
또 그 마녀가 교간하고 싶은 사나이가 그의 처와 성교하면 그의 손톱
으로 바위를 긁으며 질투하였다니 그 질투의 크기는 바위에 난 손톱자
국으로 입증된 것으로 믿었다.[24]

이러한 마고할미의 성적인 능력은 '성스러운 매춘부'의 전락과 함께
요부, 악녀 이미지를 환기시킨다. 어린애들을 해하기도 하면서 임신과
낙태의 능력을 지니고 있다는 점, 아무에게나 흉악한 장난을 한다는
점, 성적인 매력을 가지고 있으며 본처와의 성교를 질투하기도 한다는
점 등은 노일저대의 모습과 거의 흡사하다. 특별한 이유 없이 어린이
에게 병을 주고, 어른을 해하기도 하는 모습은 〈문전본풀이〉 서사가

---

24) 『삼척군지』, 349-350쪽. 강진옥, 「마고할미 설화에 나타난 여성신 관념」, 『한국민
    속학』 25집, 한국민속학회, 1993. 재인용.

형상화하고 있는 악한 첩 노일저대의 모습을 그대로 보여주고 있으며 그 중에서도 성적인 매력을 지니고 있다는 점, 부부의 성교를 질투하는 모습은 노일저대의 요부 이미지와 일치하고 있다.

창조신 마고할미가 지닌 부정적인 형상을 노일저대의 형상에서 동일하게 발견할 수 있다는 데서 마고할미가 겪었던 타자화 과정을 노일저대도 동일하게 겪었음을 추측할 수 있다. 이처럼 여신의 고유한 능력인 다산과 풍요의 능력은 여신의 성적 이미지를 부정적이고 왜곡되게 묘사함으로써 여신의 지위를 전락시켰던 것이다. 노일저대의 경우, 성적 이미지를 부정적으로 부각시켜 묘사함으로써 노일저대가 본래 갖고 있었던 생산 능력을 왜곡시켰던 것이다.25)

노일저대가 본래 가지고 있었을 것으로 예측되는 여성신으로서의 지위와 다산과 풍요의 이미지는 그녀가 속하게 되는 '가족 관계'에 의해 왜곡된다. 노일저대는 혈연으로 맺어진 가족의 범주에서 벗어나 있는 이질적인 존재, 아내가 아닌 여성, 즉 사악한 첩이기 때문이다. 여성을 아내와 창녀로 구분하기 시작하면서26) 아내가 아닌 여성은 '나쁜' 이름들이 붙여지기 시작했던 것이다.

---

25) 강진옥도 마고할미가 지녔다는 성에 대한 특별한 관심은 여신으로서의 근원적 생산력과 직접적으로 관련되는 주요한 신화적 상징을 대변해 주는 것이며 마고할미의 부정적인 이미지는 그의 신성을 박탈하기 위한 일정한 굴절과정을 겪는 동안 그 같은 성격 변모가 나타나게 되었다고 보았다. 강진옥, 위의 논문.

26) 기원전 2000년경, 고대 수메르에서 아내와 창녀를 분리하는 법이 처음으로 생겼다고 한다. 니키 로버츠, 앞의 책, 28쪽 참조.

2) 계모, 파괴하는 어머니

　노일저대가 일곱 아들들의 간을 먹어야 병이 낫는다고 꾀병을 부리는 대목은 〈문전본풀이〉의 가장 핵심적인 서사를 이루고 있으며 노일저대가 악녀로 인식되는 가장 중요한 부분이기도 하다. 사악한 계모는 의붓 아들이나 의붓 딸을 모해하거나 죽임으로써 궁극적으로는 기존의 혈연중심 가족 체계를 무너뜨리고 새로운 혈연중심 가족을 구성하고자 시도한다. 따라서 기존 가족질서에서 계모는 매우 파괴적이고 위협적인 인물로 등장한다.

　이성권은 '계모란 존재는 무능하기 짝이 없는 가장 및 그 체제에 대한 비판의식과 이 시기 가장의 존재를 인정할 수밖에 없는 상황의 접합 지점에서 그 자정 환난에 따른 비난의 화살을 한 곳에 쏟아 부을 수 있었던 출구요 매개적 형상이었던 셈이다'[27]라고 규정한다. 부정적인 계모의 이미지는 여성의 억압이 당연시되던 엄격한 가부장제 사회에서 마련된 산물인 것이다. 이 견해에 동의하면서도 '무서운 어머니'의 형상은 그보다 더 오랜 시원을 가지고 있는 것이 아닐까 생각해 볼 수 있다.

　홍수 신화에서 그 예를 찾아볼 수 있는데, 홍수가 가지고 있는 파괴력은 정화를 통해 이후에 이어질 새로운 생명을 위한 준비를 한다는 점에서 생산력과도 연관이 된다. 잉태와 탄생의 생명 공간인 어머니의 자궁이 죽은 후에 돌아가는 무덤과 연결되는 이미지를 가지고 있다는 점에서도 어머니가 가진 파괴와 생명 창조의 양가적 측면은 잘 이해된

---

27) 이성권, 「계모형 고소설의 갈등과 그 성격-'계모형 가정소설'과 '가문소설', '효열지'를 중심으로」, 『고소설연구』 제9집, 고소설연구회, 38쪽.

다. <문전본풀이>에서도 이러한 양가성이 노일저대에게 투영되어 있는 것을 볼 수 있다. 노일저대에게는 이처럼 파괴력과 생산력이 공존하고 있다.

노일저대는 거짓으로 배앓이를 호소하고 남편은 노일저대의 권유에 따라 점쟁이에게 문복을 한다. 남선비가 찾아간 점쟁이는 점쟁이로 가장한 노일저대였는데 남선비에게 아들 일곱의 간을 내어 먹어야 병이 나으리라고 예언한다. 남선비가 노일저대에게 돌아와 사실을 말하자 노일저대는 부모가 자식을 죽일 수는 없는 노릇이니 다른 점쟁이를 다시 만나 보라고 한다. 남선비가 다시 찾아간 점쟁이 역시 변장하고 앉은 노일저대다. 점쟁이, 즉 노일저대가 다시 일곱 아들의 간을 내 먹어야 병이 나으리라고 예언하자 남선비는 집에 돌아와 노일저대에게 아들들을 희생시키자고 한다. 노일저대는 그제야 다음과 같이 말을 한다.

흔배에 싯쏙 시번만 낳민 아옵성젠 키울거난 앨 내여당 줍서.(④)

노일저대가 아들들을 죽이는 것을 정당화하는 데 표면적으로 내거는 이유는 바로 한 배에 셋씩, 세 번만 낳으면 아홉이라는 것이다. 이 표현에서 보면, 자신의 '생명의 근원'이며 따라서 자신이 죽는 것보다는 아들을 죽이는 것이 더 나은 선택이라는 논리다. 자신이 죽으면 그것으로 끝이지만 일곱 아들의 간을 먹고 자신이 산다면 일곱 아들보다 훨씬 더 많은 생명을 탄생시킬 수 있다는 자신감의 표현인 것이다. 문제는 '생명' 창조 행위는 '파괴'와 맞물려 있다는 것이다.

사실, 자신의 생명을 위해 타인을 죽이는 행위는 노일저대만 저지

르는 악행은 아니다. 일곱 아들들 또한 자신들의 생명을 구하기 위해
산돼지를 죽인다. 일곱 아들의 서사는 '살생'이라는 행위가 가진 부정
적인 이미지를 씻기 위해 교묘한 장치를 이용하는데 이것이 바로 생모
의 현몽이다. 일곱 아들은 계모 노일저대의 간계로 인한 피해자이며,
그 구원자로 생모가 나타나 위기 극복의 방편으로 희생돼지(?)를 내
려 주는 것이다.

> 잠이 들어신디 말줏아들은 줌절에, 저명 혼정으로 "저디 쇠만흔 돗
> 이 새끼 일곱을 두란 느럼시니 씨앗일 저 흐나만 냉겨두엉 야숫머리만
> 잡앙 간내영 독사발에 들렁 가라."(③)

산으로 도망가 지쳐 잠든 아들들에게 생모가 현몽하여 돼지가 내려
올 것이니 그 돼지 간을 내어 계모에게 가지고 가라고 가르쳐 준다.
돼지는 생모가 구원의 메시지로 보내 준 것으로서 아들들은 '살생'이
아닌 거룩한 '희생의식'을 거행하게 되는 것이다. 그리고 이 '희생의식'
또한 아들들의 자의에 의해서 '저질러'지는 것이 아니라 생모의 인도
에 따라 이루어지는 것이다. 인간이나 돼지나 생명을 가진 존재라는
점에서는 다를 바가 없다. 그리고 자신의 생명을 위해서 타자의 생명
을 빼앗는다는 점에서도 하등의 다를 바가 없다. 그럼에도 불구하고
계모 노일저대의 행동은 비난받아 마땅한 사악한 행동으로 나타나고,
아들들의 행동은 지혜로운, 혹은 사제의 그것과 같은 신성한 행동으로
나타난다.
　그런데 더욱 재미있는 것은, 그냥 돼지 일곱이 아니라 '새끼 일곱'을
거느리고 내려오는 어미 돼지라는 것이다. 또한 생모는 '씨앗'으로 쓸

돼지 한 마리는 남겨 두라고 당부를 한다.28) 이것은 생모와 일곱 아들을 환기시키는 상징적인 장치라고 볼 수도 있다. 그러나 그보다 더 중요한 것은, 새끼들은 죽더라도 생명의 근원이 되는 어미 돼지, 즉 씨앗으로 쓸 돼지가 남아 있다면 계속 새끼를 낳아 상실을 회복할 수 있다는 논리다. 생모의 이러한 생명 존중 태도는 아들들의 목숨을 빼앗으려는, 생명 파괴자의 이미지로 나타나는 계모 노일저대와는 대조적인 태도이다.

그러면서도 생모의 이러한 논리는 앞서 노일저대가 자식을 죽여 자기가 살아야겠다고 했던 논리와 동일 선상에 있다. '생모-계모'로 대변되는 가족관계에서 벗어나서 살펴본다면, 살기 위해 돼지들을 어쩔 수 없이 죽여야 한다면 생명의 근원이 되는 하나만은 남겨 두라는 생모의 당부는 자식들이나 자신 중의 하나가 죽어야 한다면 생명의 근원이 되는 자신이 남아 다시 아들들을 낳겠노라는 노일저대의 선언과 동일한 논리인 것이다. 요컨대, 노일저대가 '사악한 계모'라는 이름에서 자유로울 수 있다면, 아들들을 죽여 간을 내 먹으려는 노일저대의 파괴적 이미지는 생명 이미지의 또 다른 이면이라고 볼 수도 있다는 것이다. 다산과 생명창조의 능력을 지닌 여신 노일저대이기에 이처럼 파괴에 대한 합리적인 근거를 주장할 수 있는 것이다.

---

28) 여기서 전승상의 오류가 나타나는데, 막내가 형들을 죽여 간을 내어 가므로 간은 여섯만 있으면 된다. 그러나 '일곱 아들'이라는 설정 때문에 전승자는 혼란을 겪은 듯하다.

3) 측신, 흩어진 여신

노일저대의 생명 논리는 가족 구성의 핵심으로 등장하고 있는 일곱 아들들에게 받아들여지지 않았다. 그리하여 노일저대는 변소로 도망가 죽음을 맞게 되는데 아들들은 그 주검마저 그대로 두지 않고 갈가리 찢어 흩어버린다.29) 모든 각편에는 이 부분이 동일하게 들어 있다. 각편마다 이 부분을 어떻게 표현하고 있는지 살펴보면 다음과 같다.

①㉠양각을 튼언 드딜팡을 서련ㅎ고, 데가린 그찬 돗도로기 서련하고, ㉡머리터럭은 그찬 데껴 부난 저 바당이 페가 뒈고, 입은 그찬 데껴부난 솔치가 뒈고, 손콥, 발콥 그찬 데껴부난 쒜굼벗 돌굼벗 뒈고 벳똥은 하문은 그찬 데껴부난 대점복 소점복이 뒈고 몸천은 독독 벳안 허풍ᄇ름에 불려부난 ᄀ다귀 모기 몸에 환생시켜 보내두고,

②팔은 빼여서 올내정쌀낭하고 ㉠다리는 빼여서 드들팡 맨들고 머리빡은 돗득으리 맨들고 머린 지충 맨들고 손발톰은 둡벗 맨들고, 입 발은 대소팔 맨들고 육신은 삐저서 바람에 날리니 독의 배록 빈대 갓흔 버랭이로 화하니

③㉠애개긴 그찬 아구리 체연 돗도고리 맹들아붙고 양허벅다린 그찬 드딜팡 맹글아 붙고, ㉡머리털은 뽑안 널져부난 저 바당의 패가 되고, 입은 그찬 널녀부난 손치가 되고 발콥광 송콥은 그찬 널져부난 쒜굼벗, 돌굼벗이 되고 뱃동은 그찬 널려부난 굴맹이라 되고 하문은

---

29) 실제로 아들들을 죽이려고 칼을 간 사람은 남선비이다. 그런 남선비의 주검은 잘 추슬러 장사를 지내주는 ('아방을 잘 감장ᄒ고'(④))것과 비교해 볼 때 노일저대의 시신을 훼손하는 것은 지나친 처사이며, 모든 악의 근원을 여성에게 두고 있는 남성중심적 사고를 반영하고 있다고 하겠다.

그찬 널려부난 대줌복 소줌복이 되고 똑고망은 그찬 널려부난 몰미잘
이라 되고, 그치단 남은 건 술안 허풍ᄇ름에 불려부난 독ᄒᆞᆫ 년 몸 손
거난 니도 되고 배록도 되고 모기도 되고 ᄀᆞ다귀도 되고 배염도 되고
주넹이도 되고 일만 독ᄒᆞᆫ 중싱이 ᄆᆞᆫ 되고

④㉠양다린 디딜팡으로 놓고, ㉡눈은 빤 눌려부난 저 바당이 몰미줄
이가 되고, 머리 빤 눌려부난 저 바당이 고래가 되고, 하문은 돌란 ᄂᆞ려
부난 저 바당이 줌복이 되고, 간은 빤 눌려부난 미가 되고, 궨 돌란
ᄂᆞ려부난 구젱기가 되고, 콘 늘란 눌려부난 굴묵어귀가 되고, 배설은
빤 눌려부난 물패염, 물패기 도줄레가 되고, 처지단 남은 건 남방애에
ᄈᆞ산 체로 치연 체 아랫 건 눌려부난 배록이 되고, 모기가 되고 니가
되고 체 우잇 것 ᄂᆞ려부난 ᄑᆞ리가 되고 독다구리가 되엿수다

⑤㉠양착가달을 떼여간 디딜팡으로 놔두고 대강인 빠단 저 바당에
널려부난 몰망몸에 환싱ᄒᆞ고 ㉡송콥 발콥은 돌라단 저 바당에 널려부
난 쐬굼벗에 환생ᄒᆞ고 니뻴은 빠단 저 바당에 널려부난 대우살로 환싱
ᄒᆞ고 궨 돌라단 솔빡으로 마련ᄒᆞ고 눈은 돌라단 철리통으로 마련ᄒᆞ고
㉢또꼬망은 돌라단 저 바당에 널려부난 몰미줄이로 환싱ᄒᆞ고 그디저
디 본전은 돌라단 저 바당에 널려부난 동이와당 대줌복 서이와당 소줌
복에 환싱되엿구나. 남은 꽹들은 방앳혹에 똑똑 ᄈᆞ산 허굴ᄇ름에 불려
부난 모귀몸에 환싱되고 ᄀᆞ따귀몸에 환싱되고

⑥㉠양각은 터다가 드들팡을 서립ᄒᆞ고 양팔은 해여다가 돛집 짓기
서렵ᄒᆞ고 ㉡양눈은 돌라다가 저 바당에 던졌더니 구젱기로 환생ᄒᆞ고
손톱 발톱은 돌라다가 저 바당에 던졌더니 둠벗닥지로 환싱ᄒᆞ고 똥고
낭은 돌라다가 저 바당에 던졌더니 물문주리로 환싱ᄒᆞ고 바래기 궂인
건 돌라다가 저 바당에 던졌더니 대점복, 소점복이 되고 ㉠대가리는
돌라다가 돛도고리를 서립ᄒᆞ고

㉠으로 표시된 부분을 보면 노일저대의 신체 일부가 측간을 구성하는 데 쓰인 것을 알 수 있다. 측신으로 좌정했다는 언급이 없는 각편인 경우에도 이러한 표현은 동일하게 나타난다. 측신으로 좌정되는 제의에 해당하는 것이라고 볼 수 있겠다. 돼지 집을 짓는다거나 돼지 먹이 그릇을 만든다는 표현 또한 제주도 변소의 특징을 반영하는 표현이다. 그런데 노일저대의 신체는 측간을 구성하는 데에만 사용되는 것은 아니다. 조개를 비롯한 여러 바다 생물의 근원이 되기도 한다는 점에서 신화적 상상력을 내포하고 있다. ㉡으로 표시된 부분이 바로 그러한 부분인데 많은 분량을 할애해 설명해 놓고 있어 ㉠보다 훨씬 길게 표현해 놓고 있는 것을 볼 수 있다.

세계의 신화를 검토해 볼 때 이 세상의 산천이나 지형의 창조는 대체로 거인의 사체(死體)로부터 생겨난다고 믿었다. 사지오체(四肢五體)가 산악이 되고, 혈액이 강하(江河)가 되고, 살갗은 전토(田土)가 된 반고 신화가 그 대표적인 것이다. 또한 피는 바다나 호수가 되고 살은 땅이 되고, 뼈는 여러 산이 되었다는 북구 신화인 거인 이미르가 있고, 머리는 천공(天空)이 되고 양쪽 다리가 대지가 된 인도의 거인 프루샤도 있다. 이처럼 거인의 사체로부터 대지가 생겨나는 모습은 비(非)앗삼의 아타·타니족 신화나 앗카드의 신화 등 세계적으로 널리 분포되어 있다.30) 이러한 사체화생신화(死體化生神話)는 중국의 반고 신화가 가장 대표적이다. 권태효는 우리나라에는 이런 거인의 사체화생신화는 거의 찾아보기 어렵다고 하면서 이처럼 우리나라에 사체화생신화가 없는 까닭은 우리 신은 죽는다는 관념이 없었기 때문

---

30) 大林太良, 권태효 외 역, 『신화학입문』, 새문사, 1995, 84-85쪽 참조

으로 보인다고 하였다.[31] 그러나 노일저데에게서 우리는 사체화생신
화를 발견한다.

창조신[32]의 이러한 창조 능력과 생산 능력은 농경신에게도 이어진
다. 생산적 능력을 지닌 농경신이 해체를 경험한다는 것은 널리 알려
진 사실이다. 박혁거세가 그러하고, 이집트의 오시리스 또한 신체가
흩어지는 경험을 해야 했다. 이렇게 볼 때 노일저데가 아들들에 의해
찢김을 당하는 것은 창조신과 생산신으로서의 면모를 보여주는 것이
며 노일저데가 생산과 풍요의 여신으로서의 성격을 지니고 있는 증거
가 된다.

4. 측간의 의미와 측신의 성격

<문전본풀이> 서사의 축을 이루는 갈등은 아들들과 노일저데의
대립이지만, 신화가 다 끝난 뒤에는 이상하게도 조왕신과 측간신의
대립으로 종결된다. 이러한 차이는 여성을 의도적으로 양분화하려는
남성들의 의도가 개입된 것은 아닐까.

이수자는 한국무속신화에 나타난 모신상과 그 신화적 의미를 밝히
는 과정에서 <문전본풀이>에 조왕신으로서의 모신상(母神像)과 측

---

31) 권태효, 『한국의 거인설화』, 역락, 2002, 87쪽.
32) 권태효는 창조신 개념이 도입되면서 우주 자체가 곧 거인이었다는 사고에서 탈피
하여, 창조신이 거인을 죽여서 그 사체로 세상을 창조한 형태로 변모되어 간 것이
아닌가 생각된다고 하였다.(위의 책, 224쪽) 그러나 반고의 경우 그 자체가 스스로
죽어 자연을 이루고, 거녀 마고 할미는 그 스스로 창조신인 것으로 보아 거인과
창조신은 혼동되기도 하는 개념으로 보아야 한다.

간신으로서의 모신상이 공존하고 있음을 확인한 바 있다. 측간과 부엌
은 정 반대의 공간이지만 먹을 것을 만들고 그것을 배설하는 공간이라
는 점에서는 근본적으로 연결고리가 있다고 파악하였다. 따라서 부엌
이 여성 공간이라 한다면, 측간도 여성 공간이 될 수 있다[33]는 것이다.
그런데 이 두 공간을 동질적인 의미를 내포한 공간, 두 모신상이 결국
은 하나의 어머니의 다른 얼굴이라고 생각해 본다면 어떨까? 이를
위해서는 변소가 가진 의미와 측신의 성격이 좀 더 깊이있게 규명될
필요가 있을 것이다.

처와 첩이 다르다고 인식하는 것은 그 본질적인 '어머니성'에 주목
하기보다는 '질서'라는 측면에 주목할 때 생기는 변별로서 외부적으로
주어지는 것이다. 생산과 양육이라는 본질적인 '어머니성'에서 보았을
때 처와 첩, 생모와 계모가 차이를 지닐 수 없다. 처와 첩이 다르다는
인식은 남성중심의 질서에서 강조하고자 하는 질서이다. 이러한 맥락
에서 부엌과 측간의 공간을 구분하고, 안과 밖의 질서를 부여하며 거
기에 착한 여성과 나쁜 여성을 각각 배치하였다는 것 또한 외부적이고
인위적인 질서를 기준으로 여성이 가진 양면성을 양극화해 놓고 있는
것이라고 볼 수 있다. 생명과 창조라는 여신의 고유한 여성성은 인위
적으로 조작되었으며, 그러기에 두 여신은 남성에 의해 좌정 혹은 해
체될 수밖에 없게 되는 것이다. 즉 착한 여성이든, 나쁜 여성이든 남성
의 시각과 질서에 의해 재단된 형상을 지니고 대립적인 관계에 놓이게
되는 것이다. 이는 실제 서사에서 중요한 대립구도를 형성하고 있는
아들들과 계모, 즉 문전, 오방신들과 측간 사이에는 아무런 대립관계

---

33) 이수자, 「한국 무속신화에 나타난 모신상과 신화적 의미」, 『이화어문논집』 16,
   이화여자대학교 이화어문학회, 1998.

가 설정되어 있지 아니한 점에서도 확인할 수 있다.

부엌이 음식을 만드는 곳이고, 그로 인하여 생명을 영위할 수 있도록 만드는 공간이라는 데에는 이견이 없을 것이다. 그러나 배설물을 저장해 두는 측간은 생명과 어떤 관련이 있는가. 이에 대한 답을 얻기 위해 똥의 신화적 상징에 대해 이해할 필요가 있다.

우리 신화에는 거인의 똥에서 지형이 생겼다는 설화들이 발견된다.

> 설문대할망은 워낙 커서 많이 먹었는데, 대죽 범벅(수수범벅)을 먹고 똥을 싼 것이 '굿망산오름'이란 산이 되었다.[34]

> 손당장수는 한 끼에 닷섬닷말을 먹어 똥도 망악(望岳)되는 것을 누었다. 마을 사람들이 큰 산일줄 알고 올랐다가 자꾸 빠지니까 똥을 여러 군데 조금씩 나누어 싸 달라고 부탁했다. 이렇게 해서 여기저기 싼 똥이 동산도 되고 산악도 되었다.[35]

이처럼 똥으로 산을 만드는 거인의 형상은 창조신으로서의 성격을 지닌다. 그런데 권태효에 따르면 이처럼 거인의 배설에 의한 지형 형성은 당사자들에게는 긍정적으로 받아들여지기보다는 지저분하다거나 궂다고 인식되고 있다고 한다.[36] 이러한 전승자들의 인식은 <문전본풀이> 서사에서 노일저대를 악신, 혹은 동티로 인식하고 있다는 것 일맥상통한다. 노일저대는 선문대할망이나 손당장수와 마찬가지로 창조적이고 생산적인 능력을 지니고 있음에도 불구하고 전승자들

---

34) 장주근, 『한국의 신화』, 성문각, 1961, 7쪽.
35) 진성기, 『남국의 민담』, 형설출판사, 1982, 94–95쪽.
36) 권태효, 앞의 책, 87쪽.

에게는 부정적으로 인식되고 있는 것이다.

'장길손 설화'에 이르면 일곱 아들의 간을 먹으려고 하던 악녀 노일
저대가 왜 하필이면 측간신으로 좌정되었는지 이해할 수 있다.

> 사람들에게 쫓겨난 장길손이 배가 고파 돌, 흙, 나무 등을 닥치는
> 대로 집어 먹고 배가 아파 토한 것이 백두산이 되었고, 흘린 눈물은
> 압록강과 두만강이 되었으며, 설사를 하여 흘러내려간 것이 태백산
> 맥이 되었고 똥덩어리가 떨어지면서 멀리 튀어 간 것이 제주도가 되
> 었다.[37]

장길손은 돌, 흙, 나무 등 닥치는 대로 먹어치우는 '파괴'의 이미지
와 배설을 통한 '창조'의 이미지를 동시에 보여주고 있다. 이 신화를
통해 볼 때 '파괴'와 '창조' 즉 '먹는 행위'와 '배설하는 행위'가 궁극적
으로 하나의 의미를 지닌 행위임을 알 수 있게 된다.

또한, 배설물은 식물이나 음식과 관련을 지니고 있기도 하다.

> 옛날 모토나 부근의 구이토바라우에는 음식이 없었다. 사람들은 물
> 을 먹고 잠을 잘 뿐이었다. 어른들이 물을 얻으러 간 사이, 신 탄타누가
> 와서 "항아리를 갖고 와라. 내가 너희에게 음식을 줄 테니."라고 말한
> 다. 한 아이들은 항아리를 가져 와 그 속에 물을 가득 넣었다. 탄타누는
> 거기로 가서 앉아 항아리 속에 배설을 하였다. 탄타누의 지시에 따라
> 소년들은 똥을 땅 속에 묻으니 곧바로 타로토란과 얌토란이 생겨났다.
> 탄타누는 다시 이것을 불에 익히라고 했고 익혀서 먹어 보니 맛이 있
> 었다. 그 이래로 그들은 음식으로 물뿐만 아니라 타르토란과 얌토란을
> 먹게 되었다.[38]

37) 한상수, 『한국인의 신화』, 문음사, 1986, 188-190쪽.

여기서는 신의 똥이 식물로 변하여 인간의 최초 음식이 된다. 여기서 똥과 식물, 똥과 음식과의 관련을 엿볼 수 있다. 또한 똥과 음식, 그리고 불과의 관련에 대해서도 생각해 볼 수 있다. 신은 똥에서 토란을 처음으로 만들어 내었으며 토란을 재배하는 방법을 가르쳐 주고 다시 토란을 먹는 방법까지 가르쳐주고 있다. 그 후로 인간들은 토란을 재배하여 불로 익혀 먹게 된 것이다. 불을 사용한 조리는 문화적인 발견과 변화를 설명해 주고 있다.[39] 똥을 심으니 토란이 생겨났다는 것은 '똥=토란'이라는 인식 외에도 똥을 이용한 경작, 즉 거름을 이용한 경작법을 말해주고 있다. 똥, 식물, 불, 음식은 인간의 문화적인 발견, 변화와 관계를 지니면서 '풍요'라고 하는 하나의 원리를 지니고 있는 것이다. 이것으로 볼 때, 불을 거느리고 부엌에 좌정된 조왕신, 그리고 배설물이 가득한 더러운 측간에 좌정된 측신은 표면상으로는 이질적이나 '풍요'와 '생명'이라는 하나의 원리로 통해 있음을 알 수 있다.

여신과 똥의 관련은 비단 우리나라에만 보이는 현상은 아니다. 멕시코인들은 수치케칼이라고 하는 여신을 섬기는데 그 여신은 인류의 어머니로서 고행자의 자세로 앉아 똥을 먹고 있는 모습이라고 한다. 또한 그녀는 왼손에 단지를 들고 있는데, 그 위에는 '똥(mierda)'라고 적혀 있다고 한다. 익스쿠이나 틀라졸테오틀이라는 여신은 오물을 주관하기도 하며 그것을 먹기도 할 뿐만 아니라 주로 음탕한 욕정과 쾌락에 관여한다는데[40] 이 여신은 바로 노일저대의 모습에 다름 아니

---

38) 大林太良, 앞의 책, 130-131쪽 요약.
39) 무가에서 흔히 등장하는 '화식하는 인간'이라는 표현에서도 인간이 신과 다른 점이 잘 드러나고 있다.

다. 요컨대, 측신 노일저대는 생명과 풍요의 상징이며 그 노일저대의 공간인 변소 또한 동일한 상징을 내포하고 있다.

강진옥은 한국 민속에 나타난 여성상의 변모를 살피면서 당금애기, 바리공주, 자청비, 삼승할망, 가믄장아기 등을 예로 들어 무속 여성신격 속에 내재하고 있는 원래적 성격이 근원적 생명력, 풍요 그 자체이며 무속신화는 그 같은 생산력의 구현 과정에 대한 풀이41)라고 한 바 있다. 강진옥의 이런 통찰력은 〈문전본풀이〉에서도 잘 드러난다. 〈문전본풀이〉에는 부엌과 측간이라는 대립적인 공간으로 상징되는 착한 어머니와 악한 어머니라는 이질적인 두 여성이 등장한다. 그녀들이 차지하고 있는 두 공간은 표면적으로는 이질적이나 근원적으로는 풍요와 생명의 근원이 되는 공간으로서 동일한 의미를 지니는 공간이며, 이들 두 여성 또한 무속 여성신격이 지니고 있는바 근원적 생명력과 풍요를 상징하는 하나의 여성인 것이다.

---

40) 존 그레고리 버크, 성귀수 옮김, 『신성한 똥』, 까치, 2002, 112쪽.

41) 강진옥, 「한국 민속에 나타난 여성상의 변모 양상-바람직한 여성상 모색을 위한 시론」, 『한국민속학』 27집, 한국민속학회, 1995, 15쪽.

〈춘향전〉 근원설화에 나타난 춘향전 수용자의 의식 연구

1. 문제제기

판소리의 근원설화 논의는 판소리의 발생문제와 맞물려 있어 매우 중요하게 논의되었다. 그러나 판소리가 동일한 발생단계를 거친 것은 아니다. 적벽가처럼 기록물에서 판소리화한 작품이 있는가하면 수궁 가처럼 <구토지설>이라는 짧은 설화에서 출발한 작품도 있다. 흥부 가나 심청가의 경우도 각각 짧은 설화에서 출발하였을 것이라는 견해 가 일반적으로 받아들여지고 있다.

그러나 춘향가만은 여러 유형의 설화가 근원설화로 제기되면서 논 란을 거듭하고 있다. 또한 설화의 전승자나 연구자들이 춘향가의 내용 을 실사라고 보는 입장과 설화로 보는 입장으로 나뉘어져 있다는 것도 특이하다. 춘향가의 근원설화를 실사로 보는 경우는 춘향가의 향토적, 사실적 성격에 기인한다. 환상적이고 초현실적인 내용이 가미된 흥부 가나 심청가와는 달리 춘향가는 현실에서 일어날 수 있는 일을 내용으 로 하고 있다. 기녀와 양반의 사랑은 조선후기 야담에 흔히 등장하는 내용이며 비현실적이고 낭만적인 구성이라고 비판되는 암행어사 등

장 설화도 한미했던 양반이 권세를 얻고 옛정을 다시 찾는다는 내용
또한 그리 생소하거나 환상적인 내용이 아니다. 또한 다른 판소리들과
는 달리 '남원', '광한루' 등의 구체적인 지명이 등장하면서 판소리의
수용자들로 하여금 춘향가를 실사로 느끼도록 만들었을 것이며 남원
에 사는 사람들은 춘향의 도덕적인 행적과 관련하여 춘향전을 실사로
믿고 싶었을 것이다.[1]

춘향가의 근원설화를 허구로 보는 입장은 춘향가를 문학적 관습이
라는 맥락에서 이해한다. 그런데 이 경우, 전설이 포함되어 있다. 전승
자가 설화 내용이 허구임을 명확하게 인식하고 있는 민담과 달리 전설
은 전승자가 이야기 내용을 사실이라고 믿고 있는 것이다. 전승자는
설화 내용이 사실임을 증명하기 위한 증거물을 제시하는데 춘향가의
경우 '춘향가' 자체가 증거물이 되는 경우가 많다.

일부 연구자들과 전승자들은 춘향가 내용을 사실이라고 믿고 싶어
한다. 춘향전 근원 설화가 중요한 이유가 바로 여기에 있다. 전승자들
이 사실이라고 믿는 데에는 그만큼 전승자들의 의식이 강하게 반영되
어 있다는 것을 뜻한다. 작품을 허구성, 그리고 그로 인한 오락성에
중점을 두지 않고 진실성에 중점을 두고 대한다는 것이다. 이는 작품
과 독자와의 친밀감이 매우 강하다는 것을 말해 주는 것이며 작품과
독자와의 거리는 매우 좁혀져 있다. 이러한 이유로 춘향가 근원설화에
나타난 전승자의 의식은 춘향가 수용자들의 의식과 일치하는 부분이
있을 것이라는 추정이 가능하다.

---

1) 허구가 명백한 흥부가의 경우도 '흥부마을' 지정을 둘러싸고 논란을 벌이고 있는
   것을 볼 때 지명이 명확한 춘향가의 경우 지역민들의 자부심은 말할 것도 없을
   것이다.

춘향가 근원설화 연구의 방향을 달리해야 할 이유가 바로 여기에
있다. 판소리 발전과정에 대한 논의도 대략 정리가 되었고, 춘향가의
근원설화가 무엇인가를 밝히는 생태학적인 연구는 이제 판소리 춘향
가와 소설 춘향전을 아우르는 성격을 밝히는 작업으로 전환해야 한다.
특히 춘향전은 판소리와 밀접한 관련을 가지고 있으면서도 이미 자체
내적인 발전 원리에 의해서 발전해 왔고, 이제 춘향전 근원 설화연구
를 통해서 밝혀내야 할 것은 오늘의 춘향전을 있게 한 춘향전 자체의
내재적 성격을 밝히는 것이다. 이 작업을 통해서 춘향전 연구에 한
걸음 더 다가설 수 있을 것으로 기대한다.[2]

이 글의 목적은 춘향전 근원설화 전체를 유형별로 정리해 보고 근
원설화에 나타난 전승자의 의식을 통해서 춘향전 수용자의 수용 의식
을 파악해 보고자 하는 것이다.

2. 춘향전 근원설화의 유형

춘향전 근원 설화는 김동욱[3]에 의해 다양한 근원설화들이 제기된
이후로 새로운 것이 덧붙여진 것은 없다. 이후 이어진 연구들에서 김
동욱의 견해에 대해 부정적인 견해를 내보이기도 했으나 김동욱이
제기한 여러 설화를 전면적으로 부정한 것은 아니고 부분적으로만
부정하고 있을 뿐이고 대부분의 근원설화 연구들은 김동욱의 견해를
다르고 있다. 따라서 여기서는 춘향전 근원설화가 총 망라된 김동욱의

---

2) 이런 측면에서 최래옥의 연구는 매우 큰 의의가 있다고 할 것이다.

3) 김동욱, 「춘향전 근원설화고」, 『최현배선생환갑기념논문집』, 사상계사, 1954.

논의를 중심으로 춘향전의 근원설화 유형을 정리하도록 한다. 이는 필자가 새로운 명칭을 사용할 경우 혼란이 가중될 수 있으므로 논의의 편의를 위한 것이기도 하고, 김동욱의 논의가 기존의 논의들은 모두 포괄하고 있기 때문이기도 하다.

1) 신원설화

김동욱이 춘향전 플롯 구성의 중심되는 근원설화로 든 설화 중 가장 최초로 언급되었던 것이 신원(伸冤)설화이다. 신원설화는 순조 때 시인 조재삼(趙在三)의 '춘양타령'에서부터 언급되었던 바, 최초의 춘향전 근원설화 논의라고 할 수 있다. 김태준에서부터 정노식, 김동욱 등에서 여러 가지 설화 형태들이 언급되었으며 주길순, 설성경 등에 의해 논의가 계속 이어졌다. 설화들을 형태별로 나열해 보면 다음과 같다.

A형 :

호남에 전해 내려 오는 말로는 남원부사의 아들 이도령이 동기(童妓) 춘양을 어여삐 여기자 춘양은 후에 이도령을 위해서 수절하였다. 이에 신(新) 사또 탁종립(卓宗立)은 춘양을 죽여 버렸다. 호사자(好事者)가 이를 슬퍼하여 그 일을 연의(演義)하여서 타령을 만들어 춘양의 원한을 풀고 그 절개를 드러냈다고 하니 곧 「동동곡(擊擊曲)」의 뜻이 있다.4)

---

4) 而湖南諺傳 南原府使子李道令 眄童妓春陽 後爲李道令守節 新使卓宗立殺之 好事者哀之 演其義爲打詠 以雪春陽之冤 彰春陽之節云 卽擊擊曲之意也. 『송남잡지(松南雜識)』 음악류(音樂類) 「춘양타령조(春陽打詠條)」.

B형 :

　1. 추박(醜薄)한 노기 딸이 신임부사 아들과 정적(情的) 관계가 있었고, 이부사는 해임, 상경 후 일가가 零落 不振하였다. 춘향은 수절하면서 이도령이 영달하여 다시 자기를 찾기를 고대하였으나 소식이 막연하자 이도령의 무정함을 한하며 사망한다. 이후 남원 일대에 3년간 대흉재가 계속되자 이방이 치자의 입장에서 춘향전을 지어 무녀의 살푸리 굿에 올려서 원혼을 위로하였다.5)

　2. 남원 박색 춘향이 이도령을 위해 수절하다가 원사하자 흉년이 들었다. 양진사가 춘향의 사실을 지어 광대로 하여금 광한루에서 노래 불러 기우제를 지냈다. 그 후 백지 석장의 춘향전이 늘어서 현재의 춘향전이 되었다.6)

C형 :

　남원에 얼굴이 못생겨서 시집을 못 가 자살한 처녀 춘향이가 있었는데 그 후 남원부사가 부임해 오는 족족 죽는 고로 어느 대작가가 이 소설을 지어 위로한 이후로는 무사하여졌다.7)

D형 :

풍류랑의 박색고개 전설8)에는 박색고개에 묻힌 춘향의 원혼으로 인해 신관마다 부임하는 길로 죽게 되자 장원급제한 이도령이 내려

---

5) 정노식이 『조선창극사』(조선일보사, 1940) 16쪽에서 '남원전설'이라 소개한 바 있다.
6) 김동욱이 채집한 천안 조성국 노인담. 김동욱, 앞의 논문 참조.
7) 김태준, 『증보조선소설사』, 학예사, 1939, 196쪽.
8) 풍류랑, 「춘향이는 정말 미인이었더냐-박색고개의 한 전설」, 『별건곤』, 1932.1.

와 춘향의 전기를 짓고 제사를 지낸 뒤 광대로 하여금 춘향가를 불러 신원했다고 되어 있다. 다음은 차정언 『해동염사』에 기록된 <염색 (艷色)고개> 설화로서 김동욱이 춘향전의 근원설화로 든 박색터 설화이다.

> 춘향은 원래가 미인이 아니요, 천하의 박색이었다. 관기 월매의 딸임은 사실이었으나 하도 추물이어서 30에 가깝도록 통혼하는 자조차 하나도 없었다. 그 춘향이 蓼川에서 빨래를 하다가 이도령을 본 뒤로는 솟구치는 연정에 기어이 병이 되고 말았다. 이 사실을 안 춘향모 월매는 한 계책을 세워 돈을 주어 방자를 꾀어 이도령을 광한루에 오게 하고 향단을 말숙하게 차리어 이도령을 유인해서 술을 취하게 한 후에 춘향과 운우의 정을 맺게 했다. 깨어 보니 천하의 박색이라 이도령이 무료하여 나오려고 하니 월매가 밖에 기다리고 있었다. 엎드리어 간청하여 정표라도 달라고 하기에 소매 속에 감았던 비단 수건을 정표로 끊어주고 왔다. 얼마 아니하여 이도령은 사도의 瓜滿으로 서울에 올라갔다. 춘향은 이도령을 사모한 끝에 광한루에 가서 그 수건으로 목매어 죽었다. 읍인들이 그 연유를 알고 불쌍히 여겨 이도령이 가던 임실 고개에다 장사를 지내 이것이 현재도 부르는 「박색고개」라 한다. (차정언(車鼎言), 『해동염사(海東艷史)』 226쪽 「염색(艷色)고개」)9)

E형 :

> 겁탈을 거역하다 원사한 처녀 또는 기생이 원령(怨靈)이 되어 내려오는 부사마다 오는 족족 죽으므로 그를 타령(妥靈)했다.10)

---

9) 김동욱, 앞 논문 참조.
10) 아랑설화라는 명칭은 손진태가 일찍이 『청구야담(靑邱野談)』 권1 「설유원부인식주기도(雪幽寃夫人識朱旗條)」를 예로 들어 '아랑형전설'이라고 명명한 바 있다. 손

F형 : 향랑설화[11]

初四日夕 李兄與其內從趙泰聖來話 趙居善山府 話府舊事 府民有女
嫁同府良家子不爲夫所待 逐遣還 父之後妻不容 又往夫家 又見逐 遂歸
內舅家 舅與父謨改適女之將自決 就告冶隱書院 傍山有深潭 呼榮女兒
敎自製山有化一曲 使習之 其歌曰 天高而高 地廣而廣 此身無所容 無寧
水相沈 長爲魚腹葬 榮女旣誦 仍謂曰 汝歸語吾親 吾死于此水 遂入水死
事聞㫌其女名香娘云.(『부재일기(孚齋日記)』 권2, 경인2월)

G형 : 심수경설화(沈守慶說話)

평양의 선연동(嬋娟洞)은 모란봉의 오른쪽에 있는데, 옛날에는 이
곳에 이름난 기생들의 무덤이 많았다고 한다. 심청전(沈聽天)이 젊었
을 때, 한 평양 기생에게 마음을 둔 적이 있는데, 그녀와 다시 만나기로
약속을 해 놓은 심공은 과거에 급제한 뒤에 이러한 뜻을 이룰 틈이
없었다. 기생은 그 뒤 다른 곳으로 가지 않고 끝내 시름 속에 죽고
말았다. 심공이 관서지방에 관찰사로 나갔을 때 그녀의 죽음을 매우
아픈 마음으로 애도했다. 그가 지은 시에, "사람이 한 번 죽는 것을
끝내 피할 수 없다면, 선연동의 귀신이 되게 해 주오."라는 구절이 있
는데, 이것은 그의 마음을 묘사한 것이다. 그 뒤 호서 지방의 수령이
되었을 때, 어떤 기생의 붉은 치마폭 앞 쪽에 "인생살이 어디서나 뜻을
이룰 수 있는 법이니, 부디 선연동의 귀신은 되지 마오."라는 시구가
있었는데, 이것은 권송계가 지은 것으로 이 기생으로 하여금 심공의
총애를 만도록 하려는 것이었다. 심공은 끝없이 감탄과 칭찬을 하다가
이윽고 탄식하며 말하기를, "나는 끝내 죽은 이의 뜻을 저버리지 않으
리라."고 했으니, 심공과 같은 이는 실로 정이 많은 사람이라고 할 수

진태, 『조선민족설화의 연구』, 을유문화사, 39-45쪽 참조.
11) 김동욱, 앞의 논문 참조.

있다.12)

H형 :

妓月梅之女春香冤死于獄中13)

이 유형들에서는 현실에서는 사랑을 이루지 못하고 죽는다는 것이 가장 두드러지는 주제의식이다. 그러나 그 욕망이 너무 강하여 현실에서 문제를 일으키게 된다. 한을 품고 죽은 여자는 무고한 사람을 해치는 것으로 자신의 욕망을 표출한다. 그리고 그 해원을 위해서 누군가가 나타나 여자의 욕망을 간접적으로 성취시켜 준다. 그 해원자는 사랑하는 사람이기도 하고, 전혀 상관없는 사람이기도 하다. 원을 풀어주기 위하여 작품을 만들다보니 실제 전설의 내용과 작품화한 내용은 달라져 있을 수밖에 없다. 추박한 기녀는 천하절색으로, 못다 이룬 짝사랑은 사랑의 성취로 각각 그 내용이 달라져 있는 것이다. 이는 춘향전에 대한 수용자들의 태도를 엿볼 수 있게 한다. 해원의 도구로 작품화된 춘향전은 전설과는 달리 한 기녀의 신분을 초월한 사랑의 성취를 주된 내용으로 삼고 있는 것이다.

A형은 다른 유형들과는 달리 남원부사 이도령 중심으로 서사가 전개된다. 이는 심수경설화도 마찬가지인데 야담에 전해져 오기 때문인 것으로 이해된다. 그러나 광한루기가 이도령을 중심으로 전개되고, 광한루기 외에도 이도령 중심으로 전개되는 이본들이 상당수 있는 것을 감안한다면 간단한 문제는 아닌 것 같다.

---

12) 성현경 외, 『광한루기 역주 연구』, 박이정, 1997, 80쪽.
13) 김동욱, 앞의 논문 참조.

이 유형은 춘향전과 가장 비슷한 내용으로서 춘향, 이도령, 그리고 이름은 다르지만 사또 탁종립이 등장한다. 다른 설화들이 이도령에 대한 춘향의 짝사랑에 초점을 맞추고 있는 것을 볼 때 이 유형은 '탁종립'이라는 새로운 인물이 등장하여 갈등을 일으키고 있다는 점에서 다른 춘향전 근원설화들과는 다른 모습을 보이고 있다. 남원 일대에 전해오는 이야기라는 것으로 보아 춘향전 이전에 형성된 설화인지, 춘향전 이후에 형성된 설화인지 알 길이 없으나 탁종립의 횡포의 이면에서 제기되는 '인간성'의 문제, 이도령의 신의에서 나타나는 '신분을 뛰어넘은 사랑' 등을 춘향 설화의 가장 중요한 주제로 삼고 있으며 이는 작품화한 춘향전에서도 중요한 내용으로 자리잡고 있음을 알 수 있다.

B형은 남원에서 전승되는 전설들이다. 1은 정노식이 『조선창극사』에서 남원전설이라 소개한 것이고, 2는 김동욱이 채집한 설화인 것으로 보아 남원 일대에 춘향전설이 전승되고 있었음을 추정할 수 있다. 이들 설화들이 실제로 춘향전의 근원설화가 되었는지, 춘향전의 영향으로 이런 설화들이 생성되었는지, 혹은 차정언의 야담집의 내용이 구비 전승되었던 것인지는 알 길이 없다. 그러나 다만 소설에서는 천하절색인 춘향이 전설들에서는 박색으로 나타난다는 점이 특기할만하다. 이는 춘향전의 전승과는 또 다른 맥락의, '사랑을 이루지 못하고 비극적으로 숨을 거둔' 춘향설화가 있었다는 추정이 가능하다. 그리고 이 설화가 작품화한 춘향전에서는 사랑을 이루도록 만들었다는 것이다.

또한 '이방' 혹은 '양진사'라는 인물에 의해 작품화되었다는 점도 주목할 만하다. '이방', '양진사'는 문제의 당사자가 아니다. 문제의 당

사자가 아닌 사람이 춘향전을 지었다는 것으로 보아 이들은 전문적인
'작가'가 아닌가 생각된다. 전설의 향유자들은 춘향전을 단순한 해원
의 도구로 삼았다기보다는 춘향전 자체를 하나의 작품으로 인식하고
있었던 것으로 보인다.

C형은 김태준이 주장한 바로서 이를 바탕으로 판소리 춘향가가 소
설에서 발전하였다고 보았다. 춘향이 기녀가 아니라 평범한 처녀로
나온다는 점이 다른 근원설화들과의 차이점이다. 그러나 '춘향'이라는
이름이 평범한 처녀의 이름이라고는 할 수 없으며 시집갈 수 없음을
한하여 자살하였다는 것으로 보아 평범한 처녀와는 차별되는 욕망을
지니고 있었음을 알 수 있다.

춘향이의 원혼을 달래기 위해 대작가가 소설을 지어 해원했다는
데서 알 수 있듯이 작품화한 춘향전에서는 전설 속의 춘향이 이루지
못한 꿈들을 이루어주고 있다는 것을 알 수 있다. 짝사랑을 이루지
못하고 자살한 박색 춘향을 위해 '대작가'는 소설 속의 춘향을 천하절
색이며 이도령과의 사랑을 성취하는 내용으로 그려내었다는 것을 알
수 있다. 즉 이 근원설화로 볼 때 춘향전의 작가는 '사랑'을 중심으로
춘향전 서사를 전개시켰을 것이라는 것을 알 수 있다.

D형은 전국에 펼쳐져 있는 매우 일반적인 설화이다. 여기에서도
여주인공이 '기녀'보다는 '추녀'에 더욱 중점을 두고 있으며 출전에서
도 알 수 있듯이 '염사(艶史)', '염색(艶色)' 위주의 이야기라고 할 수
있다. 신분 차이에도 불구하고 짝사랑을 하다가 비극적인 결말을 맺는
내용의 이야기는 『삼국유사』의 지귀설화(志鬼說話)에서도 찾아볼 수
있다. 이러한 유형은 전국이라기보다 전 세계적으로 일반적인 형태의
이야기라고 할 수 있어 딱히 춘향전의 근원설화라고는 할 수 없다.

그런데 차정언이 '춘향은 원래가 미인이 아니요, 천하의 박색이었다'라고 한 것으로 보아 당시 춘향전(가)이 매우 유행하고 있었고, 차정언은 춘향전의 근원설화로 박색고개를 들고 있다는 것이 중요하다. 즉 차정언이 생각하기에 박색고개 전설에서 춘향전이 비롯되었으며 박색기녀의 짝사랑 설화가 춘향전으로 작품화하였다고 믿고 있는 것으로 보인다. 근원설화에 등장하는 인물들의 이름이 춘향, 월매, 방자, 이도령, 향단 등으로 춘향전에 등장하는 인물들의 이름과 흡사한데 춘향전의 영향인지는 알 길이 없으나 차정언은 춘향전을 춘향의 사랑을 중심으로 이해하고 있다는 것만은 틀림없는 듯하다.

E형은 '신원'만 강조하고 있다. '춘향'이라는 기생과 그가 사랑하는 사람이 있어야 하는데 여기서는 '겁탈'로 이어져서 춘향전의 근원설화라고 하기에는 무리라고 할 수 있다. 김동욱도 이러한 사실을 인정하고 있는데 춘향과 이도령의 관계보다는 춘향과 변사또의 관계에 더욱 비중이 두어져 있어 '사랑'보다는 '정절', 혹은 '신원' 자체에 초점을 맞추고 있다.

<유산화가>의 연기설화인 F형도 E형과 마찬가지로 '원사'적인 모티프만 공통될 뿐 춘향전과의 관련성은 찾아보기 어렵다. 김동욱도 이에 대해 '줄거리로는 춘향전과 아무 연관이 없지만 다만 그 원사적인 모티프는 공통되고 또 이름이 향랑이니 춘향과 어느 면과 상사를 이룬다'고 하면서 '원사적인 처녀 설화의 유형이 있을 을 수 있다는 방증으로 내세우고자 한 것'[14]이라고 밝히고 있다.

G형은 광한루기 5회 마지막에 붙은 평비(評批)에 나오는 설화로서

---

14) 김동욱, 앞의 논문 참조.

'원사'라기보다는 기녀와 청천 심수경의 사랑, 그리고 이를 저버리지 않는 심수경의 다정을 말하려는 맥락에서 삽입된 설화이다. 따라서 춘향전의 근원설화라기보다는 춘향전 관련 설화라고 할 수 있다. 여기서 알 수 있는 것은 춘향전 수용자가 춘향전에서 '기녀와 양반의 사랑'을 중요한 모티프로 보고 있다는 것이다. 사랑을 성취하지는 못하였지만 '염정설화'에 포함되는 것이 더욱 좋을 듯하다. 신원설화 유형에서는 원을 품고 죽었다는 것이 중요한 것이 아니라 '원사'에 뒤이어 '해원'이 이어진다는 점이 중요하기 때문이다.

또 하나, 기녀담이 매우 흥미로운 요소였음을 알 수 있다. 원래 기녀담은 양반들의 야담에 주로 등장하던 양반 취향의 이야기라고 할 수 있다. 양반이 춘향전을 지어서 광대 혹은 무녀로 하여금 부르게 하였다는 발생론적인 문제를 접어두고 논의한다면 양반들의 취향이 하층으로 전이된 일종의 문화의 흐름으로 볼 수 있다.

H형은 『용성지(龍城誌)』 읍지에 전한다고 하는 구절이다. 춘향전의 생태적인 연구에서는 의의가 있는 것이겠으나 춘향전의 근원설화를 통해서 춘향전 수용자의 의식을 추출하려는 본 연구에서는 그리 유용한 자료가 되지 못하므로 참고자료로만 활용하기로 한다.

A,B,C,D는 대체로 비슷한 형태를 지니고 있지만 E,F,G는 '신원'이라는 모티프만 같을 뿐 춘향전과 긴밀한 연관성을 지니지 못하고 있다.

A,B,C,D의 공통적인 내용은 ①기녀 춘향, ②사랑을 이루지 못하고 죽음, ③원혼이 됨, ④호사자가 작품화하여 해원이다.

①여주인공의 신분이 기녀라는 점이 공통적이다. 이 설정은 후에 '원'을 품을 수밖에 없는 조건이 된다. 문제의 발단으로서 신분문제가

갈등 요소로 자리잡고 있다.

②사랑을 이루지 못하고 죽는 이유는 여러 가지다. 추녀이기 때문이기도 하고, 탁종립이라는 남원부사가 춘향을 죽이기도 한다. 그러나 이는 둘 다 기녀라는 신분과 밀접하게 연관되어 있다. '추녀'라고 나타나는 경우, 기녀는 대개 미인이다. 기녀에게 있어 미색보다는 기예가 더욱 중요한 것이기는 하였으나 대개 기녀라하면 재색을 겸비해야 하는 것이 통념이다. 그러한 기녀가 사랑을 이루지 못했다는 것은 자연스러운 설정이 아니다. '추녀'라고 해야 비극적인 짝사랑을 하다가 원사(寃死)하였다는 설정이 자연스럽다.

'추녀'라는 것은 신분적 한계를 상징적으로 형상화한 것이 아닐까 한다. 추녀인 주제에 이도령을 사랑하는 것, 기녀의 신분인 주제에 이도령을 사랑하는 것은 일맥상통한다. 이미 기녀와 양반댁 자제로 두 사람은 신분적 차이를 지니고 있지만 '추녀'라는 형상화를 통해 신분적 격차를 더욱 명확하게 드러내고 있다. 원사한 춘향의 욕망은 더욱 강하게 드러나 흉년이나 남원 부사의 잇따른 죽음 등의 흉재(凶災)로 이어진다. 초반에 강하게 드러난 신분적 격차와 그로 인한 욕망의 좌절이 이제, 신분적 한계를 인정하지 않으려는 강한 욕망으로 표출되고 있는 것이다.

그러나 A형의 경우는 탁종립이 등장하여 춘양을 죽인다. 이유는 없지만 수절을 하였다는 것으로 보아 수청을 거절한 것인 듯하다. 매우 현실에서 있을 수 있는 매우 사실적 결말이라고 할 수 있다. 이 유형은 현실적 질서를 사실적으로 반영하고 있으므로 흉사로 이어지지는 않는다.

③원혼이 된 처녀의 흉재(凶災) 유형은 흉년이 들거나 남원부사가

계속 죽어 나가는 것 두 가지이다. 어느 쪽이든 여성이 타자화되고 있다는 점에서는 동일하다. 여자 주인공은 문제를 해결할 능력이 없고, 원귀로서만 존재한다. 무고한 사람을 해치면서 다른 사람의 도움을 기다린다. 자신의 욕망을 표출하는 소극적 방식이며 개인의 문제를 사회문제화하여 드러내고 있다는 데 의의가 있다. 이렇게 하여 '신분 갈등'이 표면에 떠오를 수 있게 되는 것이다. '신원' 모티프를 지닌 춘향전 근원설화의 전승자들은 신분을 초월하여 사랑을 성취하고자 하는 춘향의 욕망을 정당한 것으로 받아들이며 그 때문에 해원이라는 방식을 통하여 춘향을 위무하는 것이다.

④호사자가 작품화하여 위령, 해원하는 것은 개인의 문제를 집단화하는 방식이며 집단적, 조직적 해결이라고 할 수 있다. 작품화라는 것은 개인의 경험을 여러 사람이 공유할 수 있게끔 하는 것이다. 그리고 더욱 중요한 것은 춘향을 비롯한 여러 사람의 욕망을 충족시키는 방향으로 춘향전 근원설화가 작품화하고 있다는 점이다.

그런데 신분문제를 신분 질서 내에서 해결한다는 한계를 안고 있다. 따라서 문제 해결자는 이방이거나 이도령이거나 호사자, 대작가 등으로 나타난다. 무당이 바로 굿에 올릴 수도 있고, 광대가 바로 창작할 수도 있었을 텐데 작품화 과정에서 민중의 역할은 소거된다. 전설에서 말하고 있는 춘향전 발생과정이 얼마나 신빙성이 있는가가 문제가 되기는 하겠지만 이는 춘향전의 근원적 한계로 작용하여 작품화하였을 경우에도 이도령의 등장으로 모든 문제가 해결되어 버린다. 그러나 이것이 춘향전의 근원적 한계이면서 또 한편으로 민중적 낭만성을 드러내는 것으로서 춘향전의 가장 중요한 힘으로 작용하고 있기도 하다.

또 하나 중요한 것은 소설에서 노래(무가)로 발생 과정을 제시하고
있다는 것이다. 이는 춘향전 근원설화 전승자들이 소설 중심적인 시각
을 지니고 있음을 말해 준다. 설화의 화자들은 소설을 강하게 인식하
고 있었으며 이 사실은 반대로, 소설을 인식하면서 전설을 이야기했을
가능성을 생각해볼 수도 있게 한다. 그러니까 이병기가 이들 설화들을
도청도설에 불과한 것15)이라고 본 것과 상통한다고 볼 수 있다. 그러
나 설화 전승자들의 태도를 통해서 춘향전 인식 태도를 살펴 볼 수
있다는 것만은 틀림없다.

2) 암행어사 설화

춘향전의 근원설화로 암행어사 설화를 거론하는 경우는 춘향전을
실사로 이해하는 태도를 드러내고 있으며 연구자들도 이에 부응하여
실사로 인식하고 있다.16) 이는 양반들을 중심으로 이루어지던 기녀담

---

15) 이병기·백철, 『국문학사』, 신구문화사, 1957 참조.
　　이병기는 이시발의 실제담, 추녀의 신원설화, 양진사창작설, 노진설화 등을 도청
　도설에 불과한 것으로 보고 『동국여지승람』 남원 지리산녀조에 나오는 지리산녀와
　『삼국사기』 열전에 나오는 도미의 처 이야기를 근원설화로 들고 있다.

16) 춘향과 이도령이 실존 인물이었다는 주장은 1964년 남원에서 「부사성공안의선정
　비(府使成公安義善政碑)」가 발견되면서 춘향의 아버지는 성의안이고 기생 월매가
　이 성부사의수청을 들러 춘향을 낳았다는 견해가 일어났다. 이는 춘향이 실재 인물
　임을 부정하는 김동욱(「춘향은 실재 인물이 아니다」, 동아일보, 1965.4.29 / 「춘양
　파동은 어디로?」, 대한일보, 1965.5.13)과 춘향이 실재 인물일 가능성이 있음을 주
　장하는 이가원(「춘향은 실재 인물일 수도 있다」, 한국일보, 1965.5.2 / 「춘몽록은
　무양」, 한국일보, 1965.5.4 / 「「춘향 파동」이란 가소로운 말」, 대한일보, 1965.5.27)
　의 논쟁으로 이어지기도 했다. 이후 박선정(「춘향전고」, 『어문논집』, 1982)에 의해
　서 다시 이가원의 실존설이 재론되었으며 설성경(『춘향전의 비밀』, 서울대 출판부,
　2001)에 의해서 실존설은 계속 이어지고 있다.

의 일종으로 춘향전을 취급하고 있는 태도로서 춘향을 주체로 하는
것이 아니라 남성중심으로 춘향전을 이해하는 방식이다. 문제 해결
또한 기녀의 주체적 행동에 의해서가 아니라 남성에 의해 이루어지며
여자는 남자의 구원을 기다릴 뿐이다.

A형 : 이시발의 설화

倡夫 春香歌 必有所據者 而或云碧梧李公時發宣祖朝時事也 李判書
圭昉卽其裔 而言其家乘亦有此說云耳

B형 : 김우항설화

公 端川에 가다. 府使를 만나다. 酒床을 차리다. 皮鞋匠집에 자다.
府妓가 찾아오다. 妓家에 유숙, 또는 혼수를 주어 귀가하다.
장원급제, 어사출도, 미행하여 妓家를 찾다. 妓가 공을 데리고 동원
에 들어 부사를 歸田시키다.
숙종이 공에 北方事를 물어 공이 如上 설화로 伏對하다. 숙종 교지
로 부기를 불러 오다.

C형 : 노진설화

玉溪 선천에 가다. 당숙을 못 만나다. 路上을 방황하다. 한 童妓가
집을 가르쳐 주다. 당숙을 보다. 당숙 냉대하다. 妓家를 찾다. 인연을
맺다. 妓가 돈을 주어 돌아가기를 재촉하다. 玉溪, 집에 돌아오다. 娶妻,
4,5년 後에 登第하다. 繡衣로 關西를 按하다. 妓家를 찾다. 妓 종적을
감추고 소식이 없다. 成川境 佛寺에서 妓를 찾다. 妓를 만나다. 妓를
선천에 보내다. 終身 同室하다.

D형 : 성이성 설화

> 광해군 때 남원부사로 부임했던 成安義 부사의 아들 成溪西 以性이
> 뒤에 남원에 암행어사로 내려가 부사 생일연에서「金樽美酒千人血云
> 云」시를 읊어 암행어사 출도를 하였다는 것으로 계서의 행록에 적혀
> 있다 한다.17)

A형은 이삼현의『이관잡지』에 언급된 것으로 춘향전이 벽오 이시
발의 실사라고 하나 상세한 내용은 언급되지 않아 알 수 없으며 암행
어사 설화의 일종인 것으로만 추정될 뿐이다. 김동욱은 암행어사 설화
계통에 들겠지만 소속 불명으로 하고 어떤 범주에도 넣지 않겠다고
하면서 암행어사 설화 유형에서는 제외시키고 있다.18)

이삼현은 춘향가가 반드시 근거가 있을 것이라는 확신을 가지고
이시발의 실사를 들고 있다. 창부들의 노래지만 단순한 허구로 보지
않는 태도를 보이고 있는 것이다. 춘향가의 사실성을 말해주는 것이기
도 하면서 춘향가 혹은 춘향전 수용자들의 수용 태도를 말해주는 것이
기도 하다는 점에서 매우 중요하다.

권덕규는 춘향전의 모델로 B형인 김우항 설화를 들고 있다.19)『계
서야담』에 등장하는 야담인 김우항 설화는 암행어사가 등장한다는
것뿐이지 탐관오리를 엄단한다든가 하는, 암행어사로서의 어떤 역할
을 하는 것은 아니다. 따라서 엄격한 의미에서 '암행어사 설화'라고
할 수는 없고 의기설화의 성격이 짙다. 변학도가 있어야 암행어사가

---

17) 김동욱, 앞의 논문 참조.
18) 김동욱, 앞의 논문 참조.
19) 권덕규,「춘향전 모델」,『학해』, 1939.10.

민중의 대변자로서 제대로 된 역할을 하는 것인데 변학도가 등장하지
않으므로 암행어사 설화라기보다는 기녀담, 혹은 의기의 염정설화로
분류되는 것이 더욱 타당할 듯하다. 또한 설화에는 김우항의 48세 때
의 일이라 하였으나, 숙종 7년, 공의 나이 33세 때에 과거에 급제하였
으므로 설화와 김우항의 전기는 차이가 있고, 김우항의 전기를 살펴보
더라도 단천(端川)에서의 일은 신빙할 수 없다고 김동욱은 덧붙이고
있다.[20]

『계서잡록』에 기록되어 있으면서 김태준에 의해 춘향전의 근원설
화로 처음 거론된 C형 노진설화는 노진이 어사로서 관서로 간 사실
없어 김동욱은 순연한 야담이 아닐까 하는 추정을 하고 있다. 그러나
이 설화가 『계서야담』이 편찬될 때까지 근 200년 동안 전래됐다는
사실은 중요하다고 보고 있으며 노진의 출생지가 남원이므로 춘향전
과 다소간의 관계가 있을 것으로 추정하고 있다. 그러나 이 설화는
노진을 중심으로 기록되어 있다는 점에서 암행어사 설화로 분류될
수 있지만 설화의 내용상의 주된 주인공은 기녀로서 이 설화는 지인지
감을 겸비한 의기설화의 일종으로 볼 수 있다.

D형 성이성 설화는 춘향전 후반부에 변사또의 생일연에서 암행어
사가 읊는 시와 관련된 것으로 기생은 등장하지 않는 순연한 암행어사
설화이다. 시를 제외하면 설화와 춘향전과는 직접적인 관계를 찾을
수 없으나 성이성과 그 아버지 성안의의 행적 등으로 인하여 춘향전의
모델로 계속 언급이 되고 있다.

이들 암행어사 설화는 선정비가 남원에서 실제로 발견된 성의성

---

20) 김동욱, 앞의 논문 참조.

설화를 제외하면 대체로 춘향전의 근원설화로 신빙성이 없는 설화들
이다. 그러나 춘향전의 초기적 연구의 한 흐름으로서 춘향전 초기 연
구자들의 춘향전에 대한 시각을 알 수 있게 해준다. 김동욱 이전의
초기 춘향전 연구자들은 춘향전의 근원설화로 신원설화나 암행어사
설화를 들고 있다. 앞서 살펴본 바와 같이 신원설화에서는 남성이 문
제해결의 주체로 등장하고 있고, 암행어사 설화 또한 마찬가지다. 즉
초기 연구자들은 춘향전을 춘향을 중심으로 이해하지 않고 암행어사
나 해원자 등의 남성을 중심으로 춘향전을 이해하고 있는 것을 볼
수 있다. 이는 이전의 조재삼, 이삼현에서도 동일하게 드러나는 바,
춘향전 연구자에게 있어서나 춘향전 근원설화 전승자에게 있어서 춘
향전을 바라보는 남성적 시각이 하나의 중요한 흐름을 형성하고 있었
음을 알 수 있다.

3) 열녀설화 · 염정설화

'열'과 '사랑'은 춘향전의 가장 대표적인 주제라고 할 수 있다. 그러
나 이러한 주제는 너무나 포괄적이고 이러한 주제를 지닌 설화들 또한
광범위하여 춘향전이 어느 설화에서 비롯되었다고 추정하는 것은 무
리다. 다만 춘향전 형성과정에 일정한 역할을 하였으리라는 추정만이
가능할 뿐이다.

춘향전 근원설화로 이병기는 지리산녀설화와 도미설화를 들면서
이 두 설화를 동일한 열녀설화로 파악하고 있다.[21]

김동욱은 춘향전의 근원설화인 염정설화로 성세창설화(成世昌設

---

21) 이병기, 앞의 책, 161-163쪽 참조.

話)와 고기생시화(古妓生詩話)를 들고 있다. 성세창설화는『동야휘집』
에 기록된 성현 아들과 자란의 로맨스인데 춘향전과는 거리가 있으며,
『용성지(龍城誌)』에 전하는 이름과 연대를 알 수 없는 기생의 시에
"우랑일거소식(牛郎一去消息)"라는 구절 또한 춘향전으로 발전되었
을 근거와 가능성이 모두 희박하다. 그러나 이들 설화들은 기녀와 양
반댁 도령의 사랑이 매우 희귀한 일은 아니었다는 것과 기녀의 절의와
지인지감을 알 수 있게 해준다. 또한 이 성세창설화에서는 상이 가상
하고 교지를 내려 자란을 부실로 삼으라 하였다는 데서 신분을 초월한
사랑을 인정하는 태도와 그 인정이 신분제라는 틀 안에서 이루어지고
있음을 동시에 보여주고 있다.

    김동욱이 제시한 바 춘향전의 근원설화는 위에서 언급한 근원설
화 외에도 삽입플롯의 설화로 옥지환 명경설화, 몽상설화, 한시설화,
수기설화 등을 들고 있으나 다기한 설화들이 모여 춘향전을 이루고
있다는 시각에서는 의미가 있는 설화들이나 춘향전의 중심적 성격
을 파악하는 데는 크게 기여를 하지 못하므로 이 논의에서는 제외하
기로 한다.

3. 춘향전 근원설화 전승자의 의식과 춘향전 수용자의 의식

1) 신원설화

    신원설화라는 것은 여성의 욕망이 세계의 질서에 부딪혀 좌절되면
서 원한을 품은 귀신이 되어 무고한 사람을 해치자 남성으로 대표되는
원님이 원을 풀어주는 것을 주된 내용으로 하는 설화로서 여성의 욕망

을 성취시켜 주는 사람, 즉 문제 해결의 주체는 남성이 된다. 여기서 남성은 일정한 사회적 계급을 지닌 사람이면서 문제해결자로 등장한다. 여성은 문제의 중심이 있으면서도 여성이기 때문에 문제해결자로 등장하지 못하며 또한 신분이라는 측면에서도 남성보다는 하위에 있어서 문제 해결을 남성에게 전적으로 의존한다.

물론 이 설화들에서는 '신원'이라는 모티프보다는 춘향(춘양)의 도령에 대한 짝사랑이 중심이 되고 있다. 춘향이라는 인물과 이도령이라는 인물이 등장하여 이 둘의 연정사건이 중심이 되고 있으나 이 설화들은 이병기가 지적한 바와 같이 도청도설로서 춘향전 이후의 전설인지 이전의 전설인지 명확하지 않다. 중요한 것은 전승자들에 의해 춘향전의 근원설화로 인식되고 있는 일련의 '신원설화'들 이면에 숨어있는 전승자들의 의식이다.

춘향이라는 이름이 드러나는 설화군은 이 '신원설화'군 밖에 없는 것으로 보아 확실한 수수관계에 있음을 알 수 있으며 춘향전을 이해하는 태도와 가장 비슷하다고 보아야 할 것이다. 즉 이들 설화의 구조와 의미는 춘향전 수용자들의 의식의 일단을 반영하는 것으로 볼 수 있을 것이다.

이들 설화에서는 춘향의 도령에 대한 짝사랑과 신분적 한계에 의한 좌절을 보여주고 있으나 춘향이 원귀가 됨으로써 춘향의 욕망을 매우 강하게 드러내고 있다. 결국 이 욕망은 이도령, 혹은 남원부사라는 인물에 의해 해소된다. 이 설화군에서 알 수 있는 전승자들의 의식은 다음과 같다.

첫째, 춘향을 설화의 주체로 인정하고 있다. 이도령을 중심으로 전개되는 설화도 있고 해원의 주체가 남성으로 나타난다는 점에서는 일정한 한계를 노정하고 있지만 전승자들이 춘향의 욕망을 중심으로 춘향전 근원설화를 인식하고 있다는 점에서는 춘향이 설화의 주체로 부각되고 있음을 보여 준다. 즉 춘향은 갈등의 주체로서 서사전개에서 중심적인 인물로 인식되고 있다는 점에서 춘향전 근원설화 전승자의 인식이 드러난다. 춘향전 근원설화 전승자들은 춘향을 중심으로 춘향전을 이해하고 있으며 춘향전 수용자들 또한 춘향전에 대한 동일한 인식을 지니고 있었음을 추정해 볼 수 있다. 물론 춘향전은 많은 수의 이본을 거느리고 있으면서 많은 변화 과정을 거쳤고, 다양한 향유층을 포괄하고 있기에 춘향전에 대한 이러한 시각은 일면일 수 있다. 그러나 춘향을 중심으로 춘향전을 이해하는 이러한 시각은 매우 중심적인 흐름을 형성하고 있었으리라는 추정은 가능하다.

둘째, 춘향의 짝사랑을 연민의 눈길로 바라보고 있다. 현실에서 사랑을 이루지 못하고 비극적 종말을 맞은 춘향을 위무하는 해원의 노력들은 춘향의 짝사랑을 긍정적으로 보고 있음을 말해 준다. 비록 현실적 질서에서는 신분을 초월한 춘향의 애정이 성취될 수 없는 문제였지만 작품화라는 다른 방법을 통해서 춘향의 욕망을 성취시켜주려는 노력들은 춘향의 애정을 신분을 떠나 인간으로서 자연스러운 성정의 발로로 이해하고 있는 것이다. 춘향이 기녀이거나 추녀이거나 상관하지 않고 사랑을 갈구하는 인간의 간절한 욕망을 중시하고 있다.

셋째, 신분 문제에 대해 강한 인식을 지니고 있었다. 춘향은 기생으로 설정되어 있다. 춘향전에서는 춘향이 기생인 경우와 기생이 아닌 경우로 나뉘어지는 반면 신원설화 유형에서는 공통적으로 기생으로 설정되어 있다. 사랑하는 사람과의 신분적 격차는 곧 세계의 질서를 뜻한다. 사랑이 허락되지 않는 엄격한 신분질서라는 세계의 횡포에 기녀 춘향은 좌절하고 마는 것이다.

기녀이면서 추녀로 설정되기도 하는데 이는 움직이지 않는, 생래적으로 타고난 신분질서를 형상화한 것이기도 하다. 기녀에 대한 일반적인 통념은 재색을 겸비하고 있다는 것인데 그러한 기녀가 사랑을 이루지 못한다는 설정은 합리적이라고 볼 수 없다. 박색 기녀라는 설정을 통해서 사랑을 이루지 못하는 이유를 자연스럽게 만든다. 이렇게 하여 춘향의 욕망이 좌절되는 원인이 기녀라는 신분적 한계로 인한 것이 아니라 박색이라는 개인적인 한계로 인한 것으로 문제를 축소시킴으로써 갈등의 초점을 흐리고 있다. 이미 춘향의 신분이 기녀로 설정되어 있어 신분적인 한계를 노정하고 있음에도 불구하고 그러한 신분적 한계를 추녀라는 개인적인 문제로 돌려버리는 것이다.

그러나 춘향의 신분이 기생으로 설정되어 있는 한 신분갈등이라는 문제는 춘향전 근원설화나 춘향전에 공통적으로 내재되어 있어 이본에 따라 다르기는 하지만 민중적 시각이 강하게 드러나는 이본에서는 신분 갈등이 강하게 노정되고 있는 것을 볼 수 있다.

이러한 신분적 한계는 춘향이 신분적 한계 때문에 욕망을 성취하지 못하고 좌절하는 데서도 강하게 표출된다. 춘향전 근원설화 전승자들은 신분질서를 매우 견고한 것으로 인식하고 있는 것이다. 조선후기에 신분질서의 붕괴가 심각하다고는 하지만 춘향전 근원설화 전승자들에게 신분을 넘어선 사랑은 현실에서 쉽게 용납될 수 있는 문제가 아니었던 것이다.

이것으로 볼 때 춘향전 근원설화 전승자나 춘향전 수용자들은 신분문제에 대한 강한 인식이 있었던 것으로 볼 수 있다.

넷째, 춘향의 강한 욕망과 그 욕망을 긍정하는 태도를 보이고 있다.

한을 품은 채 춘향이 죽은 후 남원에 흉년이 계속된다거나 남원부사가
계속 죽어 나가는 등의 잇따른 흉재(凶災)는 춘향의 강한 욕망을 드러
내고 있다. 그 이면에는 여성에 대한 부정적인 인식이 들어 있는 것이
사실이기도 하지만 현실적인 신분 질서를 넘어선 춘향의 인간적인
욕망을 긍정하는 태도를 보이고 있는 것이다. 잇따른 흉재는 인간의
자연스러운 성정을 억압한 결과로서 받아들여지고 있는 것이다.

해원을 위한 노력들 또한 그러한 맥락에서 이루어진다. 이도령이
직접 춘향의 혼을 위무하는 경우에는 춘향의 욕망을 가장 적극적으로
성취시켜주는 경우라고 할 수 있다. 좀 더 현실적인 경우는 이방이나
양진사, 대문호 등 제3자가 등장하는 경우이다. 현실적인 질서 때문에
춘향이 좌절을 겪었던 것과 마찬가지로 현실적인 질서는 춘향의 사후
에도 움직이지 않는다. 대신 춘향의 욕망을 작품화하여 간접적으로나
마 욕망을 성취시켜 주려는 노력을 보일 뿐이다. 요컨대 춘향전 근원
설화의 전승자들이나 춘향전 수용자들은 춘향의 인간적 욕망을 긍정
적인 태도로 받아들이고 있는 것이다.

다섯째, 문제 해결의 주체는 남성으로서 이는 춘향전 근원설화와
춘향전의 영구불변의 진리다. 서사 주체가 춘향임에도 불구하고 문제
해결의 주체는 근원설화나 춘향전이나 동일하게 남성으로 등장하는
것은 춘향전의 한계라고 할 수 있다.

춘향전 근원설화에서는 해원의 주체로 남원부사, 이도령, 양진사,
이방, 대문호 등이 등장한다. 이들이 모두 남성이라는 것 외에 이들의
신분에 주목할 필요가 있다. 이들은 춘향보다 신분이 높은 사람들이
다. 물론 그럴만한 이유는 있다. 이들 신원설화들은 춘향 이야기를
작품화하거나 그것을 다시 무당이나 광대에게 부르게 하여 신원하고

있기 때문이다. 춘향 이야기를 작품화할 수 있는 사람만이 해원의 주체가 될 수 있었을 것이다. 그러나 무당이나 광대의 창작적 재능을 생각할 때 이들이 스스로 춘향 이야기를 무가로, 타령으로 작품화했을 가능성도 생각해 볼 수 있다. 그런데 신원 설화들에서는 이러한 가능성을 완전히 배제하고 이방이나, 양진사, 이도령, 대문호 등에 의하여 작품화 과정을 거친 뒤에 무당과 광대에게 이것을 노래로 부르도록 하고 있다.

앞서 살펴 본 바와 같이 춘향전에서 신분 갈등은 주된 문제로 부각되고 있다. 그럼에도 불구하고 신분갈등의 매우 직접적인 담지자인 하층민을 배제하고 상층이[22] 문제해결의 주체로 등장한다. 이는 춘향전 근원설화와 춘향전에 상층의 시각이 매우 견고하게 견지되어 있음을 보여주고 있는 것이다. 인간의 성정을 억압하는 봉건적 신분제도에 대해 문제제기를 하고 있기는 하지만 문제 해결은 신분질서 내에서 기득권을 지니고 있는 사람들만이 가능한 것으로 그려지고 있다. 그리고 그 방법 또한 현실적인 해결이 아니라 작품 속에서만 가능한 것이라는 한계를 안고 있는 것이다.

이처럼 춘향전 근원설화와 춘향전에서는 발생 초기 단계에서부터 일정한 한계를 지니고 있다. 그러나 춘향전 근원설화와 춘향전의 가장 큰 차이점은 애초에 지니고 있던 신분갈등, 인간 회복의 문제 등을 얼마나 잘 살려내고 있느냐 하는 점이다. 춘향전 근원설화는 춘향의 신분이 기녀로 설정되고 있고, 문제의 발단이 신분갈등으로 인한 것이었으며 춘향의 욕망이 인간적인 성정의 억압에 대항하는 것이었음에

---

22) 물론 이방은 상층에 포함시키기는 어려울 것이다. 그러나 춘향이나 광대, 무당보다 높은 계급이라는 점에서는 상층에 편입시켜 논의해도 큰 무리가 없을 듯하다.

도 불구하고 문제 해결 과정에서는 이러한 문제들이 부각되지 못하였다. 그러나 춘향전에서는 변사또의 등장과 함께 신분 갈등과 서민의 저항, 인간성 옹호 등의 하층의 목소리가 강하게 드러나 한차원 높은 의식 수준을 보여주고 있다.

2) 암행어사 설화

설화에서 암행어사는 두 가지 유형으로 나타난다. 한 유형은 백성의 어려운 점을 해결해 주는 문제 해결자로 등장하고 또 한 유형은 지혜로운 아이나 여성과의 대결에서 지거나 그들로부터 도움을 얻는 경우이다. 전자는 암행어사에 대한 강한 믿음을 보여주는 것이며 후자는 그러한 믿음이 약화된 현상을 보여주고 있는 것이다. 그러나 후자의 경우, 아이나 여성의 지혜를 부각시키기 위한 수단으로 지혜로운 자의 대표격인 암행어사가 상대역으로 등장하였다는 점을 감안한다면 두 유형 모두 암행어사에 대한 긍정적인 태도를 보여주고 있다고 보아도 무리는 없을 것이다. 설화가 민중의 정서를 대변하고 있다는 일반적인 견해를 받아들인다면 설화에 나타난 암행어사에 대한 긍정적 시각은 하층민의 암행어사에 대한 태도라고 볼 수 있다.

암행어사는 하층뿐만 아니라 상층에서도 중앙의 힘이 미치지 않는 지방 관료들의 탐학을 감찰하기 위한 중요한 기관이었다. 때문에 상층이나 하층의 시각에서 공통적으로 암행어사는 문제해결자로 자연스럽게 등장할 수 있게 된다. 따라서 춘향전에서 암행어사가 등장하는 부분은 상층의 관념적 해결방식을 보여줌과 동시에 하층의 낭만적 문제 해결방식을 동시에 보여주고 있다. 요컨대 설화에서 암행어사보다 더 나은 아이나 여성 등의 문제 해결자가 등장하는 것과 비교한다면 춘향전 근원설화나 춘향전에서 문제해결자가 암행어사로만 단일하게 등장하는 것은 일정한 한계를 노정하고 있다고 보아야 할 것이지만, 암행어사가 등장하여 탐관오리에 대한 통쾌하고 신랄한 비판을 가하면서 춘향전은 민중적 성격을 강하게 드러낼 수 있게 된다.

춘향전 근원설화로서의 암행어사 설화는 춘향전을 광대의 창작이 아니라 실사로 이해하려는 시각과 맞물려 있다. 때문에 하층의 시각이 배제되어 있는 반면 암행어사 설화 자체 내에 내포되어 있던 하층적 성격이 춘향전으로 작품화한 후에는 하층적 정서와 강하게 결부되어 상승작용을 일으키고 있는 것을 볼 수 있다.

3) 열녀설화·염정설화

이 논의에서는 열녀설화와 염정설화를 가장 나중에 언급하고 있지만 기실 춘향전에서는 가장 중요한 근원설화라고 할 수 있다. 김동욱은 잡다한 설화가 모이어 이도령과 춘향의 염정적 플롯에 곁들이어 하나의 판소리로 응집되어갔고, 그 과정에서 차츰 암행어사 설화적, 열녀 설화적 의식으로 덧붙여지게 된 것이라 하였다.

그러나 근원설화로서의 열녀설화와 염정설화는 매우 보편적이어서 이렇다하게 춘향전의 근원설화라고 내세울만한 것은 없는 실정이다. 요컨대 열녀나 염정은 작품의 주제적 흐름을 말하는 것이지 구체적인 모티프로서는 매우 포괄적이라는 것이다. 만일 춘향전이 실사에서 비롯되었든, 허구에서 비롯되었든 일정한 스토리를 가진 근원설화에서 출발하였다면 열녀의식이나 염정 등은 그 근원설화를 둘러싸고 작품화하는 하는 자양분의 역할을 하였을 것이다. 요컨대 근원설화로서의 구체적인 열녀설화나 염정설화를 설정하기 어려우므로 전승자의 의식을 파악하기는 어려우나 춘향전 근원설화가 무엇이거나에 상관없이 춘향전 형성과정에서 열녀설화와 염정설화가 가장 중요한 위치를 점하고 있었음은 움직일 수 없는 사실이며 춘향전 수용자들에게 춘향과 이도령의 사랑과 춘향의 절개는 가장 인상깊고 긍정적으로 받아들여지고 있는 것만은 틀림없다.

4. 맺음말

이 연구는 춘향전 근원설화 연구에 대한 문제제기로 출발하였다. 판소리의 발생 과정이나 춘향전의 생태적인 관심에서 출발한 춘향전 근원설화 연구는 판소리의 발생과정에 대한 논의가 완성단계에 이르면서 해묵은 논의가 된 상태이다. 그러나 춘향전의 근원설화에 대한 연구가 단순히 춘향전의 생태를 밝히려는 노력이 아니라 춘향전의 성격을 좀 더 명확하게 해명하고자 하는 노력으로 연결된다면 춘향전 근원설화 연구는 아직도 논의의 여지가 남아 있다고 보았다. 특히 춘향전의 경우는 작품의 사실적인 성격으로 인하여 실사에서 기인했다는 견해가 과거 문헌이나 전설에 남아 있고, 현재에도 계속 제기되고 있는 상태이기 때문에 근원설화에 대한 연구는 춘향전의 성격을 해명할 수 있는 통로가 될 수 있을 것이라고 생각하였다.

춘향전의 중요한 근원설화의 유형으로는 신원설화, 암행어사 설화, 열녀설화·염정설화를 들고 설화 전승자들의 의식과 춘향전 수용자들의 의식을 살폈다. 근원설화에서는 신분갈등을 기본적인 문제로 내포하고 있으면서도 신원의 주체가 상층 남성인 점, 암행어사의 등장과 문제 해결 등에서 상층 중심의 의식들을 드러내고 있는 반면 춘향전에서는 하층 의식이 개입되면서 신분제도에 대한 저항과 갈등을 좀 더 강하게 드러내고 하층의 낭만적 문제해결을 지향하고 있음을 살필 수 있었다. 요컨대 춘향전의 한계로 지적되던 문제들은 이미 근원설화 단계에서 전승자들의 한계로 자리잡고 있었던 것이며 그러한 한계는 춘향전 수용자들에게 일면 받아들여지기도 하고 일면 극복되기도 했던 것이다.

이렇게 본다면 초기에 광대들에게 불리어지던 춘향전은 민중적 성격을 강하게 띠고 있다가 양반층의 개입, 혹은 대중화 경향과 함께 완판 84장본과 같은 상층 취향의 전아한 춘향전이 탄생되었다는 견해는 교정되어야 할 것이다. 춘향전은 근원설화 단계에서부터 신분제도에 저항하는 춘향을 대표한 하층의 의식과 신분 제도 안에서 문제를 해결하려고 하는 상층의 시각을 공동으로 내포하고 있었기 때문에 춘향전은 상층 지향적 성격과 하층 지향적 성격을 동시에 지니고 있었던 것이다. 즉 춘향전의 현실비판적 성격·골계적 성격과 열의식을 강하게 드러내는 윤리·도덕적 성격은 초기 춘향전에 이미 공존하고 있던 성격이다. 따라서 춘향전이 하층지향적인 성격에서 상층지향적인 성격으로 바뀌었다는 단선적인 추정은 무리일 것이다.

각 이본마다 상층 의식과 하층 의식이 어떤 한계를 드러내고 있으며 어떻게 조화되어 있는지 구체적인 예를 들어야 할 것인데 이는 이후 과제로 남긴다.

남성작가의 〈춘향전〉
수용 태도와 향유 양상 연구
-한문본 춘향전을 중심으로-

1. 문제제기

  〈춘향전〉에 남성중심 이데올로기가 어떻게, 얼마나 드러나 있는지 밝힘으로써 〈춘향전〉의 여성문학으로서의 가능성을 타진하려는 의도를 가진 이 글의 논의 접근 지점은 우선, 이본의 다양성과 향유층이라는 문제다. 조선후기라는 전환기에 위로는 왕, 아래로는 천민에 이르기까지 다양한 향유층을 아우르며 판소리로, 소설로 사랑받으면서 수많은 이본을 파생시켰던 〈춘향전〉은 그야말로 천의 얼굴을 한 채 수많은 사람들의 사랑을 받아왔던 것이다. 이 글은 그 중에서도 한문본 〈춘향전〉을 대상으로 하여 〈춘향전〉 수용과 향유 방식을 살펴보고 한문본 〈춘향전〉에 드러난 남성 이데올로기를 밝혀 보고자 한다.

  그간 〈춘향전〉을 여성주의적 관점에서 파악하고자 하려는 시도가 전혀 없었던 것은 아니다. 〈춘향전〉의 주제를 조선후기 성장하는 서민정신과 연관지어 설명하는 논의들 대부분이 춘향에 대한 이러한 심정적 태도를 지니고 있었으며[1] 춘향을 열녀로서가 아닌 기녀로 이

---

1) 가장 구체적인 논의로는, 춘향의 저항과 사랑을 주체적이고 근대적인 자유의지의

해하면서 춘향의 자의식에 초점을 맞춘 논의2)도 있었다. 또한 여성주의적 관점을 방법론으로 사용하여 <춘향전>에 나타난 여성인물의 언술 양상을 살피거나 사랑 속에 은폐된 여성 주체(춘향)의 타자성에 주목하고자 한 논의들3)도 있었다.

그러나 이러한 연구 성과에도 불구하고 여성문학적 시각에서 <춘향전>을 이해하는 데에는 일정한 한계가 작용하고 있음을 인정하지 않을 수 없다. 고전문학, 특히 고전소설의 경우, 여성문학이라는 테두리에서 연구를 진행시키기에는 이미 텍스트 자체가 일정한 한계를 지니고 있는 것이 사실이다. 작가가 알려져 있지 않은 경우가 대부분이며, 독자층에 대한 논의마저 여성의 비중이 얼마나 되는지 논란이 되고 있는 상황에서 고전소설은 여전히 남성중심적 텍스트로 존재하고 있다. 여성이 고전소설의 창작 과정과 향유과정에서 어떤 역할을 담당하였고, 여성의 주체성이 얼마나 반영되고 또 얼마나 왜곡되어 있는지 밝히기가 쉽지 않은 상황에서 여성성, 여성의 목소리를 찾으려

발현으로 이해한 박희병의 논의가 있다. 박희병, 「<춘향전>의 역사적 성격 분석」, 『전환기의 동아시아 문학』, 창작과 비평사, 1985.

2) 조광국, 『기녀담 기녀등장소설 연구』, 월인, 2000.

3) 신선희, 「<춘향전>에 나타난 여성 인물의 언술양상」, 『한국고전여성문학연구』 5, 한국고전여성문학연구회, 2003. ; 서지영, 「조선시대 기녀 섹슈얼리티와 사랑의 담론」, 『한국고전여성문학연구』 5, 한국고전여성문학연구회, 2003.
서지영은 여기서, 춘향은 관능의 기술을 활용하여 삶의 토대를 확보할 수밖에 없었던 주변부 여성의 실존적 욕망을 대변하며, 소설에서의 '열녀로 변신한 음녀' 이미지의 구성은 여성의 섹슈얼리티를 계급에 따라 이중적으로 통제했던 전근대 가부장제 사회의 모순된 열망을 드러낸다고 보았다. 그러나 기녀의 섹슈얼리티에 무게를 둔 이러한 논의는 '관정발악' 등에서 춘향이 변사또와의 날선 대립을 통해서 보이는 계급적 자의식을 어떻게 설명할 것인지에 대한 언급이 없어 춘향의 성격과 <춘향전>의 주제로 보편화하기보다는 <춘향전>의 한 단면으로 이해할 수밖에 없게 된다.

는 시도는 자칫 추정에만 머무를 위험마저 내포하고 있다.

남성 작가임이 확실히 밝혀진 한문본 〈춘향전〉을 대상으로 하여 남성 중심성을 찾아내고 비판하는 것은, 구체적인 근거를 가지고 작품의 여성문학적 성격을 밝혀냄으로써 객관적인 연구 태도를 견지할 수 있다는 장점을 갖는다. 작가가 남성임이 확실히 밝혀진 작품에서 춘향은 어떤 시각으로 이해되고, 어떻게 형상화되어 있는가, 특히 남성들은 여성 등장인물에게 어떤 욕망을 투영시키면서 〈춘향전〉을 향유하였는가, 이런 것들에 대한 답을 찾을 수 있다면 작품의 남성 중심성이 구체적으로 어떻게 드러나는지 이해할 수 있을 것이다.

2. 한문본 〈춘향전〉과 남성 작가들

한문본 〈춘향전〉에 대한 연구 성과는 전체 〈춘향전〉 연구 성과에 비하여 적은 양이나, 최근 들어 한문본에 대한 연구가 꾸준히 연구가 진행되어 괄목할만한 연구성과들을 이루어내었다.4) 그럼에도 불구하

---

4) 한문본 〈춘향전〉 연구가 시작된 것은 1970년대이나 활발히 연구되기 시작한 것은 90년대 이후이다. 주요한 연구 성과는 다음과 같다.

김동욱, 『증보 〈춘향전〉 연구』, 연세대학교 출판부, 1976. ; 정하영, 「한문연본 〈춘향전〉 고」, 『한국언어문학』 23, 한국언어문학회, 1984. ; 소재영, 「수산 〈광한루기〉 해제」, 『숭실어문』 4, 숭실대학교, 1987. ; 김석배, 「〈만화본 춘향가〉 연구」, 『문학과 언어』 12, 문학과 언어연구회, 1991. ; 김풍기, 「수산 〈광한루기〉의 평비에 나타난 비평의식」, 『어문논집』 31, 1992. ; 정하영, 「〈광한루기〉 연구」, 『이화어문논집』 12, 이화여자대학교, 1992. ; 최광현, 「만화본 춘향가 연구」, 한림대학교 석사학위논문, 1992. ; 정하영, 『〈춘향전〉의 탐구』, 집문당, 1993. ; 김종철, 「〈춘향신설〉 고」, 고소설 연구논총, 이수봉박사정년기념논총, 1994. ; 이수봉, 『〈만화본〉 춘향가와 용담록』, 경인문화사, 1994. ; 김경미, 「〈춘몽연〉 연구」, 『판소리 연구』 5, 판소리 학회, 1995. ; 김종철, 「한문본 〈춘향전〉 연구」, 『인문논총』 6, 아주대학교

고 다시 한문본에 주목할 필요성을 제기하는 이유는, 한문본 작가군은 명확한 창작의도를 드러내고 있어 <춘향전>의 또 다른 독해 방식이라는 중요한 시사점을 제공해 주고 있기 때문이다.

우선, 현재까지 밝혀진 한문본 <춘향전>은 만화(晚華) 유진한(柳振漢:1711-1791)의 <만화본 춘향가>(1745?), 목태림(睦台林:1782-1840)의 <춘향신설>(1804), 수산(水山) 선생의 <광한루기(廣寒樓記)>(1845?), 윤달선(尹達善)의 <광한루악부(廣寒樓樂府)>(1851), 여규형(1848-1921)의 <한문연본 춘향전>(1915?), 유철진의 <현토한문 춘향전>(1917), 이능화(1869-1943)의 <춘몽연>(1919), 이가원(1917-2000)의 <춘향가>(1979), 만와의 <익부전> 등 총 9종이다.5) 본서에서는 이들 중 현대의 작품인 이가원의 <춘향가>와 창작 시기가 비교

인문과학연구소, 1995. ; 정하영, 「<광한루기> 평비 연구」,『한국고전연구』1, 한국고전연구회, 1995. ; 성현경, 「<광한루기>의 비교문학적 연구」,『고전문학연구』11, 1997. ; 성현경 외,『<광한루기> 역주 연구』, 박이정, 1997. ; 정선희, 「<광한루악부> 연구」,『이화어문연구』16, 이화어문학회, 1998. ; 정하영, 「<춘향전> 한문 이본군 연구」,『성곡논총』29, 1998. ; 허호구・강재철 역주,『춘향신설・현토한문 춘향전』, 이회, 1998. ; 간호윤, 「<광한루기>의 소설비평론 연구」,『고소설연구』8, 한국고소설학회, 1999. ; 성현경, 「<춘향신설>과 <광한루기> 비교 연구」,『고소설 연구』8, 한국고소설학회, 1999. ; 정선희, 「목태림 문학연구」, 이화여자대학교 박사학위논문, 2000. ; 황혜진, 「<광한루기>에 나타난 취향의 문화론적 의미」,『고전문학과 교육』2, 청관고전문학회, 2000. ; 류준경, 「<만화본 춘향가> 연구」,『관악어문연구』27, 서울대학교 국어국문학과, 2002. ; 류준필, 「<익부전>의 서사 구조와 기록적 성격」,『한국문학논총』32, 한국문학회, 2002. ; 류준경, 「<광한루기>의 문화론적 지향과 그 의미」,『국문학연구』9, 국문학회, 2003. ; 류준경, 「<익부전>의 서사적 특징과 그 의미」,『한국문화』31, 서울대학교 한국문화연구소, 2003. ; 류준경, 「<춘향전>의 작품 세계와 문학사적 위상」, 서울대학교 박사학위논문, 2003.
5) 정하영, 「<춘향전> 한문본 해제」,『한국고전연구』2집, 한국고전연구학회 편, 계명문화사, 1996. ; 정하영, 「<춘향전> 한문 이본군 연구」,『성곡논총』29, 1998. 참조.

적 늦은 〈한문연본 춘향전〉과 〈춘몽연〉을 제외하고자 한다. 〈익부전〉 또한 자료 전체가 아직 학계에 공개되지 않은 상태라 논의에서 제외하였다. 따라서 논의의 주된 대상으로는 〈만화본 춘향가〉, 〈춘향신설〉, 〈광한루기〉, 〈광한루악부〉로 한정하기로 한다.

〈만화본〉은 이미 잘 알려진 바와 같이, 유몽인의 6세손 유진한의 작품이다. 칠언한시로 되어 있는 이 작품은 저자가 53세 되던 해에 전라도 장흥의 친족을 방문하고 돌아오는 중에 접했던 '춘향가'를 바탕으로 지은 작품으로서 영조 30년(1754) 경에 지어진 것으로 추정된다. 작가가 접했던 '춘향가'가 어떤 형태였을지 유진한이 어떠한 과정을 거쳐 〈춘향전〉을 개작했는지는 알 수 없으나6) 〈춘향전〉을 지어 당시 선비들에게 기롱을 당했다는 기록으로 볼 때 유진한은 '춘향가'에 대한 지대한 관심을 가지고 있었으며 명확한 작가 의식을 바탕으로 작품을 창작했다는 사실만은 틀림없는 것이다. 그러나 이는 그의 계급적 성향과는 별개의 문제로 보아야 한다.

〈춘향신설〉은 목태림이 1804년경에 지은 작품7)으로 알려져 왔으나 최근 작품의 창작연대는 1864년이고 작가 또한 목태림이 아닐 수 있다8)는 견해가 대두되기도 하였다.9) 〈춘향신설〉의 창작연대가

---

6) 김동욱(1976)은 작품의 표제가 '가사'로 되어 있고, 내용 속에 삽입 가요의 흔적이 보이고 있다는 점 등을 근거로 이 작품이 판소리 또는 판소리의 정착본이었을 것으로 추론한 바 있으나 정하영(1998)은, 판소리가 완창되는 경우가 없다는 점을 들어 작품의 중요 대목은 판소리 창을 통해서 듣고 나머지 부분은 구전이나 기록을 보고 보충했을 수도 있다고 보고, 실제로 이 같은 가능성은 〈만화본〉의 내용 중에 들어 있는 장황한 후일담과 잡가 등을 통해서 확인된다고 하였다.

7) 김종철, 앞의 논문, 1994.

8) 허호구·강재철, 앞의 논문, 1998.

9) 이는 류준경(2003)에 의해 다시 목태림의 작으로 주장되기도 하였다.

1864년이든, 1804년으로 소급되든 간에 <춘향신설>은 소설 형식의
작품으로는 가장 오래된 것이며 유철진본을 제외한다면 소설 형식의
한문본으로는 이 본이 유일하다. 서문에 보면 춘향의 절행사적이 후세
에 정확히 전해지지 않은 것을 안타깝게 여긴 나머지 당시 전승되던
춘향가와 <춘향전>을 바탕으로 직접 새로운 <춘향전>을 지었음을
밝혀 놓고 있다.

> 향랑의 절행에 대한 사적이 흩어지고 없어져서 후세에 전하지 못할
> 까 염려되기 때문에 지은 것이다. <춘향신설>

> 아, 향랑의 절개는 만세에 미치고 천추에 빛나 세상 민간에 풍류스
> 런 이야기의 바탕이 되었으니, 그 사적이 없어지지 않고 더욱 멀리
> 더욱 오래 전해갈 것이다.
> 그러나 수세대 뒤에 전하는 사람이 자세히 하지 못하고 노래하는
> 사람이 정밀하지 못하면 그 말류(末流)에 즐거워함이 혹 지나친 것에
> 가깝고, 그 바름을 잃어 슬퍼함이 혹 화를 해치는 데 가까워져, 난잡하
> 여 문채가 없으며 흩어지고 없어져서 기록하기 어렵게 되리라. <춘향
> 신설>

요컨대 작가는 '만세에 미치고 천추에 빛나는' 향랑의 절개를 '정밀'
하고 '자세'하게 '후세에 전'하고자 하는 명백한 창작의도를 지니고
있었음을 볼 수 있는 것이다.
<춘향신설>에는 상층의 정서와 논리를 지향하는 전아한 당시풍의
시들이 빈번하게 삽입되는 것을 볼 수 있다. 동일한 향촌 중간층인
신재효와 목태림의 <춘향전> 개작 양상을 비교한 바 있는 정선희는,

신재효가 기존의 유명한 시들을 장면에 맞게 인용하는 것에서 그쳤던 것과 달리 목태림은 『시경』의 풍·아에 치중되어 있고 당시를 지향하고 있다고 밝힌 바 있다. 이는 양반 가문의 일원이면서 학식도 있었지만 지방 관아의 일을 해야 할 정도로 가난하고 소외된 목태림 자신의 삶에 대한 보상10)이라는 것이다. 이러한 강한 계층적 인식과 자부심은 여성과 남성의 성차와 관계에 대한 인식에도 그대로 작용하고 있으리라는 것을 쉽게 추측할 수 있는데, 나중에 살피게 되겠지만 〈춘향신설〉에서는 춘향의 절행을 현창(顯彰)하려는 교육적 목적이 두드러지고 있는 것을 볼 수 있다.

〈광한루기〉11)는 수산 선생이라는 사람이 중국 〈서상기〉를 모방하여 구성한 회장체 형식의 작품이다. 회장체의 형식은 〈춘향전〉의 판소리적 성격을 살리기 위한 방법으로 볼 수도 있겠으나 서민들의 문학이었던 판소리를 근간으로 하고 있음에도 불구하고 전본이 된 작품을 '속본'이라 지칭하고 있다는 점, 평비자(評批者)와 편찬자를 겸함으로써 중국 문학의 관습을 따르고자 했던 점 등에서 작가의 보수적 성향을 엿볼 수 있다.

〈광한루악부〉는 윤달선이 1852년경에 지은 것으로 추정된다.12)

---

10) 정선희, 「19세기 향촌 중간층의 〈춘향전〉 개작 양상」, 『동양학지』 34, 단국대학교 동양학연구소, 2003.
　　목태림 문학에 대한 심도 깊은 논의는 정선희, 『목태림 문학연구』, 이화여자대학교 박사학위논문, 2000. 참조.
11) 수산 선생이라는 인물에 의해 창작된 작품으로서 기존 연구에 의하면(김동욱, 1955; 소재영, 1989; 정하영, 1995) 조선후기 몰락한 양반 계층의 인물로서 1830년경에 지은 것으로 추정되나 류준경(2003)은 서문이 1845년에 쓰여졌으므로 본문은 그보다 10년 정도 앞서 씌었을 것이라 추정하고 있기도 하다.
12) 작자나 창작연대에 대한 이견은 김종철, 「19-20세기 초 판소리 수용 양상 연구」

서(序)에 판소리의 명칭 및 가창 방식과 판소리의 장르적 성격 등이 밝히고 있는데, 서에 기록된 내용으로 보건대, 작가는 서사가 있으되 '노래'의 형식을 취하고 있는 판소리의 특징과 매력을 살리고자 하였으며, 작품의 내용 자체도 탐미적인 성격이 두드러진다. 그 결과, '열(烈)'이라는 봉건적 이데올로기를 비롯한 교훈적인 관점에서 벗어나 판소리 수용이 이루어지고 있다는 평가13)도 있기는 하나 작자는 이 작품을 소설이 아닌, 한시로 창작하고 있다는 점에 주목할 필요가 있다. 앞서 <만화본>의 경우와 마찬가지로, 개작 당시 저본으로 삼은 책이 있었을 것임에도 불구하고14) 굳이 감상 경험과는 동떨어진 한시의 형태로 작품을 개작하고 있는 것이다. 윤달선은 진사시에 합격한 후 남부 도사가 되었고, 봉화 현감을 했다고 하니 그의 신분으로 본다면 '한시'라는 장르는 어쩌면 매우 자연스럽고도 당연한 일이다.

시라는 장르는 소설이라는 장르에 비하여 작자의 의식과 시적 대상 사이의 거리가 가까운 장르이다. <춘향신설>을 제외한 세 작품이 한시로 창작되었다는 것은 작가가 자신, 혹은 작가 자신이 지향하는 특정 계층의 향유 방식을 고집하고 있었음을 뜻한다. 즉 윤달선을 비롯

(『판소리사 연구』, 역사비평사, 1996)에 상세한 논의가 되어 있어 참고할 수 있다. 그러나 이 글에서는 이본의 성질을 밝히려는 것이 아니므로 여기서는 하게의 일반적인 견해를 따르기로 한다.

13) 김종철, 앞의 논문 ; 류준경, 앞의 논문 참조.

14) 이 작품의 첫머리에는 이계오, 윤경순, 그리고 저자의 서가 들어 있는데 여기에서 저자는 승가사 북쪽 선원에서 병을 치료하는 중에 '춘낭가'라는 글을 얻어 그것을 토대로 이 작품을 지었음을 밝혀 놓고 있다. 여기서 작가가 밝힌 '춘낭가'가 구체적으로 어떤 작품인지 알 수는 없으나 정하영(1998)은 윤달선이 서에서 자하의 관극시를 거론하면서 자신의 작품을 거기 비의한 것으로 보아 한문본일 가능성이 높다고 하였다.

한 한문본 〈춘향전〉의 작가들은 상층문학과 하층문학에 대한 뚜렷한
경계를 인식하면서 부단히 상층의 문화와 세계관을 지향했던 것으로
보이며 이러한 자신들의 세계관을 보다 더 직접적이고 주관적으로
드러내기 위한 방편으로 시라는 장르를 선택했던 것으로 여겨진다.

소설이라는 방식을 택한 경우에도 굳이 한자를 선택했다는 사실은
상층 문화와 세계관에 대한 지향을 강하게 드러내면서 향유층을 제한
하고 있음을 드러낸다. 이 글에서 제외하기는 하였으나 1927년경 유학
자 여규형(1848~1921)이 희곡 형식으로 창작한 〈한문연본 춘향전〉
또한 향유층을 제한하고 있는 경우다. 여규형은 〈한문연본 춘향전〉
첫머리의 출장연담에서 이 작품이 원각사 공연을 위해 지은 것이라고
소개하고 있다. 그러나 정하영은 여규형의 일본인 제자 고교형도 이같
은 사실을 확인한 바 있다고 하면서도 원각사 단원들이 한문 희곡을
해독할만한 능력이 되는지 의심하면서 실제로 공연되지는 않았으리
라 추정하고 있다.15) 이것으로 볼 때, 한문본 〈춘향전〉을 비롯한 한
문본 〈춘향전〉 작가들의 〈춘향전〉 향유는 일정한 한계가 있었음을
쉽게 추측할 수 있다.

요컨대 〈춘향전〉 작가들은 〈춘향전〉을 문학 이전의 형태로 보고
문학화를 시도하였다. 여기서 문학이라는 것은 중세 봉건 질서가 규
정하는 문학이고, 그렇기 때문에 중세 봉건 사회의 공식적인 언어였
던 한문, 공식적인 문학 장르였던 한시라는 형식을 통해 〈춘향전〉을
개작할 수밖에 없었던 것이다. 이렇게 개작된 한문본 〈춘향전〉은 남
성의 영토에서 남성의 언어로 남성의 질서로 정리된 문학일 수밖에

---

15) 정하영, 앞의 논문, 349쪽 참조.

없게 된다.

3. 남성 중심의 서술과 남성들의 욕망

<춘향전>의 주제와 성격에 대한 논의에서 가장 문제가 되는 것 중 하나가 서사 주체의 문제였다. 남성 작가의 한문본 <춘향전> 향유 방식에서 가장 두드러지는 특성은 이도령 중심의 서술, 혹은 이도령이 서사의 주체로 등장한다는 점이다.

<춘향신설>은 춘향과 이도령의 서사 비중은 비슷하나 서에서 이도령의 증조부로부터 이도령 가계에 대한 장황한 설명이 제시되어 있다.16) 작가가 누구를 중심으로 작품을 서술하고 있는지 알게 하는 부분이다.

<만화본>, <춘향가>의 경우, 서술 주체가 이도령이다.

남원부사 자제인 책방 도령 이도령이 절세미인 춘향에게 첫눈에 반했구나.

내 사랑 그대를 누구에게 비하리오 이선과 요지연서 만나 놀던 숙향이라

내 나이는 열 여섯 너는 열 다섯 도리화의 향기로움 봄빛에 아양

---

16) "선왕조 때 이군이 있었으니 파주인이다. 이름은 사백이고 자는 내선인데 사람됨이 강개하여 절의가 있었고... 어느날 나이 칠십이 됨에 풍진 같은 벼슬길에 벼슬할 뜻이 없어서 물러날 것을 상소하여 벼슬을 그만두고 고향으로 돌아왔다."
  어떤 사람이, "이군은 누구인가?"하고 물었다.
  "그는 이도령의 증조부이다." <춘향신설>
  이렇게 시작되는 이도령 가계에 대한 긴 설명 끝에 춘향에 대해서는 '부기 월매의 딸'이라는 간략한 설명만 붙어 있다.

떤다. 〈만화본〉

나는야 봉명사신 즐겁고도 높은 벼슬 너는야 구사일생 아리따운
기녀로다. 〈만화본〉

내 마음은 나비가 봄꽃을 맴도는 듯 네 마음은 원앙이 녹수를 만난
듯 〈만화본〉

판소리의 연희적인 성격을 살리고자 하는 의도라고도 할 수 있겠으
나 그러지 않아도 되는 부분에서도 굳이 이도령의 입을 통해서 상황을
설명하고 있어 작품 전반이 이도령의 시각에서 서술되고 있음을 살필
수 있다.

108첩의 시구가 각 인물들의 창으로 구분되어 있는 〈광한루악부〉
또한 춘향의 창이 34개인 데 비하여 이도령의 창이 53개로 이도령
중심의 서술이라는 것을 알 수 있다.

〈광한루기〉는 이도령 중심의 서술이라고 할 수는 없으나 작가의
목소리가 지나치게 노골적이어서 독자들의 독해를 일정한 방향으로
유도하는 경우라고 할 수 있다. 회장체로 되어 있는 〈광한루기〉는
각 회의 앞 뒤에 평이 붙어 있으며 문장 사이사이에도 평비자의 느낌
이나 의견이 협주로 붙어 있다. 이러한 특징은 작품의 보다 깊이 있는
이해를 돕는다고도 할 수 있으나[17] 독자로 하여금 인물이나 사건에
집중하기보다는 서술자와 동일한 시각에서만 작품을 '바라볼' 수 있도
록 강요한다.

어사가 되어 돌아온 이도령이 변사또를 벌한 후 춘향을 상봉하는

---

17) 정하영, 「〈광한루기〉 평비 연구」, 『한국고전연구』 1, 한국고전연구회, 1995, 20쪽.

부분을 보자.

> 춘향이 가만히 생각했다.
> "우리 낭군이 그렇게도 훌륭한 풍채였는데, 더구나 부친께서 새로 관찰사로 부임해 가겼는데, 3년 사이 어찌 떠도는 신세가 되었는가?" {벌써 3-4할은 알아차렸군.}
> 어사가 출도하여 파직되었을 때에도 혼자서 생각했다.
> "우리 낭군이 분명히 아무런 이유 없이 이 곳에 왔을 리가 없지. 여기에 오묘한 까닭이 있지 않을까?" {벌써 5-6할은 알아차렸군.} <광한루기>

어사가 되어 돌아온 이도령이 변사또를 벌한 후 춘향을 상봉하는 부분은 <춘향전>의 클라이막스에 해당되는 부분이다. 춘향가나 한글본 <춘향전>에서 이 부분은 이도령이 의도적으로 자신의 신분을 숨겼다가 나중에서야 춘향에게 자신의 신분을 밝히는 형식으로 전개된다. 그런데 <광한루기>는 독자들이 그러한 클라이막스를 느낄 틈을 주지 않고 쉴 새 없이 자신의 목소리를 내고 있다.

이도령을 서사 주체로 내세워 작가가 말하고 싶었던 것이 무엇이었을까. 문학작품은 한 사회의 이데올로기의 일부, 즉 한 사회 계급이 다른 계급을 지배하고 있는 상황이 사회 구성원 대부분에게 당연하게 보이거나 완전히 은폐되어 있음을 보증하는 복잡한 사회적 인식구조[18]라고 한다면 한문본 <춘향전>이 왜 이도령을 중심으로 서술되어 있는지, 그를 통해 드러내고자 하는 것이 무엇인지는 명백하다.

---

18) 테리 이글턴, 이경덕 옮김, 『문학비평:반영이론과 생산이론』, 까치, 1986, 15쪽 참조.

이처럼, 한문본 〈춘향전〉의 남성 중심 서술은 남성들의 욕망을 더욱 적극적으로 드러낼 수 있는 근거를 마련해 주고 있다. 그 결과 한문본 〈춘향전〉에는 남성들의 욕망이 세 갈래로 표출되고 있는 것을 살필 수 있다.

① 강한 풍류의식을 바탕으로 한 기녀와의 사랑

이도령이 한문본 〈춘향전〉의 서사 주체로 변모함으로써 한문본 〈춘향전〉은 결국 재자가인의 사랑이야기에 치중하게 되는데, 양반 남성들에게 있어 아름다운 기녀와의 사랑은 조선후기 풍류 남아들이 한번쯤은 꿈꾸던 낭만적인 이야기일 것이다. 양반이거나 양반이면서 중인층으로 살아야 했던 한문본 〈춘향전〉의 남성 작가들은 조선후기 상층 남성들의 문화를 대표하는 풍류의식[19]과 무관하지 않다.

조선시대에는 기녀를 사사로운 연음에 동원하거나 수청을 금지하는 것은 물론 기녀 작첩 또한 엄격하게 금하였다. 그러나 조선 후기로 갈수록 기녀 작첩은 더욱 확대된다. 구강(1757-1832)이 1812(순조12)년에 함경도 암행어사 시절의 실정을 담은 가사 〈북새곡(北塞曲)〉 내용을 보면, 지방관들이 임기를 마치고 떠나면서 대비정속하여 재색을 갖춘 기녀를 빼내간 탓에 박색의 기녀만 자리를 지키고 있다는 내용[20]이 나올 정도로 조선후기 양반들의 기녀 작첩은 심각한 문제였던 것 같다. 심지어 창기를 혁파하자고 상소문을 올린 자도 지방에 나가서는 기녀를 가까이 하였던 일이 밝혀져 구설수에 오르기도 하였

---

19) 양반들의 풍류의식에 관해서는 조광국, 『기녀담, 기녀등장소설 연구』, 월인, 2000 참조.

20) 최강현, 『기행가사 자료선집』 1, 국학자료원, 1996, 228쪽 참조

고[21] 심지어 유배 중에도 풍류를 즐겼다 하니[22] 양반들의 풍류의식이란 그 어떤 윤리 도덕과 법제로도 막을 수 없는, 혹은 매우 자연스러운 양반 남성들의 욕망 표출방식이었던 듯하다. "부녀들 보신 후에 후세에 남자 되어 남자들 부러워 말고 이내 노릇 하게 되면 그 아니 상쾌할까"라며 풍류행각을 호방하게 자랑하고 있는 점으로 보아 기녀를 풍류와 향락의 대상으로 삼는 양반 남성들의 사고방식은 법과 제도, 윤리나 도덕과는 다른 차원의 문제일 뿐만 아니라 양반 남성만들의 특권이기도 했던 것이다. 이는 조선후기로 가면 중서층으로 확대되는 양상을 보인다.

<광한루악부> 서(序)에는 꽃그늘 아래 술을 마시고 기생으로 하여금 노래하게 하여 들으라[23]며 <광한루악부>를 즐기는 방법을 제시해 놓고 있다. 이러한 향유 방식은 춘향과 화경의 이야기를 재자가인의 이야기로 거듭 강조하고 있는 수산 <광한루기>에서 제시된 <춘향전> 독법[24]과도 상통하는데 특히 기녀로 하여금 노래를 하게 하여 들으라는 주문은 양반층 남성들의 풍류와 기녀는 떼려야 뗄 수 없는 관계에 있음을 보여주고 있는 것이다. 성종 때 장악원 제조를 재낸 바 있는 성현은 '대가집 옆에 홍인산과 안좌윤 두 큰 집이 있는데 또한

---

21) 세종 22년 형조참판 고약해 사건. 『세종실록』 권 88 22년 3월 경신
22) 김진형(1801-1864)은 그의 가사 <북천가>에서 1853년(철종 4년) 유배지로 갈 때 지방관들로부터 기녀 향응을 대접 받은 것을 기술하고 있다. 김진형, <북천가>, 최강현, 『기행가사자료집』 1, 국학자료원, 1996.
23) 子試於樓花下飛一盞酒酹 其神便復引觴痛飮 以此詩借朱唇歌之 則一生胸中磈礧 不平之氣 亦可以盡澆也
24) 술 마시며 읽으면 기운을 돕고 거문고를 타면서 읽으면 운치를돕고, 달을 마주하고 읽으면 정신을 돕고, 꽃을 구경하면서 읽으면 격조를 도울 수 있다. <광한루기 독법>.

비복들에게 음악을 가르쳐서 그 소리가 청아하고 밤이 깊도록 그치지 아니하여 매양 누워서 이것을 듣는 것이 또한 즐거움이었다'25)고 술회하고 있다. 즉 양반 남성들에게 있어 풍류란 기녀와 불가분의 관계에 있으며 그렇기 때문에 기녀와 양반의 사랑 이야기인 〈춘향전〉이 양반들에게 향유될 수 있었던 것이다.

〈광한루기 독법〉에서 재자가인으로서의 춘향과 이도령의 면모를 강조하고 있는26) 점도 바로 이러한 남성의 욕망이 투영된 결과이다. 재자가인의 사랑, 이도령과 춘향의 아름다운 결합을 강조하려는 의도는 소설을 형식을 취하고 있는 〈춘향신설〉에서 잘 나타난다. 〈춘향신설〉에서는 시를 삽입하여 인물들의 감정을 드러내는 전기 소설의 양식을 차용하고 있는데, 이는 재자가인의 사랑을 강조하는 전기소설의 두드러지는 특징이기도 한 것이다.

기녀와의 사랑을 주제로 하는 세태 소설류가 한문본 〈춘향전〉에 자주 언급된다는 점도 남성 작가들이 〈춘향전〉을 어떻게 이해하고 있는지 알 수 있게 하는 단서가 될 수 있다.

목태림의 〈춘향신설〉 서문에 나타나는 "미전어세(未傳於世)"라는 표현을 둘러싸고 목태림이 〈종옥전(鍾玉傳)〉과 〈춘향신설〉의 작가냐 아니냐는 논란이 일기도 하였는데 작자가 누구냐에 앞서 흥미로운 점은 작가가 서문에서 소설 〈종옥전〉을 언급했다는 사실이다. 〈종옥전〉과 〈춘향신설〉의 작가를 목태림으로 보는 견해를 받아들인다면,

---

25) 『용재총화』, 『국역대동야승』 1, 59-60쪽.
26) 춘향은 가장 훌륭한 가인이며 화경은 가장 훌륭한 재자다. 한 명의 가인을 입전할 경우에도 진실로 함부로 팔을 놀리기 힘들거늘, 하물며 거기에다가 한 명의 훌륭한 재자를 덧붙여 입전한다면 더욱 착목하여 신경을 서야 할 것이다. 〈광한루기 독법〉.

<종옥전>에 대한 흥미와 관심이 <춘향신설>을 낳게 하였음을 추정
할 수 있으며27) <춘향신설>이 목태림의 작이 아니라고 해도 <춘향
신설> 서문에 군이 목태림의 <종옥전>이 언급되었다는 사실로 미루
어 보건대 작가가 <종옥전>과 <춘향신설>에 사이의 유사점을 인지
하고 있었던 것으로 여겨진다.

  <종옥전>은 흔히 세태소설로 분류되는 소설로서 같은 범주로 묶이
는 <정향전(丁香傳)>, <배비장전(裴裨將傳)>, <이춘풍전(李春風
傳)>, <삼선기(三仙記)> 등이 한글로 전해지는 반면, <종옥전>은 한
문본만이 전한다. 또한 <종옥전>에는 20여 수의 삽입시가 들어 있어
전기소설에서의 서사와 시의 혼합구성법과 유사한 서술방식을 취하
고 있는데 이는 <춘향신설>의 작자가 군이 한문 소설이라는 장르를
선택하고 삽입시를 활용하여 등장인물의 감정과 심리를 묘사하고 있
다는 점과 무관해 보이지 않는다. <춘향신설> 서두에서 '부사의 아들
에 이도령이라는 자가 있었는데…… 나이 겨우 16세로서 돌변지례를
치르지 않았기 때문에 사람들이 모두 도령으로 불렀'으며 부사와 더불
어 '오경의 뜻을 토론하지 않을 때가 없었으며 백가의 글을 섭렵하지
않은 것이 없었다'는 내용과 종옥이라는 소년이 원주 목사로 부임하는
숙부를 따라가 학문에 열중하였다는 내용도 일치하며 그렇게 공부밖
에 모르던 주인공들이 기녀와 사랑에 빠지게 된다는 점도 일치한다.

  <만화본>에는 이도령과 춘향이 이별하는 대목에서 <배비장전>에
대한 언급이 나온다.28) <배비장전>, <종옥전>류의 한문소설과 <춘

---

27) <춘향신설>은 한문본 <춘향전> 중에서는 유일한 소설본이다.
28) 長城忍忘葛姬眼 濟州將留裴將齒. 장성에서 갈희의 눈 차마 잊지 못하듯이 제주에
   선 배비장이 이빨을 남겼듯이.

향전〉과의 관계는 뒤에서 다시 언급하겠지만 춘향과 이도령의 이별 장면에서 아랑과 배비장의 사랑과 이별을 떠올리고 있다는 것은 이도령과 춘향의 사랑을 '신분을 초월한 사랑'이라고 여기기 어렵게 만든다. 오히려 엄격한 신분적 차이를 전제로 한 사랑으로서 양반 남성이 기녀를 풍류의 대상으로 삼아 즐기는 이야기인 것이다. 따라서 춘향가를 수용하고 향유하는 유진한의 시각 또한 이러한 풍류의식에서 벗어나기 어려우며 〈만화본〉 춘향가는 엄격한 신분적 차이를 전제로 한, 기녀와 양반 남자의 사랑 이야기라는 한계를 지니게 된다.

기녀 이야기에 대한 양반 남성들의 시각은 김만중의 〈단천절부시(端川節婦詩)〉, 성해응의 〈전불관행(田不關行)〉 등에서도 잘 나타난다.[29] 기생이 주인공이라는 점, 양반과 사랑을 맺지만 서울로 돌아간 양반은 소식이 없다는 점, 신관의 수청을 거절한다는 점 등에 〈춘향전〉과 매우 흡사하다. 그러나 무엇보다 중요한 것은 한문본 〈춘향전〉과 이들 한시들이 양반 남성들의 관점에서 쓰인 '양반과 기녀의 사랑 이야기'이며 따라서 이들의 사랑은 남성중심적 시각에서 쓰였다는 점이다. 일선은 천한 기생이면서도 상층의 법도와 윤리를 지킬 줄 아는 기특한 인물이며, 불관은 '일부' 바람직하지 못한 탐관오리들에 의해 고통받는 하층 여성일 뿐, 그녀들의 사랑이 주목을 받은 것은 아니었다. 남성 작가들에 의해 쓰인 한문본 〈춘향전〉 또한 이에서 크게 다르지 않아 남성의 풍류의식이 주가 되고 있는 것이다.

---

29) 이에 대한 자세한 논의는 박혜숙, 「남성의 시각과 여성의 현실」, 『민족문학사연구』 9, 민족문학사연구소, 1996 참조. 류준경은 한시 춘향가인 〈만화본〉을 이들 한시와의 관계 속에서 파악하기도 했다. 류준경, 앞의 논문.

② 시혜자로서의 면모

이도령 중심의 서사는 이도령이 문제 해결자로 등장하는 후반부에는 더욱 강해진다. 곧, 인간해방의 주체는 목숨을 걸고 변사또에게 대항한 춘향이 아니라 춘향을 자유롭게 해 준 이도령이 되고 마는 것이다. 이처럼, 시혜자로서의 이도령의 면모는 전반부에서부터 일관적으로 견지되고 있다.

<만화본>의 불망기 화소는 이도령의 신의를 부각시킨다.

> 화전지 펼쳐 놓고 불망기 써서 주니 좋은 약속 정녕하여 춘향은 절을 한다. <만화본>

이도령과 춘향의 사랑이 대등한 사랑이라면 양반 자제가 기녀에게 불망기를 적어 주고 기녀는 절을 하며 받을 것이 아니라 대등한 입장에서 신물을 교환하는 것으로 하는 것으로 나타나야 하는 것이다. 이러한 분명한 상하 관계는 정을 통한 대가로 이도령이 춘향에게 내리는 행하에서 더욱 두드러진다.

> 내 마음은 나비가 봄꽃을 맴도는 듯 네 마음은 원앙이 녹수를 만난 듯 나이는 어리지만 풍류 속은 활달하여 깊고도 깊은 정을 무엇으로 나타내리
> 쇠 두드려 만든 능화옥경 내어주고 왜관시겨 만드는 죽절은비녀 내리고
> 오동철병 통영도도 정으로 내어 주고 구름 무늬 자줏빛 평양신도 내린다.
> 내주고 내주어도 조금도 아깝잖고 많은 금전 없는 것 다시금 한이로다 <만화본>

이도령은 춘향과의 사랑을 이루기 위해서 다음과 같은 결심을 하게
된다.

> 이별하는 자리에서 서로서로 위로하고 네 목소리 귓가에 낭낭도
> 하구나
> 이제는 서울 가서 부지런히 책을 읽어 조정에 입신하여 벼슬길에
> 오르리라
> 이 고을 태수는 못할지도 모르지만 이도의 감사는 될 수가 있으리니
> 분명코 다음 날 좋은 바람 불어와서 또다시 밭 갈고 봄풀 뜯을 날
> 있으리 〈만화본〉

그러나 입신양명하리라는 결심은 춘향과 사랑을 이루기 위한 수단
이라기보다는 그 자체가 이도령의 욕망이라고 보아야 옳을 것이다.
다음 예문에서는 신분 해방의 명백한 주체가 이도령이라는 것을
알 수 있다.

> 지금부터 기적에서 네 이름을 뺄 것이니 한평생 내 집에서 수발을
> 받들어라. 〈만화본〉

이도령은 신분 해방의 댓가로 '수발'을 들 것을 명하고 있기 때문
이다. 이는 국용(國用)이었던 관기가 사유화되는 과정에 다름 아니
다.30) 춘향과 이도령의 사랑이 신분을 초월한 것이었다면 춘향은 변

---

30) 조선시대 기녀의 역할은 공식적으로 여악, 외국사신 접대, 변방군사 접대 등 세
   가지에 한정되었으며, 그 외 양반들의 연음이나 수청을 금지하는 것은 물론 기녀
   작첩 또한 엄격하게 금하였는데 이는 국용인 관기가 사유화되는 것을 막기 위함
   이었다.

사또에게 그러하였듯이 자기 몸에 대해서도 주장을 할 권리가 있었던 것이다.

③ 타자화된 춘향의 몸

시혜자인 이도령은 춘향을 대상화하고 춘향의 몸을 타자화하여 즐긴다.

> 이도령이 춘향이 오는 것을 바라보고 정신이 아찔하여 감정을 스스로 억제하지 못하였다. 환한 얼굴에 잘고 고른 이빨이며, 예쁘고 간들거려서 마치 밝은 반달이 구름 가에 살며시 숨은 듯하고, 한 떨기의 붉은 연꽃이 물 위에서 피어나서 아리따운 자태를 머금고 찡그린 듯 웃는 듯하였다. 이를 보니 진실로 금세의 국색이었다. 반들거리는 머리칼은 사물을 비칠 만하고 빼어난 자색은 매우 아름다웠다.
> <춘향신설>

판소리에서는 그리 낯설지 않은 묘사이기는 하다. 그러나 판소리에서 이도령이나 변사또 등 다른 인물들에 대해서도 이러한 묘사를 즐기는 것과는 달리 한문본 <춘향전>에서는 춘향에 대해서만 이러한 묘사가 나타난다.

> 붉은 비단 수치마는 풀잎을 스치고 흰 모시 얇은 적삼 꽃잎을 헤치누나
> 맑은 시내 따슨 봄날 제비는 물결 차고 벽도화 꽃 그늘의 걸음새도 교태롭다
> 마고산 선녀가 향내에 이끌리듯 월궁의 항아선녀 노리개를 울리는 듯

향긋한 땀방울 목욕하는 그 자태 만복사 앞 봄 냇물은 넘실넘실
흐른다
유리 같은 맑은 물속 그림자 보고 웃고 흰 살결 고운 얼굴 씻으
며 머리 들어
허리 아래 누가 볼까 은근히 저어하니 물가의 온갖 교태 연꽃송
이 같아라
푸른 버들 언덕에 향기로운 바람이니 그네에 다시 올라 묘한 재
주 자랑한다.
푸른 난새 날아 들어 붉은 비단 수놓듯 붉고도 긴 그네줄 허공에
흔들댄다
강비가 물결치며 두둥실 떠오르는 듯 월궁항아 구름타고 두 발을
구르는 듯
뾰족한 비단 버선 외씨와도 같은데 가지 끝에 부딪혀 꽃잎을 흩
날리고
복사꽃 꽃무리가 비단치마 뒤덮으니 봄날 성안 모든 이가 우러러
볼 수밖에 〈만화본〉

이도령이 광한루에서 춘향을 처음 만날 때 묘사되는 춘향의 목욕
장면이다. 이는 그네 뛰러 나온 춘향이 느닷없이 목욕을 한다는 설정
은 자연스럽지 않음에도 불구하고 춘향의 미모와 교태를 구체화하기
위한 의도로 삽입된 대목이다. 이 대목은 오히려 합리적이지 못하다는
비판을 받고 완판 84장본에서만 그 흔적이 남아 있을 뿐 대부분의
이본에서 삭제되어 있다.

기생방 십년에도 보지 못한 미인이라 사나이의 정회를 살며시 돋우
누나
펄펄 나는 청조가 잠간 사이 갔다 오니 옷매무새 정돈하고 단정히

꿇어 앉네 <만화본>

'기생방 십년'이라는 표현은 <춘향신설>에도 나오는 표현인데, 열여섯 나이 이도령에게 10년 기생방이라는 말은 맞지 않는다. 이는 아마도 이도령의 시선을 빌린 서술자의 발화일 것이다. 이도령, 혹은 서술자의 앞에 다소곳이 꿇어 앉아 있는 춘향은 그대로 대상화되어 있다.

이처럼 남성 작가들은 <춘향전>을 통해 자신의 욕망을 드러내는 것이 가능하였다. 이도령이 서사, 혹은 서술 주체가 되면서 춘향은 남성 욕망의 대상이 되어 있으며, 춘향의 절행은 남성 중심 질서를 공고히 하는 데 기여하고 있을 뿐만 아니라 문학적 기교를 더한 재미까지 포함하는 한문본 <춘향전>은 남성 작가들에게 매우 매력적인 작품이었을 것으로 추측된다. <만화본 춘향전>의 경우에도, 유생들의 비난을 받았다는 것으로 보면 유생들에게 읽히기도 했다는 것을 반증하고 있는 것이 아닐 수 없다.

그렇다면 남성이 자신의 욕망을 드러내면서 서술 주체로 등장한 한문본 <춘향전>에서 여성은 어떻게 묘사되고, 어떤 목소리를 내고 있는가.

4. 기녀 춘향과 열녀 춘향, 그리고 남성의 복화술

춘향은 기녀이면서 열녀이고 그러한 이율배반적인 성격은 <춘향전>을 흥미롭게 만드는 요소 중의 하나였다. 그러나 여성주의적 관점에서 보면, 남성들의 성 이데올로기에 의해 재단된, 남성들의 욕망이 만들어낸 기형적인 존재들이라는 점에서 기녀나 열녀는 다르지 않다. 한문본 〈춘향전〉에서, 춘향은 한편으로는 기녀로서의 성격이 강조되고 또 다른 한편으로는 열녀로서의 면모가 부각되는 것을 볼 수 있다.

춘향가나 한글본 〈춘향전〉 이본들에서는 후대로 갈수록 춘향이 성참판의 서녀 등 신분적 변화를 보이는 데 반해 한문본 〈춘향전〉의 춘향은 모두 기녀라는 명확한 신분을 지니고 있다.

다음은 춘향이 광한루에서 이도령에게 화답한 시다.

> 당신은 서울의 걸출한 남자요
> 난 남녘의 아름다운 창기라오.
> 알지요 우리 만남 우연이 아님을
> 한 마음으로 해로하기 맹세하네. 〈춘향신설〉

스스로 기생임을 자임하고 있다. 〈만화본〉에서 춘향이 이도령에게 불망기를 받고 좋아서 절을 하는 모습 또한 기녀의 태도 그대로다. 여기서 드러나는 문제는 춘향이 기생임이 명확하게 드러나는데도 불구하고 기생으로서의 자의식을 강하게 드러내는 행동들이 전혀 없다는 점이다. 명백하게 남성 중심적 시각이 드러나는 지점이다.

춘향의 하옥 소식을 듣고 달려 온 왈자들이 춘향을 찾아와 청심환을 갈아 먹이는 부분이나는 부분[31]이나 이도령이 기녀들로 하여금 춘향가 쓴 칼을 이로 물어 풀게 하는 부분 등 〈춘향전〉의 골계성을 드러내는 부분으로 평가되었던 부분들도 실은 골계성을 드러내고자

---

31) 射亭歸路競相尋 或碎淸心丸片片金. 〈광한루악부〉

했다기보다는 기생으로서의 춘향의 존재를 부각시키기 위한 장치라고 이해된다.[32]

자신의 심경을 강하게 표출함으로써 자의식을 강하게 드러내어야 하는 이별이나 변사또에 대항하는 부분에서조차 춘향의 목소리는 드러나지 않는다.

> 방호산에 있는 큰 바다가 다 말라 먼지 날려야 오시려오
> 백두의 높은 산이 평지 되어야 오시려오.
> 병풍에 그린 닭이 날개짓 하며 울어야 오시려오 <만화본>

황계사를 변용하여 수용된 부분으로서 춘향이 이도령을 원망하며 기다릴 수밖에 없는 자신의 처지를 한탄하는 대목이다.

관정발악하는 모습도 한문본 <춘향전>에서는 볼 수 없다. 기녀의 신분에 충실한 이러한 모습은 후반부에 가서 춘향이 지향하는, 혹은 춘향에게 짐 지워지는 '열녀'라는 기호와 극명한 대비를 이루면서 인상 깊게 남게 된다. 이런 과정에서 춘향은 열녀로 만들어지고 춘향의 목소리는 복화술사에 의해 가려진다.

조선후기의 양반 지배층이 계층 내부의 결속을 강화를 목적으로 가문과 문벌을 중시하면서 여성에게만 해당되는 열 윤리는 상당히 강화된 규범으로 작용하기 시작한다. 그리고 정절 이데올로기는 계층적으로 하층에 해당하는 여성들에게까지 퍼지게 된다. 권도경은 17세

---

32) 김종철은 춘향이가 죽었다는 농부의 말에 이도령이 춘향의 묘에서 통곡을 하는 부분 등 희극적인 사건을 그대로 수용하고 있다는 것은 이 시기 양반들의 판소리 향유가 이데올로기적 검열을 행하고 있지 않음을 말해준다고 하였으나 여성주의적 시각에서 보았을 때 여기서는 매우 강한 이데올로기가 작용하고 있다.

기 전기소설에서 기녀가 등장하기 시작하고 이는 여성에 경도된 정절 이데올로기 강화로 나타난다고 하였다. 그 때문에 여성 인물상 역시 정절 이데올로기의 수호자와 같은 모습을 띄게 된다[33]는 것이다. 이러한 전반적인 변화와 함께 기녀가 열녀가 된다는 조선후기 '기담'은 인물과 사건에 있어 전형성을 획득해 나간다. 요컨대 춘향이 정절이데올로기 수호자로 등장하면서 춘향은 스테레오 타입화하게 되는데 한문본 〈춘향전〉의 춘향 또한 기녀로서의 자기 목소리를 거세당하고 '정절을 지킨 기특한 기녀'로 남게 된다.

〈춘향신설〉에서는 이도령과 춘향의 애끓는 사랑을 보여주는 옥중상봉이 없다. 대개 여기서 이도령은 눈물을 뿌리면서 춘향에 대한 의리를 다지게 되는데 이 부분이 빠져 있다는 것은 그만큼 춘향이나 이도령의 감정이 절제되고 있다는 의미이다. 등장인물의 감정 절제는 삽입시에서 특히 두드러지게 나타난다. 마치 전기 소설에서 보듯이 두 주인공은 시를 통해서 자신의 감정을 드러내는데 작가는 전아한 상층 지향적인 시를 통해 생동하는 감정들이 배제되고 있다.

이도령이 이별하게 된 사실을 말할 때에도 춘향은 침착하기만 하다.

> 낭군이 다시 오는 대가 십년 뒤라고 하니, 소첩에게는 비록 오랫동안 만나지 못하는 정이 많으나 대장부가 세상에 태어나서 입신양명하여 위로는 부모를 영광되게 하고 아래로는 처자를 즐겁게 해야 하는 것입니다. 어찌 남아의 철석같은 마음으로 잗다랗게 아녀자를 마음에 새겨 성정을 상하게 하겠습니까. 다만 원하건대 이별한 뒤에, 마음속

---

33) 권도경, 「17세기 애정류 전기소설에 나타난 정절관념의 강화와 그 의미」, 『고전여성문학연구』 2, 한국고전여성문학회, 2002.

에 첩의 얼굴을 묻어 두어 생각하지 말고 천금 같이 귀중한 몸을 잘
보전하여 힘써서 학업을 폐하지 말고 높은 과거에 급제하여 벼슬길에
올라 평생의 소원을 다하면 매우 다행스런 일입니다. <춘향신설>

이것은 춘향의 발화라기보다는 이도령 아버지의 점잖은 발화라고
하는 편이 더 자연스럽다. 사정이 이렇다 보니 인물 자체의 개성이
없어지는 것은 말할 것도 없다. 이별을 고하는 이도령 앞에서 치마를
박박 쥐어뜯던 춘향, 변사도 앞에서 관장 발악하던 춘향은 어디로 갔
는가.

또한 <춘향신설>에는 옥중 상봉이 없는 대신, 향랑이 옥졸에게 금
열덩어리를 주며 밖에 나가 이도령을 만나고 오게 해 달라 부탁한다.
그러나 옥졸은 매수되기는커녕 적극적으로 춘향의 정황에 공감하고
도망가기를 권유한다.

내가 어찌 금을 받겠느냐. 내가 향랑의 다급한 사정을 도아 준 의리
가 없으니 오나라에 사신으로 갔다가 투옥된 袁盎을 탈출케 한 옛 부
하에 도리어 부끄럽고, 또 향랑을 보호하여 살릴 힘도 없으니 오자서
를 살려 준 초강의 어부에게 오히려 부끄럽다. 원컨대 향랑은 몸을
도망하여 목숨을 보전하라. <춘향신설>

옥졸의 입을 통해 춘향은 원앙, 오자서와 동궤의 인물로 그려지면
서 영웅화가 이루어지고 있음을 볼 수 있다.[34] 그렇지만 어디에도 춘

---

34) 류준경은 <춘향신설>의 문체를 살피면서 대화의 대부분이 봉건적인 체모를 중시
하는 관습적인 치사로 분향이 확대되고, 전고를 지나치게 많이 사용하고 있다고
보았다. 이러한 특징으로 말미암아 인물의 발언과 인물을 모두 관념적으로 만들고
있으며 또한 이러한 발화들이 춘향의 절개를 현창하고 있다는 점에서, 이념의 화신

향의 목소리는 들리지 않는다.

열녀 춘향의 스테레오타입은 영웅화와 함께 스스로 몸을 훼손하는 양태를 보이기도 한다.

> 그리운 낭군 멀리 갔으니
> 어느 때나 다시 돌아오실까!
> 사랑하지만 만나지 못하여
> 마음이 타는 듯하구나.
> 경대에 먼지가 쌓이고
> 화장대에 난새가 춤을 추네.
> 쑥대처럼 머리가 헝클어지고
> 구슬 같은 눈물이 샘솟듯 하여라.
> (중략)
> 혼자 정절을 지녀 지키리라! 〈춘향신설〉

이도령이 떠난 뒤, 춘향이 지은 상사곡의 일부이다. 애끓는 심정을 우아하게 절제된 상사곡으로 읊어낸다는 설정이나 격한 감정을 억압하면서 '혼자 정절을 지키리라'는 다짐을 하는 춘향은 열녀로 박제화된 모습을 보인다.

또한, 거울도 보지 않고 화장도 하지 않으며 머리도 빗지 않는 등의 행위에서 볼 때 춘향의 몸은 정절 이데올로기 실현의 도구가 되고 있다. 조선후기 열녀전에서는 이처럼 여성의 몸에 죄의식을 각인함으로써 정절 이데올로기를 강조함으로써 열녀라는 전형적인 유형을 이룩해 내고 있다.

으로서의 춘향의 면모가 부각된다고 보았다. 류준경, 앞의 논문, 74쪽 참조.

> 빗질도 하지 않고, 옷은 빨아 입지 않고, 찢어지면 찢어지는 대로
> 기워 입어서 남루하고 더러웠다. 그래서 사람들은 열부를 똑바로 볼
> 엄두를 내지 못했다. 치마는 짚끈으로 묶고, 걸을 때는 언제나 곱사병
> 을 앓는 것처럼 몸을 구부렸다. <절부김씨전>35)

이러한 기록은 조선왕조실록에서도 나타난다. 정조 15년, 일찍이
사도세자의 침소를 모셨던 궁녀 이씨가 사도 세자가 죽은 뒤부터는
죽기로 작정하고 스스로 폐인이 되어 세수도 하지 않고 빗질도 하지
않으면서 항상 이불로 몸을 감싸고 방안에 틀어박혀 사람의 얼굴도
보지 않고 해도 보지 않으며 심지어 대소변을 보기 위해서 문밖에
나가지도 않다가 조정에 이 일이 알려져 정조가 수칙(守則)이란 작위
와 정렬(貞烈)이란 칭호를 내렸다는 기록이 있다.

<절부김씨전>의 입전자인 전우(田愚:1841-1922)는 절부 김씨의
행동을 기려, '의기가 격해져서 한 순간에 스스로 목숨을 끊는 것은
오히려 할 수 있으나, 저처럼 온갖 어려움을 다 겪고 두려워 전전긍긍
하면서 수십 년을 하루같이 정절을 온전히 한다는 것은 철석같은 심장
이 아니면 할 수 없다.'고 하면서 '무릇 그가 행한 것은 모두 즐겨한
것이지 억지로 한 것이 아니었다. 절부의 행실이 아름다운 것은 이
때문이다.'고 찬양해 마지않고 있다.

남성작가들이 전형적으로 여성을 재현하는 문학 장르였던 열녀전
이나 실록에서 남성들 자신들이 원하는 것을 여성 인물의 입을 통하여
말하도록 하였던 것으로 볼 때 한문본 <춘향전>에 나타나는 춘향의
발화 또한 온전히 춘향의 것일 수 없다. 변사또의 폭압으로 인한 춘향

---

35) 이혜순·김경미, 『한국의 열녀전』, 도서출판 월인, 2002, 128-129쪽.

의 고난마저 남성 중심 이데올로기에 감염된 열녀의 신체 훼손의 또
다른 형태로 읽힌다.

> 연한 살결 약한 뼈는 삽시간에 바스라져 종아리의 상처마다 검을
> 피멍 들었고
> 매화술 다섯 말로 날마다 취해서는 번번이 매질하고 그칠 줄을 몰
> 랐다오
> 곤장에 묻은 피로 비단 치마 물들었고 여름철에 허벅지에 구더기
> 도 슬었다오
> 창기로 태어나서 미천한 처지지만 치마 걷고 영천수 건널만큼 어
> 리석잖소
> 열녀는 두 남편 섬기잖음을 알고 있어 애시당초 허락한 몸 죽을
> 작정 이미 했소
> 가마솥에 몸 던져도 일편단심 지키리니 본성을 굽히기는 버들처럼
> 어렵다오 〈만화본〉

〈춘향전〉에는 또한 춘향의 제도권 내 편입을 비롯한 후일담이 중
시되는 것을 볼 수 있다. 춘향은 이제 기녀가 아니라 사대부의 세계에
편입된 존재로서 편입된 이후에도 아무 문제가 없음을 보여주는 구성
은 남성들이 바라는 온전한 결말이다.

> 춘향과 수레 타고 나란히 올라간다
> 경국지색 아름다운 월매 딸 춘향이는 칭찬이 자자해도 흠잡을 데
> 하나 없다
> 정열부인 좋은 가자 성상이 내리시고 교지가 내려오니 금옥새도
> 찬란하다

책상 위 거문고로 집안 경사 즐긴 후 묘당의 조상님께 참배도 하는
구나

은대옥당 벼슬 거친 명문거족 귀한 딸을 동성의 동문에서 동서로
맞는구나

월매의 거처는 문미 또한 높을씨고 효성도 지극하니 호유 같다 일컫
는다 <만화본>

춘향에게 보상만이 중요할 뿐 어머니의 역할이 주어지지 않는다는
점도 춘향의 자의식이 반영되지 못하고 있음을 보여주는 부분이다.

그 외 <춘향신설>의 경우 한문본 <춘향전>의 변사또는 탐관오리
로서의 면모도 별반 강조되지 않고, 매우 점잖은 편이라는 점도 특징
적이며 춘향에게 혹형을 가하는 장면도 삭제되어 있다. 작가가 혹시
변사또와 신분적 동질감을 지니고 있었던 것은 아닐까 생각해볼 수
있다.36)

5. 맺음말

남성들은 <춘향전>을 어떻게 향유했는지 살핌으로써 여성주의적
시각에서 <춘향전>을 바라보고자 한 이 글은 한문본 <춘향전>을

---

36) 그렇지만 변사또는 악인의 역할을 할 수 밖에 없다. 변사또의 훼절 억압이 거세면
거셀수록 춘향의 정절은 더욱 빛을 발하게 되기 때문이다. 이것이 바로 <춘향전>
의 힘이 아닐 수 없다. 이러한 가능성 때문에 봉건 가부장제가 각인된 여성들에게
도, 하층민들에게도 <춘향전>은 열려 있는 작품일 수 있었을 것이다. 틈새를 비집
고 나오는 목소리, 그 묘미 때문에 다양한 계층의 사람들이 <춘향전>을 향유했을
지도 모른다.

대상으로 하여 작가들의 수용 태도와 향유 방식을 살펴보았다.

한문이라는 특정 계층의 문자로, 한시라는 특정 계급의 장르로 <춘향전>을 향유했던 작가들은 그 존재에서부터 한계를 지닐 수밖에 없다. 따라서 한문본 <춘향전>은 이도령이나 서술자(남성) 중심으로 전개되고 있고, 그 결과 풍류의식에 기반한 기녀와 양반의 사랑이야기를 다루되 이도령의 시혜자로서의 면모를 강하게 드러내면서 춘향을 타자화시켜 대상으로 바라보고 있음을 볼 수 있었다.

그간 기녀와 열녀라는 춘향의 성격은 이율배반적이라고 여겨졌으나 남성들이 욕망하는 이질적인 여성의 두 모습이라는 점에서는 공통점을 갖는다. 양반층의 풍류 남자와 절세미녀인 기녀의 사랑 이야기에 '절의'를 덮어씌우고 그에 대해 칭찬하고 보상하는 것은 임병양란 이후 조선 사회 양반 지배층이 내부적 결속력을 위해 보수 반동화하면서 정절 이데올로기를 사회적으로 확신시켜 나간 것과 무관하지 않다. 양반 지배층은 그에 발맞추어 조선후기에 열녀전을 대거 입전하면서 여성들에게 정절 이데올로기를 각인시키고자 하였으며 한문본 <춘향전> 또한 이러한 사회적 상황들과 동궤에 있는 것이다.

요컨대 한문본 <춘향전>의 작가들은, 한자라는 표기문자를 공유하는 일정한 계층으로 묶을 수 있으며 이들은 한문문학적 전통과 교양을 바탕으로 <춘향전>을 독해하고 향유하였으며, 자신들의 작품 또한 동일한 범위 내에 있는 사람들에게 읽히기를 바랐다. 그들 남성작가들은 뚜렷한 계급적 자의식과 가치관을 바탕으로 <춘향전>을 수용하고, 향유했던 것인데, 이는 여성과의 관계에 있어 남성으로서의 자아인식과도 궤를 같이 한다고 볼 수 있다. 즉 한문본 <춘향전>을 통해서 양반층이라는 특정 계층의 시각뿐 아니라 기녀라는 특수한 여성들

을 대상화하면서 '풍류'라는 자기들만의 문화를 향유했던 남성들의
태도를 살필 수 있는 것이다.

〈춘향전〉의 여성 인물 형상 연구

1. 머리말

춘향의 성격에 대한 논의는 〈춘향전〉의 문학적 성격을 결정짓는 문제와도 밀접한 관련이 있어 오랫동안 논란의 대상이 되어 온 문제이다.[1] 춘향은 열녀로[2], 인간적 해방의 사상을 발현하고 있는 인물로[3], 혹은 봉건제도 타파의 기수로[4] 평가되는 반면 천인적인 신분을 극복하고 신분상승을 꾀하려는 인물[5], 봉건적 노예근성을 표출하고 있는

---

1) 김진영, 「춘향가 논의의 몇 가지 반성」(『선청어문』 제9호, 서울대학교 사범대학, 1978)에서는 춘향의 신분 동요와 행동체계에 대한 다양한 해석상의 문제를 〈춘향전〉 논의에서 쟁점이 되고 있는 문제점의 하나로 꼽고, 여러 논의들을 정리해 놓고 있어 참고할 수 있다.

2) 수산(水山) 〈광한루기(廣寒樓記)〉에서 '春香之玉貌氷心松竹之節可謂千古之佳人烈女也'라고 한 것을 비롯하여 박순호 소장 50장본과 완판 33장본, 84장본 등에서 보이는 '열녀춘향수절가'라는 명칭에서도 춘향을 열녀로 평가하고 있음을 알 수 있으며 이병기, 조윤제가 언급한 바 '열', '정절' 또한 같은 맥락에서 이해될 수 있다. 김동욱도 춘향을 심청이나 흥부처럼 봉건적 모랄을 지니고 있는 과도기적 인물이라고 평가함으로써 춘향을 기녀보다는 '열녀'로 이해하는 태도를 보이고 있다. 김동욱, 『증보 춘향전 연구』, 연세대학교 출판부, 1976, 367쪽 참조.

3) 조동일, 「갈등에서 본 〈춘향전〉의 주제」, 『계명논총』 7집, 계명대학교, 1970.

4) 박희병, 「〈춘향전〉의 역사적 성격 분석」, 『전환기의 동아시아 문학』, 창작과 비평사, 1985.

인물로6) 평가되기도 하는 등 상반된 평가를 낳았다. 춘향의 일관된 성격을 찾으려는 초기 연구는 점차 기생이면서 기생이 아니기도 한 춘향의 신분적 특성과 그러한 춘향이에게 공존하고 있는 상이한 두 성격을 인정하면서 이러한 이질적인 두 성격을 해명하는 데 초점이 맞추어졌다. 춘향의 이질적이고 모순된 성격이 춘향이라는 인물 내에 내재된 양면적 속성으로 인식하거나7) 변화하는 속성으로 파악하기도 하였고,8) 판소리 문학의 부분적 연결성에서 연유한 구조적인 문제로 파악하기도 하였다.9) 어떻게 해석하든 춘향에게는 창녀의 이미지와 열녀의 이미지, 악녀 이미지와 요조숙녀의 이미지가 공존하고 있다는 것만은 틀림없는 사실이고 바로 이 점이 <춘향전>의 매력인 동시에 <춘향전>의 이해를 어렵게 만드는 것이기도 하다.

그런데 이러한 해석의 곤란은 어쩌면 춘향이에 대한 지나친 과장 때문은 아닐까 하는 의문에서 이 글은 비롯된다.

춘향의 이중성은 기녀라는 신분적 특성과 이도령이라는 양반 남성을 향한 지고지순한 사랑이라는 상황 설정의 이율배반성에 기인한다. 따라서 춘향은 기녀로서의 속성과 열녀로서의 속성을 아울러 지니고 있다. 그런데 여기에 남성적 관점이 개입되면서 춘향의 이중적 성격은 더욱 이질적인 것으로 과장되었다. 기녀라는 설정은 여성들에게보다 는 남성들에게 더욱 매력적이다. 이러한 설정을 통해서 남성 독자들은

5) 이상택, 「<춘향전> 연구-춘향의 성격분석을 중심으로-」, 서울대학교 석사학위논문, 1966.
6) 김우종, 「항거 없는 성춘향」, 『현대문학』 제30호, 현대문학사, 1957.
7) 조동일, 앞의 논문.
8) 오세영, 「춘향의 성격변화」, 『국어국문학』 제70호, 국어국문학회, 1976.
9) 김대행, 「춘향의 성격 문제」, 『선청어문』 제8호, 서울대학교 사범대학, 1977.

춘향의 관능미를 즐길 수 있고 이도령을 통해서 대리만족을 느낄 수도 있게 된다. 열녀라는 성격 또한 남성 독자의 또 다른 면을 충족시켜 줄 수 있다. 하층 남성 독자들은 열녀 춘향의 항거와 승리를 통해서 인간 해방의 대리체험을 경험하게 되며 상층 남성 독자의 경우, 열녀 춘향의 항거와 승리를 통해서 봉건 질서와 이념의 확립을 확인하게 되는 것이다. 즉 〈춘향전〉은 남성적인 시각에서 씌어지고 향유되면서 여성들에 대한 남성들의 환상과 왜곡이 개입되고 그로 인하여 춘향은 이율배반적인 인물로 그려질 수밖에 없게 되는 것이다.

이 글은 완판 84장본과 신재효본 남창 춘향가[10]를 대상으로 삼아 남성적 관점이 여성을 어떻게 타자화시키면서 남성 위주의 문학 전통을 확립하고 있는지 확인해 보려 한다. 대상본으로 완판84장본과 신재효본을 선택한 이유는, 완판 84장본은 춘향을 열녀로 승화시키고 있는 대표적인 작품으로써 여성에게 강요된 이미지를 확인하기에 용이할 것이며 신재효 본 또한 신재효의 개작 의도가 분명하게 드러 있어 남성적 시각이 매우 강하게 드러나 있을 것으로 판단되기 때문이다.

2. 춘향 : 남성적 관점에서 재단된 이질적인 여성 형상

1) 기녀 이미지

춘향이 기녀냐 아니냐에 대한 논란은 〈춘향전〉의 문학적 성격을 결정짓는 문제와도 밀접한 관련이 있어 오랫동안 논란의 대상이 되어

---

10) 이하 '신재효본'으로 약칭함.

온 문제이다. 그러나 만화본에서부터 춘향은 기녀로 설정되어 있고
비기녀계는 후대적인 변모라는 것이 일반적인 설로 받아들여지고 있
으며, 또한 <춘향전>의 근원설화들에서도 춘향은 기녀로 설정되어
있다. 따라서 서술자가 춘향을 기녀로 설정하든 대비속신한 기녀, 혹
은 양반의 서녀로 설정하든 독자들의 인식 속에서 춘향은 기녀이다.11)

그러나 춘향이 성참판의 소생으로 설정되어 있는 완판 84장본이나
성천총의 소생으로 되어 있는 신재효본의 경우, 서술자는 작품의 서두
에서부터 춘향이를 요조숙녀로 묘사함으로써 열녀 춘향이라는 이름
에 걸맞는 인물로 형상화하고자 한다.

> 여공의 침션이며 심지의 風流쇽을 모도 겸비하엿씨이 代婢 너허
> 속신ᄒ야 집의 잇셔 工夫하여 外人相通 안이ᄒ니 人未識 養在深閨 인
> 미식의 얼골 알 이 흔찬쿠나 <신재효본, 1뒤>12)

춘향은 침선에 능할 뿐만 아니라 '風流쇽을 모도 겸비'한 인물이다.
'심지의'라고 단서를 달아 놓기는 하였으나 풍류는 요조숙녀의 덕목이
라기보다는 기녀에게 속한 덕목이라고 할 수 있다. 이는 서술자가 춘
향을 기녀로 인식하고 있음을 드러내는 것이다. 뿐만 아니라 춘향에
대한 이러한 묘사에서 여성을 풍류의 대상으로 여기는 남성적 시각을
발견할 수 있다.13)

---

11) 김대행도 '妓生이 아니고, 다만 退妓 月梅의 딸일 뿐인 完板 烈女春香守節歌나
   분명한 妓生인 京板, 安城板 春香傳이나 事件의 構造에 何等의 差異가 없다'고 하
   였다. 김대행, 앞의 논문, 27쪽.
12) 김진영 외, 『춘향전 전집』 1, 4(박이정, 1977)에 실린 이본을 이용하였다.
13) 풍류에 대한 자세한 내용은 조광국을 참조할 수 있다. 기녀담과 기녀 등장 소설
   연구에서 기녀 등장 소설에 구현된 기녀 자의식과 양반 풍류의식의 결합 양상 및

또한 서술자의 표현대로라면 춘향은 규중심처에서 공부하여 얼굴 아는 이도 별로 없도록 길러진 인물이다. 그런데 같은 이본의 다음과 같은 서술은 당착을 일으키고 있다.

ᄉᆞ또난 …… 여식을 사랑ᄒᆞ야 南原 春香 에쌸단 말 경향의 有名ᄒᆞ니 南原府使ᄒᆞ신 后의 중도 접고 만나볼가 속의 잔득 죄야썬이 접고을 다 ᄒᆞ여도 春香 호명 안이한다 호장의게 ᄒᆞ문ᄒᆞ야 네의 고을 긔싱 중의 춘향이가 잇다든이 點考不參 웬일인고 <신재효본, 21앞-뒤>

밑줄 친 부분은 춘향의 기명(妓名)이 높음을 알 수 있는 부분이다. 서술자는 춘향을 요조숙녀로 형상화하려고 노력하고 있음에도 불구하고 춘향이가 기녀라는 인식에서 벗어나지 못하고 있다.

이처럼 춘향을 기녀로 인식하는 태도는 등장인물들에게서는 더욱 자주 발견된다. 춘향을 데려오라는 이도령의 분부를 받고 춘향을 찾아

그것의 시대적·사회적 의미를 규명해낸 바 있는 조광국은 기녀의 자의식을 풍류 주도의식, 실리추구의식, 애정회구의식, 신분상승의식으로 나눈 바 있다. 또한 김진 형이 그의 북천가에서 기술한 풍류행각과 자부심을 들어 양반들의 풍류를 설명한 바 있다.

'김진형(1801-1864)은 그의 가사 북천가에서 1853년(철종4) 유배지로 갈 때 지방 관들로부터 기녀 향응을 대접 받은 것을 기술하고 있다. 유배지 명천의 본관의 주선으로 김진형은 매향의 平羽調와 군산월의 해금 실력 그리고 이들 두 기녀의 峨洋曲을 즐겼으며 또한 해배될 때까지 군산월과 육체적인 관계를 맺었다. 김진형 은 작품 말미에 "부녀들 보신 후에 후세에 남자되어 남자들 부러워 말고 이내 노릇 하게 되면 그 아니 상쾌할까"라며 풍류행각을 호방하게 자랑하였다.' 조광국, 기녀 담 기녀등장소설 연구, 월인, 2000, 70쪽.

여기서 풍류는 남성과 기녀라는 특수한 신분의 여성들에게 속한 것임을 알 수 있다. 풍류주도 의식을 지닌 자의식 강한 기녀들로 있었다고 하지만 그것을 일반적 인 현상이라고 할 수는 없을 것이고, 풍류는 남성의 전유물이었으며 풍류의 대상은 기녀로 한정된다는 것을 알 수 있다.

간 방자는14) 춘향에게 '이 자식 네가 늬 마를 종지리싀 열써 까듯 하여 나부다'고 핀잔을 듣는다. 이에 방자는 광한루 근처에서 그네를 뛴 춘향에게도 잘못이 있음을 항변하는데 방자의 발화에서 묘사된 춘향의 모습 또한 요조숙녀의 그것이라고 하기는 어렵다.

> 광한루 귀경쳐의 근듸을 미고 네가 뛸 제 외씨갓탄 두 발길노 빅운간의 논일 적기 황상자락이 펄펄 빅방사 <u>속것가리 동남풍의 펄언펄언 못네 살거리 빅운간의 힛득힛득</u> <완판 84장본, 10뒤>

방자는 춘향이가 누구인지 묻는 이도령에게 '제 어미는 기싱이오늑 춘향이는 도도하야 기싱구실 마다하고 빅화초엽의 글ㅈ도 싱각하고 여공직질이며 문장을 겸전하야 여렴처자와 다름이 업늑이다'15)라고 대답한 바 있다. 그럼에도 불구하고 춘향을 매우 성적으로 묘사하고 있는 방자의 발화는 춘향을 '여염처자'로 인식하고 있는 것으로는 보이지 않는다. 또한 이 부분은 방자의 발화이기는 하나 동시에 남성독자를 인식한 서술자의 발화라고 볼 수도 있다. 춘향은 마치 이도령을 의식하고 있기라도 한 것처럼 교태로운 태도를 보이고 있다. 고대본에서는 목욕 장면이 나타나 기생으로서의 모습이 더욱 적나라하게 묘사된다.

> 츄천을 다한 후에 ○○을 못 이기여 목욕을 하라하고 물가로 나려 갈 졔 구름갓튼 헛튼 머리 즌반갓치 너레 따아 오○○○ ○○○○○당

---

14) 완판 84장본에서는 '방자'라는 명칭이 보이지 않고 '통인'으로만 되어 있으나 여기서는 '방자'로 통일하여 지칭하기로 한다.

15) <완판 84장본>, 9뒤.

기 끈만 물여 맵세 잇계 그리치고 섬섬 玉手 변듯 더려 ○상자락 부여
잡고 물가으로 나려갈 졔 양지짝 마당 씨암탁 거름으로 대명젼 대들보
의 명맥의 거름으로 시내 강변의 금자라갓치 행동졉붓 간은양은 봉내
션여 거름인야 창해의 잉어갓치 굼실굼실 나려가서 물가의 졉붓셔며
끈을 글너 쵸마 버셔 졉첩졉첩 넌짓 개여 암상의 집어언고 고름 글너
죠고리 벼셔 벽도지의 졉어 글고 끈을 끌어 허리띄 벼셔 돌돌 마라
한편의 노코 쇽것버셔 암상의 졉어 언고 바람의 옷날일가 됴약돌도
덤벅집어 가만이 지지녀 녹코 四面을 살펴 보다가 물의 풍덩 뛰여드려
뮬한줌 덤벅 집어 양쥬질도 하여보며 물한줌 덤벅 집어 <u>도화갓튼 두
귀 밋탈 홀낭홀낭 씨셔보며 물한줌 덤벅 집어 연젹갓튼 졋통이을 왕시
미 마누라 뭇나뮬 쥬두루듯 듀물녕듀물녕 씨셔보며 물한줌 덤벅 지버
玉갓튼 목안지을 七八月의 가지 씃덧 뽀도독 뽀도독</u> 모래 한줌 덤벅
잡어 양손의 갈어 쥐고 애비 밥이 만혼야 어미 밥이 만혼야 꼿 한송이
직근 꺽거 입의도 덤셕 물려 보며 버들 입오 쥴루룩 훌터 물의로 풍덩
드리치고 물 글림자 그러다 보고 네가 곤야 내가 곳지 한참 일리 노넌
양을 도련임이 보시던이[16]

밑줄 친 부분은 매우 적나라하고 노골적인 묘사로 춘향을 성적 대
상화하고 있다. 김동욱은 이 목욕 장면이 만화본의 "蘭膏粉汁洗浴態
萬化寺前春水灝 玻璃小渚顧影笑 雪膚花貌淸而顇 慇懃腰下怕人見 水
面嬌態蓮花似"라는 부분을 충실히 옮겨 놓고 있다고 하면서 전승관계
에 주목한 바 있는데[17] 그렇다면 초기 〈춘향전〉에서부터 여성을 남
성의 성적 대상으로 인식하는 남성적 관점이 강하게 드러나 있었던
것이며 춘향을 기녀가 아닌 요조숙녀·열녀로 강조하고 있는 이본들

---

16) 『문장』 제3권 제4호, 소화 16년, 290쪽에 전재된 고대본을 참조하였음.
17) 김동욱, 앞의 책, 227쪽 참고.

에도 춘향에 대한 이러한 인식은 변화하지 않고 있음을 알 수 있다.

춘향이에 대한 이도령의 인식 또한 마찬가지이다. 이도령은 방자를 통해 자신의 뜻을 다음과 같이 전한다.

> 니가 너를 기싱으로 알미 아니라 드른니 네가 글을 잘 한다기로 청하노라 여가의 잇난 처자 불너보기 청문의 고히하나 혐의로 아지 말고 잠싼 와 단여가라 하시더라.<완판 84장본, 11앞>

이도령은 '니가 너를 기싱으로 알미 아니라'라는 변명을 하고 있음에도 불구하고 '잠싼 와 단여가라'고 하는 것으로 보아 춘향을 기녀로 대하고 있음을 알 수 있다. 이도령이 방자에게 하는 다음과 같은 발화에서 그 본심이 드러난다.

> 방지야 네가 물각유주를 몰르난쏘다 형산 빅옥과 여슈 황금이 님지 각각 잇난이라 잔말 말고 불러오라 <완판 84장본, 9뒤~10앞>

'물각유주(物各有主)'라는 표현에서 알 수 있듯이, 자신이 춘향의 임자임을 자처하는 이도령은 춘향을 대상화시키고 있는 것이며, 이는 춘향을 여염집 처자가 아니라 기녀로 인식하고 있을 때에 가능한 언술이다. 춘향에 대한 이도령의 이러한 시각은 곳곳에서 드러난다.

> 그게 일를 말인야 사정이 그러켜로 네 말을 사쏘게난 못 엿쥬고 디부인전 엿자오니 쑤종이 디단하시며 양반의 자식이 부형짜라 하힝에 왓다 화방작첩하야 다려간단 마리 전졍으로도 고이하고 조졍으 드러 벼살도 못한다더구나 불가불 이벼리 될 박그 수 업다 <완판 84장본, 37뒤>

부친이 동부승지 내직 교지를 받고 상경하게 되어 남원을 떠날 때, 춘향이 따라가겠다고 하자 이도령이 춘향에게 하는 말이다. 춘향과 인연을 맺은 것을 '화방작첩(花房作妾)'이라 표현하고 있으며 자신의 출세에 춘향이 걸림돌이 될 것을 염려하고 있다. 이도령은 춘향에 대한 사랑보다는 성적 욕구 충족을 위해 춘향을 취하였던 것임을 알 수 있다. '화방작첩'하였다는 부모나 타인들의 비난과 함께 이도령에게 또 하나의 큰 위협이 되었던 것은 춘향이로 인하여 '벼슬도 못 하'게 될지도 모른다는 사실이다. 이도령은 관로 진출이냐 춘향이냐를 두고 저울질하고 있었던 것이다.

이도령은 춘향에 대한 사랑을 바탕으로 하고 있는 인물임에도 불구하고 춘향을 기녀로 인식하고 있다는 점에서는 다른 인물들과 동일하다.18) 이도령이 어사가 되어 변사또를 징치한 후 춘향에게 '너만 연이 수절한다고 관정포악하여쓰니 살기을 비소냐 죽어 맛당하되 닉 수청도 거역할가'라고 하면서 춘향을 떠 본다. 이미 전날 옥에서 춘향의 지고지순한 사랑을 확인하였음에도 불구하고 이처럼 춘향을 떠보는 것은 이도령이 춘향을 계급적으로나 인격적으로 동등하게 여기는 것이 아니라 일개 기녀로 인식하고 있기 때문이다.19) 열녀 춘향은 이도

___

18) 이는 기녀에 대한 양반 남성의 일반적인 시각이라고 할 수 있다. 기녀에 대한 남성적 시각은 『어우야담』에 나타난 유몽인의 기녀에 대한 인식에서 잘 드러난다. 신선희는 『어우야담』에 나타난 기녀들의 양상을 고찰하면서 유몽인의 언술 속에는 명기 당사자만의 이야기로 전개시킬 의도 대신 상대 남성의 인간됨과 능력의 영역 내에서 명기의 사랑과 재주를 가늠하려는 태도가 역력히 보인다고 한 바 있다.(신선희, 「어우야담에 나타난 여성인물의 양상」, 『한국고전연구』 제2집, 한국고전연구학회, 1996, 243-244쪽) 이도령 또한 이러한 양반 남성의 시각에서 춘향이를 이해하고 있다.

19) 황패강은 '너만흔 년'이라는 말에 기생이라는 춘향의 천한 신분을 함축한 이몽룡

령의 배필이 될 수 있어도 기녀 춘향은 이도령의 배필이 될 수 없다고 생각하는 것이 이도령과 서술자의 남성 중심적 태도이다.

춘향이에 대한 이도령의 태도가 이러할진대 변사또는 말할 것도 없이 춘향을 성적 도구로 여기고 있다. 사또는 춘향을 불러 놓고 기뻐하면서 '회계성원'을 부른다. 사또가 '회계성원'에게 '자니 보게 져게 춘향일세'라고 하자 '회계성원'은 '서울 계실 쩌부텀 춘향 춘향 흐시더니 한 번 귀경할만하오'[20]라고 한다. 두 사람은 춘향을 인격체로 대하고 있는 것이 아니라 좋은 구경거리로 여기고 있다.

수청 들라는 사또의 분부에 춘향이 일부종사의 의지를 밝히자 사또는 춘향의 정절에 대해 일단 '에어 쑉'고 칭찬할 만한 일이라고 추켜세우고 있다.[21] 그러나 '정절'이라는 덕목 자체에 대해서만 우호적인 반응을 보이고 있을 뿐 그로 인하여 자신의 성적 욕구 충족이 방해받는 상황에서는 '너갓튼 창기비게 수절이 무어시며 정절이 무어신다'[22]라는 이율배반적인 반응을 보인다. 또한 '네 아무리 수절한들 열여 포양 뉘가 하랴 그는 다 바려두고 네 공 관장의 게 미이미 올으냐 동자놈으게 미인 게 올은야'[23]라고 하는 데서는 '물각유주(物各有主)' 운운하면서 춘향을 남성의 소유물로 인식했던 이도령과 동일한 태도

의 무의식이 드러나 있으며 그러한 잠재적 신분의식이 사랑에 대한 내면적 장애요소가 된다고 보기도 했다. 황패강, 「춘향전 연구」, 『동양학』 8, 단국대 동양학연구소, 1978 참조.

20) <완판 84장본>, 53뒤.

21) '사쏘 우어 왈 미지 미지 게집이로다 네가 진정 열여로다 네 정절 구든 마음 엇지 그리 에어 쑉야 당연한 말이로다' <완판 84장본>, 54앞.

22) <완판 84장본>, 54뒤.

23) <완판 84장본>, 54뒤.

를 보이고 있다.

　이도령과 변사또는 신분상으로는 똑같은 양반이지만 한 사람은 민중의 대변자인 암행어사로서 한 사람은 부정부패한 양반의 전형인 탐관오리로서 상반된 자질을 지니고 있는 인물이다. 또한 춘향의 이도령에 대한 사랑은 자발적이며 그로 인하여 이도령과 춘향은 애정을 바탕으로 한 동등한 관계를 맺고 있는 반면, 변사또는 춘향을 봉건적 신분질서에 기초한 종속적인 관계로 인식하고 있다는 점에서도 차이가 있다. 그러나 그럼에도 불구하고 춘향을 소유물로 이해하고 있다는 점에서는 이도령이나 변사또가 동일하다고 할 수 있다. 즉 춘향이라는 개인과의 관계에서는 사랑을 바탕으로 한 이도령과 계급 질서를 바탕으로 한 변사또가 차이를 보이고 있으나 '여성'이라는 보편적인 대상에 대해서는 이도령과 변사또 모두 '남성'이라는 동일한 관점에서 춘향을 대하고 있는 것이다. 이는 이도령과 변사또 개인의 차별적 자질에도 불구하고 여성을 바라보는 남성적 관점은 동일할 수밖에 없음을 말해주는 것이며, 이러한 여성에 대한 남성적 관점은 남성 서술자나 남성 독자, 심지어는 남성 독자의 관점을 내면화한 여성 독자들에게도 공통적으로 존재하게 된다.[24]

　춘향 스스로도 이러한 관점에서 자유롭지 않다. 춘향을 만고 열녀라는 명성에 걸맞는 요조숙녀로 형상화하려는 서술자의 의도에도 불구하고 춘향은 자신이 남성에게 부속된 존재라는 인식을 버리지 못하

---

24) 〈춘향전〉을 대립구조로 파악한 황패강은 등장인물들의 관계를 살피면서 이몽룡과 변학도가 긍정적 가치와 부정적 가치의 대립을 지니고 있음과 동시에 기생에 대한 양반, 여성에 대한 남성 등의 동질화 요소도 지니고 있음을 언급한 바 있으나 그러한 대립성과 동질성이 나타날 수밖에 없는 이유에 대해서는 언급하지 않고 있다. 황패강, 앞의 논문 참조.

고 스스로 기녀로서의 한계를 드러내고 있다.

> 츙신은 불사이군이요 열여불경이부졀은 옛글으 일너숨이 도련임은
> 귀공자요 소녀는 천첩이라 한 번 탁졍한 연후의 인하야 바리시면 일편
> 단심 이니 마음 독슉공방 홀노 누워 우는 하는 이니 신세 니 아니면
> 뉘가 길고 글런 분부 마옵소셔 <완판 84장본, 13앞>

춘향은 광한루에서 만난 이도령이 이성지합을 맺자고 하자 이를
거절한다. 춘향이 스스로를 '천첩'이라고 지칭하는 것으로 보아 춘향
은 기녀로서의 자신의 신분을 의식하고 있다. 또한 이도령과 사랑을
맺은 후 일어날 수 있는 불의의 사태에 대해서도 정확하게 예견하고
있다. 여기서 춘향을 요조숙녀로 그리고자 하는 서술자의 의도에도
불구하고 자의식 강한 기녀 춘향의 면모를 발견할 수 있다. 그러나
문제는, 춘향이 이처럼 강한 자의식을 지니고 있음에도 불구하고 이도
령을 강하게 거부하지는 못한다는 데 있다.

이도령이 춘향의 집을 묻자 춘향은 '방자 불너 무르소셔'라고 대답
하여 간접적으로 허락을 하는데[25] 이는 이도령이 집으로 찾아오는
행위에 암묵적으로 동의하는 것과 마찬가지이다. 춘향이의 태도가 긍
정을 나타내는 것임을 확인한 이도령이 '오날 밤 퇴령 후의 네의 집의
갈 거시니 괄세나 부터 마라'고 하자 춘향은 '나는 몰나요'라고 한다.
자신을 기녀로 대하는 이도령의 태도에 대응하는 춘향의 이러한 일련

---

25) 이도령이 부르시니 함께 가자는 방자의 말에 춘향이는 '명분도 중컨이와 옛법도
  중흔이라 니가 비록 천인이나 기안 托名흔 일 업고 여렴의 處女名色白晝大道조인
  중의 무신 面目 쳑겨들고 너와 함께 가자난야 <신재효본, 5뒤>'라고 하여 자신이
  기녀가 아님을 밝힌 바 있어 상반되는 태도를 보이고 있다.

의 태도는 춘향 스스로 창가 기녀로서의 속성을 드러내는 것이다.[26)]
  기녀로서의 자신의 처지를 자각하는 춘향의 모습은 다음과 같은
언술에서도 확인할 수 있다.

> 느기 올나 가드리도 도련임 큰덕으로 가셔 살 수 업슬 거시니 큰덕
> 각가이 조구만한 집 방이나 두엇 되면 족하오니 연탐ᄒ여 사 두소셔
> <완판 84장본, 37앞>

> 그렁져렁 지니다가 도련임 날만 밋고 장기 안이 갈 수 잇고 부귀
> 영총 지상가의 요조숙여 가리여셔 혼졍신셩 할지라도 아주 잇든 마옵
> 소셔 <완판 84장본, 37앞-뒤>

'부귀 영총 지상가의 요조숙여'를 정실로 맞고 천하절색을 첩실로
들이는 것은 남성들의 꿈이지 여성들의 꿈이 아니다. 즉 처첩제도를
당연한 것으로 받아들이는 춘향의 이 언술은 춘향을 통해서 발화되고
있기는 하지만 춘향의 것이라고 할 수 없고 남성적 서술자에 의한
언술이라고 보아야 한다.
  춘향은 기녀로서의 자신의 현실적인 처지를 명확하게 인지하고 있
으며, 자신이 선택하는 사랑이 순탄치 않을 것이라는 것을 예견하고
있음에도 불구하고 사랑을 택한다. '금셕뇌약 미지리라'는 이도령의
말을 믿어서도 아니다. 이는 어려움이 있더라도 자신이 선택한 사랑이
니 감수하겠다는 적극적인 태도를 보여 주고 있는 것이다. 춘향은 이

---

26) 김동욱은 만화본의 '櫻桃花下捲簾家 女曰無遲男曰唯'라는 부분을 들어 기생으로
   서 이도령을 유인해 간 것으로도 볼 수 있다고 하기도 하였다. 김동욱 앞의 책,
   238쪽 참조.

처럼 적극적이고 주체적인 판단력을 가지고 있음에도 불구하고 적극
적인 태도를 보이지 않고 이도령의 주도하에 소극적으로 반응하기만
한다. 여기서 기녀로서의 강한 자의식을 지니고 있음에도 남성의 소유
물로서 혹은 양반 남성의 풍류 대상으로서 기녀화되어 있는 왜곡된
춘향을 발견할 수 있다. 이러한 기녀 춘향은 남성적 관점에서 형상화
된 것이다.

2) 요조숙녀·열녀의 이미지

춘향에게는 기녀로서의 성격 외에 남성적 관점에서 부여된 또 하나
의 성격이 있는데 그것은 요조숙녀로서의 성격이다. 이를 통해서 춘향
은 순종적이고 소극적이며 그럼에도 고통을 감내하고 포용하는 영웅
적 인물로 그려진다. 이는 완판 84장본이나 신재효본의 서술자들이
애초부터 의도하고 있는 바이기도 하다.

춘향의 신분은 성참판, 혹은 성천총의 서녀로 설정되어 있으며 기
자 치성과 신이한 태몽에 의한 탄생담과 함께 서두에서부터 요조숙녀
로서의 면모가 강조된다.

> 회행이 무쌍이요 인자흐미 기린이라 칠팔셰 되미 겨칙의 칙미흐야
> 예모정절을 일삼으니 회힝을 일읍이 층송 안이하 리 업더라 <완판
> 84장본, 3앞>

'인자흐미 기린이라'는 서술자 자신의 평가 외에도 '일읍이 층송 안
이하 리 업더라'에서 볼 수 있듯이 주변인물들의 평가까지 부연하여
춘향의 요조숙녀다운 면모를 강조하고 있다.

또한 광한루에서 춘향의 집을 내려다 본 이도령은 '장원이 정결하고 송죽이 울밀하니 여자 절힝 가지로다'[27]라고 평가한다. 이 언술에서도 춘향의 집 전경을 열녀로서의 이미지와 연결시키려는 의도를 발견할 수 있다. 그러나 실제 묘사는 열녀의 집이라기보다는 성적 은유로 가득 찬 청루의 이미지가 더욱 강하다.

> 기화요초 난만하야 나무 나무 안진 시는 호사을 자랑하고 암상의 구분 솔은 청풍이 건 듯 부니 노룡이 굼이난 듯 문 압푸 버들 유사무사 양유지요 들축 죽빅 젼나무며 그 가온더 힝자목은 음양을 좃차 마쥬시고 초당 문젼으 동더초나무 집푼 산중 물푸레나무 포도 다리 으름넌 츌 휘휘친친 감겨 단장 밧기 웃쑥 소사난더 송정 죽임 두 시이로 은은이 뵈이난 계 츈햐의 집인다 <완판 84장본, 13뒤>

이처럼 서술자에 의하여 요조숙녀의 가면이 씌워진 춘향은 자의식 강한 기녀로서의 면모가 탈색되어 있다.

춘향은 이도령을 한 번 보고 이도령의 인물됨을 알아본다. 이러한 지인지감은 외적인 조건들보다는 내면에 숨은 인간 본래의 가치를 발견하고 존중하는 진취적이며 적극적 사고를 바탕으로 했을 때 가능한 능력으로서 춘향이의 비범성을 드러내는 장치이다.[28] 그러나 춘향은 지인지감을 발휘하여 이도령의 인물됨을 알아보지만 여전히 소극

---

27) <완판 84장본>, 13뒤.
28) 춘향의 지인지감에 대해서는 박희병이 언급한 바 있는데, 춘향의 지인지감은 야담계 단편소설의 여주인공들에게서 발견되고 있는 자질이며 이 외에도 이들은 재치, 생기발랄함, 현실의 제약을 넘어서려는 의지, 주체적인 사고방식, 적극적인 태도 등의 자질을 공유하고 있다고 하면서 이는 민중의 힘이 부상하던 조선후기라는 시대적 배경과 밀접한 관련이 있으리라는 추정을 하였다. 박희병, 앞의 논문 참조.

적인 태도로 일관한다.

> 잇써 춘향이 추파을 잠간 들러 이도령을 살펴보니 금세의 호걸이요 진세간 기남자라 천정니 놉파스니 소연공명할 거시오 오악이 조귀ᄒ 니 보국충신될 거시미 마음의 흠모하야 이미을 수기고 엄실단좌 뿐이 로다 <완판 84장본, 12뒤>

'이미을 수기고 엄실단좌'하는 춘향의 수동적이고 소극적인 태도는 이후 변사또에게 포악하는 장면과 비교해 보았을 때 매우 이질적인 태도일 뿐만 아니라 <만복사저포기(萬福寺樗蒲記)>나 <이생규장전 (李生窺墻傳)>, <운영전(雲英傳)>, <옥단춘전(玉丹春傳)> 등의 애정소설에서 적극적으로 애정을 표현하고 있는 여주인공들과도 사뭇 대조적인 모습이라 아니할 수 없다. 남성 위주의 문학전통에서 타자화된 여성은 수동적이면서도 한 남자를 사랑하고 사랑을 지켜나가는 데 있어서는 정열적이다. 춘향이는 남성에 의해 내면화된 성역할을 그대로 보여주고 있는 것이라고 할 수 있다.

춘향과 이도령의 첫날밤의 광경은 기녀로서의 춘향이의 성격을 유감없이 드러낼 수 있는 장면이다. 그럼에도 춘향을 요조숙녀이자 열녀로 강조하고 있는 완판 84장본과 신재효본에서 사랑가 부분이 확대되어 있다는 것은 아이러니가 아닐 수 없다. 서술자는 춘향이 기녀가 아니라 요조숙녀임을 거듭 강조하고 있다. 때문에 첫날밤의 성행위는 이도령에 의해 주도적으로 이루어지고 노골적으로 욕정을 드러내는 노래를 하는 것도 이도령이다. 한편 춘향은 벌거벗은 이도령을 업고 이도령의 입신출세를 기원하는 노래를 한다.

부여리를 어분 듯 여성이을 어분 듯 흉중 디락 품어쓰니 명만일국 디신되야 주석지신 보국충신 모도 셰야린이 사육신을 어분 듯 요동빅을 어분 듯 일션성 원션성 고운 션셩을 어분 듯 졔봉을 어분 듯 요동빅을 어분 듯 졍송강을 어분 듯 충무공을 어분 듯 우암 퇴계 사계 명지를 어분 듯 니 셔방이졔 니 셔방 알들 간간 니 셔방 진사 급졔 디밧쳐 직부주셔 할임학사 이러타시 된 연후 부승지 좌승지 도승찌로 당상하야 팔도방빅 지닌 후 닉직으로 각신 디괴 복상 디졔학 디사셩 판셔 좌상 우상 영상 귀장각 하신 후의 닉삼쳔 외팔빅 주석지신 니 셔방 알들 간간 니 셔방이졔 <완판 84장본, 34뒤-35앞>

사랑으로 연분을 맺는 상황에서 높은 벼슬과 영달을 운위한다는 것은 자연스러운 일이 아니다. 따라서 첫날밤에 이도령에게 주석지신이 될 것을 당부하는 춘향의 언술은 남성적 관점에서 서술된 것이라고 보아야 한다. 조광국은 이 부분을 '서울 벼슬 삼천 자리, 지방 벼슬 팔백 자리의 주석지신이 되는 이도령을 서방으로 삼는 자신의 미래를 꿈꾸었던 것'으로 보아 춘향이 신분상승의 꿈을 꾸고 있는 증거로 들기도 했다.[29] 그러나 남편이 관로에 나아가 영달하고 그로 인하여 자신의 신분이나 영예가 높아지기를 바라는 것은 자의식 강한 춘향이에게는 어울리지 않는 것이다. 춘향의 자의식이 자신이 선택한 애정을 지키고자 하는 데서가 아니라 신분 상승 의지에서 표출되고 있는 것이라면 거지 행색으로 돌아온 이도령을 잘 보살펴 달라고 당부하는 모습이나 변사또와 어사의 수청을 거부하는 행동들은 설명할 길이 없다. 따라서 이도령이 영달하기를 바라는 춘향의 업음질 사설은 춘향에 의해 발화되고 있지만 남성적 관점에서 발화된 것이다.[30]

---

29) 조광국, 앞의 책, 251쪽 참조.

춘향에 의해 발화되고 있지만 그 배후에 남성적 관점에 숨어 있는
경우는 또 있다.

　상단아 삼문 박그 가셔 삭군 둘만 사 오너라 셔울 썽급쥬 보닐난다
춘향이 썽급주 보닌단 말을 듯고 어만이 그게 무삼 말삼이요 만일 급
주가 셔울 올나가셔 도련임이 보시며는 칭칭시하의 엇지할 줄 몰나
심사 울젹ㅎ야 병이 되면 근들 안이 훼졀이요 그런 말삼 말르시고 옥
으로 가사이다 <완판 84장본, 60뒤>

월매는 사람을 사서 춘향의 억울한 사정을 이도령에게 전하고자
한다. 그러나 춘향은 월매를 말린다. 이유는 이도령에게 걱정을 끼칠
까 염려가 된다는 것이다. 자신보다는 이도령을 더욱 걱정하는, 과연
요조숙녀다운 행동이 아닐 수 없다. 그러나 나중에 춘향이는 자신의
처지를 혈서로 써서 방자 편에 부치고 방자는 이 편지를 가지고 가던
중 이도령을 만나 직접 편지를 전해 주게 된다. 따라서 월매를 제지하
는 행위는 춘향의 본래 의도가 아니었음이 드러난다. '만일 급주가
셔울 올나가셔 도련임이 보시며는 칭칭시하의 엇지할 줄 몰나 심사
울젹ㅎ야 병이 되면 근들 안이 훼졀이요'라는 말은 열녀나 요조숙녀라
면 마땅히 그러해야하리라는, 남성적 관점의 당위이지 춘향의 자연스
러운 의지는 아니었던 것이다.

이상에서 살펴 볼 수 있는 바와 같이, 남성 서술자에 의해 열녀이자
요조숙녀로 형상화된 춘향은 남성에 의해 내면화된 성역할을 그녀의

---

30) 남성들에게 사회적인 지위와 명예가 중요한 가치로 여겨지고 있음은 벼슬길에
　　나아가지 못할 것을 걱정하여 춘향을 한양으로 데려가지 못하겠다고 하는 이도령
　　의 모습에서도 이미 확인한 바 있다.

자아상으로 규정해 놓고 있음을 볼 수 있다. 춘향을 기녀 춘향이 아니라 요조숙녀이자 열녀 춘향으로 형상화하는 과정에서 현실적이고 욕망에 충실한 춘향의 자의식은 거세된다. 그리고 춘향은 남성의 목소리로 발화하고 행동한다. 열녀나 요조숙녀로서의 춘향에 걸맞지 않는 성격, 즉 남성적 관점에서 자칫 부정적으로 받아들여 질 수 있는 기녀 춘향의 이해타산적이고 현실적인 성격은 춘향이 아닌 다른 인물을 통해서 표출된다.

3. 월매와 향단 : 춘향의 내면 투사

앞서 춘향은 남성적 관점에서 재단된 이질적인 두 성격, 즉 남성에게 부속된 기녀로서의 성격과 남성 중심의 질서가 요구하는 요조숙녀·열녀로서의 성격을 동시에 가지고 있음을 확인해 보았다. 춘향에게 창가의 기녀이면서 동시에 중세 봉건적 윤리 덕목을 지킨 열녀라는 이질적인 성격이 공존하고 있는 이유는 그간 여러 가지로 설명이 되었지만, 〈춘향전〉에 남성적 관점이 지배적으로 자리잡고 있기 때문이라고 볼 수 있다. 기녀이자 열녀인 춘향은 남성적 관점에 의해 재단된 형상이다. 특히 연구 대상으로 삼은 완판 84장본과 신재효본은 춘향을 열녀라는 중세 이념의 화신으로 승화시키고 있는 이본들로서 매우 노골적으로 남성적 관점을 드러내고 있다. 따라서 기녀 춘향은 기녀라는 신분적 특수성에서 비롯될 수 있는 강한 자의식이 거세된다. 또한 춘향은 지인지감을 지니고 있음에도 불구하고 그에 따른 능동성과 내면적 가치의 인식과 긍정 등의 능력이 거세되고 남성적 질서의 자장

안에 안주하는 소극적인 인물로 형상화된다. 춘향에게서 거세된 이러한 능력들은 남성적 관점에서 볼 때 여성이 갖추기에는 적절하지 않은, 경우에 따라서는 남성적 질서를 위협할 수도 있는 부정적인 것들이다. 그리고 의도적으로 거세되는 부분 외에도 남성적 관점에서 간과되는 부분도 있는데 주로 춘향이를 열녀로 승화시키는 데 필수적인 요소가 아닌 경우이다. 이처럼 남성적 관점에서 의도적으로 거세되거나 간과되는 춘향의 내면은 주변 인물에게 투영되어 나타난다.

<춘향전>에 등장하는 주변 인물로 변사또와 월매, 방자, 향단, 황봉사, 군노 사령들, 한량들, 기생들, 행수기생 등을 들 수 있는데[31] 이 중 주목할만한 여성 인물로는 월매와 향단을 들 수 있다. 월매와 향단은 각각 춘향의 어미이자 몸종으로서 춘향과 밀접한 관련을 가진 사람

---

31) 이들 인물들의 기능적인 역할은 <춘향전>의 의미망 형성에 커다란 영향을 끼치고 있으며 월매와 방자에 대한 연구는 이미 주목할 만한 연구 성과를 낳은 바 있다. 춘향을 비롯한 <춘향전> 등장인물에 대한 연구로는 다음을 참고할 수 있다.

장덕순, 「작중인물을 통해 본 <춘향전>」, 『진단학보』 제23호, (진단학회, 1962. ; 오세하, 「<춘향전> 인물고 – 고대본을 중심으로」, 『국문학』 제7호, 고려대학교 국문학회, 1963. ; 김병국, 「<춘향전>의 문학성에 대한 비평적 접근 시론」, 『고전문학연구』 별집 제1호, 고전문학연구회, 1975. ; 황패강, 앞의 논문. ; 설중환, 「<춘향전>의 인물구조로 본 사회적 성격」, 『문리대 논문집』 제5집, 고려대학교, 1987. ; 정출헌, 「<춘향전>의 인물 형상과 작중역할의 현실주의적 성격 -이고본 <춘향전>을 중심으로-」, 『판소리연구』 제4집, 판소리학회, 1993.

방자와 월매에 대한 연구로는 다음을 참고할 수 있다.

김현룡, 「고소설의 '방자' 소재」, 『국어국문학』 78집, 국어국문학회, 1978. ; 권두환・서종문, 「방자형 인물고」, 『한국소설문학의 탐구』, 일조각, 1978. ; 정하영, 「월매의 성격과 기능」, 『고전소설의 연구방향』, 새문사, 1985. ; 박종섭, 「<춘향전> 방자의 성격 연구」, 계명대학교 석사학위논문, 1987. ; 곽정식, 「<춘향전> 개작에 따른 방자의 작중 기능 변이 양상」, 『한국학논총』 11, 한국문학회, 1980. ; 김흥규, 「판소리 문학의 인물형」, 『예술과 비평』 4, 서울신문사, 1984년 겨울. ; 김흥규, 「방자와 말뚝이:두 전형의 비교」, 『한국학논집』 5, 계명대학교, 1987.

들로서 춘향의 내면이 투영되는 분신이 되기에 적당한 위치에 있는 인물들이다.

(1) 월매

월매는 이해타산적이고 욕망에 충실한 인물로 그려진다. 정하영은 현실을 중시하고 현실적인 이해 관계를 자신의 행동 기준으로 삼는 월매의 성격이 춘향의 성격과 대비된다고 보아, 춘향과 월매를 대비적 존재로 파악한 바 있다.32) 그러나 춘향이 기녀로서의 성격과 요조숙녀·열녀로서의 성격을 동시에 지니고 있다는 것을 상기해 볼 때 월매의 성격이 춘향의 성격과 대비된다면 춘향의 어떤 성격과 대비되는지 확인해 볼 필요가 있다.

> 칼머리롤 바다들고 데굴데굴 구을면셔 익고 익고 설운지고 남을 어이 원망ᄒ리 이거시 가 네 탓시라 네 아모리 그리흔들 닭의 삿기 봉이 되며 각관 기싱 렬녀 되랴 스쓰 분부 드럿더면 이런 미도 아니 맛고 작히 죠흔 씨판이랴 …… 나도 졀머셔 친구 볼 제 치치면 감병슈ᄉ 나리치면 각읍슈령 무슈히 겻글 적의 돈 곳 만히 쥬량이면 일싱 잇지 못ᄒ네라 심난ᄒ다 슈졀 슈졀 남ᄌ려리 슈졀이냐 훗날 만일 쏘 뭇거든 잔말 말고 슈쳥드러 실살귀나 ᄒ려무나 〈남원고사 3권, 39뒤-40앞〉

여기서 월매는 현실 논리에 따라 처신하는 이해타산적인 창기로서

---

32) 정하영, 앞의 논문.
    황패강도 춘향과 월매는 딸과 어머니라는 대립관계를 가지면서 전자는 긍정적 제 가치(의리·정절·순수……), 후자는 부정적 제 가치(타산·타협·속물……)를 대표하고 있다고 보았다. 황패강, 앞의 논문.

의 면모를 드러내고 있으며, '돈만 많이 줄 량이면 일생 잊지 못할러라'
라는 데서는 자신의 욕망을 솔직하게 드러내는 인물로 나타난다. 월매
의 이러한 성격은 열녀 춘향의 속성과 대립되는 것은 말할 것도 없고
기녀 춘향과도 대립되는 성격이다. 춘향은 기녀지만 이도령과의 사랑
은 신분이나 돈이 개입되지 않은 순수한 애정에서 비롯된 것이다. 이
도령이 거지 행색으로 남원에 왔을 때 월매는 이도령을 박대하는 반면
춘향은 월매에게 자신의 세간을 팔아서 이도령을 잘 봉양할 것을 당부
하는데 여기서도 춘향과 월매는 대조를 이룬다. 그러나 과연 춘향과
월매는 대립적 인물인가.

완판 84장본에서는 춘향의 요조숙녀다움이 강조되면서 월매의 성
격도 따라서 상승작용을 일으킨다.

> 세상 사람이 다 춘향모를 일칼더니 과연이로다 자고로 사람이 외탁
> 을 만이 하난 고로 춘향갓탄 쌀을 나어쑤나 춘향모 나오난듸 거동을
> 살펴보니 반빅이 넘어는듸 소탈한 모양이며 단정한 거동이 퇴퇴정정
> 하고 기부가 풍영하야 복이 만한지라 숫시럽고 졈잔하계 발막을 끌어
> 나오난듸 가만가만 방지 뒤을 싸라 온다 <완판 84장본, 19뒤>

여기서는 이해타산적이고 경망스러운 월매는 찾아볼 수 없고 대가
집 부인의 풍채로 등장하고 있다. 한편, 신재효 본에서는 방자의 입을
통해 명기(名妓)로 묘사된다.

> 月梅라 ᄒ난 게집 人物가무 명긔긔로 京鄕의 有名ᄒ야 本邑의 여러
> 등늬 隣近邑 수령임믜 수청도 만이 들고 맛잇난 아젼이며 돈잇난 부즈
> 셔방 風流낭 유협긱을 만이 함믜 사러씨되 <신재효본, 4앞>

'隣近邑 수령임끠 수청도 만이 들고'라는 표현에서도 알 수 있듯이 춘향의 경우와는 달리 월매는 기녀로서의 성격과 기능을 일관되게 유지한다. 월매의 성격과 기능은 기녀 춘향에게 내재되어 있는 속성이라고 할 수 있다. 춘향이의 기녀로서의 속성은 월매를 통해서 독립·분화되고 좀 더 과장됨으로써 기녀 춘향의 부정적인 측면은[33] 대폭 약화된다. 춘향을 열녀로 승화시키는 데 부정적인 요소로 작용하는 성격은 어떠한 방식으로든 완화되거나 제거될 필요가 있다. 그러한 방편으로 선택된 것이 자의식 강한 기녀로서의 측면을 월매에게 투사하는 방식이었을 것이다. 이러한 선택은 기녀 춘향을 열녀 춘향으로 포장하는 데 방해요소로 작용하는 성격들을 제거함과 동시에 그러한 성격을 월매에게 투사함으로써 기녀 월매와 요조숙녀 춘향이 강한 대조를 이루어 춘향의 열녀다움이 더욱 강조되는 이중의 효과를 내고 있다. 춘향이 순종적인 요조숙녀로서의 태도를 견지할 수 있는 것은 기녀로서의 속성이 월매에게 투사되어 있기 때문이다. 따라서 춘향과 월매는 외적인 행동 양태를 비교해 보았을 때는 대조적이라 할 수 있으나 월매는 춘향의 내적인 자의식의 투사체로서 춘향과 월매의 내적인 속성은 동질적이라 할 수 있다.

다음의 예문에서는 춘향이의 욕망과 그 억제를 읽을 수 있다.

춘향의 도량한 뜻시 연분되랴고 그러한지 호련이 싱각하니 갈 마음이 나되 모친의 뜻슬 몰나 침음양구의 말 안코 안저더니 <완판 84장본, 11앞-11뒤>

---

33) 여기에서 말하는 '부정적인 측면'이란 앞서 언급한 바 있는 남성적 관점에서 부정적이라고 여겨지는 측면을 말한다.

광한루에서 돌아 온 춘향이는 이도령의 전갈을 받고 '갈 마음'이 난다. 이것이 춘향의 솔직한 심정인 것이다. 그러나 서술자의 관점 즉 남성적 관점은 이를 바람직하지 않은 것으로 간주한다. 따라서 춘 향은 욕망을 누르고 요조숙녀답게 침음양구하고 모친의 처분을 기다 린다.

> 그러나 져러나 양반이 부르시난듸 안이 갈 슈 잇것난야 잠간 가셔 단여오라. 춘향이가 그졔야 못 이기난 체로 계우 이러나 광한루 건네 갈 제 <완판 84장본, 11뒤>

앞서 춘향은 스스로 이도령을 만나러 가고 싶은 욕망을 지니고 있 었음에도 불구하고 능동적으로 행동하지 않고 월매에 권유에 의해 못 이기는 척 따르는 것으로 묘사된다. 즉 월매는 춘향이 본능에 따라 능동적으로 행동함으로써 기녀적인 속성을 드러내지 않도록 춘향의 행동을 제한하고 지시한다. 월매의 이러한 기능으로써 춘향은 요조숙 녀다움을 유지할 수 있게 되는 것이다.

춘향은 이도령이 집에 와 있다는 방자의 전언을 듣고도 어떠한 능 동적인 태도도 취하지 못한다. 춘향은 '가삼이 월넝월넝 속이 답답하 야 북그럼을 못 이기여 문을 열고 나오더니'[34] 월매를 깨우러 가는데 월매는 이도령을 방으로 안내하고 '도련임을 자리로 모신 후의 차을 드려 권하고 담부 부쳐 올이'[35]는 동안 춘향은 '북그러워 디답지 못허 고 묵묵기 셔 잇거'나 '느이 아직 미거ᄒᆞᆸ야 손임 디졉 못'하고 또 '부쑤

---

34) <완판 84장본>, 19앞.
35) <완판 84장본>, 21앞.

럼 못 이긔여 니방의 가 슘'36)어 있다. 춘향의 소극적이고 능동적인
태도와 월매의 적극적인 태도가 잘 대조된다. 노련한 기녀 월매와 순
결한 요조숙녀 춘향이 강한 대조를 이루면서 춘향을 미화시키고 있다.

이도령에게 불망기를 요구하면서 이도령에게 변심하지 말 것을 당
부하고 확인하는 것도 월매의 몫이다.37) '불망기'라는 것은 신뢰보다
는 계약관계에 의지하여 사랑을 이루려는 태도이다. 따라서 춘향과
이도령의 대등하고 순수한 사랑에는 불망기가 필요하지 않다. 그러나
춘향과 이도령의 신분적 격차와 양반 남성들이 기녀를 한 때의 노리개
감으로 여기는 것이 일반적이었던 당시 현실 상황에서 '불망기'를 요
구하는 것은 매우 합리적인 행위가 아닐 수 없다. 이처럼 속물적으로
여겨질 수 있지만 현실적인 맥락에서는 매우 합리적인 태도라 할 수
있는 역할이 바로 월매에게 맡겨진 것이다.

이도령이 춘향을 두고 혼자 한양으로 올라가려고 하자 춘향은 스스
로 자탄한다. 이도령에게 악다구니를 해대기는 하지만 스스로 설움을
못 이겨 하는 행동으로서 자탄에 가깝다고 보아야 한다. 그러나 월매
는 좀 더 강하게 이도령을 대상으로 하여 힐난을 퍼 붓는다.

> 허허 이것 별일 낫다 두 손벽 쌍쌍 마조치며 허허 동너 사람 다
> 드러보오 오늘날노 우리 집의 사람 둘 죽심네 어간 마루 섭격 올나
> 영창문을 쑤다리며 우루룩 달녀드러 주먹으로 겨우면서 이 연 이 연
> 썩 죽거라 사라셔 쓸 딕 업다 너 죽은 신체라도 져 양반이 지고 가게
> …… 두 손벽 쌍쌍 마조치면서 도련임 아푸 달여드러 날과 말 좀 하여

---

36) 〈신재효본〉, 11앞.

37) '春香어모 票書 바다 春香 쥬며 흥난 말이 우리 母女 平生大事 이 흔 장의 미엿신
이 深深藏之 잘 두어라' 〈신재효본〉, 12앞.

봅시다 …… 도련임 딕가리가 둘 돗첫소 익고 무셔라 이 쇠 썽썽아 왈칵 달여드니 <완판 84장본, 39앞-41앞>

월매는 손뼉을 치고, 영창문을 두드리는 등의 거친 행위를 통해서 불만을 드러내는가 하면, 주먹으로 겨누면서 위협을 하기도 하고, 폭언을 행사하기도 하고, 춘향에게 악다구니를 퍼부으면서 공포 분위기 조성하기도 하다가 결국 이도령에게 달려든다. 월매의 이러한 반응은 춘향의 행동을 대신하고 있다고 보아도 될 것이다. 사랑에 배신당한 여성이 취할 수 있는 솔직하고 자연스러운 행동이다. 그러나 이 상황에서 춘향은 다시 태도를 돌변한다. 월매를 통해서 춘향이 하고 싶은 말과 행동은 이미 다 드러난 셈이다. 그러므로 춘향은 사랑하는 이와의 생이별이라는 갑작스럽고 놀라운 상황에서도 요조숙녀의 태도를 회복하게 되는 것이다.

이번에는 아마도 이별할 박그 슈가 업네 이왕의 이별리 될 바는 가시난 도련임을 웨 조르잇가마는 우선 각갑하여 그러하졔 <완판 84 장본, 41뒤>

춘향은 빨리 체념하고 이도령의 결정에 따르기로 하지만 월매는 솔직한 원망을 토해낸다.

모지도다 모지도다 이서방이 모지도다 위경 니 쌀 아조 이져 소식조차 돈절하네 익고 익고 셜운지거 <완판 84장본, 75앞>

이러한 탄식은 월매에 의해 발화되고 있지만 사실은 춘향에 의해 발화되는 것이라고 해도 좋을 것이다. 그러나 완판 84장본이나 신재효 본에서 춘향은 요조숙녀로서의 측면이 강조되기 때문에 춘향에 의한 직접적인 발화는 자제된다.

다음의 예에서 보이는 월매의 치성도 사실은 춘향의 바람이라고 보아야 할 것이다.

> 천지지신은 감동하사 한양성 이몽용을 청운의 높피 올여 늬 짤 춘향 살여지다 〈완판 84장본, 75앞〉

매우 이기적이고 현실적인 바람이다. 월매의 이러한 태도는 사랑에 바탕한 춘향과는 좋은 대조를 이루고 있다. 위기에 처한 춘향에게도 이러한 현실적인 바람이 없지는 않았을 것이다. 그러나 춘향을 진정한 열녀로 만들기 위해서는 이러한 역할은 월매가 담당하도록 하고 춘향 은 지고지순한 사랑을 견지해야 한다.

거지 행색으로 돌아 온 이도령을 보고 월매는 '화씸의 달여드러 코 를 물어 쎌ㄴ'38)하고 이도령이 밥을 달라고 하자 밥이 없다고 잡아 뗀다. 월매의 이런 포악함과 냉정함은 거지가 되어 온 이도령을 위로 하고 월매에게 세간을 팔아 이도령을 잘 봉양해 줄 것을 당부하면서 죽음으로써 정절을 지키고자 하는 춘향과 대조를 이루면서 춘향의 정절과 사랑을 더욱 숭고한 것으로 승화시킨다.

(2) 향단

향단은 춘향의 몸종임에도 불구하고 몸종에 어울리지 않는 예의범

---

38) 〈완판 84장본〉, 76앞.

절과 포용적인 인간애를 지니고 있어서 월매와 대조를 이룬다. 월매가 현실적이고 이해타산적인 기녀로서의 면모를 지니고 있다면 향단은 비록 몸종이기는 하나 요조숙녀로서의 현숙함을 드러내고 있다고 보아야 할 것이다. 즉 월매가 기녀 춘향이의 강한 자의식을 주로 투사하고 있다면 향단은 열녀나 요조숙녀라는 봉건적 관념 이전에 지고지순한 인간애를 지닌 춘향이를 투사하고 있다고 볼 수 있다.

신분이나 주요 인물과의 관계에서 볼 때 향단은 방자와 동일한 위치에 있지만 '주인공을 희화하고 풍자하며, 주인공의 성격을 변용시키고 결정해 주는'[39] 방자와는 달리 향단은 그리 두드러지는 색채를 지니지는 않은 인물이다. 일찍이 윤세평은 향단이가 보여주는 아름다운 마음을 지배계급에서는 볼 수 없는, 서민계층 사이에서만 발견될 수 있는 것으로 높이 평가한 바 있지만[40] 이후 <춘향전> 인물 연구들에서 향단이는 논의에서 제외되어 온 것이 보통이다. 향단은 대체로 춘향의 분신 정도로만 이해되어 온 것이 사실이다. 그러나 그렇다고 해서 향단이 잉여적인 인물인 것은 아니다. 향단은 춘향의 분신이자 보조자로서 춘향의 요조숙녀다운 이미지를 더욱 부각시켜 이도령을 향한 춘향의 사랑을 더욱 지고지순하고 숭고한 것으로 부각시키는 역할을 한다.

　　상단을 도라보며 不肖흔 날 싸달긔 만오리임 탈잇시면 이 일을 엇지
　　홀꼬 스셰을 싱각ᄒ면 가봄직도 ᄒ다마난 갓다가 꽉 붓들여 夫婦되ᄌ

39) 권두환·서종문, 「방자형 인물고」, 『한국소설문학의 탐구』, 일조각, 1978, 263쪽.
40) 윤세평, 「춘향전에 대한 분석과 연구」, 『고전춘향전연구』, 국립인민출판사, 1948.
　　여기서는 『판소리 연구』 3집에 재수록된 것을 참고하였다.

> 흥거듸면 여즈의 終身大事 경죠리 흥것난야 漢나라 탁문군은 스마상
> 여 文章風彩 본 연后에 좃츠 가고 당시졀의 홍불긔난 이위공의 英雄氣
> 像 본 然后의 츠즈간이 도련임 싱긴 위풍 방즈 말만 밋썬난야 네 눈의
> 로 보왓씨면 디강 짐작할 테인이 광한주 건네가셔 지니가난 아희갓치
> 도련임을 보고 오라 <신재효본, 6뒤-7앞>

춘향은 방자가 이도령의 뜻을 전하고 간 뒤, 이도령을 눈으로 보고
스스로 선택하고자 하는 신중한 태도를 취한다. 춘향은 그에 걸맞는
지인지감을 갖춘 인물이기도 하다. 그런데 춘향이 향단에게 '네 눈의
로 보왓씨면 디강 짐작할 테인이'라고 하면서 향단이에게 이도령을
슬쩍 보고 오라고 한다. 춘향의 지인지감은 춘향이에 앞서 향단을 통
해서 확인된다.

> 앳쑵듸다 앳쑵듸다 처음 본 인물이요 어지 그리 쇼담흥고 엇지 그리
> 쇄락흔지 南原 오신 원님이며 冊房 오신 앗쓰졔를 여러등너 보앗쎠고
> 그런 人物 쳠 보왓쇼 그름으로 으논흥면 용도 갓고 봉도 갓터 형용할
> 슈 업십쎅다 <신재효본, 7뒤>

이도령에 대한 향단의 평가는 매우 솔직하고 순수하다. 이도령에게
서 '소년공명'과 '보국충신'의 기상을 읽어내는 춘향과 대조를 이루고
있다. 향단과 춘향은 동질적인 성격을 지닌 인물이면서도 향단이 춘향
보다 순수하고 솔직할 수 있는 것은 향단이가 보조 인물에 머물러
있기 때문이다. 춘향이 열녀로 윤색되는 동안 춘향은 남성적 가치를
내면화한 인물로 왜곡되지만 보조인물에 불과한 향단에게는 그러한
윤색이 덜 가해졌던 것이다. 따라서 향단은 남성적 관점이 왜곡시킨

춘향의 순수한 내면적 측면을 보조하는 인물로 기능한다.

걸인이 되어 온 이도령을 월매가 박대하자 향단은 월매를 말리고 춘향이 대신 극진한 마음으로 이도령을 대접하는데 이 또한 옥에 갇힌 춘향이를 대신하고 보조하는 일이다.

> 앗씨 앗씨 큰앗씨 마오 마오 그리 마오 멀고 먼 철이질의 뉘 보라고 와 겨관듸 이 괄셰가 웬 이리료 익기씨가 아르시면 지러 야단이 날 거시니 너머 괄셰 마옵소셔 부엌으로 드러가더니 먹던 밥의 풋고초 져리짐치 양염 넛코 단간장의 닝수 가득 써셔 모반의 밧쳐 듸리면서 더운 진지 할 동안의 시장 하신듸 우선 요구하옵소셔 <완판 84장본, 76뒤-77앞>

향단이는 춘향과 달리 이도령으로 하여 신분 상승을 이룰 수 있는 것도 아니다. 따라서 춘향을 대신하여 이도령을 따뜻하게 맞이하고 정성을 다하여 봉양하는 행위는 조건 없는 순수한 인간애를 보여주고 있는 것이다.

> 춘향모 하는 말리 얼씨고 밥 빌어먹기난 공셩이 낫구나 잇써 상단이 는 져의 익기씨 신셰를 싱각하여 크게 우든 못하고 체읍하여 우는 말리 엇지 할끈아 엇지 할끈아 도덕 놉푼 우리 익기씨를 엇지하여 살이시랴오 엇쩌쓰나요 엇쩌쓰나요 <완판 84장본, 77앞>

걸인 행색으로 돌아와 찬밥을 게 눈 감추듯 먹어치우는 이도령을 보면서 월매는 조소를 금치 못하는 반면 향단은 원망 섞인 울음을 참지 못한다. 향단이는 춘향의 불행을 자신의 불행인 양 안타까워한다. 또한 '크게 우든 못하고 체읍하여 우'는 것으로 보아 향단이는 이도령의 난처한 처지도 염두에 두고 있는 듯하다. 춘향이는 옥에 갇혀 이 장면에서 빠져 있지만 이 장면에 향단이 대신 춘향이가 있다고 해도 커다란 차이는 없을 정도로 향단이는 춘향이와 동질적인 성격을 지닌 인물이다.

향단이가 〈춘향전〉에서 거의 유일하게 희화화되지 않은 인물이며, 비판적인 성격을 지니지 않은 인물로 나타나는 것은 춘향의 긍정적인 내면을 주로 투사하고 있기 때문이다. 춘향은 열녀·요조숙녀로 윤색되는 과정에서 남성적 관점에서 이질화되고 그 과정에서 지고지순한 사랑의 주체로서의 성격은 탈색되어 버린다. 향단은 스스로의 색채는 지니지 못한 채, 탈색된 춘향의 내면을 투사하면서 춘향을 보조하는 역할에 머무르고 있기에 열녀 춘향의 서사에서 향단은 그 역할이 축소될 수밖에 없다.

4. 결론

팸 모리스는 '그들은 여성을 그대로 이해하지 못한다. 선의에서든 악의에서든 그들은 여성을 잘못 이해하고 있다. 그들이 보기에 좋은 여성은 반은 인형이고 반은 천사인 아주 괴상한 것에 불과하다. 그리고 그들에게 있어 나쁜 여성은 거의 항상 악마이다.'라는 샬럿 브론테의 말을 인용하면서[41], 오랫동안 이어져 온, 남성들의 여성에 대한 잘못된 이미지를 문제 삼았다. 〈춘향전〉의 여성 인물 형상은 남성들

---

41) 샬럿 브론테, 『셜리』, 팸 모리스 지음, 강희원 옮김, 『문학과 페미니즘』, 문예출판
 사, 1997, 31쪽 재인용.

에 의해 왜곡된 그러한 잘못된 이미지들이 드러나 있다. 춘향의 기녀로서의 이미지와 요조숙녀·열녀로서의 이미지는 남성적 관점에서 형상화된 인형과 천사의 이미지이다. 또한 월매의 이해타산적이고 포악한 악녀 이미지, 향단의 지고지순한 천사 이미지 또한 남성적 시각에서 재단된 이미지이다.

이 글은 남성 중심의 개작 의도가 분명히 드러나는 완판 84장본 열녀춘향수절가와 신재효 남창 춘향가를 대상으로 하여 <춘향전>에서 춘향이가 이질적으로 형상화된 양상을 살펴봄으로써 남성적 시각이 춘향이의 성격을 어떻게 과장·왜곡시키고 있는지를 알아 보았다. 또한 보조인물인 월매와 향단의 형상 또한 남성적 시각에 의해 재단된 착한 여자, 나쁜 여자의 구분에서 크게 벗어나지 않고 있다. 그 결과 춘향이의 이질적인 두 성격은 월매와 향단이에게 각각 투사되어 나타나고 있음을 볼 수 있었다. 월매는 춘향이를 열녀로 과장하는 과정에서 춘향이가 가진 기녀적인 속성을 대신 드러내는 역할을 한다. 여기에는 이해타산적이고 현실적 욕망에 충실한 속성들이 나타나는데 남성적 시각은 이러한 월매의 성격을 부정적인 것으로 그리고 있다. 반면 향단이는 춘향이의 열녀적인 속성을 보조하는 역할을 한다. 따라서 향단이는 춘향을 대신하여 이도령을 항상 변호하고 춘향의 처지를 자신의 일처럼 가슴아파한다.

월매의 현실적이고 이해타산적인 면과 순수한 인간애에 바탕하고 있는 향단의 성격은 춘향이의 내면에 자리 잡고 있는 이중적인 요소이다. 춘향은 월매에게서 볼 수 있는 현실적 이해타산과 솔직한 욕망을 드러내는 인물인 동시에 향단이에게서 볼 수 있는 깊은 이해심과 지인지감력을 갖춘 현명한 여성이다. 춘향이에게 이러한 통합이 가능한 것은 이도령에 대한 춘향의 사랑 때문이다. 춘향은 이도령을 사랑하기 때문에 이도령의 입신출세를 바라며, 이도령이 믿음을 저버리자 발악하면서 이별을 받아들이지 않으려한다. 이는 욕망에 충실한 사랑이다. 또한 사랑하기 때문에 수절을 선택하고, 사랑하기 때문에 변사또에게 목숨을 걸고 항거한다. 이는 좀 더 성숙된 헌신적인 사랑이다. 요컨대, 남성적 관점에서 춘향과 춘향의 내면이 투사되고 있는 인물들은 이질적인 성격을 드러내고 있지만 춘향은 이도령에 대한 사랑을 바탕으로 이러한 이질성을 모두 포괄하는 통합적 성격을 지니게 된다.

〈심청전〉에 나타난 모성성 연구

- 〈효녀실기심청〉을 중심으로 -

1. 문제제기 – 〈심청전〉의 효 이데올로기 재검토

　〈심청전〉에는 여러 어머니들이 등장한다. 심청의 생모인 곽씨 부인, 귀덕어미를 비롯한 젖어미들, 심청의 양어머니이기를 자청한 장승상댁 부인, 서사 전개상에서 심청이와 직접적인 관계를 맺지는 않지만 심청의 새어머니라 할 수 있는 뺑덕어미, 심지어 심봉사까지도 어미 없는 심청을 위해 어머니 역할을 대신한다. 마을 사람들 모두 심청을 측은히 여기고 심청을 돕고자 하며, 장승상댁 부인 또한 심청의 효성을 듣고 심청을 불러 수양딸로 삼고자 하는 등, 다양한 여성들이 등장하여 심청을 아끼고 보호한다. 심청에 대한 마을 사람들의 우호적인 태도는 '효녀'에 대한 찬사와 그에 상응하는 대우라고 볼 수 있다. 그러나 심청의 효행을 고난 속에서 피어난 비장한 것으로 만들고자 한다면 심청의 주변인물이나 심청을 둘러 싼 세계는 심청과 적대적 관계를 지니고 있어야 할 것이다.[1]

---

1) 정출헌은, 〈심청전〉이 많은 사람들의 애호를 받았던 이유가 '적대자의 부재를 대신한 세계의 횡포, 곧 극한의 '궁핍'에 더해진 인간으로서는 어쩔 수 없는 '운명'에 맞선 주인공의 눈물겨운 분투'라고 한 바 있다. 정출헌, 「〈심청전〉의 민중정서와

<심청전> 초기 이본으로 추정되는 박순호 소장 19장본에는 심청
이 동냥을 하는 부분이 매우 상세하게 나와 있으며 또한 후대의 이본
들과는 달리 동네 사람들의 괄시도 자세히 묘사되어 있는 것을 볼
수 있다.

　　이연이 간청ᄒ며 흔 술 밥을 이걸ᄒ니 ᄉ정읍고 몹실 집에 효녀
심청 몬나보고 괄세가 ᄌ심ᄒ다 귀찬타 오지 만나 보기 실타 ᄂ가그라
한 술 밥을 아닌 쥬고 모진 말노 쏘차너니 염치 닌는 심청 마음 북그렵
기 칭양 읍고 슬프기 그지 업다2)

'이연이 간청ᄒ'는 심청을 '모진 말노 쏘차니'는 마을 사람들의 태도
는, 곽씨 부인이 심청을 낳고 죽었을 때 통곡하는 심봉사를 위로하며
'호숭을 슈히 치고 가가호호 돌여가며 어린 이기 졋실 먹여쥬자'3)고
공논하던 태도와는 사뭇 다르다. 이러한 당착은 가난으로 인한 심청이
나 심봉사의 고난을 강조하고자 한 데서 비롯된 결과로 보인다. 심청
은 심지어 동냥을 하던 중 개에게 쫓기기도 하는 수모를 겪는데 이러
한 비극미는 심청의 효를 더욱 비장하고 숭고한 것으로 만드는 역할을
한다.

그 형상화 방식」,『민족문학사연구』 제9호, 민족문학사연구소, 1996, 143쪽.
　　춘향전의 경우도 후대로 갈수록 춘향이 영웅화 되어 가는 경향을 보이기는 하나
춘향과 직접적 대립 관계에 있는 변사또와 춘향의 갈등은 더욱 심화되는 것을 볼
수 있다.
2) <박순호 소장 19장본>, 4뒤.
　　김진영 외 편저,『심청전 전집』7(박이정, 1999)에 실린 이본을 대상으로 하며
이하 인용된 예문들도 심청전 전집을 따르기로 한다.
3) <박순호 소장 19장본>, 2뒤.

그런데 비교적 후대본으로 추정되는 〈효녀실기심청〉에는 이러한 박대장면이 생략되어 있다. 표제에서부터 '효'를 강조하고 있는 데서 알 수 있듯이, 이 이본은 '효녀의 이야기'라는 인식하에 전개되고 있음에도 불구하고 심청의 고난은 구체적으로 제시되지 않으며, 심청에 대한 마을 사람들의 박대 장면이 생략된다. 대신, 초기본에서는 등장하지 않는 귀덕어미, 장승상댁 부인이 등장하고, 뺑덕 어미에 대한 언급도 확장되어 있는 것을 볼 수 있다. 이러한 부분들은 〈심청전〉의 서사 전개 과정에서 핵심적인 구조에 해당하는 부분은 아니기 때문에 축약이나 확장과정에서 변개될 가능성이 많은 부분이었다고 생각할 수도 있을 것이다. 그러나 이본 형성과정에서 서사의 축약이나 확장의 방향은 이본의 성격을 규정하는 데 중요한 열쇠가 될 수 있다. 즉 여성 인물들이 대거 등장하고, 그 여성 인물들은 심청에게 우호적이고 동정적인 태도를 보임으로써 심청과 세계의 갈등은 약화될 수밖에 없음에도 불구하고 이 부분이 확장되었다는 것은 〈심청전〉의 성격과 밀접한 관련이 있는 변화라는 점을 추정해 볼 수 있는 것이다.

표제에서부터 '효'를 강조하고 있는 〈효녀실기심청〉이 심청의 효를 더욱 극적으로 강조하는 역할을 하는 주변 인물들의 구박과 멸시를 삭제하고, 초기 이본에서는 등장하지 않았던 여러 '어머니'를 등장시켜 심청과 다양한 모녀 관계를 형성하면서 심청의 성장을 돕게 하는 이유는 무엇일까. 여기에서 〈심청전〉을 '효녀의 이야기' 즉, 아버지와 딸의 관계로만 읽을 수 있겠는가라는 의문이 생긴다.4)

---

4) 여기서 〈심청전〉의 주제에 관해 다시 한 번 생각해 볼 필요가 있다. 정출헌은 심청의 구걸 봉양과 죽음으로 이어진 일련의 행위는 효라는 중세적 이념 때문이 아니라, 죽을 고생을 하며 자신을 키워 낸 눈먼 아비에 대한 인간적 정리 때문으로

이 글은 <심청전>을 아버지와 딸의 관계가 아니라 어머니와 딸의
관계로 읽어 내고자 한다. 심청을 효녀로, 즉 <심청전>을 아버지와
딸의 관계로 파악하고자 하는 태도는 이미 남성중심적 질서를 자연적
질서로 받아들이려는 태도라고 할 수 있다. 이 경우 심청의 역할을
심청이 아닌 어떤 다른 효자가 한다하더라도 작품 해석에는 아무런
차이가 없으며, 심청이 아무리 영웅적인 행적을 보여준다고 한다고
하더라도 심청은 남성중심질서의 수호자이거나 희생자일 수밖에 없
게 된다.[5]

사실, 효라는 덕목은 여성이나 남성 모두에게 권장되었을 덕목인
듯하지만, 임금에 대한 충성이 남성에게만 권장되었던 덕목이었던 것

이해해야 옳다고 하였다(정출헌, 앞의 논문, 162쪽). 정하영 교수도 심청의 행위를
의무적인 효가 아니라 은인에 대한 보은으로 이해한 바 있다(정하영, 「<심청전>의
주제 재고」, 『백영 정병욱 선생 화갑기념논총』, 신구문화사, 1982).

5) <심청전>을 여성주의적 시각에서 읽어내고자 시도한 고은미는 심청을 '가부장제
의 수호천사인 동시에 희생자'라고 평가한 바 있다(고은미, 「여성주의적 관점에서
본 판소리 <심청가>-여성이미지 비평을 중심으로」, 『한국언어문학』 44, 한국언어
문학회, 2000). 이것은 이미지들과 상투적인 유형들과 비평에 있어 여성에 관한
논의의 결여, 잘못된 생각들과 기호학적 체계에 있어 기호로서의 여성을 다루는
수정주의적 독해가 지니고 있는 문제이기도 하다. 일레인 쇼월터는 '여성비평
gynocritics'이란 새로운 용어를 만들어 여성의 저술에 관한 역사, 스타일, 주제,
장르, 구조, 여성 창조력의 정신 역학, 개인이나 집단적인 여성 경력의 궤도 그리고
여성문학 전통의 진화와 법칙들을 연구 대상으로 한 '작가로서의' 여성연구를 '수정
주의적 독해'와 구별하여 지칭하기도 하였는데(일레인 쇼월터, 「황무지에 있는 페
미니스트 비평」, 김열규 외 공역, 『페미니즘과 문학』, 문예출판사, 1988, 22-26쪽
참조) 고전문학 특히 고전소설과 같이 작가가 알려져 있지 않은 경우에 여성작가란
추정 단계에 머무를 뿐이어서 이러한 방법론을 적극적으로 받아들이기는 어렵다.
최근 정창권 등을 중심으로 이러한 여성작가에 대한 연구가 진행되고 있으나 대장
편소설을 제외한 단편소설들의 경우에 일레인 쇼월터가 말하는 '여성비평'을 적용
하기는 쉽지 않은 형편이다.

과 마찬가지로 부모에 대한 효 또한 남성에게 권장되던 덕목이었다. 가문을 유지하는 데 여성에게 요구되는 덕목은 충이나 효보다는 열이었고 그 결과 조선시대는 수많은 열녀들을 배출하였던 것이다.6) 이러한 상황에서 심청의 효행을 '심청'이라는 '여성'에 주목하지 않고 '효행'이라는 행위에 주목한다면 여성주의적 시각에서 〈심청전〉을 읽는 시도라 해도 여전히 남성중심 이데올로기에서 자유롭지 못할 것이며 심청과 〈심청전〉에 대한 올바른 이해도 이루어지지 못하리라는 문제의식에서 본서는 출발한다.

　이 글은 〈효녀실기심청〉을 대상으로 하여 〈심청전〉에 등장하는 '어머니들'을 중심으로 '모성성'이 어떤 양상으로 드러나고 있는지를 고찰하고, 이를 통하여 그 다양한 양상이 내포하고 있는 함의를 살펴보고자 한다. 연구 대상을 〈효녀실기심청〉으로 제한하고자 하는 이

---

6) 함안의 읍지인 『함주지(咸州誌)』를 비롯한 조선 중기 경상도 지역 사찬읍지에 나타난 효행 사례는 대체로 효자가 대부분을 차지하고 있으며 18세기, 19세기 정표자의 경우도 효자, 충신, 열녀가 대부분을 차지하고 효녀는 극히 드물게 나타나는 것을 볼 수 있다(박주, 『조선시대의 효와 열녀』, 국학자료원, 2000 참조). 여성과 남성의 역할이 사적인 영역과 공적인 영역으로 엄격히 구분되어 있었던 점을 고려할 때, 열과 충이 각각 여성과 남성에 치중되어 나타나는 것은 자연스러운 결과라고 할 수 있다. 그러나 효행이라는 덕목은 남녀에게 구분되어 요구되던 덕목이 아니었을 것임에도 불구하고 이처럼 남성에게 치중되어 있는 것은, 효 이데올로기가 가문유지를 위해 남성들에게 주로 요구되던 덕목이었음을 알 수 있다. 가부장적 질서 유지를 위해 여성들에게 요구되던 덕목은 효보다는 열이었으며 상대적으로 여성에게 있어 효는 인위적인 강제였다기보다는 자연스러운 인정이라는 측면이 더욱 강했을 것이다.
　정출헌도 김충렬의 「동양고전에 나타난 효의 본의와 그 변상」(고려대 민족문화연구소 학술세미나 발표요지, 1995.10.13)을 인용하면서 심청은 관념적・수식적 이데올로기인 효에 옥죄어 있는 인물이 아니라고 한 바 있다. 정출헌, 앞의 논문, 162면.

유는 앞서도 언급한 바, 표제에서부터 '효'를 강조하고 있는 이본의 경우에 <심청전>의 '모성성'이 어떻게 드러나고 있는지를 살펴보기에 효과적이라고 생각되기 때문이다. <효녀실기심청>에 나타나는 모성성을 살피는 과정에서 심봉사와 심청의 관계도 아버지와 딸이라는 관계가 내포하고 있는 효 이데올로기가 아닌, 다른 의미가 부여 될 수 있으며, <심청전>이 효 이데올로기로부터 자유로와질 때, <심청전>의 새로운 가치가 해명될 수 있을 것으로 기대한다.

2. 〈심청전〉 등장인물들이 드러내고 있는 모성성의 양상

<심청전> 등장인물들이 드러내고 있는 모성성은 세 가지 양상으로 나타난다. 우선, 곽씨 부인이나 장승상댁 부인, 귀덕어미 등을 중심으로 한, 보살핌의 윤리에 바탕하고 있는 어머니역할을 발견할 수 있다. 즉 이들 어머니들은 출산과 양육이라는 모성 경험을 바탕으로 심청에 대해 실제적 어머니 역할을 수행하고 있다. 사라 러딕은, 자녀들은 자신들의 생명이 보존되고 양육되기를 요구하며, 이런 의미에서 모성적 활동을 수행하는 사람에게 부과된 요구사항들로 보존(preservation), 성장(growth), 사회적 적응 능력(social acceptable)을 꼽고 있는데 그 결과, 어머니가 된다는 것은 '보존애(preservtive love)와 양육(nurturance), 그리고 훈육(trainng)이라는 활동을 통해서 이런 요구들을 충족시키도록 부과받는 것'[7]이라고 보았다. 즉 어머니 역할의 대상은 상처받기 쉬워 보살핌을 받는 자녀이며 어머니

---

7) 사러 러딕 지음, 이혜정 옮김, 『모성적 사유』, 철학과 현실사, 2002, 60쪽.

역할이란 생물학적인 출산뿐만 아니라, 이러한 보살핌이 필요한 자녀를 위험으로부터 안전하게 보존하고, 애정어린 돌봄과 배려를 통하여 양육하며, 사회적으로 잘 적응해 나갈 수 있도록 훈육하는 것을 말하는 것이다.[8] 모성성이 생물학적인 출산과는 다른 차원에서 논의될 수 있는 것이라면[9] 모성성을 드러낼 수 있는 관계 또한 표면적인 자녀와 어머니라는 관계만을 요구하지는 않는다. 내면적으로 자녀와 어머니의 관계에 있는 경우도 이에 포함시킬 수 있을 것이며, 그러한 이유로 심봉사와 곽씨 부인, 심봉사와 심청의 관계에서도 또한 보살핌의 윤리를 바탕으로 한 어머니역할을 발견할 수 있다.

<효녀실기심청>에서 두 번째로 발견되는 모성성의 양상은 뺑덕어미가 보여주고 있는, 자아 정체성과 모성과의 갈등이다. 뺑덕어미는 심청과는 표면적인 모성 관계에 있으면서도 모성적 활동을 수행하지 않으며, 심봉사와의 관계에 있어서도 모성적 역할을 수행하도록 요구받고 있다. 그러나 뺑덕어미는 이러한 모성적 역할 수행보다는 자아 정체성을 강하게 표출함으로써 모성과 자아정체성 사이의 갈등을 보여주고 있다.

마지막 양상으로는 모성의 모방을 통한 유사 체험을 들 수 있다.

---

8) 모성찬양론의 입장을 취하고 있는 학자들로 초도로우, 러딕, 벤하비브 등을 들 수 있는데, 초도로우나 벤하비브와는 달리 러딕은 모성을 생물학적 양친으로서가 아니라 모성적 실천에서 찾음으로써 다양하고 구체적인 어머니 역할을 언급하고 있어 이 논의에서는 주로 러딕의 논의에 힘입은 바 크다.

9) 출산이라는 근원적인 요소가 모성성과 분리될 수 있는지에 대해서는 논란의 여지가 있을 뿐더러, 심청의 생모인 곽씨 부인은 심청을 출산하자마자 죽게 되어 심청을 양육하지 못하게 됨으로써 작품에서도 이러한 논란이 가능한데, 일단 여기에 대한 논의는 곽씨 부인과 심청의 관계를 논하는 3장으로 미룬다.

심봉사나 황제 등 남성에게서 발견되는 양상인데 이들은 양육자의 모습을 드러내고 있기는 하나 완벽한 어머니 역할을 해내고 있지는 못한 채, 결정적인 상황에 가서는 모성 체험의 한계를 드러내면서 수동적이고 위축된 모습을 보이고 있다.

1) 보살핌의 윤리와 어머니역할

(1) 곽씨 부인

<심청전>에서 가장 대표적인 어머니는 곽씨 부인이다. 심청의 생모이자 심봉사의 아내인 곽씨 부인은 표면적으로는 심청의 어머니이며 내면적으로는 심봉사의 어머니 역할을 함께 수행하고 있다. 심봉사에게 있어 곽씨 부인은 부인이기 이전에 어머니이다. 다음 심봉사의 고백을 통해서 심봉사에게 있어 곽씨 부인이 어떤 존재였는지 알 수 있다.

> 여보 부인 니 말슴 드러보소 사람이 세상의 나셔 부부간이야 뉘 읍슬 슈가 잇느만은 이목구비 셩한 사람도 니외간 불화한디 부인은 젼싱의 무슴 죄로 이 세상의 부부되여 압 못보는 병신 날를 한시 반시 노지 안코 <u>어린 아히 밧들 드시</u> 치운가 비곱풀가 의복음식 써럴 차져 지셩으로 공경ᄒ니 니 몸은 편ᄒ거니와 부인의 고싱사리 도리여 불평ᄒ오[10]

---

10) <효녀실기심청>, 2앞.
　　김진영·김현주 역주, <심청전>(박이정, 1997)의 원문을 참고하되 면수는 원문의 면수에 의거한다. 이하 <효녀실기심청>의 예문인 경우, 예문 끝에 원문의 면수만 표시하기로 한다.

심봉사의 발화에서 드러나고 있듯이 심봉사에 대한 곽씨 부인의 태도는 아내이기 이전에 '어린 아희'를 지성으로 양육하는 어머니의 그것이다.

곽씨 부인의 치산 능력 또한 심봉사에 대한 극진한 보살핌을 위한 것이다.[11] 곽씨 부인과 심봉사의 곤궁함은 '션디유업 바이 읍고 일간 초옥의 조셕을 난데라<1앞>'에서 알 수 있듯이 아침 저녁 끼니를 걱정해야 할 정도의 형편이다. 이러한 상황에서 곽씨 부인은 품을 팔아 심봉사를 봉양한다.[12] 이처럼 가장을 위하여 극진한 내조를 아끼지 않는 곽씨 부인은 전통사회에서 요구하는 '양처'로서 '가부장적인 이념을 현창하기 위한 표상'[13]으로 평가되기도 하였다.

---

11) 유영대에 의하면 '정씨'나 '양씨'로 부차적으로 존재하던 심봉사의 처가 곽씨 부인으로 바뀌면서 그의 인물 형상이 훨씬 구체적으로 실감나게, 그리고 장황하게 부연된다고 한다. <성장기 심청가>계열에서는 곽씨 부인의 품 파는 대목이 간단하게 처리되던 것이 변모기에 이르면 일의 종류를 여러 가지로 늘어 놓음과 동시에 '현철하여 임사의 덕과 장강의 색에다가, 예기나 시경 등을 읽어 교양과 덕을 갖춘 여자'라는 작품 외적 서술자의 목소리가 강하게 드러나게 된다고 한다. 유영대, 「<심청전>의 여성형상-곽씨 부인과 뺑덕어미를 중심으로-」, 『한국고전여성문학연구』 창간호, 월인, 2000, 111-112쪽 참조.

12) 샥바느질 관디 도복 힝의 창의 직염이며 협목 중치막 전복 남녀의복 누비질과 고든누비 외올쓰기 래탄이며 벼기모의 십장싱 그기와 스시의복 고의젹슴 바지 젹고리 츈하츄동 놀 시 읍시 삼븨싹을 밧고 맛다 짜고 쳥황젹빅 슈노키와 초상난디 굴건제복 힝전복더 하기와 혼인디스 음식슉슈 가진 치소 약쥬빗기 슈팔년 봉오리 흐기럴 일년 슴빅 뉵십일의 손톱 발톱 자져지게 놀 날 읍시 품을 파라 푼돈 모여 돈을 흐고 돈을 모여 양을 흐고 양을 모여 관이 되고 일슈체계 달변이며 착실한디 빗슬 쥬니 실슈읍시 바다드려 츈츄시향 봉졔스 졉빈긱과 압못보는 남편공경 시종이 여일흐니 상하노소 인민더리 뉘 아니 층찬흐리 <1뒤>

13) 유영대, 앞의 논문, 114쪽.
고은미 또한 곽씨를, 노동에 의한 가장부양을 통해 공적으로 인정받는 여성으로 파악하고, 심봉사가 아기를 낳자고 강요한다는 점 등을 들어 '남성 위주의 유교적 가부장제가 낳은 여성 억압의 실상'을 보여 주고 있다고 평가한 바 있다. 고은미,

그러나 심봉사를 위한 곽씨 부인의 일련의 행위들을 두고, 곽씨 부인이 가부장 이데올로기에 감염되고 왜곡된 인물인 탓이라고만 할 수 있을 것인가. 모성이 사회적·역사적으로 제도화된 것이라는 가정하에 모성 이데올로기의 억압성을 강조하던 모성 담론은 이제 제도화되지 않은 모성에 대해 관심을 돌리게 되었다. 즉 이러한 관심은 여성의 모성 경험에서부터 비롯되는 것인데, 남성과의 차이를 강조하면서 일반적으로 모성적인 것으로 여겨지는 특징들인 부드러움, 자기 소멸, 수동성, 감수성 등을 부정적인 것으로 파악하지 않고 여성이 지닌 힘으로 파악하려는 태도이다. 즉 모성은 제도로서의 모성뿐만 아니라 경험으로서의 모성이 존재하며 제도로서의 모성성과 경험으로서의 모성은 분리되어야 한다고 주장한다. 그리고 경험으로서의 모성에 관심을 기울여야 한다고 주장함으로써 억압되지 않은 본연의 모성에 주목하고 있는 상황이다.14) 이러한 맥락에서 볼 때 곽씨 부인의 헌신

앞의 논문, 281-282쪽.

14) 모성에 관한 논의는 다음을 참고할 수 있다.

낸시 쵸도로우·수잔 콘드라토, 「완벽한 어머니의 환상」, 베리 쏘온·메릴린 얄롬 엮음, 권오주 외 옮김, 『페미니즘의 시각에서 본 가족』, 한울 아카데미, 1991. ; 사라 루딕, 「어머니의 사고방식」, 베리 쏘온·메릴린 얄롬 엮음, 권오주 외 옮김, 『페미니즘의 시각에서 본 가족』, 한울 아카데미, 1991. ; 새리 엘 서러 지음, 박미경 옮김, 『어머니의 신화』, 까치, 1995. ; 아드리엔느 리치 지음, 이인성 옮김, 『더 이상 어머니는 없다』, 평민사, 1995. ; 사라 러딕 지음, 이혜정 옮김, 앞의 책, 2002.

모성 담론의 전개 양상을 정리해 놓은 논문들로는 다음을 참조할 수 있다.

이연정, 「모성론에 대한 비판적 고찰」, 서울대학교 석사학위논문, 1994. ; 이연정, 「여성의 시각에서 본 '모성론'」, 『여성과 사회』 6, 한국여성연구소, 1995. ; 문소정, 「여성운동과 모성담론」, 『여성학연구』 제7권 제1호, 부산대학교 여성학연구소, 1997. ; 서강여성문학연구회 편, 「서문: '딸'의 서사에서 '어머니/딸'의 서사로-다시 본 모성」, 『한국문학과 모성성』, 태학사, 1998. ; 제인 프리드먼 지음, 이박혜경 옮김, 『페미니즘』, 이후, 2002.

적 태도를 제도적 억압의 결과라고만 볼 수는 없을 것이다.

〈심청전〉에서는 심봉사를 두고 눈을 감는 곽씨 부인의 유언이 장황하게 설명되기도 하는데 이는 남편에 대한 유언이라기보다는 어린 자식을 두고 차마 눈을 감지 못하는 어머니의 유언이라고 하는 것이 자연스러울 정도이다.

> 나 한 몸 죽어지면 눈 어두운 가장님의 의복을 뉘라서 흐여 조석공궤 뉘라 할가 <u>사고무친 혈혈단신</u> 이 엇지할고 집힝막디 것더집고 더듬더듬 다니다가 구렁의 쩌러지고 모진 돌의 발을 치여 넘어져셔 신셰즈탄 우는 모양 니 눈으로 보는 듯 긔한의 궁곤흐야 가가문젼 다다러셔 밥을 달나 흐는 소리 귀의 징징 들니넌 듯 나 죽은 후 혼빅인덜 이질손가 <5앞-5뒤>

밑줄 친 '사고무친 혈혈단신'이라는 표현에서도 그러하거니와 심봉사가 혼자서 구걸하며 다니다가 고생할 것을 염려하는 부분은 어린 심청을 두고 떠나는 데 대한 염려와 동질적으로 보인다.

> 젹공듸려 느은 쌀 졋 흔번도 못먹이고 무슴 죄로 죽단 말가 어미 읍는 어린 것슬 뉘 졋 먹여 살녀늬며 뉘 품의 질녀닐가 <5뒤>

어린 심청을 두고 떠나는 데 대한 염려는 심봉사에 대한 당부의 말로 이어지는데 이러한 당부의 말도 심청과 심봉사의 연명에 관한 것들이다.

> 뒤집 사는 귀덕어미 친근이 단녀시니 어린 것슬 안고 가셔 졋 좀 먹녀달나 흐면 괄셰 아니 흐오리다 (중략) 아츠 아츠 쏘 잇져소 진어스

딕 관딕도복 흉빗의 학을 놋타 못다노코 보의 싸셔 경딕 속의 너어써
니 나 죽기 젼의 보닉시고 두지 안의 잇넌 양식 희복쌀 할가ᄒ고 두어
더니 못다 먹고 죽어지니 초죵이ᄂ 치룬 후의 두고 약식ᄒᆞ읍시고 거년
말 리동지딕의 돈 열 양 믹겨시니 그 돈 ᄎ져다가 초죵의 보틱씨고
할 말이 무궁ᄒ나 슘이 갓버 못ᄒ겻소 한슘쉬여 부넌 바람 습습비풍
이러나고 눈물셕거 오넌 비넌 소소셰우 되엿셔라 <5뒤-6앞>

'슘이 갓버' 다 하지 못하는 '할 말'이란 곽씨 부인 자신의 삶에 대한
회한이나 죽음에 대한 두려움이 아니라 남아 있는 어린 자식과 눈먼
남편의 생계 유지에 관한 것들이다.
심봉사는 아내의 죽음 앞에서 정신을 잃고 통곡을 한다.

심봉ᄉ 그동보소 샹여 뒤치 금쳐 잡고 여보 마누라 여보 마누라
날바리고 어디 가오 나도 가세 나도 가세 염나국의 나도 가셰 나를
두고 혼자 가오 업더지며 잡바지며 천방지방 짜라간다 <7뒤>

봉분을 봉츅ᄒ고 졔쥬졔럴 지닐 져긔 심봉ᄉ넌 무덤을 금쳐 잡고
이통ᄒ여 우넌 말이 여보 마누라 여보 마누라 날 다려가오 날 다려가
오 황쳔가넌 길이 쳘리 말리 어듸민지 만쳡산즁 고혼이 쳐량하다 왼갓
고싱 다 하겻시니 진작 황쳔길을 작반ᄒ여 가셰 ᄌᆞ식도 귀치 안코 살
기도 원치 안니 가심을 쌍쌍 두다리며 머리도 쌍쌍 부듸지며 죽기로만
작졍한다 <8앞>

아내의 죽음 앞에서 이토록 슬퍼하는 남편은 고전소설 작품에서
찾아보기 힘들다. 부인과 남편의 사별 장면이라기보다는 어머니와 자
식의 사별 장면과도 같은 비감함을 묘사해내고 있다. 심봉사에게 있어

곽씨 부인을 잃는 것은 부인을 잃는 것이 아니라 양육자인 어머니를
잃는 것과 같기 때문이다.

(2) 심청

곽씨 부인의 자리를 대신하는 인물은 심청이다. 심봉사와 곽씨 부
인의 표면적 관계는 부부관계이지만 내면적으로는 곽씨 부인이 심
봉사의 어머니 역할을 하면서 부모와 자식의 관계로 나타나는 것처
럼, 불구인 심봉사와 심청의 내면적 관계 또한 마찬가지로 파악할
수 있다.

> 오날부텀 집의 누어 기시오면 니가 가셔 밥을 비러 조석공경ᄒ오리
> 다 <10앞>

심봉사의 조석을 책임지는 일은 곽씨 부인이 담당하던 일이었다.
'공경'이라는 표현을 쓰고 있기는 하지만 이러한 보살핌은 부모의 양
육에 해당하는 일이다.

심청이 남경 상인들에게 몸을 팔아 떠날 날이 다가오자 한탄을 하
는 대목 또한 곽씨 부인의 유언과 유사함을 발견하게 된다.

> 부친의 얼골도 디여보고 슈족도 만지면셔 혼ᄌ말노 하는 말이 나
> 하ᄂ 죽어지면 누럴 밋고 살것나 너일부텀 동닉 걸인될 거시니 눈치덜
> 아니ᄒ며 욕인들 아니홀가 슈양산 치미ᄒ던 빅이슉졔 곱흔 빅을 부여
> 잡드시 빅운심쳐 남북촌의 옛친구 벗님덕의염치읍시 차져가셔 밥달나
> 고 이걸할 졔 무정셰월 약유파라 고인은 다 도라가고 낫모르넌 소년덜
> 은 장셩ᄒ며 철모르고 어린아희덜은 져 봉ᄉ 쫏치랴고 막디들고 구박

이 자심할 거시니 그 아니 가련흔가 <19뒤-20앞>

심청의 모성 이미지는 심청과 물과의 관련에서도 가장 잘 드러나지만[15] 무엇보다도 자신을 희생하여 심봉사의 눈을 뜨도록 하는 데서 가장 직접적으로 나타난다.[16]

슈궁의셔 가자온 자하쥬 부어셔 부친전의 올니이 바다 마시미 정신이 쇄낙ㅎ며 얼골빗치 다시 소년되여 어두운 눈이 다시 발그면셔 쳔지 일월이 명낭ㅎ여 별건곤을 다시 만난 듯ㅎ더라 <45뒤>

밑줄 친 부분에서 확인할 수 있듯이 심청이 수궁에서 가져온 술을 부어줌으로써 심봉사는 눈을 뜨게 되는데 마치 새로운 생명을 얻은 것에 비유할 수 있을 정도로 인상깊게 묘사되어 있다.

(3) 장승상댁 부인과 귀덕어미

심청과 모녀 관계를 맺고 있는 여성으로 장승상댁 부인과 귀덕어미[17]를 들 수 있다. 이들 부인들은 생모인 곽씨 부인이 죽은 뒤 심청의

---

15) 이상일은 심청의 이름에서 '홍수'와 '맑다'라는 상징적 의미를 캐내고, 이것은 다시 <심청전> 초두의 자연묘사에 나타난 생식·탄생·광명을 맞이하는 계(系)와, 겨울·죽음·암흑을 추방하는 계(系)의 결합인 <봄>과 대응되고 있다고 말한다. 그리고 심청의 투신과 꽃으로의 화신은 물에의 회귀로부터의 재생이라고 하였다(이상일, 「심청전의 기원」, 『월간문학』 3권 5·6호, 월간문학사, 1973, 272-273쪽). 태초의 창조적 근원으로서의 물의 이미지를 지니고 있는 심청은 인당수 투신이라는 죽음을 통해서 부활을 하게 되며, 심청이 아버지의 눈을 뜨게 해 줄 수 있는 것도 심청의 이러한 생명력과 창조적 능력에 기인한 것이다.

16) 이것이 가부장제의 희생자로 오인 받을 수 있는 가장 핵심적인 요소이기도 하다. 여기에 대한 논의는 4장에서 상세히 진행하기로 한다.

양모 역할을 자청하고 있는 사람들이다. 곽씨 부인이 심청을 출산함으로써 심청과 모녀 관계를 맺고 있다면, 이들 양모들은 양육하고 보살피는 어머니역할을 통해서 심청과 모녀 관계를 맺고 있다.

우선 장승상댁 부인은 자녀 양육의 경험이 있으며 그러한 경험을 긍정적으로 생각하고 있는 인물이다.

> 승샹이 일즉 기셰ᄒ시고 아달이 슙형졔로셔 황셩의 벼슬하고 다른 ᄌ식 손자 읍셔 눈 압희 말벗 읍고 젹젹한 빈 방안의 먹넌니 담비요 더ᄒᄂ니 촉불이라 하지일 동지야의 보는 게 고담이라 네 신셰럴 싱각ᄒ니 근본 양반의 후예로셔 져러틋 궁곤ᄒ니 엇지 아니 불샹ᄒ랴 너의 슈양쌀이 되여 녀공지질이나 슝샹ᄒ고 문장도학 학슙ᄒ여 친쌀갓치 셩취식겨 <u>말년의 자미보랴</u> ᄒ니 너의 뜻시 엇더ᄒᆫ요 <12뒤>

밑줄친 부분에서도 알 수 있듯이 장승상댁 부인은 자녀를 키우는 일을 매우 의미있고 가치 있는 일로 인식하고 있음을 알 수 있다. 장승상댁 부인은 심청과 모녀 관계를 맺기를 희망한다.

> 부인 마음의 이연ᄒ여 치단과 긔물이며 양식을 후이 쥬어 시비로 함긔 보닐 져긔 네 나을 잇지 말고 <u>모녀간갓치 알어라</u> <13앞>

장승상댁 부인은 심청의 행실을 기특하게 여겨 양모되기를 자청했

---

17) 여기서 귀덕 어미는 심청에게 젖을 나누어 준 동네 젖어미들도 모두 포함시키기로 한다. 곽씨 부인은 '뒷집 사는 귀덕어미 친근이 단녀시니 어린 것슬 안고 가셔 졋 좀 먹녀 달나 ᄒ면 괄셰 아니 하오리다<5뒤>'라고 유언을 하지만 심봉사는 동네 아낙들을 찾아 다니며 젖동냥을 하는 것으로 보아 '귀덕어미'라는 인물의 주된 역할은 심청의 젖어미인 것으로 보아도 무방할 듯하다.

을 뿐, 심청에게 양녀로서의 역할을 강요하지 않는다. 오로지 심청을 좋은 조건에서 양육하고 보살피는 것 그 자체로 만족한다. 서사 전개에서 이러한 장승댁 부인의 설정은 개연성이 떨어지는 설정이라고도 할 수 있겠는데, 심청의 생모인 곽씨 부인 대신, 심청을 보호하고 훈육하는 어머니 역할을 한다고 볼 수 있다.

후대본으로 추정되고 있는 완판 71장본에서는 곽씨 부인과 장승상댁 부인이 동일시되는 경향을 보이고 있어 매우 흥미롭다.

> 부인이 친이 잔을 부어 오열흔 졍으로 소졔을 불너 위로 흐난 말리 오호 이졔 심쇼졔야 죽기을 실허흐고 살기를 질거홈은 인졍의 고연커날 일편담심의 양육흐신 부친의 은덕을 죽기로쎄 갑푸려 흐고 일노 잔명을 시스로 자단흐니 고혼 꽂치 희려지고 나는 나부 불의 드니 엇지 안이 실풀소냐 흔 잔 술노 위로흐니 응당이 소졔의 혼이 안이면 멸치 안이흐리니 거히 와셔 흠힝흐물 바리노라 눈물 쑤리여 통곡흐니 천지미물인들 엇지 안이 감동흐리 (중략) 뜻박기 강 가온더로셔 한 줄 말근 기운이 비머리의 어렷다가 이윽흐여 사라지며 일기 명낭커날 부인이 반겨 이러셔셔 보니 <u>가득키 부엇든 잔이 반이나 업난지라 소졔의 영혼을 못닉 늑기시더라</u> <완판 71장본, 40뒤>[18]

곽씨 부인은 심청이 인당수에 몸을 던진 날, 강상에 나아가 심청의 혼백을 위로하는 제사를 지낸다. '눈물을 쑤리며 통곡흐'는 장승상댁 부인의 모습은 혈육의 정에 비견할만한 하다고 하겠다. 그러나 더욱 놀라운 일은 밑줄친 부분이다. '가득키 부엇든 잔이 반이나' 사라지는 신이한 일이 일어나고 장승상댁 부인은 '소졔의 영혼을 못닉 늑기'게

---

18) 김진영 외 편저, 『심청전 전집』 3, 박이정, 1998.

된다. 그리고 바로 다음에 이어지는 내용이 광한전 옥진부인이 심청이 왔다는 소식을 듣고 심청을 찾아가 만나는 장면이다. 장승상댁 부인이 심청의 혼백과 만나는 사건과 곽씨 부인이 심청을 만나는 사건이 환상적으로 연결되어 나란히 일어나고 있는 것이다. 장승상 부인과 곽씨 부인이 심청에게 있어 동일한 비중의 어머니로 이해되고 있음을 보여주고 있다.

귀덕어미로 대표되는 젖어미들 또한 장승상 부인과 함께 심청의 양육자로서의 어머니이다.

> 젓잇넌 녀인덜은 쳘셕인덜 아니 쥬랴 뉵칠월 더운 볏의 지심미넌 녀인이며 빅셕탄 시니물의 셰답ᄒᆞᆫ 져 녀인덜과 방아소리 쩔거덩 쩔거덩 소러나면 예가 젓좀 쥬오 그 녀인덜 하는 말이 그 아희 이리 다려 오시오 졋슬 마니 머여쥬며 하는 말이 그 아희 이리 다려오 참참이 구명도싱 오작이나 난쳐할오이가 오날 너일 연일 오시면 <u>우리 아희넌 못머여도 그 아희 셜마 굴무릿가</u> 비부루게 먹여쥬니 〈9앞〉

위의 예문들에서 볼 수 있듯이 이들 여인들은 자신의 헌신과 사랑을 '자궁 가족'에 한정하지 않는다. 밑줄 친 '우리 아희넌 못머여도 그 아희 셜마 굴무릿가'라는 표현에서 남의 아이도 자기 아이 못지 않게 아끼는 긍정적인 모성을 발견 할 수 있다. 심청이 동냥을 갔을 때 동네 아낙들의 반응에서도 이러한 이타심에 기반한 모성을 찾아볼 수 있다.

> 보고 듯넌 져 녀인덜이 마음이 비감ᄒᆞ야 한 그릇 밥 김치장을 악기 잔코 더러쥬니 〈10앞〉

초기 이본들에서 심청에게 매몰찬 태도를 보이던 아낙들과는 대조
적인 모습이다.

2) 자아정체성과 모성과의 갈등

심청이의 또 다른 어머니로는 뺑덕어미를 들 수 있다. 서사전개에
서 심청이와 맞닥뜨리지는 않지만 심봉사가 새로 맞아들인 부인이므
로 심청과는 모녀 관계에 있다. '어미'라는 호칭으로 불리고 있지만
자녀가 등장하지 않는 것으로 보아 자녀를 버린, 혹은 자녀를 잃은
인물인 듯하다. 즉 뺑덕어미는 모성 상실, 모성 결핍을 드러내고 있
다. 따라서 뺑덕어미에게는 어머니로서의 창조적이고 생산적인 능력
보다는 소비지향적인 성격이 부각된다. '이 전곡을 모두 다 빨아먹은
연후에는 이삼일 먹을 양식만 남겨두고 도망힐 작정으로 오유월 까
마귀 곤수박 파먹듯 밤낮없이 파 먹는듸'[19]에서 알 수 있듯이 뺑덕어
미는 기생적인 존재이다. 뺑덕어미의 불모성은 앞서 <심청전>의 여
성인물들의 모성성과 대비되면서 더욱 강하게 부각된다. 뺑덕어미를
만나기 전에는 동리 사람들과 좋은 관계를 맺고 살았던 심봉사가, 뺑
덕어미를 만난 뒤에는 소중한 이웃을 잃고 동리를 떠나게 되는 것도
뺑덕어미의 불모성에 기인한 것으로서, 뺑덕어미의 불모성이 자기
자신뿐만 아니라 심봉사마저 정착하지 못하고 유랑하게 만든 것으로
이해할 수 있다.

물론 뺑덕어미의 자유 분방함은 강요된 모성성을 해방시키는 기능
을 하기도 한다. 그러나 뺑덕어미가 등장하고 있는 부분은 심청이 인

---

19) 김연수 창본, 김진영 외 편저, 『심청전 전집』 1, 박이정, 1997, 157쪽.

당수에 투신을 한 다음이다. 아내와 딸을 잃고 정신적으로 황폐해 있
는 심봉사에게 뺑덕어미가 등장하고 있다. 이 부분은 심봉사가 '딸
팔아 먹은 아비'로서의 자괴감을 드러내고 있는 부분이기도 하면서,
그와 동시에 '동네 과부 잇난 집을 공연히 찾아다녀 선웃음 풋장단을
무한히 하'고 다니는 심봉사, 그리고 뺑덕어미과의 행적으로 인하여
심봉사에 대한 비판이 가장 고조되는 부분이기도 하다. 따라서 이 부
분은 심봉사의 모성성의 한계20)가 강조되는 부분이며 따라서 이러한
심봉사의 한계를 더욱 강조할만한 인물로서 뺑덕어미라는 '악인형'
인물이 등장했던 것이다.

그런데 뺑덕어미를 '악인형'으로 그리는 데에는 더욱 근본적인 이유
가 있음을 정명기 소장 43장본에서 확인할 수 있다.

　　　쎙득 어미 호강으로 지닐 젹어 이 연의 입버엇시나 아린 버엇과
　　갓튼지라 <정명기 소장 43장본 심청가, 34뒤>21)

뺑덕어미가 부정적으로 묘사되는 가장 큰 이유는 '입버릇과 아리
버엇이 갓'기 때문이다. 뺑덕어미가 성적 욕망이 두드러지는 인물이라
는 사실은 '근본이 못된 게집으로 셔방 열아홉을 어더 다 즈바먹고'22),
'어린양에 젊은 중놈 유인허기', '여자보면 내외허고 남자보면 쌍긋
웃고', '코 큰 총각 술 사주기', '술 퍼먹고 활딱 벗고 장자 밑에서 낮잠
자기', '남의 내외 잠 자는듸 가만가만 찾아가서 봉창문에다 입을 입에

---

20) 심봉사의 모성성에 대해서는 다음 절에서 상세히 논의될 것이다.
21) 김진영 외 편저, 『심청전 전집』 5, 박이정, 1999.
22) 정명기 소장 심청전 낙장 51장본, 김진영 외 편저, 『심청전 전집』 5, 1999, 394쪽.

대고 불이야'23)라고 하는 뺑덕어미에 대한 묘사들에서도 잘 드러난다.
성적 욕망을 드러내고 있는 것은 심봉사도 마찬가지이다.

洞中스롬 모와 안져 심밍인을 쳥호여 디강 말 위로 솟틔 여보쇼
학귀 쇽담의 이를기를 고리여도 젓국이 낫고 늘거도 할멈이 죳탄 분슈
로 자니 장가 좀 안가라나 심봉수 헛헛 웃고 어듸 잇쇼 <u>밥은 굴머도
게집은 어더야 호겟쇼</u> <정명기 소장 심청전 낙장 51장본, 44앞-44뒤>

밑줄 친 부분에서 드러나는 바와 같이 심봉사는 식욕과 성욕을 대
비적으로 언급하면서 성적 욕망을 드러내고 있다. 그러나 문제가 되는
것은 뺑덕어미뿐이며 뺑덕어미는 결국 심봉사보다 더 젊은 황봉사를
만나 도망을 가는 것으로 처리된다.

그런데 심청이를 비롯한 모성성을 지닌 여성들과 비교되었을 때
뺑덕어미가 부정적인 인물로 묘사되는 것이지, 뺑덕어미의 행위 그
자체를 살펴보았을 때는 악행이라고 할 수 없는 내용들이 많이 있다.
뺑덕어미의 악행으로 열거된 예 중에서는 그러한 행동을 하는 인물이
여성이기 때문에 문제시되는 측면이 많다.

우선, '밤이면은 마을 돌고 낮이면은 낮잠자기', '빈 담배대 손에 들
고 오고가는 행인들게 담배달라 힐란허기', '잠자면서 이 갈기와 배끌
고 발목 떨'기, '술 퍼먹고 활딱 벗고 장자 밑에서 낮잠자기' 등과 같은
행동은 여성이기 때문에 특히 문제시되는 행동들이다. 남성의 태도와
여성의 태도가 달라야 한다고 생각하는 내외법에 근거한 비판들이며
남성의 경우에는 특별히 비난받을만한 행동이라고 할 수는 없다. 둘

---

23) 김연수 창본.

째, 뺑덕어미의 소비지향적인 성격을 드러내는 '쌀 퍼주고 떡 사먹기 벼 퍼주고 엿사먹'기, '의복 잡혀 술 먹기' 등도 여성에게만 특히 문제시되는 행동이다. 조선시대 하층 여성들은 노동으로 가정 경제를 책임져야 했다. 이는 곽씨 부인의 품팔기와 비교해 보면 매우 대조적이라는 것을 알 수 있다.

삯바느질, 길쌈, 염색하기, 초상난 집에 상복제복 만들어 주기, 혼대사 음식돕기 등으로 '일년삼백육십일에 하로 반대 놓지 않고 품팔아' 가정을 꾸려 나가는 곽씨에 비하면[24) 뺑덕어미의 이러한 소비적인 태도들은 비판받아 마땅하다. 그러나 곽씨 부인의 이러한 행실이 여성에게 가정 경제를 책임지도록 짐 지웠던 남성의 시각에서 평가된 것이라면, 뺑덕어미에 대한 비판 또한 남성의 시각에서 재단된 평가라고 보아야 한다.

봉제사와 '제사 때에 메 올려도 담배대는 뺄 수 없고 몸볼 적에 찼던 서답 조왕 앞에 끌러 놓기 밥 푸다가 이 훔쳐서 밥주걱에가다 꾹 죽이

---

24) 삯바느질 관대 도복 행의 창의 직영이며 섭수 쾌자 중치막과 남녀의복의 잔누비질 껶음질 외올띄기 쾌땀이며 고두누비 솔올리기 망건 꾸미개 갓끈접기 배자 토수 보선 행건 포대 허리띄 단님줌치 쌈지 엽랑에 필낭 휘양 볼지 복건풍채이며 천의 주의 갗인 금침 비개모에 쌍원앙수 놓기와 화관 원삼 잠옷 문무백관의 빛난 흉배 오이학 쌍학 범그리기 명모 악수 제복이며 질삼을 논지하면 궁초 공단 수주 선주 낙릉갑사 운문토주 갑주분주 표주명주 생초통경 조포북포 황저포 춘포 문포 제추리며 삼베 백저 극상세목 삯을 받고 맡아 짜기 적황적백침향회색을 각색으로 염색허기 초상난 집 상복제복 혼대사 음식숙정 가진 증편 약과백과 절에 다식전 냉면 화채 신선로 각갓 찬수 약주빚기 수팔년 봉오림과 배상허기 고임질을 일년삼백육십일에 하로 반대 놓지 않고 품팔아 모일 적에 푼을 모아 돈이 되고 돈 모아 양을 짓고 양을 모아서 관돈 되면 학실헌 곳 빗을 주어 일수체계 장리변으로 실수 없이 받어들여 춘추시향의 봉제사와 앞 못보는 가장공경 시종이 여일허니 상하촌 사람들이 곽씨부인 어진 마음 뉘가 아니 칭찬허리. 〈김연수 창본 심청가〉, 김진영 외 편저, 『심청전 전집』 1, 91-92쪽.

기' 등도 가족의 식사 준비와 봉제사를 책임져야 했던 여성들이 삼가야 할 일들이다. 이 일들은 남성들에게는 해당되지 않고 여성에게만 강요되던 규범이다. 여성의 행실을 비판하는 항목으로 이러한 항목들이 설정되어 있다는 것은 남성과 동등한 인간으로서 여성을 평가하는 것이 아니라 여성에게만 적용되는 남성 중심 이데올로기의 잣대가 있었다는 것을 의미한다.

뺑덕어미는 소비지향적이며, 생산적 노동을 하지도 않고, 조선시대 여성 윤리에도 어긋나는 행동을 일삼을 뿐만 아니라 왕성한 성적 욕구를 무분별하게 드러내고 있는데, 이러한 행동들은 남성 중성의 가부장제를 유지해 나가는데 매우 위험한 요소가 아닐 수 없다. 요컨대 뺑덕어미에 대한 비판적 묘사들은 뺑덕어미이라고 하는 한 개인의 실행을 드러내고 있다기 보다는 당대 사회가 여성에게 금기시하던 것들을 열거하고 있다고 해도 좋을 것이며, 뺑덕어미는 거부할 수 없는 인간의 본성을 지닌 인물, 현실적 가치와 욕망에 충실한 인물로서 여성 주체의 욕망과 모성과의 갈등을 체화하고 있는 인물이라고 할 수 있다.

3) 모성 모의 체험과 한계

(1) 심봉사

심봉사는 여성은 아니지만 곽씨 부인 대신 심청을 키우면서 어머니 역할을 하고 있는 인물이다. 심청이 태어났을 때 삼신에게 비념을 하는 모습은 가부장제의 남성 모습이라고 보기는 어렵다.

첫국밥 얼년 지여 삼신샹의 올녀노코 의관을 정졔ᄒ고 두 손 합장
비년 말리 삼십삼쳔 삼신님니 다 구버 보압소셔 삼십의 졈지한 ᄯᆞᆯ 한
두 달의 이슬믜겨 삼삭의 피가 어려 ᄉ삭의 인형싱겨 오삭의 오포싱겨
뉴삭의 뉵졍나고 칠삭의 칠구싱겨 팔만ᄉ쳔 털리 나고 팔구삭의 졋슬
먹고 십삭의 찬짐 바다 금광문의 하탈ᄒ니 삼신님니 너부신 덕 빅골난
망 이질손야 만득한 녀ᄌ라도 동방삭의 명을 쥬고 셕슝이 복을 쥬어
외븟듯 달븟듯 고이 길너 쥬압소셔 〈4앞〉

심봉사는 곽씨의 산구완도 손수 맡아서 하고 있으며[25] 심청을 안고
어루는 모습에서 충만한 모성을 지닌 양육자의 모습을 보인다.

심봉ᄉ 길거운 마음 아기럴 어루것다 어허 간간 니 ᄯᆞᆯ이야 은ᄌ동아
금ᄌ동아 만쳡쳥산 폭포동아 굴니버슨 용마동아 오식비단 치운동아
쥬류쳔하 무쌍동아 포잔강의 슉향이 네가 도여 환싱한가 은하슈 견우
직녀셩이 네가 되여 난가 금을 쥬니 너럴 ᄉ며 은을 쥬니 너럴 사며
남젼북답 장만한덜 이예서 길거우며 산호진쥬 어더시니 이예셔 사랑
우랴 ᄂ니러가넌 학션녀 어름궁긔 슈달피요 옷고름의 밀화불슈요 붓치
ᄶᅭ히 션초요 셜소샨젼 꼿시요 손의 씬 옥지환과 요녀졍슈 일광쥬요
팔진중의 장ᄉ삼쳔 병마유쥬 져린지 쳥년과부 유복잔덜 이예셔 더흘
손가 이러틋시 길거울 졔 〈4앞-4뒤〉

심봉사가 젖동냥을 다니는 부분은 〈심청전〉에서 가장 감동적인
부분에 속하기도 하며 모성적 이미지가 가장 강하게 드러나는 부분이
기도 하다.

---

25) 더운 국밥 펴다노코 산모럴 먹인 후의 〈4앞〉

아가 아가 우지 마라 밤시도록 우너라니 아기도 긔진ᄒ고 눈 어두운
이니 마음 놀더 전여 읍다 동방이 미명ᄒ야 우물가의 인적소리 들니거
날 문을 열고 박긔 나셔 우물길의 오신 부인 뉘신쥴은 모로오나 일칠
일도 못된 아희 어미 일코 죽게 되니 활인적덕ᄒᆞ옵소셔 져 부인 이른
말이 나넌 과연 졋시 읍고 아희잇넌 녀인더리 이 동닉도 만ᄉ오니 그
아희 안고 가셔 비진사정ᄒ오면 누가 감이 괄셰할가 심봉사 그 말 듯
고 어린아희 품의 안고 한손으로 막뎌 집고 아기 잇넌 집을 차져가셔
여보시요 부인임니 여보시요 아씨넘니 딕집의 귀한 아기 먹고 나문
졋 한 통 이 아희 좀 먹여쥬오 비곱파 우넌 소리 참아 듯지 못ᄒ것소
졔발 덕분의 존일 ᄒᆞ옵소셔 이러틋 익걸할 졔 졋잇넌 녀인덜은 쳘셕인
덜 아니 쥬랴 뉴칠월 더운 볏의 지심민넌 녀인이며 빅셕탄 시니물의
셰답ᄒᄂᆞᆫ 져 녀인덜과 방아소리 쩔거덩 쩔거덩 소리나면 예가 졋좀
쥬오 <8앞-8뒤>

그러나 앞서 심봉사가 곽씨 부인이나 심청과 맺고 있는 관계 양상
에서도 확인한 바와 같이 유아적 단계의 심성도 노출된다. 곽씨 부인
이 죽었을 때 의지처를 잃은 심봉사가 드러내었던 깊은 절망과 슬픔은
심청이를 잃었을 때도 마찬가지로 드러난다.

익고 이게 웬 말이요 목졉이 ᄒ랴 ᄒ고 후당탕 공즁의 쑥 쩌러져
가슴도 쌍쌍 두다리며 머리도 와드득 쥬여뜻고 울음도 쑥 끈치고 눈이
번득번득 눈이 실눅실눅 실업시 우셔도 보고 심청이 가넌디 조쳐간다
향방읍시 더듬 더듬 거러간다 무샨 구룸 속의 싁기 이른 지너비 졍둘
디 바이 읍셔 슬피 울고 바장이듯 남지북지 가라치며 심청아 날바리고
어드로 가넌야 심청아 부루더니 업더져 긔졀ᄒ니 동닉ᄉ람더리 심봉
ᄉ럴 위로하여더라 <25앞>

심봉사는 여성의 도움 없이는 살 수 없는 인물이다. 곽씨 부인이 그러했고, 심청이가 그러했으며, 심지어는 뺑덕어미까지 심봉사에게 는 없어서는 안될 존재이다.

> 뺑득어미 심봉스 짜랴 ㅎ고 형셰조혼 황봉스와 두리 소곤소곤 ㅎ더 니 먼져 뺑손니 ㅎ여구나 심봉스 목욕한 후의 옷차져 입으랴고 더듬더 듬 ㅎ여보니 옷알나 가지고 쒸여구나 심봉스 긔가 막혀 뺑득어미와 황봉스럴 부루다가 도망한쥴 알고 이고 답답 어이할고 천하의 몹시 뺑두어미 그디지도 박절한야 니 딸 심청 죽그러갈 졔 빅미 습빅셕 돈 습빅양 네라셔 다 읍시여지 그 인정으로 싱각ㅎ여도 그디지 박절한야 형셰잇고 나 졀문 황봉스럴 짜라가구나 긔왕의 갈 더이면 나의 의복이 나 두고 가지 갑시 몃 푼이나 된다고 가져간년야 지로 못된 잡년이로 다 <39뒤>

<효녀실기심청>에서는 뺑덕어미가 심봉사의 옷을 가져 간 것으로 되어 있으나 뺑덕어미가 황봉사와 도망간 후 개울에서 목욕을 하다가 옷을 도둑맞는다는 이본도 있다. 심봉사가 옷을 잃는다는 설정은 뺑덕 어미의 소행이기 이전에 뺑덕어미가 심봉사의 곁을 떠남으로 인하여 심봉사가 겪게 되는 고난의 한 단면으로 보아야 할 것이다. 품행이 방정치 못한 인물이기는 하나 뺑덕어미를 잃자마자 심봉사가 곤란을 당하는 것은 심봉사가 불구라는 신체적 요인도 있겠으나 남성이라는 성정체성으로 인하여 온전한 모성성을 보여주지 못하고 어머니에 의 존하고자 하는 유아적 속성을 드러냄으로써 심봉사의 모성성이 일정 한 한계를 드러내고 있는 것으로 해석할 수 있다.

(2) 황제

<효녀실기심청>에서는 황제 또한 여성적 인물로 그려진다.

> 잇 더 송천자 황후 붕하신 후의 다른 더 간퇵 아니ᄒ시고 화초의
> 마음이 깁퍼셔 바든 진상 다 물니치시니 화초로 진상바다 여긔져긔
> 심어두고 쥬야로 실푼 마음 솟스로 셰월 보닐 졔 솟이름 이상ᄒ다 팔
> 월부용 군자절이요 만당츈슈 홍연화요 암향부동 월황혼의 소식젼턴
> 한미화요 진셰뉴랑건후ᄌ라 불거 잇는 홍도화 요렴셤셤 오지갑의 금
> 부야도 봉션화 구월구일 용산음의 도쳐스의 국화로다 공ᄌ왕손 방슈
> 하의 부귀할사 모란화요 이화만지불기문으 장진군 니화로다 쳔틱산
> 드러가니 양편가의 자약솟슨 촉국지한을 못이기여 졔혈ᄒ는 두견화
> 원정부지 이별ᄒ니 옥창오경 잉도화 노화 계화 명ᄉ십니 히당화 빅일
> 홍 영산홍 왜쳘쥭 진달니 미드람이 셕뉴 뉴자 팅자 비자 치자 감ᄌ를
> 여긔져긔 총총이 심어넌디 향풍이 얼는 불면 우쥴우쥴 넘놀 져긔 범나
> 븨 시짐셩은 춤을 츄며 지져귀니 쳔ᄌ게셔 흥을 부쳐 날마도 보시더라
> <32앞-32뒤>

꽃을 기르는 황제의 모습에서 양육자의 모습을 확인할 수 있다. <심청전>에 등장하는 황제는 남성으로서의 성 정체성을 드러내며 공적인 영역에서 활동하는 모습은 볼 수 없다. 심청을 황후로 등장시키기 위해 등장한 인물로 여겨질 정도이다. '필요한 때에 제왕은 단지 옷이 없을 뿐이지만 황후는 육체가 없다'[26]는 표현이 역전되는 상황이다.

<효녀실기심청>에서는 미약하나마 심황후가 아버지를 찾는 데 있

---

26) 게일 오스틴 저, 심정순 역, 『페미니즘과 연극비평』, 현대미학사, 1995. 10쪽.

어서 일정한 역할을 하기도 한다.

> 여러 날을 두고 슈다한 빙인덜을 샬펴보되 형용이 갓지 아니ᄒᆞ야
> 추질 길이 속졀읍시 되여시니 비회럴 이긔지 못ᄒᆞ여 옥누럴 흘니넌지
> 라 황제 일변 위로ᄒᆞ시며 졔신의게 분부ᄒᆞ시되 유리구 도화동의셔 사
> 는 심학규가 이즁의 잇넌가 호명ᄒᆞ라 ᄒᆞ시니 <43앞>

그러나 이본에 따라서는 그나마 심봉사를 찾는 묘안이 심황후에게
서 나오고, 심황후가 적극적으로 아버지를 찾는 경우도 있어[27] <효녀
실기심청>에서는 황제에게 역할 부여를 하기위해 애쓴 흔적을 엿볼
수 있다.

3. 남성적 권위의 부재와 어머니-딸의 유대

심청의 효를 중심으로 <심청전>을 이해할 때 심청은 가부장적 이
데올로기에 의해서 제물로 바쳐진 딸이다. 효 이데올로기의 극단을
보여 주는 예가 바로 <손순 매아>이다. 아버지는 노모를 위하여 아들
을 버린다. 부모에 대한 사랑과 자식에 대한 사랑이 다를 리 없음에도
불구하고 아버지는 자식을 희생하여 아버지의 이념을 실현하고자 한

---

27) 그 익일의 조회ᄒᆞ신 후 만조 졔신과 의논ᄒᆞ시고 황주로 힝광ᄒᆞ야 심학규를 부원군
위로 치송ᄒᆞ하 ᄒᆞ엿더니 하주자사 장게를 올여거날 써여보니 ᄒᆞ여쓰되 관연 본주
도화동의 빙인 심학규 잇삽더니 연젼의 유리하여 부지거쳐라 ᄒᆞ엿거늘 황후 드르
시고 망극ᄒᆞᆫ 마음을 이기지 못ᄒᆞ야 체읍 장탄ᄒᆞ시니 천자 간졀이 위로ᄒᆞ사 왈 죽업
스면 할 일 업거니와 사랍스면 만날 이리 잇삽지 설마 찻지 못하오릿가 황후 크게
씨다르시사 황제게 엿지오더 과현 ᄒᆞᆫ 게칙이 잇사오니 그리 ᄒᆞ옵소셔 <완판 71장
본 심청전, 50뒤>, 김진영 외, 『심청전 전집』 3, 박이정, 1998.

다. 대부분의 효행 설화는 아버지의 질서를 위해, 자식의 희생을 일방적으로 강요한다. 이것이 바로 가부장제가 요구하는 효의 실체이다. 그렇다면 <심청전>에서는 어떻게 나타나는가.

심청의 행위는 효 이데올로기에 감염된 바도 없지는 않겠으나 만일 강요된 것이라고 한다면 심청의 행위 이후에 심봉사는 다시 아버지로서의 권력을 획득하고 질서의 주체가 되어야 하나 실상은 그렇지 않다. 앞서도 잠깐 언급한 바와 같이 심봉사는 유아적 속성을 드러낸다. 심봉사가 불구라는 사실을 감안하더라도 심봉사에게는 남성적 권위가 거의 부여되어 있지 않다.

> 심봉ᄉ 아모란줄 모로고 이윽키 안져다가 여보 마누라 여보 마누라 아모리 부른덜 죽은 스람 디답할가 심봉사 긔가 막혀 마누라 죽어심나 어허 죽을 줄 몰ᄂ더니 이제와셔 참 죽어니 가삼을 쌍쌍 치며 목져비질 하랴 ᄒ고 얼골도 한더 디고 문질 문질 문지르며 죽단 말이 윈 말이요 니가 죽고 그더 살면 져 ᄌ식을 살녀실걸 그더 죽고 니가 사니 ᄉᄌ ᄒ니 고싱이요 죽자 ᄒ니 어미읍넌 어린 거슬 구ᄎ이 뉘 졋 먹여 살녀 닐가 마오 마오 죽지 마오 평싱의 졍한 뜻이 빅년히로 ᄒᄌ더니 황쳔이 어듸라고 죽단 말가 쳥춘작반 호환향의 봄을 조쳐 오랴는가 쳥쳔뉴월 니긔시예 달을 ᄯ라 오랴넌가 ᄭ옷도 졋다 다시 피고 달도 졋다 다시 돗건만 사람은 한번 가면 다시 오기 어려운가 삼쳔벽도 요지연의 셔왕모럴 ᄎ져간가 월궁항아 짝이 되여 치약하러 올ᄂ간나 황능묘의 니비묘와 회포말슘 ᄒ러간가 회ᄉ호쳔 ᄒ던 사씨 두 부인 ᄎ져간가 이고 이고 닌 일이야 이러트시 이통할 졔 <6뒤>

아내의 죽음 앞에 통곡하는 심봉사의 모습에서 가장으로서의 근엄함은 찾아볼 수가 없다.[28] 심청을 통해 양육의 경험을 획득한 이후에도 심봉사에게는 아버지로서의 위엄이나 근엄은 없다.

> 눈물노 밥을 지여 부친 압희 상을 노코 상머리의 안져 밥을 마니
> 즙슈시게 ᄒ노라고 ᄌ반도 쩌여 입의 늑코 물도 쩌셔 마시면셔 아바님
> 진지 만니 즙슈시요 심봉사 아모란줄 모로고 오날 반춘 미오 좃타 뉘
> 집 지사지닉넌야 허허 좃타 잘 먹넌다 부녀가 철눈이라 몽조가 잇구나
> 아가 예 이상한 일 잇다 간밤의 꿈을 ᄭ우니 너가 큰 슈리럴 타고 한읍시
> 나가뵈이니 슈리라 ᄒ넌 거시 귀한 스람이 타는 거시라 무슴 조흔 일
> 이 잇슬가부다 승상딕의셔 오날 가마틱여 갈넌가 심청이 먼져 죽을
> 꿈인줄 짐작ᄒ고 그 꿈 장이 좃스오이다 〈21앞〉

심봉사의 안맹은 객관적이고 합리적인 상황판단을 불가능하게 함
으로서 심봉사를 무력화시킨다. 앞서도 살펴 본 바와 같이 심봉사는
뺑덕어미가 떠나버린 이후 심봉사의 모습에서 혼자서는 아무 것도
할 수 없으며, 이는 악인형 인물이기는 하나 뺑덕어미라도 있어야 심
봉사가 인간다운 삶을 살 수 있음을 보여준다.

---

28) 우쾌제는 〈심청전〉에서 자손 계승 의식, 현모양처적 내조의식, 희생적 봉친의식,
가문창달의식 등의 가문중심 의식을 밝혀 낸 바 있고(우쾌제, 「가정소설에 나타난
가족 의식 고찰」, 『고소설연구』 제2집, 한국고소설학회, 1997), 최동현은 〈심청전〉
이 18세기 이후 발달한 가문소설의 특징을 지니고 있다고 하면서 가문의 창달 자체
가 중요한 가문소설과는 달리, 〈심청전〉은 가문의 창달이 목표가 아니라 선행에
대해 부수적으로 주어지는 보상이라는 점에서 차이가 난다고 하였다. 즉 〈심청전〉
에서는 가문창달에 이르게 된 요인, 곧 가족주의 가치관이 문제시되며, 〈심청전〉
은 이 가족주의 가치관을 통해서 가부장제 이데올로기가 처방하는 태도를 몸에
지니도록 사회화하는 기능을 수행한다고 하였다(최동현, 「〈심청전〉의 주제에 관
하여」, 『국어문학』 31집, 국어문학회, 1996). 그러나 여가장의 주요한 임무는 가부
장제의 유지와 확립을 통한 가문창달이라는 점을 상기할 때, 심청을 여가장으로
보고, 심청 행위를 가족주의의 범위 내에서만 한정할 수 있을지는 의문이다.

심봉ㅅ 줌을 찌여 본직 이상이 허적허적ㅎ야 만져보니 뺑덕어미 간 고지 읍는지라 심봉ㅅ 쌉쥭 놀니여 이 구셕 져 구셕 아모리 더드머도 종적이 읍는지라 여보쇼 뺑덕어미 네 거기셔 무엇ㅎ는가 어셔 오게 심심ㅎ네 어서 오게 아모리 불너도 쇼식이 읍는지라 (중략) 심봉ㅅ 그졔야 닉 쒼 쥴 알고 기가 탁 막켜 익고익고 닉 신셰야 여바라 뺑덕어미 이 무상ㅎ 년아 날 바리고 어디 간고 황셩 쳘리 먼먼 길의 눌과 흠기 가잔 말가 한창 실피 우다가 엇지 生覺ㅎ고 두 숀을 훨훨 쑤리면셔 에 아셔라 닉 네을 生覺ㅎ는 거시 도로 시러바 야들놈이로다 그 쳔ㅎ 잡년 오사홀 년 인졔 가다가 급살 마지럿다 닉 근본 그런 년의 말을 드러짜가 노즁의 낭픽ㅎ니 니가 근본 우슌 스롬이지 디쳬 여바라 우리 현쳘ㅎ신 곽시부인도 일코 살고 우리 出天(46뒤)大孝 심쳥이를 生이별을 하고도 살라씨니 그까진 년을 生覺ㅎ는 게 숟 개야덜 놈의 숀주놈이다 <정명기 소장 심청전 낙장 51장, 47앞>[29]

곽씨 부인이 없는 상황에서 심봉사는 곽씨 부인 대신 심청의 어머니로서의 역할을 다하려고 노력하지만 이는 한계에 부딪히고 만다. 심봉사는 어머니일 수행과정에서 의존성을 강하게 드러내면서 남성권위의 약화를 상대적으로 적나라하게 드러낸다. 이러한 남성적 권위의 약화는 앞서 언급한 바와 같이 황제에게도 마찬가지로 드러난다. <심청전>에는 아버지의 권력이 현저하게 축소되어 있으며, 따라서 아버지와 딸이라는 이데올로기적 관계보다는 어머니와 딸이라는 모성성에 기초한 관계가 더욱 돈독하게 유지되고 있는 것을 볼 수 있다.

여성 주인공이 여화위남(女化爲男)하여 공적인 영역에서 남성대신 눈부신 활약을 하는 여성영웅소설들에 비하면, <심청전>은 더욱 근

---

29) 김진영 외 편저, 『심청전전집』 5, 박이정, 1999.

본적으로 권력구조를 전복시키고 있으면서도 그것이 표면에 잘 드러나지 않는다. 이는 여성성을 드러내는 방식의 차이라고 할 수 있다. 〈심청전〉은 현실을 반영하고 있는 반면 여성영웅소설들은 현실적인 삶의 반영이라기보다는 상상에서 만들어진 허구의 서사가 주를 이루고 있으므로 그것이 드러내는 의식 또한 추상적일 수밖에 없는 것이다. 따라서 올바른 여성성은 제대로 발현되지 않고 오히려 남성성을 긍정하는 쪽으로 반작용을 일으키는 반면 〈심청전〉에서 나타나는 가부장적 질서의 약화는 상대적으로 여성성의 강화를 드러내고 내적으로 어머니와 딸의 유대가 강화되어 나타난다.

심청을 낳자마자 심청과의 사별을 맞게 된 곽씨 부인은 '어미잇는 표나 흐게 이름지여 심청이라 불너쥬오〈5뒤〉'라고 하여 사후에도 심청과 의미있는 모녀 관계를 유지하고자 한다. 이러한 곽씨 부인의 열망은 모녀 생이별이 한이 되어 상여가 멈추어 서는 부분에서 더욱 극명하게 드러나 모녀간의 근원적인 관계를 확인할 수 있게 해준다.

> 이십여명 상두군이 갈나메고 일심동역 발맛츌 졔 징반의 물담은 듯 어허 넘츠 흐고 나갈 졔 상여군의 발이 붓고 쩌러지지 아니흐니 호샹군 하는 말이 의외의 싱긴 녀식 속졀읍시 두고 죽은 혼이라도 원이 되여 못겨져 그러흐니 심봉스 셩복흐야 어린 것을 품의 품고 상여 뒤의 짜라오게 흐오 그 말이 올타 흐고 심봉스 굴건졔복 츠린 후의 심청은 품의 앙겨 상여 뒤의 니셰우니 그졔야 발이 쩌러져셔 〈7뒤〉

비록 심청을 낳자마자 저 세상으로 떠나게 되는 곽씨이지만 출산 그 자체만으로도 심청과 곽씨 부인은 끈끈한 유대관계를 지니고 있음을 볼 수 있다. 이러한 곽씨 부인과 심청의 이러한 유대는 완판에 오면 용궁상봉 장면으로 좀 더 구체적으로 드러나기도 한다.

> 니 딸 심청아 부르난 소리의 모진인 줄 알고 왈칵 쒸여 나셔며 어만
> 이요 어만이 나를 낫코 초칠 일 안의 죽어쓰니 우금 십오연을 얼골도
> 모로오니 천지간 갓업시 짚푼 흔이 기일 날리 업삽더니 오늘날 이 고
> 디 와셔야 모친과 상면홀 줄을 알아라쓰면 (중략) 얼골도 디여보며
> 수족도 만져보며 귀와 목이 희여쓰니 너의 부친 갓도 갓다 손과 발리
> 고운 거슨 엇지 안이 니 딸이랴 니 찌던 옥지환도 네 지금 가져쓰며
> 수복강영 티평안락 양편의 식긴 돈 홍젼 괴불 줌치 청홍당사 벌믜답도
> 이고 네가 찻구나 <완판 71장본 심청전, 41뒤-42앞>[30]

어머니와 딸 사이에 존재하는 깊은 생화학적 친화성은 가부장제의
연보에서는 사소한 일로 치부되어 왔다. 그러나 <심청전>에는 심청
이를 중심으로 한 다양한 모녀 관계가 형성되는데 곽씨 부인의 빈
자리를 귀덕어미, 장승상댁 부인 등이 채우면서 심청이 완전한 모성을
획득할 수 있도록 도와 주며 심봉사 또한 이러한 모성성에 도전한다.
곽씨 부인이 어린 심청을 낳아 놓고 죽은 뒤 심봉사는 동냥젖을 얻어
먹여가며 딸 심청을 키운다. 어머니의 빈 자리를 채우기 위한 심봉사
의 눈물겨운 노력은 심봉사의 한계와 더불어 실제 어머니 되기의 어려
움을 잘 반영하고 있다. 심봉사는 젖어미 귀덕어미의 도움을 받아야
했고, 스스로 한계를 드러내고 있다.[31] 그러나 이들 어머니들에게서

---

30) 김진영 외 편저, 『심청전 전집』 4, 박이정, 1998.
31) 어머니 일, 아버지 일의 구분은 성별분업에 기초한 구분이다. 성별 분업이란 자녀
　　양육 및 일반적인 보호활동에 대한 일차적인 책임을 여성에게 배당하고, 경제적인
　　준비 및 사회 방어에 대한 일차적인 책임을 남성에게 배당하는 문제, 그리고 여성
　　의 이미지는 양육자적이고 의존적인 것으로, 반면 남성의 이미지는 수완 좋고, 공격

심청에게 전수된 모성은 심봉사와의 관계에서 심청으로 하여금 모성의 경험을 가능하게 한다.

이처럼 〈심청전〉에 나타나는 어머니와 딸의 연대는 억압되지 않은 본연의 모성과 경험으로서의 모성의 일치점을 보여주고 있으며 이는 좀 더 확장되어 모성성의 감화를 낳는다. 이러한 모성성의 감화는 남성성이 지닌 투쟁이나 대결이 빚어내는 갈등과는 그 층위를 달리하고 있는 것이며 심청이 맞닥뜨리고 있는 광포한 세계와의 대결에서 첨예한 갈등없이 승리를 얻어내고 있다.

4. 억압적 모성의 해소와 긍정적 모성의 완성

아래 예문은 〈심청전〉에서 효 이데올로기가 가장 직접적이고 적나라하게 드러나는 부분이다.

> 심청이 엿ᄌ오디 아바님 말뉴 마ᄋ소셔 예스람으로 볼족시면 왕ᄉ
> 은 어이ᄒ여 어름궁게 잉어 낙가 부모공양ᄒ엿고 밍종은 어이ᄒ여 겨
> 울날의 죽슌 썩거 부모봉양ᄒ여시니 이러ᄒ 효힝은 쳔츄유젼ᄒ여시니
> 졔 아모리 불효녀식인덜 그만 일을 쥬션치 못ᄒ오면 부친의 깁푼 한을
> 못풀고야 ᄌ식이라 ᄒ오릿가 여보시오 디ᄉ님은 우리 부친 말슴 듯지
> 말고 권션문에 긔록ᄒᆞᆸ소셔 져 즁이 그 말 듯고 권션문을 펼쳐노코
> 졔일층 불근 졔목의다 도화동 거ᄒᆞᆸ년 심낭ᄌ 심청이 빅미 숨빅셕이
> 라 적어노코 ᄒ직ᄒ고 나가더니 그 즁이 부지거려라 〈15뒤-16앞〉

적이고, 독립적인 것으로 관련시키는 기제를 지칭한다. 페이스 R. 엘리엇 저, 안병철·서동인 역, 『가족사회학』, 을유문화사, 1983, 44쪽 참조.

그러나 이와 함께 심청의 갈등이 부각되면서 심청의 선택이 이념에 의해 수동적으로 받아들을 수 밖에 없는 것이 아니라는 것을 알 수 있게 해준다. 심청은 윤리와 본성(삶에 대한 애착) 사이에서 갈등하는 인간적인 모습을 보여준다.

> 심청이 그 날부텀 간간이 싱각ᄒ니 눈어두운 부친 영결ᄒ고 죽을 일과 ᄉ람이 셰상의 나다가 십오세 계오 솔고 죽을 일이 긔가 막혀 아모 일도 뜻시 읍셔 식음을 젼폐ᄒ고 슈심으로 지너다가 (중략) 다시 싱각ᄒ되 업질는 물이요 쏜 활이라 날이 졈졈 갓가오니 이리ᄒ여 못가 것다 니 아직 죽기 젼의 부친의 의복이나 망종 다ᄒ리라 ᄒ고 샹침 겹것 하졀의복 푸시ᄒ여 다려노코 핫져고리 핫바지 토슈 버션 ᄒᆡᆼ젼이 며 큰옷 샹착ᄒ여 너코 갓망근 시로 쑤며 ᄭᅳᆫ을 다라 벽의 걸고 곰곰이 안져 싱각ᄒ니 엇지 아니 한심할가 (중략) 부억의 드러가셔 아바님 목말른디 물잡슈시요 물도 쩌다 마시면셔 방의 불도 쩌이면셔 부친을 위로ᄒ며 (중략) ᄒᆡᆼ션날을 곰곰이 싱각ᄒ니 하로밤이 지격ᄒ지라 밤은 젹젹 숨경인디 은하슈도 기우러졋다 등즌불 디하여셔 아미럴 슈기고 우두거니 안져다가 (중략) 부친의 보션이나 망종 기여 드리랴 하고 바늘의 실을 쐬여드니 (중략) 두 손이 벌넝벌넝 두 눈이 캄캄 가심이 답답 ᄒᆡ암읍신 눈물이 비오닷 소셔난다 부친이 ᄭᅢᆯ가 염여ᄒ야 크게 우던 못ᄒ고 눈물만 흘니더라 <18앞-19뒤>

심청은 자신 앞에 놓은 운명에 대한 한탄과 절망을 하다가 다시 이념적 선택을 기정사실화하고 자신의 사후 아버지의 살림을 걱정하기도 하는 등 갈등을 계속 반복한다. 이러한 갈등은 인당수에 투신하기 바로 직전에 더욱 사실적으로 드러난다.

여보 심낭즈 시가 느고 써가 느껴소 어셔 물의 드옵소셔 심청이 그동보소 바드시 이러셔셔 두 손으로 비년 말이 비나이다 비나이다 하날님 젼의 비느이다 부친의 깁흔 한을 싱젼의 풀가 호고 이 죽엄을 당호오니 명쳔이 감동호샤 부친의 침침 어두운 눈을 여러 쳔지만물을 다 보게 호옵소셔 여보시요 스공님늬 이 불의 날을 느코 억십만금 더 퇴니여 본국으로 도라오난 길의 이 곳슬 당도호야 너의 혼빅 불너 소원이나 풀어쥬오 두 활기 쩍버리고 빅머리의 웃둑 셔셔 물속을 드려다 보니 이 곳슨 스람 만니 죽은 곳지라 츙츙한 져 물농울이 울넝츌넝 뒤누우니 두 눈이 캄캄호고 쳔지가 빙빙 도라 졍신읍시 쥬져안져 비젼을 다시 금쳐잡고 벌넝벌넝 쓰니 그 그동은 스람이 못보겟더라 다시 벌덕 이러셔셔 허허 너가 불쵸로다 일졍지심 부모럴 위호면셔 두 마음이 웨 일이여 영치조혼 눈을 감고 치마즈락 무릅시고 츙츙 거름 급피 거러 창힌예 몸을 뒤여 아바님 한 마디 부루더니 후리쳐 걱구러져 물의 풍덩 써러지니 가련하다 심청의 연약한 몸이 물의 싸즈 고기비의 중스하단 말가 〈27뒤-28앞〉

장승상대 부인이 심청에게 물질적인 의지가 되어 줄 수 있었음에도 불구하고 심청은 스스로 인당수에 팔려갈 것을 선택하고, 자신이 선택한 운명 앞에서 끊임없이 갈등한다. 열 이데올로기는 효 이데올로기와 마찬가지로 조선시대 여성을 가부장적 질서에 옭아매는 기제로 작용했지만 열녀전에서 주인공들은 개인의 욕망이나 갈등은 배제된 채 이념에 따라 행동하는 것과 비교해 볼 때 심청의 인간적 갈등은 심청의 선택이 이데올로기에 의한 강요된 선택이 아니라는 것을 알 수 있게 해준다.

최재석은 전통적인 인식에서 효란 오로지 자식의 부모에 대한 일방적인 편무관계로서 그것은 절대성과 무조건성으로 요약되는 것이며,

종래의 한국 가족의 결합의 중심이 바로 이 친자관계에 있음을 지적한
바 있다.32) 즉 유교적 질서에서 요구되는 효는 부모와 자식간의 상호
관계에 입각한 호혜적인 것이 아니라 유교적 질서를 유지하기 위한
제도로서 요구되고 강제되던 것이었다. 이에 반하여 심청의 선택과
희생은 갈등과 고민 끝에 스스로 결정한 것이지 어떤 이념적 강제의
차원이 아니었다는 점에서 유교적 효 이데올로기와는 차원을 달리하
고 있다. <심청전>에서 곽씨 부인의 희생 또한 억압적 기제로 보는
논의들도 있다. 그러나 제도화된 모성은 '돌봄'이나 '양육'을 책임지는
모성보다는 신분과 가문을 중시하는 가부장적 질서의 산물로서 남성
지배와 강한 모권은 가부장제 사회의 모순된 양면성이 아니라 일관된
가부장제의 양면이라고 볼 수 있다.33) <심청전>에서 곽씨 부인이나
심청의 모성은 '아들의 어머니'에게 요구되었던 도구적 모성이라기보
다는 근원적 모성이라고 보아야 옳다. <심청전>의 모성은 제도로서
의 모성성을 넘어서고 있다.

　사라 러딕은 모성성의 편협성과, 자기 자식과 친족 그리고 민족에
열정적인 편협한 충성심을 이야기하면서 어머니역할은 부족주의와
인종차별주의의 근거를 제공하고 있다고 하였다. 그러나 이와 함께
어머니역할 그 자체는 불안정한 차이들을 주시하는 훈련일 수 있으며,
모성의 정체는 "다른" 아이들의 생명을 보호하고 또한 어린이들을 의
해서 출생의 약속을 어기는 몸이나 정신에 대한 폭력에 저항하는 결단
으로 변형될 수 있다고 주장하면서 "그것이 어머니가 되는 것이다"34)

---

32) 최재석, 「한국인의 가족의식의 변용」, 『진단학보』 28, 진단학회, 1973. 152쪽.
33) 조은, 「모성의 사회적·역사적 구성-조선전기 가부장적 지배구조의 형성과 '아들
　　의 어머니'」, 『사회와 역사』 제54집, 한국사회사학회, 1998, 참조.

라고 하였다. 심청이나 장승상댁 부인, 그리고 귀덕어미로 대표되는 젖어미들은 이러한 긍정적 모성을 실현하고 있는 인물들이다.

5. 맺음말

이 글은 <심청전>이 효를 주제로 하고 있다는 이유로 심청과 심청의 행위가 정당하게 평가받지 못하고 있다는 문제의식에서 출발하였다. '효녀'라는 타이틀은 심청을 인간구원의 화신으로 승화시키기도 하지만 다른 한편으로는 심청을 억압하는 기제로서 심청을 가부장제의 수호자 내지는 희생자로 인식하기에 이르렀다. 그러나 심청을 왜곡시키고 타자화시키는 것은 효 이데올로기나 가부장제로 표현되는 폭력적 현실이 아니라 연구자들 의식은 아닐지.

심청은 불행한 꼭두각시이거나 숭고한 이념태로서 존재하는 것이 아니라 현실에 발을 딛고 있으며, 주체로서 현실과 맞서고 있다. 심청은 생명체 존중과 보호, 유대와 친밀감, 어머니역할 등을 통해서 모성성을 드러내고 있다. 심청의 모성성은 심청에게만 나타나는 것은 아니다. <심청전>에 등장하는 여성들 즉, 곽씨 부인, 귀덕어미, 장승상댁 부인 등은 대체로 나눔과 베품을 실천하는 인물들로서 생산적인 이미지를 드러내고 있다. 이들 여성들의 가장 큰 공통점은 심청의 어머니로 등장한다는 것이다. 곽씨 부인은 심청의 생모이고, 귀덕어미는 심청의 젖어미이다. 그리고 장승상댁 부인은 심청을 양녀로 맞아들임으로써 심청과 새로운 모녀관계를 형성한다. 심청이는 이들 어머니들과

---

34) 사라 러딕 지음, 이혜정 옮김, 앞의 책, 119쪽.

의 관계를 통해서 모성성을 이어받고 있으며 이러한 중층적 모녀 관계
는 <심청전> 전체를 통어하고 있는 모성성을 더욱 강조하고 부각시
킨다.

 <심청전>에는 좀 더 다양한 모성성의 양상이 확인되는데, 모성 이
데올로기에 의해 왜곡된 희생자라고 할 수 있는 뺑덕어미나 모성 경험
의 부재로 인한 한계를 드러내고 있는 심봉사와 황제가 그들이다. 뺑
덕어미는 주체적인 욕망에 충실함으로써 모성 이데올로기로부터 자
유로운 모습을 보여주고 있으며 심봉사와 황제는 모사 모성을 체현하
고 있으나 출산 경험의 부재로 인한, 일정한 한계를 드러내고 있음을
확인 할 수 있었다.

 이러한 모성성의 양상은 어머니와 딸의 강한 연대를 드러내고 있는
데 상대적으로 가부장적 권력은 약화되어 나타나며, 다양한 모성성의
양상을 통해서 부정적 모성을 극복하고 긍정적 모성을 제시해 주고
있다.

〈삼선기〉의 구조적 특성과 성격

1. 머리말

활자본 고소설 〈삼선기(三仙記)〉는 김기동[1] 교수에 의해서 처음 소개 된 이후로 별로 주목을 받지 못하다가 이석래[2] 교수에 의해서 연구가 시작됨으로써 비로소 본격적인 연구가 진행되었다.

초기의 연구는 주로 〈삼선기〉의 풍자성[3]과 판소리와의 관련성[4] 등 〈삼선기〉의 전반적인 성격을 일괄하는 포괄적인 연구가 이루어졌다. 그러다가 김종철이 〈배비장전〉 유형의 소설들과 함께 〈삼선기〉를 다루면서[5] 훼절 소설과의 관련성 속에서 본격적인 논의가 시작되었다고 할 수 있다. 〈삼선기〉의 전반부를 차지하고 있는 훼절 모티프에 주목하는 이러한 관점은 박일용[6], 여세주[7] 등에 의해서 지속되어

---

1) 김기동, 「삼선기해제」, 『현대문학』 54-61, 현대문학사, 1959.6.-1960.1.
2) 이석래, 「삼선기 연구」, 『성심여대 논문집』 10, 1979.
3) 김기동, 앞의 논문.
   이석래, 앞의 논문.
4) 이석래, 앞의 논문.
   이문규, 「<삼선기> 연구」, 『선청어문』 16·17합집, 서울대학교 국어교육과, 1988.
5) 김종철, 「<배비장전> 유형의 소설 연구」, 『관악어문연구』 제10집, 서울대학교 국어국문학과, 1985.

훼절 모티프들과 <삼선기>가 차별화됨으로써 작품의 가치가 해명되었다. 이들 연구는 초기의 연구에 비해서 <삼선기>에 대한 본격적인 논의가 전개된 것이기는 하나 작품 전체에 주목하기보다는 하나의 모티프에 편중되어 작품을 해석했다는 한계를 노정하고 있다.

이의 극복으로 등장한 연구들이 <삼선기>의 구조에 주목하는 작품들이다. 이원수8), 이상구9), 심치열10), 조광국11) 등의 연구가 이에 속하는데, 이에 이르러 <삼선기>의 작품성에 대한 본격적인 논의가 시작되었다고 할 수 있다.

그러나 기존의 연구들은 훼절이나, 애정 등을 중심으로 작품을 파악한 결과 <삼선기>의 성격이 온전하게 이루어지지 못한 감이 있다. <삼선기>는 계급적 갈등, 훼절, 애정, 사회상 반영 등 다양한 내용들을 포괄하고 있으며 이들 다양한 내용들이 결구되어 <삼선기> 서사 구조를 이루고 있다. 이 글에서는 이처럼 다양한 내용을 포괄하고 있는 <삼선기>가 어떤 구조로 다채로운 내용들을 포괄하고 있는지, 그리고 이를 통해 <삼선기>의 문학적 가치를 밝히는 것을 목적으로 한다. 연구 대상본은 유일본인 이문당간(以文堂干) 활자본 <삼선기>12)로

---

6) 박일용, 「조선후기 훼절소설의 변이양상과 그 사회적 의미」, 『한국학보』 51, 일지사, 1988.

7) 여세주, 『남성훼절소설의 실상』, 국학자료원, 1995.

8) 이원수, 「<삼선기>의 종합적 고찰」, 『문학과 언어』 제7집, 문학과 언어 연구회, 1986.

9) 이상구, 「<삼선기> 연구」, 『어문논집』 제29집, 고려대학교 국어국문학회, 1990.2.

10) 심치열, 「<삼선기> 연구」, 『성신어문학』 제3호, 성신어문학연구회, 1990.

11) 조광국, 「<삼선기>에 구현된 조선후기 신흥 교방의 한 양상」, 『한국문학논총』 제26집, 한국문학회, 2000.6

12) 김기동, 『활자본 고소설전집』 3, 아세아문화사, 1976, 247-336쪽.

한다.

2. 〈삼선기〉의 구조적 특성

1) 프롤로그

〈삼선기〉는 이춘풍을 중심으로 한 서사전개에 앞서 어릉중자(於陵仲子)의 고사를 프롤로그로 제시하고 있어 다른 고전소설과는 구별되는 독특한 구성을 취하고 있다. 〈삼선기〉의 프롤로그에 처음 관심을 가지고 작품 전체와 긴밀한 관련을 가지고 있는 것으로 해석한 사람은 이원수다. 작중의 서사전개와 무관한 고사를 작품 첫머리에 제시한 데에는 작가 나름대로의 어떤 뜻이 있었기 때문[13]이라고 하면서 프롤로그에 제시된 어릉중자 고사에 대한 맹자의 비판적인 평가에 주목하고 있다. 중자(仲子)를 제국(齊國)의 선비 중 가장 큰 선비로 인정은 하면서도 중자(仲子)가 추구했던 것은 청렴이라 할 수 없으며 그의 지조를 그대로 채우려면 지렁이가 된 뒤에라야 가능한 것[14]이라고 한 맹자의 비판은 현실을 무시한 채 관념적인 가치 규범만 맹종하는 중자의 결벽증을 비판하고 있다고 보았다. 중자에 대한 맹자의 평가 중에서 부정적인 측면만을 부각시키고 있는 것 또한 중자에 대해 작가가 비판적 태도를 취하고 있는 근거로 보았다. 요컨대 작가가 어릉중자의 고사를 프롤로그로 제시한 것은 바로 이춘풍의 도학자적

---

13) 이원수, 앞의 논문, 122쪽.

14) 孟子曰 於齊國之士 吾必以仲子 爲巨擘焉 雖然 仲子惡能廉 充仲子之操 則蚓而後可者也. 『맹자(孟子)』, 「등문공장구하(滕文公章句)」.

결벽에 대한 비판적인 태도를 드러내고 있다는 것이다.15) 이러한 시각은 이후 논의에서도 계속 이어지는데16) 프롤로그를 이춘풍에 대한 작가의 비판적 태도가 드러나는 부분이라고 보는 데에는 몇 가지 문제가 있다.

첫째, 이춘풍의 풍모는 등장인물의 언술을 통해서 묘사되며 서술자는 직접적인 언술을 최소화하고 있다.

> ① 엇던 오입장이 게집은 츳마 탐이 ᄂ 못견뎌여 다라드러 드립더 안으되 손으로 물니칠 뿐이오 눈을 들지 아니ᄒ니 셰상이 스르기를 빈안에 학자오 화식ᄒ는 부쳐라 ᄒ드라17)

> ② 여러 잡놈드리 무슈히 조롱ᄒ되 박힌 다시 쑤러안ᄌ 조곰도 도요치 아니니 엄위한 형용과 반가온 마음을 이긔지 못ᄒ너라18)

---

15) 이원수는 중자의 삶에 대한 이러한 비판적 자세는 곧 그와 동일한 삶의 자세를 견지하고 있는 주인공 이춘풍에 대한 작가의 시각을 사전에 예견하게 해 주는 것으로서, 곧 프롤로그는 작품의 주제나 작가의식의 소재를 미리 암시해 주는 역할을 하고 있다고 하였다. 이원수, 「<삼선기>의 종합적 고찰」, 『문학과 언어』 7집, 문학과 언어연구회, 1986, 5쪽 참조.

16) 이원수의 논의를 대체로 수용하고 있는 주영호는 '중자의 삶을 처음의 머리말로 선택한 것은 도학자적인 삶을 고집하는 이춘풍을 바라보는 작가의 시각을 예견할 수 있으며, 이 머리말은 작가가 지향하는 삶의 총체적 표현이라는 것을 알 수 있다.'고 하였으며(주영호, 「<삼선기> 연구」, 한양대 석사학위논문, 1996, 24쪽) 조광국도 '어릉중자에 대한 비판적 서술은, 현실적 여건과 처지를 외면하는 도학자 춘풍에 대하여 비판적 기능을 지니며, 반면에 모가비로 변모하는 춘풍에 대하여 동조의 기능을 지닌다'고 하였다.(조광국, 「<삼선기>에 구현된 조선후기 신흥교방의 한 양상」, 『한국문학논총』 제26집, 한국문학회, 2000.6, 482쪽 참조)

17) <삼선기>, 250쪽.

18) <삼선기>, 261쪽.

③ 우리 형장은 짐짓 상등人物이로다. 스마쟝경에 명산디쳔과 두 소릉에 셔쵹강산과 지티빅에 봉황디와 최호에 황학루를 고셔에 보앗드니 우리 형님에 풍졍이야 엇지 고인을 양두ᄒ리오 우리는 련골부터 환로에 침닉ᄒ야 구구ᄒ 공명에 골몰ᄒ니 엇지 디쟝부에 흉금이라 ᄒ리오 ᄒ고 못닉 탄복하더라19)

④ 이쩨 셩니셩외에 남녀로소 뉘 아니구경ᄒ며 그 즁에 <u>오입속 아는 즈</u>는 <u>칙칙 칭탄 왈 우리 삿쏘도 임오년에 그리온즈ᄒ신 학즈님일느니 오날 일노 볼진디 오금도 문쳥쏘고 속도 썩 쟝 쓰시고 오입 속도 릉통ᄒ시도다 드르니 리츈풍도 진샹즈졔요 훌륭ᄒ 학즈로 오입에 믹그러져 그러ᄒ다니 양반 즁에 멋알기는 두 량반이 날기로다 이러ᄒ 일은 만고에 유젼홀 일이라 ᄒ더라20)

⑤ 닉 리츈풍의 언어동작과 위의 풍치를 잠시 보아도 <u>하향범상ᄒ 人物 안닌듯</u>ᄒ니 즉시 리츈풍의 릭력을 탐지ᄒ여 드리라ᄒ니 비쟝도 이츈풍의 관디졍직ᄒ 풍도와 평양 일경에 물논을 엇지 모로리요마는 <u>스의로 알외기가 유소하ᄒ며</u> 봉명ᄒ고 나와셔 칠비쟝과 회의ᄒ 후 관민간에 지스즈를 쳥ᄒ여 문의ᄒ니 <u>모든 스람이 여츌일구로 ᄒ는 말이 그 량반의 옥골션풍과 관디졍직ᄒ 위의는 이 셰샹에 드물거니와 그 량반의 닉력은 디강젼ᄒ건디 본디 셔울진샹가 즈졔로셔 아시븟터 셩경현셔에 강의 공부로 문일지십ᄒ는 텬진이라 학문과 도덕이 지극홈으로 셤명이 죠야에 즈즈ᄒ여 도라오는 공명과 영화로음이 젹지 아니ᄒ되 그 량반은 부귀영화를 부운과 ㅼ 러러진 집신갓치 물이치고 오직 경학 공부에 잠심ᄒ오며 여가 잇스면 가진 음률을 연습ᄒ믹 쏘흔 졍통하엿다 ᄒ오며21)</u>

---

19) 〈삼선기〉, 311쪽.
20) 〈삼선기〉, 331쪽.

①은 이춘풍이 매월 삭망(朔望)마다 성묘하러 다니는데 오가는 길에 무수한 여자들이 추파를 던지고 음행을 하나 고개도 들지 않고 다녀 사람들이 '비안에 학자오 화식ㅎ는 부쳐'라 한다는 것이다.

②는 홍제동 한량 등에게 봉욕(逢辱)을 당하고 있는 이춘풍을 본 홍·유 양랑(兩娘)의 언술이다. 한량들의 무례한 조롱에도 '박힌 다시 쑤러안ㅈ 조곰도 도요치' 않는 이춘풍의 '엄위한 형용'에 양랑(兩娘)은 자신이 찾던 군자임을 알아보고 반가움을 금치 못하고 있다.

③은 이춘풍 동생들의 언술이다. 이춘풍이 유생으로 거짓 변모한 양랑(兩娘)을 따라 명산승지 유람을 떠난 후 이춘풍의 소식을 궁금해 하던 이춘풍의 동생들은, 무사하다는 서신을 받고 구구한 공명을 좇느라고 대장부다운 풍정을 알지 못하였던 자신들을 부끄럽게 여기며 이춘풍의 풍모에 탄복을 한다.

④는 '오입속 아는 ㅈ'의 언술이다. 이춘풍에 대한 감사의 너그러운 처사를 지켜 본 성안밖 사람들과 한량들의 반응을 묘사하고 있는 부분인데 여기서 '오입속 아는 ㅈ'는 부정적인 의미보다는 '풍류를 아는 자' 정도의 의미를 지니고 있는 듯하다. 이춘풍을 '지상ㅈ졔요 훌륭ㅎ 학ㅈ'이면서도 멋을 아는 인물로 평가하고 있다.

⑤는 감사의 언술과 비장의 언술이다. 감사는 '언어동작과 위의 풍치를 잠시 보아도 하향범상ㅎ 인물 안닌듯ㅎ'다고 이춘풍을 평가하고 있다. 비장의 언술에서는 학문적 고매함과 공명을 좇지 않고 겸양하는 이춘풍의 도학자적 풍모를 강조하며 여기에 풍류적 기질까지 높이 평가하고 있다. 이 비장의 언술은 특히 비장 개인의 생각을 사사로이

---

21) <삼선기>, 333-334쪽.

알외기 어렵다하여 칠비장과 회의를 거쳐 관민간에 이춘풍을 잘 아는
자를 분의한 후 모든 사람의 한결같은 의견을 종합해 놓고 있다는
점이다. 서술자가 이춘풍에 대한 평을 철저히 객관적으로 드러내고자
노력하고 있는 흔적을 엿볼 수 있다.

이처럼 작가는 직접적인 언술을 통하여 이춘풍을 평가하기보다는
다른 등장인물들이나 세인들의 입을 빌어 이춘풍에 대한 객관적인
평가를 내리고자 하고 있는데, 이춘풍의 도학자적 풍모가 비판적으로
묘사된 부분은 거의 없다.[22]

> 삼ᄌ가 다 유명ᄒ되 맛스람에 비교ᄒ면 봉과 닭이오 룡과 비암이라
> 그러ᄂ 텬셩이 고상ᄒ야 부조의 부귀를 불의라ᄒ고 아오들의 더소과
> 할셔의 보기슬여 피ᄒ단니니 혹은 칭찬왈 리모는 텬시연골학ᄌ로 도
> 학이 고명ᄒ고 긔상이 탁월ᄒ니 일후에 국가쥬셕지신이라ᄒ고 혹은
> 人物 앗가온 괴물이라ᄒ되[23]

이 부분은 이춘풍에 대한 비판적인 묘사가 드러나는 거의 유일한
부분이다. 동생들도 훌륭하지만 그에 비하면 이춘풍은 '봉(鳳)'이요

---

22) 이춘풍과 적대적 대립 관계에 있는 인물들, 즉 한량이나 로영철 일당의 언술은
    여기서 제외된다. 이들은 이춘풍과 적대적 관계에 있으면서 이춘풍에 대해 비판적
    인 언술과 태도를 취하고 있다. 그러나 이들은 작품 내에서 부정적인 인물로 묘사
    되고 있기 때문에 이들의 언술을 객관적인 언술로 받아들이기는 어렵다.
      이춘풍과 적대적 대립 관계에 있는 인물들을 제외하면 대부분 이춘풍에 대해
    긍정적인 시각을 지니고 있는데 이는 이춘풍이 결벽증에 가까운 도학자적 삶을
    살거나 기생 모가비로서의 전혀 다른 삶을 선택하거나 간에 동일하게 긍정적인
    태도를 취한다. 세인들은 이춘풍의 높은 학문과 도학적 겸손을 칭송할 뿐만 아니라
    기생 모가비로서의 이춘풍의 풍류적 자질과 풍속을 교화시키는 능력과 인품도 아
    울러 칭송하고 있다.
23) 〈삼선기〉, 249-250쪽.

'용(龍)'으로 묘사하면서 이춘풍의 도학자적 풍모와 탁월한 인품을 드러내고 있다. 이와 아울러 '국가주석지신'이라는 세간의 평을 덧붙이고, '人物 앗가온 괴물'이라는 부정적인 평도 동시에 드러내어 이춘풍이라는 인물을 객관적으로 평가하려는 노력을 보이고 있다. 여기서도 작가는 직접적 개입을 자제하고 세인들의 평을 빌고 있을 뿐만 아니라 비판적인 시각과 긍정적인 시각을 나란히 배치시켜 객관적 시각을 견지하려는 노력을 보여주고 있다.

요컨대 작가는 자신의 목소리를 전면에 드러내지 않고 세간의 평이나 등장인물들의 시각을 통해 이춘풍을 평가하고 있으며 그 평들은 대체로 긍정적이어서 프롤로그에서 나타나는 것처럼 도학자에 대한 작가의 비판적인 태도는 찾아볼 수 없다.

둘째, 전체 서사구조를 통해서 도학자인 체하는 자들에 대한 비판적 형식들을 차용하고 있지만 그 형식들이 비판적 기능을 효과적으로 수행하고 있지는 못하다.

작품 전체를 통해서 이춘풍에 대한 비판이 가장 신랄하게 드러나는 부분은 한량 통매 부분이다. 그러나 앞서 양랑(兩娘)의 언술에서 보았듯이 한량의 통매는 무뢰배들에게 봉욕을 당하면서도 도학자적 품위를 잃지 않는 이춘풍을 더욱 강조하는 기능을 하고 있다.[24] 요컨대

---

24) 이상구도 '이춘풍에 대한 한량들의 통매는 신랄하며, 지배계급 및 그 통치 이념을 철저하게 부정하고 있다. 그러나 작가는 이러한 비판적 인식을 이춘풍의 도학자적 성품 강화와 구체적 드러냄으로 이용할 뿐, 그 자체에 주목하지는 않는다'고 하면서 '<삼선기>가 조선후기 지배계급(양반)에 대한 비판적 인식이 이미 통념화되었으며, 지배계급으로서 양반의 지위가 사회적 쟁점으로서의 의의를 상실했다는 것을 암시해 준다. 즉 <삼선기>는 지배계급으로서의 양반과 피지배계급으로서의 평민의 갈등이 이미 사회적으로 문제시되지 않았던 시기의 작품이라고 할 수 있다'고 하였다. 이상구, 앞의 논문 참조.

비판적 형식을 차용하고 있지만 전체 서사에서는 비판적인 성격이 드러나지 않는다.

〈삼선기〉가 차용하고 있는 훼절소설의 서사 방식도 풍자적 성격이 강하게 드러날 수 있는 부분이다. 〈삼선기〉는 '내기와 공모'라는 훼절소설의 서사방식을 차용하고 있지만 도학자인 체하는 자에 대한 비판적 태도는 찾아볼 수 없다. 내기와 공모의 방식을 취하고 있지만 서사 전개에서 실질적인 의미를 갖고 지속적으로 전개되지 않는다. 즉 도학자인 체하는 주인공의 허위의식을 폭로하기 위한 구조적 틀로 기능하고 있지 못하다는 것은 보여주는 것이다.[25] 이처럼 〈삼선기〉는 훼절소설에서 내기와 공모라는 형식만을 차용하고 있을 뿐 전체 서사에 정남의 훼절을 풍자하는 태도는 전혀 드러나지 않는다.

기존의 형식들이 차용되면서 그 의미는 상실된 채 수용되고 있는 〈삼선기〉의 구조로 볼 때 프롤로그에서 보여준 비판적인 태도는 오히려 작품과는 무관하게 전개된 것이라고 추측할 수 있다. 또한 조선후기 고소설에서 서술자는 대체로 후기(後記)에서 자신의 의도를 드러내고 있는 전통과도 차이가 있다. 평비(評批)가 작품 서두에 붙는 경우는 거의 없기 때문에 작품 서두의 중자(仲子) 고사를 작가의 의도나 주제가 드러난 부분이라고 하기에는 무리가 있을 듯하다. 요컨대 프롤로그에서 언급된 어릉중자(於陵仲子)의 고사는 중자에 대한 맹자의 비판적인 태도를 드러내고자 하였다기보다는 작품과는 긴밀한 관계를 맺지 않은 채, 이춘풍을 '도학자'로 소개하고자 마련된 형식적인 수용이라고 보는 것이 자연스러울 것이다.

---

25) 훼절소설의 내기 공모 구조가 〈삼선기〉에 와서 깨지고 있다는 것은 김종철에 의해 이미 밝혀진 바 있다. 김종철, 앞의 논문 참조.

2) 전후반 구조

<삼선기>에는 많은 인물이 등장하여 조선 후기의 삶의 지향을 달리했던 다채로운 군상들을 보여주고 있다.26) <삼선기>의 등장인물들은 이춘풍을 중심으로 양랑(兩娘), 양랑의 시비 채란, 채향, 한량, 통인 로영철과 기녀 심일청, 사도 자제, 탐관 오리, 신임 감사 등이다. 그러나 이들이 전후반에 걸쳐 모두 등장하는 것은 아니고 전반부와 후반부로 나뉘어서 등장하는데 주인공 이춘풍과 대립, 혹은 우호적 관계를 맺으면서 서사를 이끌어 나가고 있다.

그런데 <삼선기>의 서사는 이춘풍에 의해서 전개된다기보다 이들 부수적인 인물에 의해 전개된다.27) 이춘풍이 애초에 지향했던 도학자로서의 삶은 홍·유 양랑(兩娘)에 의해 전환을 맞게 된다. 비정상적으로 색(色)을 가까이하지 않으려는 도학자 이춘풍은 그를 훼절시켜 사랑을 얻으려는 홍·유 양랑(兩娘)의 노력에 힘입어 탈속(脫俗)하게

---

26) 조광국은 <三仙記>를 '조선시대 기녀 제도와 양반들의 기녀 수청 풍속을 배경으로 하는 애정세태 소설'이라 보아 조선후기 관기 세력이 사조직화, 상업화하는 시대적인 흐름 속에서 신흥 교방이 대두되고 있던 사회적 변화와 밀접한 관련을 맺고 있다고 보았다. 신흥 교방의 창립 운영을 주도하는 이춘풍과 홍·유 양랑(兩娘), 그리고 그들과 대립관계에 있는 등장인물들은 신흥교방 창건을 방해하는 세력들로 보았다. 조광국, 앞의 논문 참조.

27) 홍·유 양랑(兩娘)을 부수적인 인물로 볼 것인가는 논란의 여지가 있다. 심치열은 홍도화·유지연이 작품의 구성 진행상 주동자로 등장하여 실질적인 주인공 역할을 하고 있다고 주장하기도 했다.(심치열, 앞의 논문 참조) 이춘풍의 도학자적 삶에서 모가비로서의 삶으로의 전환을 이루어 내는 인물은 홍·유 양랑(兩娘)이며 이들은 작품 전반부에 주도적 역할을 하는 것은 사실이다. 그러나 이춘풍이 모가비로서의 삶에서 겪게 되는 대립과 갈등도 <삼선기>에서는 중요한 서사로 부각되며 이 후반에서 홍·유 양랑(兩娘)의 역할은 거의 없다. 즉 홍·유 양랑(兩娘)은 작품의 서사 전개 전체에서 일관되게 주동적인 역할을 하고 있지 않으므로 주동적인 인물이라고 하기에는 무리가 있다.

되고 기생 모가비로서 풍류지향적인 새로운 삶을 시작하게 된다. 주인공은 이춘풍이지만 이춘풍의 변화를 주도하는 인물은 홍·유 양랑(兩娘)이다.

모가비로서의 이춘풍의 삶은 로영철 일당에 의해 또 변화를 겪게 된다. 후반부는 로영철의 모함으로 이춘풍은 귀양을 가고 감사가 등장하여 이춘풍의 무고가 밝혀질 때까지 작품의 흐름은 심일청과 로영철이 주도한다.

이처럼 〈삼선기〉는 도학자로서의 삶을 추구하는 이춘풍과 그와 대립하여 갈등을 일으키는 인물들이 등장하여 서사 전개를 이끌어나가는 전반과, 풍류적 삶을 추구하는 이춘풍과 그와 대립하여 갈등을 일으키는 인물들이 등장하여 서사 전개를 이끌어나가는 후반부로 나뉘어진다.

(1) 전반부 등장인물의 대립과 갈등 구조

〈삼선기〉의 주인공 이춘풍은 전반부에서는 매우 경직된 도학자적 삶을 고집하는데 이것이 이춘풍 본래의 모습이라고 할 수는 없다. 이춘풍은 이름에서도 알 수 있듯이 자기 안에 풍류적인 기질을 타고 난 사람이다. 이는, 그가 훼절하기 전에 이미 퉁소와 거문고에 능하여 풍류를 아는 사람이었다는 데서도 알 수 있으며 이 사실은 양랑(兩娘)을 통해서도 꾸준히 확인된다. 전반부에서 이춘풍은 표면적으로는 철저히 도학자적 삶을 추구하고 있지만 그의 내면에는 풍류와 세속적인 삶을 향한 잠재된 욕망이 숨겨져 있는 것이다. 양랑(兩娘)에 의하여 도학자적 경직성을 버리고 풍류를 즐길 줄 알게 되고, 이후 삶의 태도를 바꾸기로 결심하기에 이른 이춘풍은 훼절 전과 훼절 후인 전반부와 후반부에서 각각 도학자와 기녀 모가비라는, 양극단적인 삶의 모습을 보여 주고 있다.

전반부에서 도학자적 삶을 지향하던 이춘풍은 양랑(兩娘)과의 관계에서 세속적 삶에 대한 자신의 숨은 욕망을 발견하게 된다. 이춘풍의 이러한 수동적인 성격 때문에 <삼선기>에서는 홍·유 양랑(兩娘)의 역할이 매우 부각된다.[28]

양랑(兩娘)은 대비정속을 하였다고는 하지만 기녀들이다. 자신들의 풍류적 자질에 걸맞는 짝을 찾기 위하여 대비정속을 한 후 세상을 두루 돌아다닌다. 홍·유 양랑(兩娘)은 신분적인 면에서나 지향에 있어서 모두 이춘풍과 대립적인 관계에 있다. 이춘풍은 양반의 신분인 유학자이고 홍·유 양랑(兩娘)은 대비정속을 하였다고는 하나 여전히 잔치에서 풍류를 즐기는 등 기녀의 본질적인 속성을 버리지 못하고 있다. 또한 이춘풍은 금욕적인 도학자적 생활을 추구하는 반면 홍·유 양랑(兩娘)은 자신들의 풍류 자질에 걸맞는, 그래서 자신들의 일생을 의탁하고 바칠 수 있는 인물을 구하고자 하고 있어 지향하는 바도 상반된다. 따라서 애초에 홍·유 양랑(兩娘)은 이춘풍과 대립관계에 있었다고 할 수 있다.

그런데 문제는 이들이 사랑의 대상을 구하는 데 있어서 가치를 두었던 것은 이춘풍의 도학자적 풍모라는 데 있다. 양랑(兩娘)은 이춘풍의 도학자적 풍모를 흠모하고 있으면서도 치밀한 계획에 의해 이춘풍을 훼절시키고 이춘풍으로 하여금 자신들의 지향과 동일한 풍류적

---

28) 심치열은 이 점에서 <삼선기>를 여성 주도의 관점에서 파악하기도 했다. 심치열, 앞의 논문.

삶으로 전환하도록 만든다. 양랑(兩娘)과 이춘풍은 대립관계에 있으면서도 양랑(兩娘)은 이춘풍의 도학적 풍모에 동화되고 이춘풍은 양랑의 풍류지향적 성격에 동화되는 모습을 보인다. 즉 이들은 대립관계에 있기는 하나 적대적 대립관계가 아닌 우호적 대립관계에 있다고 할 수 있다.

이춘풍과 적대적 대립적인 관계에 있는 인물은 한량들이다. 이들은 양랑(兩娘)과 함께 내기와 공모의 관계에 있는 인물들인데 양랑(兩娘)이 부각되면서 이들의 역할은 급속히 퇴화한다. 따라서 이춘풍의 지나친 도학자적 태도에 대립하여 이춘풍을 욕보인 뒤 작품 전면에서 사라져 버린다. 한량들은 현실주의적 입장에서 공자, 맹자 등과 같은 성현들을 도적에 비유하여 비하시키면서 유교적 관념성을 근원적으로 부정하고 있으며 이춘풍의 도학자적 삶을 비꼬고 조롱한다. 즉 한량들은 주인공 이춘풍과 대립 관계를 통해서 자신들의 지향을 강하게 드러내는데 이는 오히려 이춘풍의 도학자적 풍모를 강조시켜 주는 역할을 하고 있다.

또한 한량과 양랑(兩娘)은 서로 대립 관계에 있다. 이들의 대립 관계는 이춘풍과의 관계에 의해서 파생되는 것인데, 양랑(兩娘)이 한량들에 의해 봉욕을 당하고 있는 이춘풍을 위기에서 구출하는 부분, 양랑(兩娘)과 한량들이 이춘풍을 훼절시키느냐 시키지 못할 것이냐를 두고 논란을 벌이는 부분 등이 바로 양랑(兩娘)과 한량과의 대립적 관계를 말해주는 예라 하겠다.

이 외에도 전반부에는 이춘풍의 가족으로 아내와 매형, 그리고 동생들이 등장한다. 그러나 아내와 매형은 서사 전개에서 거의 역할을 하고 있지 않으므로 논의에서 제외시키기로 한다. 그러나 동생들은 이춘풍의 원조자의 역할을 한다. 이들은 이춘풍의 도학자적 풍모를 가슴 깊이 흠모하고 따르는 자들로서 이춘풍의 도학자적 면모를 칭송하는 인물들이다. 이들은 작품의 서사 전개에 크게 기여하지는 않으나 이춘풍의 도학적 면모를 강조하여 작품의 구조를 더 탄탄히 해 주는 구실을 한다. 이들은 철저히 주인공의 원조자로 역할을 다하며 이춘풍의 삶이 변모를 가져온 뒤에 이들은 다시 등장하지 않는다.

주인공 이춘풍에게 원조자가 있다면 대립자인 홍·유 양랑(兩娘)에게는 시비 채란, 향란이 원조자 역할을 한다. 이들은 양랑(兩娘)의 계교를 돕는 역할을 하는데 이들은 후반부에 다시 나타나 원조자의 역할을 한다.

전반부에 나타난 등장인물들의 대립과 갈등관계를 도표로 나타내면 다음과 같다.

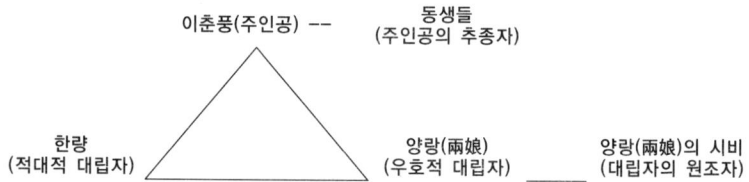

(2) 후반부 등장인물의 대립과 갈등구조

후반부에 등장하는 인물들은 전반부에 등장한 바 있는 양랑(兩娘), 양랑의 시비 외에 통인 로영철과 기녀 심일청, 탐관오리, 사또 자제, 감사 등이 있다. 양랑(兩娘)은 후반부에 역할이 급격하게 축소되면서 서사 전개에 아무런 영향을 끼치지 못하고 있으므로 논의에서 제외한다.

후반부에서 나타나는 이춘풍의 삶은 기녀 모가비로서의 세속적이
고 풍류적인 삶이다. 풍류적 삶을 살아가는 이춘풍의 지향과 갈등을
일으키는 등장인물은 통인 로영철과 기녀 식일청을 들 수 있다. 로영
철 일당은 이춘풍과 적대적 대립 관계에 있다. 이춘풍은 교방(敎坊)의
상업적 권리를 둘러싸고 이춘풍과 실제적인 대립 관계에 놓여 있다.
그리하여 급기야 이춘풍을 모함하여 귀양을 보내기에 이른다.

로영철은 철저히 상업적 잇속에 따라 행동하는 비도덕적인 인물이
다. 그리고 심일청은 얼굴도 못생겼으며, 풍류에도 능하지 못하고, 돈
만 밝히는 부정적 인물이다. 풍류나 도덕, 이 두 가지를 모두 결여하고
있으면서도 상업적인 이익만 좇는 두 인물의 삐뚤어진 지향은 풍류
생활을 영위하면서도 도덕적인 자세를 견지하는 이춘풍과 대비를 이
루고 있다.

후반부에서 이춘풍의 우호적 대립자로 등장하는 인물은 감사이다.
신임 감사는 양반이면서 기녀 모가비로서의 삶을 살아가는 이춘풍의
삶을 부자연스러운 것으로 여기고, 같은 양반으로서 이에 대해 대립적
태도를 취한다. 그러나 나중에는 이춘풍의 풍류를 높이 사 '청아한
사업을 계속하라'고 승인을 하기에 이른다. 이는 양랑(兩娘)이 전반부
에서 이춘풍의 도학적 지향 속에 숨어 있던 풍류적 능력을 감지하고
이춘풍에 동화되는 한편 이춘풍을 훼절시킨 것과 마찬가지로, 후반부
의 감사 또한 이춘풍의 풍류지향적 삶 속에 숨어 있는 도학적 풍모를
탐지하고 우호적 대립자로 기능하여 이춘풍으로 하여금 모가비로서
의 삶을 버리고 탈속(脫俗)하도록 만든다.

우호적 대립자의 특징은 주인공과 동질성을 지니고 있다는 점이다.

전반부에서 이춘풍이 도학자적 삶을 지향하면서도 내면에는 풍류적 기질을 지니고 있었던 것과 동일하게 양랑(兩娘) 또한 기녀의 신분이 면서도 남장을 하고 이춘풍의 문하에 들어간 후에는 이춘풍이 인정하는 재능을 가지고 있었던 것을 볼 수 있다. 감사와 이춘풍도 또한 동질성을 가지고 있다. 이들은 우선, 양반이라는 신분적인 동질성을 지니고 있으며 그리고 유학자적 도덕성을 견지하고 있다는 점, 그러면서도 풍류를 이해한다는 점 등에서 동질성을 갖는다. 따라서 이들은 주인공 이춘풍과 대립 관계에 있으면서도 심각한 갈등을 일으키지는 않는다.

이들 우호적 대립자들은 트릭을 사용하고 있다는 것 또한 특징적이다. 양랑(兩娘)은 이춘풍을 훼절시키기 위해서 가짜 신선놀음이라는 트릭을 사용하며, 신임 감사 또한 거짓으로 매를 치고 거짓으로 귀양을 보낸다. 트릭은 우호적인 대립자가 이춘풍과의 대립을 표면화시키면서 갈등을 해소하는 방법이다. 직접적으로 대립하여 주인공을 곤란에 빠뜨리는 적대적 대립자와는 구별되는 방식으로서 이춘풍과 정면으로 갈등을 일으키지 않으려는 장치라고 해석할 수 있다.

반면 전반에서 살펴본 바와 마찬가지로 적대적 대립자와 우호적 대립자의 갈등은 심각하게 전개되는데 후반부에서도 감사와 대립 관계에 있는 로영철 일당은 감사에게 징치된다.

적대적 대립자와 우호적 대립자 외에 탐관오리, 사도 자제 등이 이춘풍의 대립자로 등장하기는 하나 그들의 역할은 부분적일 뿐이며 서사 전개에 적극적으로 개입하고 있지는 않은데, 사도 자제만은 이춘풍의 적대적 대립자와 밀접한 관련을 맺으면서 풍류지향이 도를 넘어선, 호색한으로서의 삐뚤어진 면모를 보여 주고 있다. 전반부에서 한량들의 불량한 모습을 통해서 이춘풍의 도학자적 풍모가 상대적으로

강조되었다면, 후반부에서는 사도 자제를 통해서 이춘풍의 풍류적 삶
이 긍정되고 있다.

전반부에서 등장한 바 있는 양랑(兩娘)의 시비 채란과 향란은 감사
가 정확한 판결을 내릴 수 있도록 도와주는 원조자로서의 역할을 하고
있다. 즉 대립자의 원조자로서의 역할을 수행하고 있는데, 전반부에서
이들이 우호적 대립자와 밀접한 관계를 맺고 적대적 대립자와는 관계
가 없었던 것과 달리 후반부에는 적대적 대립자와 대립적 관계를 맺고
있다는 점에서 특이하다. 이는 〈삼선기〉의 구조 자체가 전반부에서
는 우호적 대립자를 중심으로 서사 전개가 이루어지고, 후반부에서는
적대적 대립자를 중심으로 서사 전개가 이루어진다는 특징에서 기인
한 것이기도 하다.

이 외에 후반부에서는 기녀들이 대거 등장하는데 이 기녀들은 이춘
풍의 풍류를 높이 평가하고 이춘풍의 세속적 삶을 적극 지지하는 세력
이 된다. 전반부에서 이춘풍의 동생들이 했던 역할과 동일한 역할이라
할 수 있다.

이상에서 살펴본 후반부의 등장인물의 대립과 갈등 관계를 도표로
나타내면 다음과 같다.

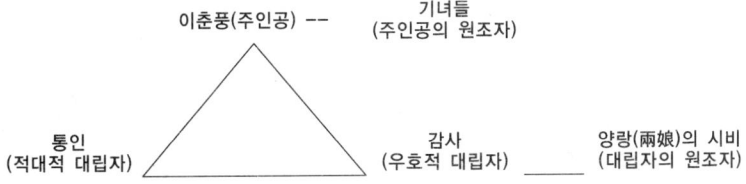

이처럼 <삼선기>는 주인공 이춘풍, 적대적 대립자, 우호적 대립자, 그리고 기타 부수적인 인물들의 대립과 갈등의 구조에 의해 서사가 전개되는데, 등장인물들만 바뀔 뿐 전후반 동일한 구조가 반복되는 것을 볼 수 있다. 요컨대 <삼선기>는 등장인물들간의 대립과 갈등 구조의 반복에 의해 서사전개가 이루어지고 있다.

3. 다양한 모티프의 차용

<삼선기>는 훼절소설의 내기 공모 방식을 근간으로 하고 있으면서 다양한 모티프를 차용하여 결구함으로써 다채로운 전개를 보여주고 있다. <삼선기>에 수용된 훼절 모티프에 관한 논의는 이미 기존 논의에서 충분하게 이루어졌다고 생각되므로[29] 훼절모티프에 대한 논의는 생략하기로 한다.

<삼선기>는 훼절 모티프를 서사의 근간으로 하고 있으면서 여러 모티프를 차용하여 작품을 결구하고 있다. 우선, 남장 모티프 차용을

---

[29] <삼선기>를 훼절소설로 본 연구들은 「<배비장전> 유형의 소설연구」(김종철, (『관악어문연구』 10집, 서울대학교 국어국문학과, 1985), 「조선후기 훼절소설의 변이 양상과 그 사회적 의미」(박일용, 『한국학보』 51, 1988), 「남성훼절소설의 실상」, (여세주) 등이 있다. 김종철은 <삼선기>에서 공모와 내기 구조가 깨어졌다고 밝히고 있으며(김종철, 앞의 논문) 이상구도 훼절소설의 공모와 내기 형식과는 다르지만 훼절소설에서 비롯된 내기 공모 방식을 차용하고 있음은 인정하고 있다.(이상구, 앞의 논문) 조광국도 <삼선기>는 훼절 구조가 깨어진 것이 아니라 공모와 내기 구조가 깨어진 것이라는 것을 확인하고 있는데(조광국 앞의 논문) 어느 경우이든 <삼선기>의 공모 내기 구조가 훼절소설의 그것이 지닌 의미와는 다르다고는 하나 훼절소설에서 지니고 있던 공모와 내기 구조를 차용하고 있음은 명백하다. 여기서는 훼절소설들과의 차이를 설명하고자 하는 것이 아니기 때문에 훼절소설의 공모 내기 구조와 <삼선기>의 그것과의 변별성은 크게 문제삼지 않는다.

들 수 있다. 남장 모티프는 조선후기 영웅소설에서 매우 흔하게 쓰는 수법으로서30) 남장하고 동문수학하는 과정에서 남녀간의 애정이 싹트게 된다. 이 모티프는 조선후기 영웅소설 뿐만 아니라 무속신화인 '자청비와 문도령'에서도 나타나는 모티프이다. 〈삼선기〉에서는 모티프뿐만 아니라 애정을 성취를 위해 주도적인 역할을 해 나가는 홍도화와 유지연의 모습을 통해 여성 의식의 각성과 새로운 애정추구 의식 등을 드러내고 있다.

홍도화와 유지연은 대비정속하였다고는 하나 기녀로 등장하여 〈삼선기〉는 조선 후기 기녀 결연담을 수용하고 있음을 볼 수 있다. 기녀들의 자유로운 애정 추구의식과 풍류주도 의식, 이춘풍과 같은 뛰어난 인물을 알아보는 지인지감, 그리고 기녀와 양반의 애정적 결합 등 다양한 모티프들을 수용하고 있다. 또한 기녀 심일청과 사도 자제의 사랑놀음은 경제적인 이윤 추구를 위해 거짓 사랑하는 기녀와 그 기녀에게 홀려 재산을 다 빼앗기고마는 어리석은 양반의 구도를 보여주면서 조선후기 기녀를 둘러싼 다양한 모습들을 형상화해 냄으로써 다채로운 서사전개를 꾀하고 있다.

〈삼선기〉는 제목에서 알 수 있듯이 신선 모티프도 수용하고 있다. 가짜 신선놀음은 판소리 가짜신선타령에도 나타나는 모티프로서 당대에 매우 유행했던 모티프인 듯하다. 이 부분은 특히, 양랑(兩娘)이 거짓으로 꾸며내는 부분인데도 독자들로 하여금 마치 진짜 신선의 세계가 펼쳐지고 있는 것 같은 착각이 들도록 만들고 있다.31) 현실과

---

30) 남장 모티프가 나타나는 작품으로는 〈백학선전〉, 〈옥루몽〉, 〈정수정전〉, 〈이춘풍전〉, 〈이대봉전〉, 〈창선감의록〉, 〈김희경전〉, 〈옥낭자전〉, 〈양산백전〉 등이 있다.

는 동떨어진 환상적이고 낭만적인 분위기 조성은 신선의 세계를 동경하던 독자로 하여금 새로운 대리 만족을 경험하도록 해준다. 후반부에 제시된 신선으로서의 삶은 도가적인 신선과는 차이가 있지만 세속적인 삶을 초탈한 풍류적 삶을 소망했던 당대인들의 관념적인 낭만성이 반영되어 있다는 점에서는 동일한 의미를 지닌다.

마지막으로 판소리적인 요소의 차용을 들 수 있다. 후반부에 등장하는 호색한 사또 자제는 춘향전의 변사또를 연상시킨다. 뿐만 아니라 전후반에 걸쳐서 부분부분에서 드러나는 판소리적인 문체도[32] <삼선기>가 당대에 유행하던 흥미로운 요소들을 모두 끌어 보아 작품을 형성하고 있음을 알 수 있게 한다.

---

31) 그 예로, 이춘풍은 작품 내에서 자신이 퉁소를 배운 적이 있다는 말은 양랑(兩娘)에게 한 적이 없다. 그러나 가짜 신선놀음 과정에서 양랑(兩娘)은 이러한 사실을 미리 알고 있었던 것으로 나타난다. 양랑은, 이춘풍에게 퉁소를 가르쳐 주었던 선동은 실은 선계에서 이춘풍을 모시던 동자였노라고 선계의 일을 거짓 꾸며서 말하는데 이춘풍은 과연 그러한 일이 있었다고 하면서 이를 계기로 양랑(兩娘)의 거짓 신선놀음에 완전히 속게 된다.

32) 이문규는 <삼선기>의 판소리계 작품으로서의 가능성을 제시하기도 했다. 율문성이 강한 판소리적 문체와 권주가와 같은 노랫가락의 등장, 사벽도 등에서 보이는 문체상의 특징, '잇쩌', '볼작시면'과 같은 판소리계 소설에서 흔히 쓰이는 관용적 표현의 등장, 사실적 표현을 위해 감각적이고도 일상적인 생활어의 구사나 대담하고 노골적인 비유의 동원, 부분의 독자성으로 인해 판소리계 소설에서 흔히 나타나는 논리의 불통일성 등을 들어 <삼선기>가 판소리 가짜 신선타령과 같은 판소리의 강한 영향을 입고 재창조된 작품인 것만은 부정할 수 없다고 하였다. 이문규, 앞의 논문 참조.

4. 〈삼선기〉의 대중문학적 성격

이상의 논의 전개를 통해 볼 때 〈삼선기〉는 작가의 치밀한 창작의
식에 의해 창작된 작품으로 볼 수 있다.[33] 작가는 당대 현실을 반영하
고 있을 뿐만 아니라 독자들의 흥미를 유발알만한 장치들을 정교하게
배치하여 작품을 결구함으로써 치밀한 작가의식을 보여주고 있으며
독자들의 지향과 맞아떨어지는 인물을 창조함으로써 대중적 흥미를
불러일으키고 있다. 여기서는 앞서 〈삼선기〉의 구조에서 살펴본 바
를 바탕으로 하여 〈삼선기〉의 대중문학적 성격을 밝혀 보고자 한다.

① 전후반 구조에서 공통적으로 드러나고 있는 대립과 갈등 구조를
통하여 흥미와 긴장을 유도해 내고 있다. 전반과 후반은 주인공 이춘
풍을 중심에 두고 대립과 갈등이 치밀하게 반복되고 있다. 그러나 이
반복은 구조상에서의 반복일 뿐, 동일한 등장인물들이 동일한 대립
관계에 있는 것은 아니다. 이춘풍은 전반과 후반에서 전혀 다른 삶을
선택함으로써 그를 둘러싼 등장인물들도 변화를 겪게 되는데, 주인공
과 적대적 대립관계에 있는 인물은 전반의 한량에서 후반으로 오면
로영철 일당으로 변화한다. 주인공과 우호적 대립관계에 있는 인물도
전반에는 홍·유 양랑(兩娘)이다가 후반에는 이들의 기능이 급격하게
축소되고 감사가 우호적 대립자로 등장하게 된다. 전후반에 동일하게
등장하는 양랑(兩娘)의 시비 채란과 향란은 전반에는 양랑(兩娘)의
원조자로, 후반에는 감사의 원조자로서, 원조자라는 동일한 기능 속에

---

33) 이상구도 〈삼선기〉가 1910년대 상업성을 목적으로 특정한 개인에 의해 창작되었
   을 가능성이 농후한 것으로 보았다. 즉 〈삼선기〉의 통속성은 상업적 목적에서
   비롯된 것이며, 고도의 기법을 보여주는 치밀한 구성은 후대적 면모와 아울러 특정
   한 개인의 창작성을 보여주고 있다는 것이다. 이상구, 앞의 논문 참조.

서도 변화를 주고 있다. <삼선기> 서사 구조의 대립과 갈등의 치밀한 반복과 다채로운 변화는 독자의 흥미를 염두에 두고 창작한 작가 의식의 소산이라고 할 수 있다.

② 김종철은 색(色)에의 경직된 경계 또는 <이춘풍전>의 이춘풍의 경우처럼 주색잡기에 침혹된 상태의 비현실성을 폭로함으로써 웃음을 유발하는 형식의 작품들이 19C에 들어서서 본격적으로 대두하여 상하층에 동시에 수용된 것으로 보았다. 즉 양반층에서 창작·수용된 <정향전(丁香傳)>, <지봉전(芝峯傳)>, <종옥전(種玉傳)>, <오유란전(烏有蘭傳)> 등은 내기와 공모의 형식을 비교적 충실히 지키고 있는 반면 평민층에 의해 창작·수용된 <배비장전>, <이춘풍전>, <삼선기> 등은 내기와 공모의 형식을 변개시켜 나가거나 파괴시키고 있음을 밝히고 있다. 훼절소설이 지니고 있던 비판성을 상실하면서 대중적 흥미를 불러일으킬 만한 내기와 공모의 형식만 차용된 점은 <삼선기>의 대중적 성격을 잘 말해 주고 있다. 또한 어릉중자(於陵仲子)의 고사를 인용하되 본래의 의미를 탈색시킴으로써 엘리트적 형식의 대중화를 꾀하고 있다.

이 외에도 기녀 등장 소설에서 볼 수 있는 기녀들의 자의식과 강한 애정추구 의지들을 보여주고 있으며 가짜 신선놀음을 통해서는 비록 트릭이기는 하지만 트릭과 실제가 구분이 안될 정도로 신선 세계적 분위기를 한껏 드러내고 있다. 여기에 트릭 자체가 지니고 있는 흥미성도 크게 기여하고 있다. 또한 빈번한 잔치 마당의 묘사 등을 통해서 작품 전체에 풍류적, 축제적인 분위기를 불어넣고 있다. 이러한 분위기는 판소리의 후대적 경향인 유흥성과 맥이 닿아 있다.

이처럼 <삼선기>는 조선후기 고소설의 다양한 흥미소를 차용하고,

풍류의식을 형상화함으로써 대중적 흥미를 불러일으키고 있다.

③ 다양한 인물군상을 통하여 조선후기 사회상을 반영하고 있다. 〈삼선기〉는 주인공인 이춘풍이 서사 추동력을 갖고 있지 못하여, 부수적인 인물들에 의해 서사가 전개된다. 주인공은 작품에서 세속을 초탈한 도학자적 삶과 세속적인 풍류지향적 삶이라는 상반된 삶을 순차적으로 살게 되는데 이 변화과정을 유도해 내는 사람들은 주변 인물들이다. 또한 서사전개과정에서 주인공의 도학자적 삶을 둘러싸고 대립적인 인물과 우호적인 인물들이 고루 등장하고 있다.

이춘풍의 두 가지 삶의 경험은 조선 후기를 살아가는 사람들의 두 가지 삶의 태도를 체화하고 있다고 보아야 할 것이다. 이춘풍은 현실적 변화는 무시한 채, 무너져 가는 기존의 관념적 이념을 철저히 고수하려고 하는, 그러나 높은 도덕성으로 품위를 잃지 않는 인물이다. 그런가하면 후반부의 이춘풍은 풍류를 알고 유흥을 즐길 줄 아는, 그러나 윤리성을 바탕으로 풍속을 정화할 수 있는 탁월한 능력을 가진 인물이기도 하다. 이춘풍이 탈속하여 신선적 삶을 살게 되는 것도 그가 이러한 전인적(全人的) 인물이기 때문에 가능한 것이다.

현실과는 동떨어진 관념적인 통치이념이 되어 버려 인간의 삶을 옥죄는 유교를 비판하고 특권계층에 대한 적대의식을 강하게 노출하고 있는 한량들, 조선 후기 기녀들의 자의식 성장과 자유로운 애정실현 의지를 드러내고 있는 홍·유 양랑(兩娘), 기존 가치 체계 내에 편입되어 있어 무너져가는 현실을 바로 보지는 못하고 있지만 나름대로 진지한 삶의 태도를 가지고 있는 이춘풍의 형제들. 이들은 전반부에서 이춘풍의 도학자적 삶을 긍정하기도 하고 부정하기도 하면서 조선후기 지배 질서에 순응하기도 하고 저항하기도 하는 모습을 보여

준다.

후반부에서는 개인적 이권을 위해서 다른 사람을 음해하고 부도덕한 상업성 추구로 부를 축적해 나가는 인물들인 통인 로영철과 기녀 심일청[34]이 있으며, 색만 밝히다가 상업적 세력에 의해 이용당하는 사도 자제는 풍류만 지나치게 즐기는 조선후기 양반층의 부정적 일면을 반영하고 있다. 한편, 풍류를 알면서도 엄격한 도덕성으로 선정을 베풀어 나가는 모범적인 양반상인 감사가 있으며, 당대 풍류를 주도하던 기녀들도 대거 등장하여 조선후기 신흥 교방의 풍속을 잘 보여주고 있다.

이들 등장인물들은 대립과 갈등을 일으키면서 다양한 가치 지향을 지니고 있었던 조선후기 인물 군상들을 형상화하고 있다.

④ <삼선기>는 관념적 소망과 세속적 소망의 완벽한 결합을 이루어 냄으로써 대중문학적 성격을 강하게 드러내고 있다. 명문거족의 아들인데다 학문도 높고 인품도 고매하여 누구나 우러르는 이춘풍은 당대인들이 누구나 갈망하는 인물형상이었을 것이다. 특권층에서 소외된 계층들은 물론 이들 특권계층에 대한 소외의식과 적대감도 지니고 있었겠지만 관념적인 지향은 기득권을 가진 계층으로 상승하는 것이었을 것이다. 조선후기 계급분화와 함께 양반의 수가 급격하게 불어난 것도 당대인들의 이러한 관념적 소망을 드러내는 것이다. 이춘풍은 이처럼 당대인들이 소망하는 계급적 위치에 있으면서도 벼슬을 하지 않고 청빈하게 산다. 양반 계급을 지향하면서도 권력 집단에 편입되지 못한 채 주변부에 머물러 있으면서 양반 계층의 무능과 부패를

---

34) 조광국은 이들을 신흥 교방의 창건을 방해하는 기존의 기녀 세력으로 보기도 했다. 조광국, 앞의 논문 참조.

비판하던 사람들은[35] 가문과 학문을 겸비하고 있으면서도 벼슬을 마다하고 초야에 묻혀 사는 이춘풍에게 동류의식을 느꼈을 것이다. 이처럼 전반부의 이춘풍은 당대인들의 관념적 소망을 형상화하고 있다.

한편 후반에서 이춘풍은 당대인들의 통속적 소망을 반영하고 있기도 하다. 양반으로서 지켜야 할 절제와 규범들을 벗어던져 버리고 풍류 남아로서 세상을 유람하고 교방을 창건하여 기생 모가비로서 기생들의 섬김을 받는 풍류지향적인 이춘풍의 삶은 세상의 남성들이라면 누구나 바라는 삶일 것이다. 이러한 풍류지향적 삶이 감사에 의해 '청아한 사업'으로 인증되면서 이춘풍은 두 기녀들과 함께 신선으로서의 삶을 살게 된다. 여기에서의 신선은 도교에서 말하는 신선과는 구별되는 것으로서, 미인과 더불어 세상의 영진궁달(榮進窮達)을 잊고 자족하며 화란춘성으로 여생을 즐기는 것을 말하고 있다. 현실을 잊고 미인과 더불어 풍류를 즐기며 살고자 하는 통속적이고 향락적 삶에 대한 욕망은 비록 입밖에 내지는 않는다 할지라도 누구나 한번쯤 꿈꾸어 볼 수 있는 것이다. 〈삼선기〉 이러한 세속적·통속적 소망을 이춘풍을 통해서 형상화해내고 있다.

이춘풍의 두 가지 삶과 탈속은 비록 현실적인 인간은 절대로 경험할 수 없는 삶이라 하더라도 당대인들의 관념적·세속적 지향을 완벽하게 충족시켜주는 삶이라고 할 수 있다. 전인적 인간 이춘풍은 당대

---

35) 이들을 굳이 계급적으로 규정하자면 몰락한 양반층이 될 수도 있고, 중인층이 될 수도 있으며, 재력을 바탕으로 양반의 신분을 사기는 하였지만 권력층에는 진입을 하지 못한 신흥 상승세력일 수도 있다. 양반층에 대한 비판적 의식이 얼마나 구체적으로 형성되었는지 알 길은 없지만 양반층에 대한 비판의식이 체화된 하층민도 여기에 포함될 수 있다. 이들도 관념적으로는 조선후기 계급변동의 한 가운데서 양반층으로의 편입을 꿈꾸고 있었을 것으로 추정해 볼 수 있다.

인들의 낭만적 우상이라고 할 수 있으며 이춘풍의 삶을 통해 <삼선기>는 대중적 성격을 획득하게 되는 것이다.

5. 맺음말

본 연구는 기왕의 연구들이 <삼선기>의 성격을 훼절소설의 범주나 애정소설의 범주에서 다룸으로써 작품의 다채로운 내용을 <삼선기>의 성격과 온전히 연결시키지 못하고 있다는 데서 출발하였다.

<삼선기>는 치밀한 작가의식을 바탕으로 독자의 흥미를 유발시킬 수 있는 다양한 흥미소들을 차용하여 작품을 결구하고 있다. 우선 <삼선기>는 어릉중자(於陵仲子)의 고사를 인용하여 주인공에 대한 흥미를 유도하고 있다. 기존의 연구들은 이춘풍의 도학자적 풍모를 비판하기 위한 작가의 의도가 드러난다고 하기도 하였지만, 작품 전체에 있어 이춘풍에 대한 묘사가 등장인물들이나 세인들의 입을 빌어 이루어짐으로써 객관성을 지니고 있는 것으로 보아 어릉중자의 고사는 이춘풍에 대한 작가의 비판적 평가라기보다는 흥미로운 삽화를 필두로 이야기를 이끌어 나가기 위한 장치로 보았다.

둘째, <삼선기>는 이춘풍의 상이한 두 가지 삶을 기준으로 전후반 구조로 되어 있으면서 그 속에는 대립과 갈등이 전개된다. 이춘풍을 중심으로 우호적 대립자와 적대적 대립자가 서로 대립과 갈등 관계를 유지하면서 서사를 이끌어 나가고 있는데 이는 전후반이 동일한 구조로 나타난다. 그러나 구조가 동일할 뿐이지 전후반 등장인물들은 달라져 작품은 더욱 다채롭게 전개된다.

셋째, 〈삼선기〉가 근간으로 삼고 있는 훼절모티프를 중심으로 다양한 모티프들이 차용되고 있다. 〈삼선기〉는 흥미를 당대 고소설이나 판소리에서 유행하는 흥미소들을 다양하게 결구하여 작품을 전개시키고 있다.

훼절 모티프를 비롯하여 당대에 유행하던 다양한 내용을 포괄하면서 전후반 갈등과 대립의 짜임새 있는 구조를 취하고 있다는 것은 상업적 가치와 대중적 독자를 의식한 〈삼선기〉 작가의 치밀한 작가 의식을 보여주는 것이다. 이상의 구조적 특징을 통해서 추출된 〈삼선기〉 대중문학적 성격은 다음과 같다.

① 전후반 구조에서 공통적으로 드러나고 있는 대립과 갈등 구조를 통하여 흥미와 긴장을 유도해 내고 있다. 〈삼선기〉 서사 구조의 대립과 갈등의 치밀한 반복과 다채로운 변화는 독자의 흥미를 염두에 두고 창작한 작가 의식의 소산이라고 할 수 있다.

② 훼절소설이 지니고 있던 비판성을 상실하면서 대중적 흥미를 불러일으킬 만한 내기와 공모의 형식만 차용된 점은 〈삼선기〉의 대중적 성격을 잘 말해 주고 있다. 또한 어릉중자의 고사를 인용하되 본래의 의미를 탈색시킴으로써 엘리트적 형식의 대중화를 꾀하고 있다. 이 외에도 〈삼선기〉는 조선후기 고소설의 다양한 흥미소를 차용하고, 풍류의식을 형상화 함으로써 대중적 흥미를 불러일으키고 있다.

③ 등장인물들은 대립과 갈등을 일으키면서 다양한 가치 지향을 지니고 있었던 조선후기 인물 군상들을 형상화하고 있다.

④ 〈삼선기〉는 관념적 소망과 세속적 소망의 완벽한 결합을 이루어 냄으로써 대중문학적 성격을 강하게 드러내고 있다.

고소설에 나타난
여성의 자아 정체성 인식 과정 연구
– <이춘풍전>과 <춘향전>을 중심으로 –

1. 남성에 의해 재현되는 여성, 그 신화적 원형

팸 모리스는 '그들은 여성을 그대로 이해하지 못한다. 선의에서든 악의에서든 그들은 여성을 잘못 이해하고 있다. 그들이 보기에 좋은 여성은 반은 인형이고 반은 천사인 아주 괴상한 것에 불과하다. 그리고 그들에게 있어 나쁜 여성은 거의 항상 악마이다'라는 샬럿 브론테의 말을 인용하면서[1], 오랫동안 이어져 온, 남성들의 여성에 대한 잘못된 이미지를 문제삼았다. 그녀는 '왜 여성들은 끊임없이 남성들에 의해 잘못 읽혀지고 있는 것일까?'라고 반문하면서 그에 대한 대답을 보부아르가 말한 여성의 '타자성'에서 찾는다. 인종집단이나 사회 집단들은 스스로를 이질적인 '타자'와 반대되는 것으로 규정함으로써 집단 정체성을 획득하는 데 반해 그 자체로는 아무런 정체성도 갖지 못하는 타자는 지배 집단이 원하는 것이라면 무엇이든 부여될 수 있

---

1) 샬럿 브론테, 『셜리』, 팸 모리스 지음, 강희원 옮김, 『문학과 페미니즘』, 문예출판사, 1997, 31쪽 재인용.

는 빈 공간으로 작용한다. 따라서 '타자'인 여성은 그 자체로는 긍정
적인 의미를 소유할 수 없고, 규범이나 인간성 일반을 대표하는 '남
성'과의 관계 속에서 이해될 수밖에 없다는 것이다. 이처럼 남성의
시각에서 형상화되는 여성은 그 정체성을 온전히 드러낸다는 것이
불가능하다.[2]

남성에 의한 여성의 왜곡된 이해는 매우 보편적인 현상으로서 고전
소설에서도 예외는 아니다. 고전소설에 등장하는 여성들 또한 남성적
시각에서 긍정적 여성과 부정적 여성으로 재단된다.

전자는 현모양처나 열녀와 같은 인물이다. 현모양처는 평상시에는
어진 어머니로서 출산, 양육을 묵묵히 담당하고 전쟁 등과 같은 국가
의 환난을 당해서는 산 속으로 숨거나 절에 의탁하여 아들이나 남편,
혹은 남장한 딸의 구원을 기다리는 연약한 여성이다. 남편이 첩을 들
이더라도 그 첩과 화합해야 하며, 첩이 모해를 해도 아무런 저항 없
이 죄를 뒤집어쓰고 자결하거나 병들어 죽는다. 또한 열녀는 남편이
살았을 때는 부덕(婦德)을 다하여 남편을 보좌하며 남편이 죽었을 때
는 수절을 하거나 남편을 따라 죽기도 해야 하며, 정절을 훼손당했을
경우에도 죽음을 선택한다. 남성으로부터 강요된 이념적 질서를 위
해 추호의 흔들림도 없이 목숨을 버리기까지 하는 여성들은 본받을
만한 인물로 추앙된다. 이들 여성들은 남성 중심 질서를 합리화시키
고 미화시키며, 남성보다 더욱더 봉건 이데올로기에 투철한 것으로
형상화된다.

후자는 사악한 첩이나 계모 등 부정적 형상으로 나타난다. 첩은 남

---

2) 팸 모리스, 앞의 책, 31-35쪽 참조.

편의 사랑을 독차지하기 위해 본처와 본처 자식을 모해하거나 죽인다. 계모는 남편을 속이고 가계 계승권을 차지하기 위해 전처 자식을 박대하거나 해치는 일도 서슴지 않는다. 이들 부정적 여성들의 공통점은 안정적 남성 중심 질서를 위협한다는 점이다. 처첩의 위계질서를 뒤집고자 하고, 장자(長子) 중심의 가계 계승 원칙을 무시하고, 아버지의 질서에 도전함으로써 가정을 혼란에 빠뜨리기도 하는 위험한 인물들이다.

이처럼 남성에 의해 재단되는 두 여성 형상은 남성적 질서 유지에 긍정적 역할을 하느냐 부정적 역할을 하느냐에 따라 형상화된 것이라고 볼 수 있다. 남성중심의 기존 질서를 안정적이고 확고하게 유지시켜 나가는, 혹은 더 나아가 남성이 무능한 경우에라도 남성의 권위를 보좌하고 유지시켜 줄 수 있는 여성은 순종적이고 긍정적인 인물이다. 그러나 남성의 무능과 허세를 비꼬면서 남성적 권위에 도전하고, 남성적 질서를 위협하는 여성들은 부정적인 여성으로 형상화된다. 여성이 긍정적인 형상으로 나타나건 부정적인 형상으로 나타나건, 어느 쪽이든 여성을 왜곡시키고 있다는 점에서는 동일하며, 이처럼 여성에 대한 잘못된 이미지는 수세기 동안 남성에 대한 여성의 종속을 유지시키고 이를 정당화하는 주요 수단이 되어왔다.

이질적인 여성의 두 형상은 신화에서도 발견된다. 가장 좋은 예로는 제주도 무가인 <문전본풀이>를 들 수 있을 것이다. <문전본풀이>는 올레 정쌀과 동서남북 중앙 및 뒷문과 앞문, 그리고 부엌과 측간을 지키는 신의 내력을 풀어내고 있는데, 문전본풀이의 줄거리는 다음과 같다.3)

일곱 아들과 아내를 두고 쌀장사를 떠난 남선비가 3년이 지나도 돌아오지 않자 부인이 배를 타고 가 남편을 찾는다. 남편은 봉사가 되어 초막에서 노일저대라는 첩과 살고 있었는데 자초지종을 물으니 노일저대가 장사 밑천을 다 빼앗아 그리 되었다 한다. 잠시 후 노일저대 들어 와 부인을 보고 반기며 부인이 살던 곳에 가 함께 살자고 한다. 길 떠나기 전날 노일저대는 부인에게 같이 목욕을 하러 가자고 속여 부인을 샘에 빠뜨리고 부인의 옷을 바꾸어 입고는 남편에게 노일저대는 나쁜 여자라 죽였다고 한다. 부인이 바뀐 줄 모르는 남선비는 노일저대와 함께 집으로 돌아오는데 일곱 아들들은 어머니가 아니라는 것을 안다. 노일저대는 거짓으로 병든 체 하고 간계를 꾸며 남편에게 점을 치고 오라 한다. 점쟁이로 변장한 노일저대는 사람 간 일곱 개를 내어 먹으면 병이 낫는다고 거짓말을 하니 이 점괘를 들은 남선비는 그대로 따르려 한다. 이를 눈치 챈 막내아들이 자기가 형님들 간을 내어 오겠다고 하고선 산토끼 간을 내어 노일저대에게 바치는데 노일저대는 먹는 체하고 숨기다가 들켜 변소로 도망가다가 겁에 질려 죽는다. 아들들은 서천 꽃밭에서 환생꽃을 가지고 와 빠져 죽은 어머니를 살려낸다. 이렇게 하여 각 신들은 家神으로 좌정하게 된다. 아버지는 거리로부터 집안으로 들어오기까지의 길인 올레 및 외부와 내부의 경계 지역인 정쌀신으로 좌정하고, 일곱 아들은 五方과 앞뒷문을 맡는다. 그리고 어머니와 첩은 각각 부엌의 조왕신과 변소의 측간신으로 좌정된다.

이 신화에서는 가정소설에서 중요한 갈등인 처첩 갈등과 계모와 전처 자식간의 갈등이 한꺼번에 등장하고 있다는 점에서 매우 흥미로운데, 노일저대는 본처를 죽인 사악한 첩이자 전처 자식들을 죽이고자

---

3) 赤松智松·秋葉 隆의 『조선무속의연구』상권(대판옥호서점, 1937)에 수록되어 있으나 여기서는 『한국의 무속신화』(김태곤, 집문당, 1985)를 참조 요약하였음.

하는 악독한 계모로서 부정적인 여성의 조건을 고루 갖추고 있는 악녀
의 원형이다.

또한 첩 노일저대와 본처의 대립적 형상과 이 두 사람 사이의 관계
또한 주목할만하다. 첩은 본처를 죽이고 일곱 아들들마저 해치려고
하는 사악한 여성인데 반해 본처는 첩의 거짓 친절을 알아채지 못하는
순진한 여성이다. 이처럼 대조적인 성격을 지닌 두 여성은 각각 측간
신과 조왕신으로 좌정된다. '어머니-조왕신', '첩-측간'의 연결은 매
우 재미있는 상상력이 아닐 수 없다. 조왕신은 부엌에 살면서 불을
다스리는 신이다. 부엌은 남성과 여성의 노동 분화가 이루어진 후 여
성의 공간으로 확립된 곳으로써 여성과 친숙한 공간일 뿐 아니라 풍요
의 근원이 되는, 풍요를 상징하는 곳이라는 점에서 여성과 매우 긴밀
한 공간이다.

그런데 어머니가 부엌신이 된 것은 자연스럽게 이해되지만 사악한
첩이 왜 하필 측간신이 되었는지, 부엌과 더불어 측간은 왜 여성의
공간으로 설정되었는지는 쉽게 이해가 가지 않는다. 이수자는 부엌과
측간은 기능상 정반대의 기능을 가진 공간으로서 [부엌:측간]=[음식
을 만드는 곳:음식을 배설하는 곳]=[깨끗한 곳:더러운 곳]=[집안의 안
쪽:집안의 외부쪽]=[집안의 중심지:집안의 바깥쪽]으로 대립되고 있
으며 냄새 때문에라도 서로 붙어 있거나 가까워질 수 없는 공간이면
서, 먹을 것을 만들고 또 그것을 배설하는 공간이라는 점에서는 근본
적인 연결고리가 있다고 보기도 했다.4)

그러나 이 둘의 관계는 대립성보다는 총체성으로 설명하는 것이

---

4) 이수자, 「한국무속신화에 나타난 모신상(母神像)과 신화적 의미」, 이화어문학회,
   『우리 문학의 여성성·남성성(고전문학편)』, 월인, 2001, 36-37쪽 참조.

더 자연스럽다. 농경문화적인 전통에서 볼 때, 측간은 농사에 없어서는 안될 중요한 공간이다. 측간의 배설물은 밭에 거름으로 뿌려진다. 거름을 뿌려 비옥해진 밭은 농작물을 잘 자라도록 만들고 수확된 곡물은 부엌에서 요리되어 인간은 그 음식을 먹고 삶을 영위하게 된다. 이러한 유기적인 순환 과정에서 보면 부엌과 측간은 공통적으로 풍요와 생명의 공간으로서, 여성적인 공간이 되는 것이다.

이처럼 이질적인 두 여성이 공통적으로 풍요와 생명의 신으로 좌정되는 것을 보면, 신화에서의 처·첩의 구분은 윤리적인 기준이 적용되지 않는, 가부장적 질서가 부여해 놓은 의미 이전의 구분임을 알 수 있다. 즉 고전소설에서 흔히 등장하는 착한 본처와 사악한 첩이라는 구분은 남성 중심적 시각이 확립된 이후, 남성에 의해 재현된 여성 형상이며, 남성적 시각이 개입되기 이전의 신화적인 여성의 원형은 풍요와 생명을 상징하는 단일한 형상이었던 것이었음을 추측할 수 있다. 요컨대, 풍요의 상징이던 신화적 여성이 신화 전승과정에서 남성 중심적 이데올로기의 지속적 침투를 겪게 되고 그 결과, 왜곡된 모습으로 나타난 것이 나쁜 여자, 착한 여자의 구분이라고 할 수 있다. 남성에 의해 재현된 왜곡된 여성 형상은 서사 문학에서 매우 지속적으로 등장하면서 뿌리깊은 전통으로 자리잡게 된다.

2. 〈이춘풍전〉의 경우 : 이질적 두 여성 형상

〈이춘풍전〉은, 기녀에 빠져 방탕한 생활로 가산을 탕진한 남편을 아내인 김씨가 각성시키는 이야기로서 대체로 세태·풍자의 성격을

강하게 지닌 소설로 다루어져 왔다. <이춘풍전>에 관한 주목할만한
논의는 김종철의 논의로서, 훼절소설이라 할 수 있는 <배비장전> 유
형에 <이춘풍전>을 포함시켜 훼절소설의 변이형으로 다룬 바 있다.
훼절소설은 여색(女色)에 초연하다고 자처하면서 도학군자인 척하는
남성 주인공이, 주변의 인물들에 의해서 본질을 폭로 당하는 과정을
주된 내용으로 하고 있는데 <정향전>, <지봉전>, <종옥전>, <오유
란전> 등의 한문본들과 <배비장전>, <이춘풍전>, <삼선기> 등의
한글본으로 나뉜다.

　김종철은 훼절소설의 기본 구조로 '내기와 공모' 구조를 들고 있는
데, 이 구조는 여색에 초연하다고 자처하는 주인공과 두 명의 공모자
가 중심이 된다. 대체로 주인공과 기녀, 감사 등 세 인물의 내기와
공모 구조에 따라 세태·풍자적 성격이 결정되는데, 기녀와 감사의
공모 하에 주인공을 훼절시키는 경우에는 풍자보다는 웃음 그 자체에
목적이 있는 반면, 공모자의 관계가 느슨해져 기녀가 독자적으로 행동
하는 경우에는 주인공과 세태에 대한 풍자가 강하게 드러나 세태소설
로 나아가게 되는 것이다.[5]

　여기서 주목되는 것은 기녀의 등장과 역할 부상이다. 양반적 취향
의 훼절소설이 서민 취향의 세태소설로 나아가는 과정에서 기녀는
주인공과 대립적 위치에서 주인공의 허위의식을 폭로하는 역할을 하
게 된다. 그러나 기녀는 주인공과 갈등을 일으키지는 않는다. 따라서
부정적으로 묘사되지도 않는다.

　그런데 <이춘풍전>에 등장하는 기녀 추월은 이해타산적이며 재물

---

5) 김종철, 「배비장전 유형의 소설연구」, 『관악어문연구』 10집, 서울대학교 국어국문
　학과, 1985, 참조.

에만 눈이 어두운 속물로 나타난다. 또 기녀와 이춘풍은 대립관계에 있지만 기녀로 인하여 이춘풍이 개심(改心)을 하는 것은 아니라는 것 또한 여타 훼절소설들과는 다른 점이다. 기녀보다는 춘풍 처 김씨의 역할이 부각된다.

<이춘풍전>을 가정소설로 보는 시각은 기녀의 역할보다는 춘풍 처의 역할에 중점을 두는 태도이다. 이성권은 "'치산(治産)'의 문제를 중심으로 가정생활의 문제점을 지극한 '부덕(婦德)'으로 해결해 나갈 수 있다는 점을 보여주는 '규수서'요 '가정소설'로서의 성격을 지니고 있다."고 보았다. <이춘풍전>을 가정소설로 보는 시각은 장덕순으로부터 비롯된 것으로서6) 가정 내에서의 춘풍 처의 역할이 강조되면서 춘풍 처는 이상적이고 근대적인 한국의 여인상으로 평가되기도 하고,7) 열녀로 평가되기도 하며,8) 여걸로 평가되기도 하며,9) 열장부형(烈丈夫形) 인물로 평가되기도 한다.10)

---

6) 장덕순은 내용으로 보아 가정소설에 속한다고 단언하고, 가정 중심으로 부부 사이에 일어나는 사건을 취급했다는 점에서 가정의 범위를 벗어날 수 없으나 가정 소설의 대표적인 유형인 계모형, 쟁총형, 축출형 그 어느 형에도 속하지 않는 특색이 있다고 하였다. 장덕순, 「<이춘풍전> 연구」, 『국어국문학』 5호, 국어국문학회, 67쪽 참조.

7) 정병욱·이어령 공저, 「<이춘풍전>」, 『고전의 바다』, 현암사, 1977, 268쪽.

8) 하순철은 김씨의 행동은 "현실을 직시하고 자기 자신의 운명을 스스로 개척해 나가는 평민으로서의 자각"을 드러내고 있으며 "적극적으로 남편을 구하고자 하는 열녀로서의 면모"를 보인다고 하였다. 하순철, 「<이춘풍전>의 일고찰」, 『국제어문』 1, 국제대 국문과, 1979, 94쪽.

9) 여운필은 춘풍 처의 활약을 두고 '영웅소설 속의 여걸들과는 다른 의미의 여걸의 모습'이라고 평가하였다. 여운필, 「<이춘풍전>」, 『고전소설연구』, 화경고전문학연구회, 일지사, 1993, 1012쪽.

10) '열장부형 인물'이란 "경개방준(耿介方埈)한 성품으로 비분강개의 기상이 있어서 규범적인 기준에 어긋나는 일에 절대로 뜻을 굽히지 않고 자신의 의지를 관철시켜

요컨대 <이춘풍전>에는 기녀와 아내라는 두 여성 형상이 나타나는데 기녀가 강조되는 경우에는 풍자·세태 소설로 분류되고, 아내인 김씨가 강조되는 경우에는 가정소설로 분류된다. 두 여성 인물 중 누구를 강조하느냐에 따라 작품의 성격이 달리 규정될 만큼 두 여성은 서사 전개에 중요한 인물들이면서 서로 이질적인 성격을 드러내고 있다.

1) 춘풍 처 김씨

춘풍 처에 대한 긍정적인 시각은 작품 말미에 가장 잘 드러난다.

> 디져 일기 여ᄌ로셔 손슈 남복ᄒ고 호계비장으로 나려가서, ①츄월도 다스리고 ②츈풍 갓튼 낭군도 다려오고 ③호조 돈도 슈쇄하고 부부 두리 종신토록 사라스니 만고의 희로흔 이런고로 디강 긔록ᄒ여 후셰 사람의게 전ᄒ니, 만일 여ᄌ 되거든 이른 일 효측하압소셔.[11]

여기서 여자들이 효측할 만한 일은 세 가지로 요약된다. 첫 번째는 추월을 다스렸다는 것, 두 번째는 춘풍같은 낭군을 가정으로 복귀시켰다는 것, 세 번째는 호조돈을 슈쇄했다는 것이다.

김씨에게서 본받을 바 첫 번째로 꼽고 있는 것은 추월을 다스린

나가는 여성인물형"을 말하는데 <사씨남정기>의 사씨, <창선감의록>의 화춘의 아내 임씨, 그리고 남소저 등이 여기에 해당된다고 한다. 이성권, 앞의 논문, 각주 24 참조.

11) 신해진, 『역주 조선후기 세태소설선』, 월인, 1999, 359쪽.
   이 책은 『필사본 고소설전집』6(김기동 편, 아세아문화사, 1980)에 실린 서울대 가람문고본을 대본으로 하고 있다.

것인데, 사실 김씨에게는 추월을 징치할 만한 논리적인 근거는 없다. 기녀라는 직업은 자기 자신을 상품화하여 경제적 이득을 취하는 것이며 따라서 추월은 정당한 경제활동을 했다고 볼 수 있다. 추월보다는 오히려 주색에 탐닉하느라 가산을 탕진하고 가장으로서의 책임을 방기한 이춘풍의 죄가 더욱 무거울 것이다. 그럼에도 불구하고 김씨는 추월을 묶어 놓고 "불갓튼 호조 돈을 영문의 무러 쥬며, 본관의셔 무러 쥬며, 백성의계 슈렴하랴?"라고 하면서 추월에게 죄를 인정하라고 호령한다.

김씨가 추월을 징치하는 방식은 법적, 논리적 근거에 의거하는 방식이 아니라 윤리 · 도덕을 문제삼는 심정적 방식이다. 돈이 있을 때는 거짓 사랑으로 남자들의 돈을 호려내고, 돈이 없을 때는 냉정하게 내치는 태도는 인정상 할 일이 못 되므로 이익추구에만 눈이 어두워 인정을 외면하는 기녀는 징치의 대상이 되어 마땅한 것이다. 여기에 한 집안의 가장을 하인으로 부림으로써 남성의 권위를 떨어뜨렸다는 것도 죄목에 들어갈 수 있을 것이다. 이러한 윤리 · 도덕적 기준에 의거한 판단과 문제 해결방식은 이춘풍에게서는 기대할 수 없는 것으로서, 김씨의 능력과 가치가 드러나고 평가되는 부분이다.

두 번째에서는 김씨의 가장으로서의 능력이 긍정된다. 이춘풍은 19세기 후반이라는 사회 변화에 적응하지 못하고 치산에 실패한 가장이다. 부모가 물려준 가산을 한량들과 어울려 다니면서 탕진한 뒤 가장의 권한을 김씨에게 넘겨준다는 수기를 쓴다. 그런데 김씨가 가산을 불려 놓고 가정이 안정되는 듯하자 다시 호조돈을 빌려서 장사를 나서 가산을 탕진해 버린다. 김씨가 탁월한 안목과 정치적 능력을 발휘하여 이춘풍을 가정으로 복귀시킨 이후에도 이춘풍은 여전히 자신의 잘못을 깊이 반성하지 않고 허세를 부린다. 현실 변화에 제대로 적응하지 못하고, 가정 내에서 가장으로서의 책임마저도 방기하는 무책임한 가장 이춘풍 대신 김씨는 대리 가장의 역할을 담당한다.

그런데 여기서 중요한 것은 김씨는 가장에게 역할을 위임받아 대리 가장 노릇을 하되, 가장의 자리는 이춘풍의 것이라는 명확한 인식을 바탕으로 하고 있다는 점이다. 호조돈을 빌려 장사를 떠나고자 하는 이춘풍을 김씨가 만류하자 이춘풍은 "착한 안히 머리틔을 이러져리 갈나 잡고 두다리며" "철이 원정 큰 장스로 경경ᄒ고 가는 길을 요망혼 연 잔말을 이리 할가"라고 하면서 아내에게 폭력을 행사한다. 이미 가장의 권한을 김씨에게 넘겨주고 수기까지 써 준 상태임에도 불구하고 이춘풍은 가장으로서의 권위를 빌어 아내 김씨에게 폭력을 행사하고 있다. 이춘풍이 가장이라는 사실은 어떠한 경우에라도 흔들릴 수 없는 진리이며 이 사실은 이춘풍 자신이나 김씨 모두 당연하게 받아들이고 있는 것이다.

김씨는 이춘풍을 찾고자 변복을 하고 평양까지 가, 추월에게 버림받아 구차한 행색으로 살고 있는 이춘풍을 구해 낸다. 그리고 집에 돌아 온 후에는 자신이 변복했던 사실을 숨긴 채 평양에서의 일을 모르는 체 한다. 김씨의 이런 배려에 의하여 이춘풍은 권위에 손상을 입지 않고 가장으로 다시 복귀하게 되는데, 아내에 대한 허세와 폭력은 여전히 변함이 없다. 참다 못한 김씨가 다시 호계 비장으로 변복하고 이춘풍에게 지난 날을 일깨운 다음, 자신의 신분을 밝히자 이춘풍은 "이왕의 ᄌ네 줄 아라스ᄂ, 의스을 보ᄌ ᄒ고 그리ᄒ엿노라"라는 변명을 하고 그 날로 '부부 두리 원낭금침 펴쳐 덥고' 누움으로써 모든 문제는 해결된다. 이춘풍이 김씨의 남편으로, 가장으로 돌아오면서

김씨의 부덕(婦德)이 강조되고, 김씨는 가장을 바른 길로 인도한 지혜
롭고 어진 아내로서 효측의 대상이 된다.

세 번째에서는 김씨의 경제적 능력이 강조되는데 호조돈을 갚게
되기 이전에도 김씨의 치산 능력은 강조된 바 있다.

> 침ㅈ 길삼 다 ᄒ기다. 오 푼 밧고 시버션 짓기, 흔 돈 밧고 쓰기
> 버션, 두 돈 밧고 흔삼 ᄒ기, 스 돈 밧고 흔옷 깃기, 네 돈 밧고 창옷
> 지여, 닷 돈 밧고 도포 ᄒ기, 엿돈 밧고 철늇ᄒ기, 일곱돈 밧고 금침
> ᄒ기, 흔 양 밧고 볼긔 누비기, 양반 밧고 철늇 ᄒ기, 두 양 밧고 겹옷
> 누비기, 승 양 밧고 관대 ᄒ기, 봄이면 삼베 ᄂ코, 하졀이면 모시 누비,
> 츄졀이면 염식ᄒ기, 동졀이면 무명 노코, 일렁졀렁 사시졀 밤낫 읍시
> 힘써 ᄒ니[12]

화폐로 전환되어 있는 김씨의 노동은 경제적인 가치를 보여주면서
김씨의 경제적인 능력을 드러낸다. 이는 조선후기 여성의 경제참여
상황과 사회적 성장을 반영하고 있는 것이라고 할 수 있다. 조선후기
사회 경제적인 변동과 함께 양인 이하의 여성들은 사전에서 점포를
운영하기도 했는데 여성이 운영한 점포를 '여인전(女人廛)'이라고 했
으며 18세기 말 정조의 문집인 <홍재전서>에 의하면, 120개의 시전
가운데 여인전은 18개가 있었다고 한다.[13] 여성의 경제 활동 참여는
양반 여성도 예외가 아니었던 듯하다. 이덕무의 <사소절>에 '선비의
아내는 집안의 생계가 가난하고 궁핍하면 조금이나마 살아갈 방편을

---

12) <이춘풍전>, 332-333쪽.

13) 정해은, 「봉건체제의 동요와 여성의 등장」, 한국여성연구소 여성사연구실 지음,
『우리 여성의 역사』, 청년사, 1999, 238-240쪽 참조.

마련해도 괜찮다. 길쌈이나 누에를 치는 일은 기본이다. 나아가 닭과 오리를 치고, 장과 초와 술과 기름을 사고, 팔고, 대추·밤·석류 같은 것을 잘 보관해 두었다가 때맞추어 내다 판다'고 기록된 것을 보면 양반집 여성들도 생활고를 해결하기 위해 상업 등과 같은 경제 활동에 직접 참여하기도 했던 것 같다.

여성의 경제 활동 참여 증가는 여성의 지위 향상에도 영향을 끼쳤다. 이덕무는 <사소절>에서 '대체로 사나운 부인들은 재주와 지혜가 많아서 이익을 내는 일을 잘 경영하며 그 남편들은 여기에 의지하여 생활한다. 이 때문에 아내는 남편을 꼼짝 못하게 지배하고 남편은 그 아내를 두려워하여 굴복하니 어찌 슬프지 않겠는가?'라고 하여 남녀의 도리가 무너진 것을 개탄하고 있다. 여성의 자율적인 경제활동이 가능하게 되면서 여성의 사회적 지위나 자아인식도 어느 정도 변화를 겪었으며, 여성의 경제력은 곧 가정 내에서의 권력과도 맞물려 남성 중심 질서에 변화가 일어나고 있었음을 추정할 수 있다.

그런데 여성의 경제적 의무는 여성을 억압하는 또 다른 굴레로 작용하기도 했을 것이다. 가정에만 갇혀 있던 여성은 이제 집 밖으로 나갈 수 있게 된 대신에 가정뿐만이 아니라 집 밖에서도 노동을 하면서 가정 경제를 책임져야 했다. 김씨의 치산 능력도 이러한 조선 후기 여성의 지위와 역할 변화를 드러내고 있는데, 김씨는 경제적 능력을 지니고 있으면서도 남녀의 윤리를 지키고자하는 인물이므로 효측할 만한 인물이 되는 것이다.

김씨는 정치적인 변화에도 민감한 여성이다. 김승지 댁 맏자제가 평양 감사를 하게 될 것이며 또한 그 모부인(母夫人)이 가난하게 살고 있다는 정보를 듣고, 모부인을 찾아간다. 자주 모부인을 찾아가 극진하게 대접하여 환심을 산 다음, 김승지 댁 맏자제의 평양감사 도임시에 호계 비장으로 동행을 하고, 그 지위를 이용하여 이춘풍을 찾고 추월에게 호조돈도 되돌려 받게 된다.

이상에서 살펴 본 결과, 춘풍 처 김씨는 비윤리적 문제에 대한 대응과 해결 능력, 가장을 보좌하는 대리 가장으로서의 능력, 경제적 치산 능력 등이 긍정되고 있음을 볼 수 있다. 김씨의 능력들은 이춘풍이 갖추지 못한 것들로서 김씨의 능력은 이춘풍의 무능력과 대조되고 있다. 이처럼 여성의 능력들이 긍정되는 현상을 통해서 여성에 대한 사회적 인식이나 여성의 자아 의식의 변화를 읽어 낼 수 있다. 그러나 이와는 반대로 여성에게 다양한 능력들이 요구되면서 이러한 덕목들은 여성에게 또 다른 굴레로 작용했으리라는 추측도 해 볼 수 있다.

2) 기녀 추월

경제적인 능력을 지니고 있으면서 실리를 추구한다는 점에서 김씨와 추월은 동일한 능력을 지니고 있으며 변화하는 시대에 적절히 적응하고 있는 인물들이다. 그럼에도 불구하고 추월은 이익 추구에만 눈이 어두운, 간사하고 몰인정한 인물로 나타난다.

기녀는 평생 국가나 해당 관청에서 자신의 기역을 감당해야만 했지 그에 대한 충분한 대가를 받을 수는 없었다. 일생동안 기녀 신분으로 살아가면서 생계는 스스로 책임져야 했기 때문에 기녀가 실리를 추구하는 행위는 자연스러운 것이다. 조광국은 이러한 기녀의 모습을 기녀 자의식의 성장으로 파악하기도 했다.14) 실리를 추구하는 기녀의 모습

---

14) 조광국, 『기녀담 기녀등장 소설 연구』, 월인, 1999, 136-142쪽 참조.

은 근대로의 이행 과정에 나타나는 상업정신의 소산[15]임에도 불구하
고 부정적으로 그려지는 것이 보통이다.

기녀들에 대한 편견은 <어우야담>에서도 잘 나타난다. 속물이며
타산적 속성을 보이는 기녀의 일화에서 유몽인은, 기녀의 이기적인
모습을 남성들의 순진성과 대비시키면서 이를 특정 기녀의 이야기가
아니라 기녀 일반으로 보편화시켜 그들을 비난했고 아울러 남성들의
경계 대상과 항목으로 삼았다.[16]

김씨가 추월을 징치하는 것도 기녀에 대한 남성의 부정적 의식과
동궤에 있다. 추월은 부정적으로 형상화되어 나타나며 이 때 이춘풍은
순진하기 그지없는 인물로 그려진다. 즉 이춘풍이 장사 밑천을 탕진하
게 되는 것은 이춘풍이 본래 경제적인 이해타산이라고는 전혀 없는
무능력한 한량이기 때문이지만, 추월과의 관계에서는 이춘풍의 무능
력보다는 순진함이 더욱 강조된다.

추월에게 돈을 다 털린 이춘풍은 추월에게 내쳐진다. 이 때 서술자
는 '츄월의 간스훈 슈을 추호도 몰닉구닉. 괘심훈 츄월이요, 춘풍의
지물 다 호려닉고 괄세호여 닉치랼 졔, 서방님이라는 말도 아니 호
고'[17]라고 하여 추월에 대한 적대감을 노골적으로 표현한다. 추월은
'가닉 노비 부족하면 돈이닉 한 돈 봇틔리다'라고 하면서 비아냥거리
는데 이춘풍은 아직 사태를 제대로 파악하지 못하고 추월에게 매달리

---

15) 조광국, 「삼선기에 구현된 조선후기 신흥교방의 한 양상」, 『한국문학논총』 제26
집, 한국문학회, 2000, 참조.

16) 신선희, 「<어우야담>에 나타난 여성인물의 양상」, 『한국고전연구』 제2집, 한국고
전연구학회, 1996, 245-246쪽 참조.

17) <이춘풍전>, 342쪽.

며 애원한다.

> 당초의 널과 날랑 원앙금침의 두리 누어 원불싱니 흐자 흐고 틔산
> 갓치 미질 적의 디동강 깁푼 물이 마르도록 써느지 마줏더니 사랑의
> 흥을 계위 그려한냐? 농담으로 그려흐냐? 참말이야? 가란 마리 어이
> 말인냐?18)

이에 추월은 '싱긴 거시 멍청이라, 창염을 즁 모르는가?'라고 냉정
하게 말하면서 이춘풍 등을 밀어 마루 아래 내치고 만다.

경제적 이익을 추구한다는 점에서는 김씨와 동일함에도 불구하고
추월의 속물적이고 이해타산적 성격이 비판적으로 묘사되는 이유는
무엇인가. 이는 김씨와 추월이 가장이라는 남성적 권위와 맺는 관계
때문이다. 김씨는 부덕(婦德)을 중시하여 이춘풍이 가장으로서 능력
이 부족한 인물임에도 불구하고 가장으로 세우고자 노력한다. 반면
추월의 가치 기준은 경제적 능력이다. 추월은 경제적 능력이 있는 남
성에게는 거짓 애정으로 재물을 긁어내고, 경제적 능력이 없어진 남성
에게는 더 없이 매몰차다. 요컨대, 김씨와 추월을 평가하는 기준은
남성의 시각으로서, '순종적인' 김씨와 '이기적인' 추월이라는 인물 형
상은 철저한 남성적 시각을 반영하고 있는 것이다.

이러한 남성적 시각에서 재단된 착한 여성과 나쁜 여성의 대립적
이미지는 이미 신화에서 그 원형을 확인한 바 있다. 왜곡된 것은 나쁜
여성의 형상만은 아니다. 남성의 시각에서 재단된 여성 이미지는 아무
리 긍적적으로 형상화된 여성이라 하더라도 온전한 여성의 모습일

---

18) <이춘풍전>, 342쪽.

수는 없다.

신화화된 여성은 남성들의 꿈과 이상, 공포들이 발생하는 상상의 장소이다. 이처럼 남성들에 의해 재현되는 '여성'은 '이중적이고 기만적인 이미지'를 갖게 된다.[19] 신화화된 여성이란 개인적인 감정은 없고 오직 이데올로기에 복무하는 초월적인 여성들, 즉 김씨같은 인물들이다. 이도령에 대한 애정을 바탕으로 남편을 찾는 춘향이와는 다르다. 김씨는 남편 이춘풍에 대한 애정을 바탕으로 이춘풍을 찾아 나선 것이 아니다. 봉건적 질서의 바탕이 되는 가부장제 수호를 위해서 남편을 찾아 나선다. 비록 부족한 가장이기는 하나 가장으로 하여금 제자리를 찾도록 만들기 위해 김씨는 이춘풍을 찾아 나선다.

탁월한 능력들을 지니고 있으면서도 오로지 이춘풍을 교화시켜 가장의 자리에 서도록 만드는 것을 목표로 하고 있는 김씨는 남성적 이데올로기가 내면화된 여성이다. 따라서 남성이 만들어낸 여걸이며 남성들이 여성들에게 본받으라고 강요하는 여성형상이며 '이기적' 인물로 형상화된 추월 또한 남성적 이익에 복무하지 않음으로써 부정적으로 형상화된, 남성이 만들어낸 이미지다.

3. 〈춘향전〉의 경우 : 통합 이미지

〈춘향전〉의 경우는 남성적 질서를 수호하고자 하는 정숙한 아내인 열녀의 형상과 이해 타산적이고 현실 저항적인 기녀의 형상이 통합되어 나타난다. 춘향이의 이러한 이율배반적인 성격은 〈춘향전〉을 이

---

19) 팸 모리스, 앞의 책, 34쪽.

해하는 데 많은 혼란을 주었던 것이 사실이며 춘향의 이러한 이중적 성격은 판소리적인 특성에 기인한 것이라고 설명되기도 하였고, 춘향 의 내부에 잠재된 욕망으로 이해되기도 하였다.

남성의 자리를 찾아 줌으로써 그 아래 종속적인 위치에서 자신의 자리를 찾으려 한 김씨와는 달리 춘향은 명확한 자기 인식을 바탕으로 한 사랑과 저항으로 이도령과 동등한 자신의 자리를 찾으려 한다. 여 기서 춘향의 항거가 비롯된다.

그런데 연구자에 따라서 <춘향전>을, 춘향을 중심으로 한 서사로 보고 있기도 하고, 춘향 중심의 서사에 이도령을 중심으로 한 암행어 사 서사가 덧붙여져 있는 것으로 파악하기도 한다.20) 이는 주로 근원 설화 논의에서 다루어지는 문제인데, <춘향전>의 근원설화로 암행어 사 설화를 거론하는 경우는 <춘향전>을 실사로 이해하는 태도를 드 러내고 있으며 연구자들도 이에 부응하여 실사로 인식하고 있다.21)

---

20) 이 외에도 춘향전의 주제와 맞물린 근원설화 논의로 최래옥(「관탈민녀형 설화 연구」, 『고전산문연구』, 동화문화사, 1987)의 논의가 주목할만한데 이는 여성과 남 성 주인공의 사랑보다는 관장의 민녀에 대한 수탈 행위를 더 중시하고 있어 자칫 춘향전의 주제를 한 곳으로 몰아갈 염려가 있어 여기서 논의에서는 제외하기로 한다.

21) 춘향과 이도령이 실존 인물이었다는 주장은 1964년 남원에서 「부사성공안의선정 비(府使成公安義善政碑)」가 발견되면서 춘향의 아버지는 성의안이고 기생 월매가 이 성부사의 수청을 들어 춘향을 낳았다는 견해가 일어났다. 이는 춘향이 실재 인물임을 부정하는 김동욱(「춘향은 실재 인물이 아니다」, 『동아일보』, 1965.4.29 / 「춘양 파동은 어디로?」, 『대한일보』, 1965.5.13)과 춘향이 실재 인물일 가능성이 있음을 주장하는 이가원(「춘향은 실재 인물일 수도 있다」, 『한국일보』, 1965.5.2 / 「춘몽록은 무양」, 『한국일보』, 1965.5.4 / 「"춘향 파동"이란 가소로운 말」, 『대한일 보』, 1965.5.27)의 논쟁으로 이어지기도 했다. 이후 박선정(「춘향전고」, 『어문논집』, 1982)에 의해서 다시 이가원의 실존설이 재론되었으며 설성경(『춘향전의 비밀』, 서울대 출판부, 2001)에 의해서 실존설은 계속 이어지고 있다.

이는 양반들을 중심으로 이루어지던 기녀담의 일종으로 <춘향전>을 취급하고 있는 태도로서 <춘향전>의 서사 주체를 춘향이 아닌 남성 (이도령)으로 보는 태도이다. 따라서 문제 해결 또한 춘향의 주체적 행동에 의해서가 아니라 흔히 암행어사의 출두에 의해 이루어지는 것으로 본다. 이처럼 남성을 중심으로 춘향전을 이해할 경우, 춘향의 주체적 자아 인식에 기반한 저항이 이도령이라는 남성의 개입으로 의미가 약화되는 것을 볼 수 있다.

<어우야담>에 나타난 유몽인의 기녀에 대한 인식 또한 이러한 남성 중심적 태도를 잘 보여 주고 있다. 여인의 한과 절망의 기저는 언급하지 않고 다만 현재의 한과 절망을 풀어주고 해결하는 자는 남성이고 그는 용기와 포용력을 지닌 인물이라는 점을 드러내면서 여성이 지닌 문제는 남성만이 지닌 거대한 자질 내에서 풀어진다는 의식을 확고히 하고 있다.[22] 유몽인의 언술 속에는 명기 당사자만의 이야기로 전개시킬 의도 대신 상대 남성의 인간됨과 능력의 영역 내에서 명기의 사랑과 재주를 가늠하려는 태도가 역력히 보인다.[23] 이도령이라는 지배층 남성의 자장 속에서 춘향이를 이해하려는 노력들은 유몽인이 보여주고 있는 남성적 사고에 다름 아니다.

그러나 춘향의 정절과 애정의 성취는 춘향의 명확한 자아 의식이 바탕이 되었기 때문에 가능한 것이다. 이는 변사또와의 대립에서 구체화되는데, 변사또에게 인간으로서의 존엄성을 주장하는 춘향의 강한 저항이 행복한 결말을 만들어 내게 된다.

줄리아 크리스테바의 사랑에 대한 다음과 같은 기술은 춘향과 이도

---

22) 신선희, 앞의 논문, 243쪽.
23) 신선희, 앞의 논문, 244쪽.

령의 결연이 춘향의 저항에 기반한 것임을 알 수 있게 해준다.

> 일상을 깨는 위반행위가 사랑을 끓어오르게 하는 기본 요건이 되고
> 있다. … 제3자를 치워 보라. 그러면 그 체계는 정열적인 색채를 잃어버
> 리고, 욕망의 요인이 사라지기 때문에 그냥 무너져 버린다. 사실 비밀
> 을 지휘하는 제3자가 없으면 남자는 위협적인 아버지와 맞서는 사랑
> 의 순종을 잃어버린다.[24]

<춘향전>의 경우 제3자는 변사또이다. 변사또가 등장함으로써
<춘향전>이 더욱 극적인 전개가 펼쳐지는 것은 이 때문이다. 변사또
가 춘향에게 요구하는 것은 '기녀는 본관의 수청을 들어야 한다'는
일반적인 상식이다. 양반이면서, 남자로서 기존질서의 중심에 자신을
위치시키는 변사또는 춘향을 철저히 '타자'로 인식하고 있다. 따라서
이도령이 떠난 춘향은 빈 공간이며 이도령이 떠난 자리에 자신을 채워
넣을 수 있다고 생각한다.

이러한 춘향의 타자화는 이도령에서도 한계로 드러나기는 한다. 변
사또를 벌한 후, 동헌 마당에 춘향을 불러내어 춘향을 떠보는 행위가
그러한 예가 될 수 있다. 춘향에 대한 이도령의 시각은 사랑을 바탕으
로 하고 있으므로 이도령의 모든 행동은 춘향이를 중심으로 이루어진
다. 춘향이를 아내로 맞아들이기 위해 과거 급제하고, 남원으로 어사
가 되어 떠나고, 변사또를 징치하고 춘향을 구해 낸다. 춘향을 위한
이러한 일련의 행동과 자신의 신분을 속인 채 춘향의 정절을 떠보는
행위는 상치되는 행위이다. 이 때문에 이도령은 가면을 사용한다. 즉

---

24) 줄리아 크리스테바, 김영 역, 『사랑의 역사』, 대우학술총서, 1995, 332쪽.

이도령은 자신의 신분을 숨길 뿐만 아니라 춘향에 대한 자신의 애정도 숨긴 채 양반이자 남성의 목소리로 춘향의 정절을 시험하게 된다. 여기서 순수한 애정을 바탕으로 춘향과 하나가 되었으면서도 이도령에게 아직도 남아 있는 남성 중심적 요소를 볼 수 있다.

춘향은 이러한 변사또나 이도령이 강요하는 남성적 질서에 강하게 저항한다. 기녀가 아닌 인간으로서, 그리고 여성으로서 자아 정체성을 명확히 하고 있기 때문에 변사또에 대한 목숨을 건 저항이 가능하며, 암행어사에 대해서도 차라리 죽여 달라는 발악을 서슴지 않게 되는 것이다.

춘향을 기녀로 보고 춘향의 정절을 인정하지 않으려는 변사또에 맞서 춘향은 자기 몸에 대한 소유권을 주장한다. 또한 춘향은 이도령과의 계급을 초월한 애정을 확신하고, 이도령과의 사랑을 지키기 위해 저항한다. 춘향의 정절은 강요된 것이 아니라 이도령과의 사랑을 지키기 위한 순수하고 자발적인 행위이다. 이러한 춘향의 일련의 행동은 돈이나 권력에 쉽게 굴복하고 마는 초월의 형상과는 대비되는 것이며 애정보다는 남녀의 위계질서라는 봉건 이데올로기에 충실하여 남편을 통해 자신의 위치를 찾고자하는 김씨의 형상과도 대비된다.

요컨대, 암행어사 설화를 <춘향전>의 근원설화로 이해하고자 하는 태도는 춘향이의 자아 인식과 주체적 행동을 온전히 평가하지 못하는 태도라고 할 수 있다. <춘향전>은 춘향을 중심으로 이해되는 것이 마땅할 것인데, 춘향은 자의식 강한 기녀이면서 열녀로서 전체 서사의 주체로 행동하고 있다. 춘향은 기녀와 여성이라는, 계급과 성에 대한 명확한 인식을 바탕으로 하고 있으며 사랑을 지키기 위한 저항적인 행동들을 통해서 계급 인식과 성 인식을 통합적으로 드러내고 있다.

4. 남편찾기의 두 유형과 여성의 자아 정체성 확립 과정

이상에서 <이춘풍전>에서는 김씨와 추월로 분리되어 나타나던 여성 형상이 <춘향전>에 와서는 춘향이라는 인물로 통합되어 나타나면서 남성적 질서에 대한 저항과 자기 목소리 내기가 가능해지는 것을 보았다.

<이춘풍전>에서는 주인공이 남성으로 나타나지만 <이춘풍전>은 김씨의 행위가 서사의 중심이 된다. 이는 작품 말미의 평비에서 김씨의 행위가 강조되고 다른 여성들에게 본받을 것을 당부하는 데서도 알 수 있다. 요컨대 <이춘풍전>과 <춘향전>을 각각 김씨와 춘향이 중심의 서사로 볼 수 있으며, 이들 여성들의 남편찾기 두 유형을 통해서 여성의 자아 정체성이 확립되어 가는 과정을 살필 수 있을 것이다.

<이춘풍전>에서는 남성적 시각이 강하게 드러나고 있는 것을 보았다. 따라서 김씨는 남성적 이데올로기를 내면화하고 있는 인물로서 남성적 질서를 수호하고 지속시켜 나가기 위해서 자신을 기꺼이 희생할 수 있는 이념적 인물이다. 김씨는 이춘풍과의 종속적 관계에 대해 문제제기를 하지 않는다. 오히려 이춘풍의 무능으로 인하여 이춘풍의 가장의 위치가 흔들리고, 결국 추월이라는 기생에 의해 남성적 권위와 체면을 잃는 사태가 발생하자 이춘풍에게 가장으로서의 권위를 되돌려 주려고, 추월에게 죄를 묻는다. 김씨의 추월에 대한 징치가 논리적이지 못한 가장 큰 이유는 겉으로 드러나는 죄와 속에 숨은 죄가 다르기 때문이다.

겉으로 드러난 추월의 죄목은 호조돈을 떼어먹었다는 것이며 비장으로 변복한 김씨의 처벌이 무서워 돈을 내어놓겠다고 하자 추월은

곧 방면된다. 그러나 앞서도 살폈듯이 주색잡기에 호조돈을 탕진한 이춘풍에게 죄가 있는 것이지 추월에게는 죄가 없다. 단지 죄가 있다면 기녀로서 욕망에 충실하여 실리를 추구했다는 것뿐이다. 기실 김씨가 추월에게 묻고 싶었던 죄는 남의 가장을 농락한 죄, 남성의 권위를 추락시킨 죄가 주된 죄목일 것이다. 추월에 의해서 자행된 이춘풍의 남성적 권위 실추와 그 회복은 김씨에 의해서 이루어진다. 김씨는 평양에서 있었던 사실을 숨기고, 이춘풍은 의기양양하게 집으로 돌아와 가장의 위치에 다시 군림함으로써, 잃었던 권위와 자존심을 되찾고 허세까지 부릴 수 있게 된다.

이처럼 김씨는 시종일관 이춘풍의 입장에서 사고하고 행동하지만 <이춘풍전>이 이처럼 일관된 남성적 시각만을 견지하고 있는 것은 아니다. 남편을 찾기 위한 주체적이고 능동적인 행위는 김씨의 자의식에 바탕한 것이라고 할 수 있으며, 이러한 남편찾기 과정에서 드러나는 김씨의 치산 능력과 정치적 능력 등은 시대적인 변화에 잘 적응하는 탁월한 능력으로 부각된다.

남성에 의한 여성의 재현은 남성의 권력을 강화시킨다기보다는 이데올로기적 환상 속에 내재하는 불일치나 모순을 그려내는 것으로 이해되어야 한다. 한 작품이 작가의 완벽한 의식적 통제 아래 쓰여지는 경우는 드물며, 어떤 작품이든 그 속에는 작가가 말할 수도, 감히 말하지 못했던 또는 심지어 그가 의식하지도 못했던 내용들이 숨어 있다. 남성 작가의 텍스트에 나타난 여성 이미지들은 결국 남성들이 권력 획득에 성공하지 못했다는 것을 보여주며 남성들의 재현에 대한 지배 역시 불안정하다는 것을 입증해 주는 것이다.[25]

<이춘풍전>에는 이처럼 안정적 권력획득에 실패한 남성들의 모습

이 드러난다. <이춘풍전>이 세태 풍자적인 성격을 띨 수 있는 것은 바로 이러한 이유 때문이다. <이춘풍전>은 김씨에 의해, 그리고 기녀에 의해 희화화되고 그러면서도 아직 남성적 허상에 빠진 이춘풍은 이중적으로 희화화되면서 반성을 촉구당하게 된다.

요컨대, <이춘풍전>에서는 뿌리깊은 남성적 시각을 확인할 수 있지만 희화화된 영웅의 형상인 이춘풍의 모습에서 권력획득에 실패한 남성의 모습을 발견할 수 있으며, 남편찾기 과정에서의 김씨의 탁월한 능력과 그에 대한 긍정을 통해서는 정체성 확립의 가능성을 발견할 수 있다.

춘향의 경우는 여성으로서의 정체성을 강하게 드러내고 있다. 춘향은 기생이라는 자신의 계급적 성격에 대해 명확하게 인식함으로써 양반의 노리개, 혹은 양반에게 속한 자유롭지 못한 몸이라는 기녀라는 신분을 넘어서 인간, 혹은 여성으로 대우받고자 한다. 따라서 변사또가 수청을 요구했을 때, 춘향은 이처럼 강한 자기 인식을 바탕으로 하고 있었기 때문에 자기 몸에 대한 자신의 권리를 주장하면서 수청을 거절하게 된다.

이도령과의 결연 또한 춘향의 강한 자아 인식을 바탕으로 이루어진 것이라고 할 수 있다. 춘향은 이도령과 진실한 애정을 바탕으로 연결되어 있으며 이 애정을 바탕으로, 떠났던 남편 이몽룡을 되찾게 된다. 바로 이 점이 <이춘풍전>의 김씨와 춘향을 변별하는 가장 큰 차이이다. 여성은 서사에서 주도적인 역할을 하면서 떠난 남편을 되찾고자 한다. 춘풍의 처 김씨는 변복을 하고 남편을 찾아 떠나는 적극적이고

25) 팸 모리스, 강희원 역, 앞의 책, 34쪽.

능동적인 태도를 보인다. 그러나 이러한 적극적 행위에도 불구하고 김씨의 행위는 자아 인식을 바탕으로 한 것이 아니라 남성적 이데올로기의 이념태로서 이념 수호와 실천을 위한 행동이었다고 할 수 있다. 따라서 김씨의 행위에는 이춘풍에 대한 인간적 애정보다는 이춘풍을 올바른 가장으로 만들어야한다는 의무와 신념이 더 크게 작용하고 있는 것을 볼 수 있다.

그러나 <춘향전>의 경우, 춘향은 이도령을 찾기 위해 여행을 떠나는 적극적인 태도를 보여주지는 않는다. 그러나 춘향이 김씨보다 훨씬 더 강한 자아 정체성을 드러내고 있는 것은 춘향은 강한 애정을 바탕으로 이도령과의 관계를 지속시키고 있기 때문이다. 이도령에 대한 춘향의 사랑은 일방적이거나 종속적인 것이 아니다. 처음에는 장난처럼 춘향을 만났던 이도령도 춘향의 편지와 농부들로부터 춘향의 일편단심에 감동한 이후 적극적인 문제 해결자로 등장하게 된다. 그리고 더 나아가 애정문제의 해결뿐만 아니라 하층의 대변자로서의 역할까지 하게 되는 것이다.

이도령이 암행어사로 등장하는 부분을 두고, 춘향의 항거가 지닌 사실적인 의미를 감소시키는 안일한 결말이라는 견해들이 있다. 이도령이 등장해서 모든 문제를 해결할 것이 아니라, 춘향이 비극적인 죽음을 맞으면서 계급적 저항을 환기시키는 것으로 결말을 맺는 편이 춘향의 항거와 사랑을 가치 있게 만든다는 것이다. 그러나 춘향과 이도령은 깊은 신뢰와 애정을 바탕으로 사랑을 완성시켜 나가고 있으며 그 과정에서는 춘향과 이도령이 사랑을 바탕으로 문제를 해결해 나간다는 결말이 훨씬 자연스러운 결말일 것이다. 그런 점에서 이도령이 암행어사로 등장하여 변사또를 징치하고 춘향과 사랑을 이룬다는 결말은, 인간으로서 혹은 여성으로서의 강한 주체성을 바탕으로 하여 계급적 모순에 저항하는 춘향의 모습을 더욱 가치 있게 만들고 있다. 요컨대 강한 자기 인식을 바탕으로 하고 있는 춘향은 남편찾기 과정을 통해 기녀이기를 거부하고 애정을 바탕으로 한 평등한 사랑을 성취함으로써 자기 정체성을 회복하고 있다.

어린이를 위한
창작 판소리의 현황과 특징

1. 창작 판소리, 그리고 어린이

예술성과 대중성을 둘러싼 논란1)이 거듭되고 있는 가운데서도 창
작 판소리는 여전히 꾸준한 창작과 유통을 통해 향유되고 있으며2)

---

1) 최근 창작 판소리의 이러한 흐름에 대한 우려와 관심은 다음 논문들을 참고할
수 있다.
　　김연, 「창작 판소리 발전과정 연구」, 『판소리연구』 제24집, 판소리학회, 2007,
37-76쪽. ; 김기형, 「창작 판소리 사설의 표현 특질과 주제의식」, 『판소리연구』 제5
집, 판소리학회, 1994, 101-122쪽. ; 김현주, 「창작 판소리 사설의 직조 방식」, 『판소
리연구』 제17집, 판소리학회, 2004, 79-99쪽. ; 박진아, 「<스타대전 저그 초반러쉬
대목>을 통한 창작 판소리의 가능성 고찰」, 『판소리연구』 제21집, 판소리학회,
2006, 353-379쪽. ; 서우종, 「창작 판소리 연구」, 인천대학교 석사학위논문, 2006.
; 신동흔, 「창작 판소리의 새로운 길을 찾아서」, 서대석 외, 『한국인의 삶과 구비문
학』, 집문당, 2002, 239-267쪽. ; 유영대, 「20세기 창작 판소리의 존재 양상과 의미」,
『한국민속학』 39, 한국민속학회, 2004, 185-203쪽. ; 윤중강, 「판소리의 유쾌한 이단
아, 대중에게 손내밀다-판소리를 살리는 창작 판소리」, 『문화예술지』 2003년 7월
호, 한국문화예술진흥원, 2003, 46-53쪽.
2) '판세', '소리여세', '타루', '바닥소리' 등이 주축이 되고 있는 이들 젊은 소리꾼들의
활발한 활동은 논문 등을 통해 이미 학계에서도 많은 주목을 받은 바 있다. 이들의
활동을 소개하고 평가한 논문으로는 다음과 같은 것들이 있다.
　　김기형, 「인사동 거리 소리판의 성격과 문화적 의의」, 『우리어문연구』 제20집,
우리어문학회, 2003, 175-194쪽. ; 김기형, 「또랑광대의 성격과 현대적 변모」, 『판소

웹사이트를 통한 공개적인 공간에서도 활발한 활동을 펼치고 있다.3)
최근 창작 판소리의 변화 중 가장 주목할 만한 것 중 하나는 어린이를
위한 창작 판소리다. 창작 판소리가 어린이를 새로운 청중으로 인식하
고 새로운 청중을 위한 판소리를 만들어 내고 있다는 것은 전통 판소
리의 엄숙주의에서 벗어나 청중과의 소통을 통해 '신명나는 판'을 추
구하고자 하는 창작 판소리의 새로운 흐름을 대변하는 것이다. 전통
판소리에서도 어린이는 청자였을 것이 틀림없으나 판소리의 담당층
으로서 주목받지는 못하였던 것이다.4)

새로운 시대 혹은 새로운 세대를 위한 판소리에 대한 생각은 송만
갑의 일화에서 잘 나타난다. 명창 김소희가 스승 송만갑에게, 스승의
소리와는 사뭇 다른 정정렬의 새로운 판소리를 배우겠다고 했을 때
송만갑은 흔쾌히 허락하며 "네가 앞으로 소리할 사람인게 배워 봐라."
라고 하였다고 한다.5) 시대가 달라지면서 판소리의 주역이 달라지는

리연구』 제18집, 판소리학회, 2004, 7-23쪽. ; 유영대, 앞의 글, 185-203쪽.

3) 인터넷은 젊은 판소리꾼들이 활동하고 있는 공간일 뿐 아니라 판소리가 향유되고
  있는 또 다른 공간이다. 과거와는 확실히 달라진 판소리 향유 환경인 것이다. 이런
  점에서 인터넷과 현대 판소리에 대한 심도 깊은 논의가 필요하리라고 보는데 이는
  이후 논의로 미룬다.

4) 판소리에 있어서 청중은 어떤 의미를 갖는지는 송만갑의 일화를 통해서 알 수
  있다. 송만갑은 "비단을 달라는 이에게는 비단을 주고 무명을 달라는 이에게는
  무명을 주어야 한다."면서 창자를 '포목상'에 비유하기도 하였다. 정노식, 『조선 창
  극사』, 조선일보사, 1940, 163쪽. 창자가 자기 소리만을 고집할 것이 아니라 판소리
  향유자의 취향에 맞추어서 대응할 필요가 있다는 생각인데 여기서 송만갑은 판소
  리에서 청중도 중요한 주체라는 인식을 보여주고 있다. 즉 판소리를, 일정한 사설을
  지닌 음악 장르로서가 아니라, '판의 소리'라고 하는 판소리라는 장르 자체로 인식
  하고 있었던 것이다. 이는 청중도 판소리라는 '판'의 공연에서 주체가 되어야 하고
  청중과 창자, 그리고 소리가 함께 공감대를 형성할 때만이 온전한 공연이 된다는
  생각이다.

것이고, 지금까지의 소리와 앞으로의 소리는 다르며, 또 달라야 한다
는 것, 새로운 소리만이 판소리를 계승 발전시킬 수 있다는 것이 송만
갑의 생각인 것이다.

이것으로 볼 때 지금의 창작 판소리라는 새로운 흐름은 말할 것도
없거니와 어린이 판소리라는 새로운 변화는 미래의 세대를 위한 새로
운 판소리라는 점에서 판소리의 전망을 밝게 하는 것이라 할 수 있다.
어린이를 위한 판소리가 창작되고, 어린이를 판소리 향유의 중요한
주체로 세움으로써 그들이 미래에 어른이 되었을 때 판소리는 더욱
든든한 청중을 확보할 수 있을 것이기 때문이다. 어린이를 위한 판소
리라는 새로운 변화에 주목하는 이유가 바로 여기에 있다.

판소리가 과거의 것에 머무르지 않고, 지금 우리가 과거의 판소리
를 향유하는 것이 아니라 오늘의 판소리, 살아 있는 판소리를 즐길
권리가 있다면 어린이도 마찬가지의 권리를 누리는 것이 당연할 것이
다. 이러한 문제의식에서 본서는 출발한다.

2. 어린이를 위한 창작 판소리의 전개와 현황

전통 판소리는 말할 것도 없고 초기 창작 판소리에서도 어린이는
소외되어 있었다. 흥보가를 어린이 창극으로 만든 <은혜갚은 제비>
가 2000년 국립극장 달오름 극장에서 초연되었던 것에 비하면 창작
판소리는 그보다 한 발 늦은, 2002년에서야 시작된다. '바닥소리'라는
창작 판소리 집단에 의해 <토끼와 거북이>, <햇님 달님>이 창작,

---

5) 이보형 외, 「판소리 명창 김소희」, 『판소리연구』 제2집, 판소리학회, 1991, 244쪽.

소개되고, 같은 해 국악 동요 부르기 대회에서는 <혹부리 영감>이 소개되면서 어린이를 위한 판소리가 창작되기 시작한다. 최초의 창작 판소리라 일컬어지는 <최병도 타령>이 지어진 것이 1908년이니 이후 거의 한 세기만의 변화다.

이는 아동 교육에 대한 관심이 높아지면서 다양한 교육 콘텐츠가 요구되기 시작한 사회의 분위기와 국악 향유층의 저변 확대를 위해 유년기의 아이들이 국악에 친숙해지도록 해야 한다는 국악계의 문제 의식이 맞물려 생겨난 현상으로 분석[6]되기도 하는데 최근 <온가족이 즐기는 창작 판소리 다섯 바탕전>[7]이라는 타이틀의 음반 발매에서도 볼 수 있듯이 창작 판소리의 활기찬 움직임과 그에 대한 학계의 활발 한 논의에 힘입은 바도 클 것이다.[8]

또한 어린이를 위한 판소리의 등장과 발전은 어린이 출판물의 부흥 과도 맥을 같이 하고 있다. 어린이 책 시장이 활기를 띠기 시작하면서 출판사들은 판소리를 포함하여 우리 문화에 대한 다양한 어린이 책을 다투어 기획하기 시작하였다.[9] 그러한 흐름에서 나온 작품이 <재미

---

6) 서우종, 앞의 글, 85쪽.
7) '온가족이 즐기는 창작 판소리 다섯 바탕전'(이엔미디어, 2004)은 KBS-1FM의 '풍류마을'이라는 프로그램에서 2004년 1월 21일-23일까지 사흘간 '창작 판소리 다섯 바탕전'이라는 설 특집 방송을 했는데 이 때 발표된 총 12편의 판소리 중 청취자의 반응이 좋았던 다섯 편을 골라 음반으로 발매하였다. 그 작품이 아기공룡 둘리, 10대 애로가, 노총각 거시기가, 오공씨 불황 탈출기, 황선비 치매 퇴치가인데 각 연령대별 청자를 의식하여 고루 안배하였다는 점이 주목할 만하다. 이는 창작 판소리가 연령층과 소재 확장을 통해 발전을 꾀하고 있음을 엿볼 수 있는 부분이기 때문이다.
8) 최근 어린이 창극을 주제로 한 논문이 나온 것 또한 이러한 변화에 힘입은 바일 것이다.
  왕기석, 「어린이 창극 연구」, 중앙대학교 석사학위논문, 2006.

네골>이라는 창작 판소리다.[10]

2003년부터는 창작 판소리를 작업을 진행하는 이들 사이에서 꾸준한 창작이 이루어지던 중 애니 판소리라는 새로운 장르의 작품이 시리즈로 등장하게 된다. 애니 판소리는 KBS-TV의 '애니멘터리 한국설화'라는 프로그램에서 방영한 애니메이션 중 12편을 선정해, 그것을 바탕으로 창작 판소리 만들어 덧입힌 작품으로『애니판소리 한국설화 12바탕전』(KBS 미디어, 2005)이라는 DVD 타이틀로 발매된 것이다. 다음은 어린이를 위한 창작 판소리 년도별 목록이다.

	제목	발표/수록	시기	작창	창자	작사
1	<토끼와 거북이>	제2회 또랑광대콘테스트 대상 e-또랑깡대(Ggum) 바닥소리(사가반) 음반	2002 2003 2006	바닥소리	박애리	바닥소리
2	<햇님 달님>	제2회 또랑광대콘테스트 e-또랑깡대(Ggum)	2002 2003	유수곤	유수곤	유수곤
3	<혹부리 영감>	국악동요부르기대회 제5회 또랑광대콘테스트	2002 2005	바닥소리	최용성, 고관우	바닥소리
4	<재미네골>	<재미네골>	2003	김수미	김수미	김수미

---

9) 그림책과 판소리를 결합시켜 기획된 최초의 작품은 초방책방에서 나온 어린이 판소리 그림책이다.『심청가』(이현순 글, 최은미 그림, 초방책방, 2003)와『수궁가』 (이현순 글, 이육남 그림, 초방책방, 2003)가 먼저 나왔는데 판소리 원문을 발췌해서 그대로 옮기되, 한 장면에 창과 아니리가 번갈아 나와 간결하면서도 판소리의 맛을 충분히 느낄 수 있게 만들어 놓고 있다. 따라서 이 작품은 창작 판소리라고는 할 수 없으나 어린이를 주된 청자로 인식한 판소리의 영역 확대의 의미 있는 변화라 할 수 있다.

10) 본래 <재미네골>은 중국 조선족 설화에 홍성찬 씨가 그림을 그린 그림책『재미네골』(중국조선족 설화, 홍성찬 그림, 재미마주, 1999)이다. 여기에 김수미가 판소리에 맞도록 사설을 새로 마련하고 작창을 하여 소리를 한 <재미네골>을 CD로 만들었다. 이 CD를 그림책에 포함시키고 판소리로 듣는 옛이야기라는 부제를 붙여『재미네골』(중국조선족 설화, 홍성찬 그림, 재미마주, 2003)을 새로 출판한 것이다.

5	<과자가>	제3회 또랑광대콘테스트	2003	박지영	박지영	타루공동
6	<눈먼 부엉이>	제3회 또랑광대콘테스트 대상	2003	정유숙	정유숙	정유숙
7	<우리 집 강아지 뭉치이야기>	제3회 또랑광대콘테스트 예선 또랑광대우리소리(악당이반)	2003 2005	정대호	정대호	정대호
8	<동희의 판소리 여행기>	KBS FM	2004	김수미	민동희	김수미
9	<선녀와 나무꾼>	제4회 또랑광대콘테스트 또랑광대우리소리(악당이반)	2004 2005	이일규	이일규	이일규
10	<아빠와 곰보빵>	제4회 또랑광대콘테스트	2004	이은우 김명자	이은우	이은우 김명자
11	<아기 공룡 둘리>	온 가족이즐기는 창작판소리 다섯마당(KBS미디어)	2004	박애리	김해람	김은경
12	<금도끼 은도끼>	제5회 또랑광대콘테스트 바닥소리(사가반)	2005 2006	김문희	현미, 김문희	김문희
12	<강아지똥>	제1회 금요바닥소리판	2005	바닥소리	최용석/ 조정희	바닥소리
13	<비가비 명창 권삼득>	애니판소리(KBS미디어)	2005	최용석	최용석	김상규
14	<조롱박에 잎 띄우고>	애니판소리(KBS미디어)	2005	서정민	서정민	박미영
15	<다섯 개의 무덤>	애니판소리(KBS미디어)	2005	이덕인	이덕인	김용배
16	<첫날 밤에 있었던 일>	애니판소리(KBS미디어)	2005	박애리	박애리	유영대
17	<나옹과 요괴의 대결>	애니판소리(KBS미디어)	2005	박애리	박애리	김은경
18	<일곱 살 검객, 황창랑>	애니판소리(KBS미디어)	2005	남상일	남상일	김은경
19	<꼭두쇠 여인, 바우덕이>	애니판소리(KBS미디어)	2005	남상일	남상일	김은경
20	<붓통에 숨긴 목화씨>	애니판소리(KBS미디어)	2005	최용석	최용석	김상규
21	<너무도 못생긴 춘향>	애니판소리(KBS미디어)	2005	남상일	남상일	김은경
22	<무지개가 생긴 이유>	애니판소리(KBS미디어)	2005	이덕인	이덕인	김상규
23	<여걸 소서노>	애니판소리(KBS미디어)	2005	서정민	서정민	박미영
24	<포도대장을 이긴 대도>	애니판소리(KBS미디어)	2005	김수미	김수미	김용배
25	<이상한 우리말>	소리꾼 김해람의 행복 나누기 (예술기획 TOP)	2005	박애리	김해람	김은경
26	<강아지똥>	제5회 또랑광대콘테스트	2005	이은우	이은우	이은우
27	<치악산 꿩 이야기>	10월 29일 치악산 상원사에서 초연	2006	정대호	정대호	정대호
28	<해님, 달님>	바닥소리(사가반)	2006	최용석	최용석	최용석
29	<나라 구한 방귀 며느리>	바닥소리(사가반)	2006	신설희	신설희	신설희

일단 어린이를 위한 창작 판소리라고 할 수 있는 작품들을 모두 정리하였다. 이 중 본서의 범주에서 벗어나는 것도 있을 것인데 그에 관한 논의는 다음 장에서 계속하기로 하겠다.

3. 용어와 범위의 문제

1) 용어

연구 대상을 한정하는 일이 되겠는데 창작 방식과 특징을 논의하기 전에 용어와 범위의 문제를 짚고 넘어 가야 할 필요가 있다. 우선 어린이를 위한 판소리는 '아해소리', '아이소리', '동화 판소리', '아동판소리', '동가(童歌)' 등 통일된 명칭 없이 여러 명칭으로 불리고 있다.

우선, '아해소리'라는 명칭은 바닥소리라는 단체에서부터 시작되었다.11) 바닥소리의 이러한 작업은 어린이를 위한 판소리에 명명된 최초의 명칭인 동시에 어린이를 위한 창작 판소리의 시발점이기도 하다는 점에서 매우 의미가 깊다. 이전까지는 어린이를 위한 판소리에 대한 의식도, 그것을 지칭할 명칭에 대한 의식도 뚜렷하지 않았던 것이다. 이러한 상황은 학계도 크게 다르지 않아 김기형은 어린이를 위한 일련의 창작 판소리를 '동가', '아이소리'라고 지칭하였다.12)

---

11) 윤중강에 의하면 2002년 12월 무형문화재 전수회관에서 <바닥소리가 전하는 첫 번째 소리판─소리냄새>란 공연에서 <토끼와 거북> <햇님달님>이라는, 어린이를 위한 창작 판소리가 처음 소개되었는데 그 명칭이 '아해소리'라는 것이다. 윤중강, 앞의 글, 50쪽 참조.

12) 김기형, 앞의 글, 2003, 180쪽.
바닥소리 홈페이지에는 최용석이 <토끼와 거북이> 자료를 올려 놓으면서 '아이소리'라는 명칭을 쓰고 있다.

'동화 판소리'라는 용어는 바닥소리 첫 번째 창작 판소리 음반에서 쓰고 있는 용어이다.13) 바닥소리 음반에서는 몇몇 작품의 경우 북한의 창작 민요, 동화 판소리, 반전 판소리, 잔혹 판소리, 환경 판소리, 동화 판소리14) 등의 명칭을 작품 제목 앞에 붙여 놓고 있는데 애초에 '아해소리'로 명명하였던 작품 <토끼와 거북이>를 포함하여 <금도끼 은도끼>, <나라 구한 방귀 며느리> 모두 세 작품을 '동화 판소리'로 분류하고 있다. 이후 윤중강이 김수미가 만든 창작 판소리 <재미네골>을 동화 판소리라고 지칭한15) 이후 이 명칭은 흔히 쓰이고 있는데 '어린이를 위한 판소리'라는 의미로 동화 판소리라 용어는 적당하지 않다.

동화와 판소리는 모두 문학 장르의 명칭으로서, 같은 층위의 두 단어가 결합하여 새로운 하나의 장르명이 되기 어렵거니와 <재미네골>처럼 '동화책을 바탕으로 만든 판소리'의 경우에는 '동화 판소리'라는

---

13) 바닥소리 홈페이지에서 덩래맨이라는 아이디로 활동하고 있는 조정래는 <햇님달님> 자료를 올려 놓으면서 '동화판소리'로 구분해 적고 있다. 조정래가 자료를 올린 날짜가 2006년 2월 11일로 되어 있는 것으로 볼 때 이즈음에는 '동화 판소리'라는 이름으로 통일하자는 합의가 이루어진 것인지 아니면 '아해소리' 혹은 '아이소리'라는 용어가 일반인에게 익숙하지 않으리라 생각하던지 알 수 없으나 아름다운 용어를 포기한 것만은 확실한 듯하다.

14) 이들 명칭들은 작품의 내용적, 형식적, 미적 층위 등 일관된 층위를 기준으로 붙여진 명칭이 아니어서 작품의 장르를 구분하고 있다고 하기에는 무리가 있다. 그러나 동화 판소리의 경우에는 어린이를 위한 판소리로 다른 장르나 작품과는 뚜렷한 구별을 보이고 있다.

15) 윤중강은 '이 무대에서는 전래 설화를 바탕으로 한 창작 판소리 <눈먼 부엉이>(정유숙 작창·소리), 창작 판소리 <오월 광주>(임진택 작사·작창, 박성환 소리), 창작 판소리 <소리내력>(김지하 시, 임진택 작창, 이규호 소리) 등과 함께 김수미가 만든 동화 판소리 <재미네골>이 조정희 소리로 공연되기도 하였다.'고 하면서 <재미네골>을 '동화판소리'로 지칭하였다. 윤중강, 앞의 글, 50쪽.

용어가 가능하겠으나 어린이를 위한 창작 판소리의 명칭으로는 적당하지 않다. 서우종 또한 흔히 쓰이고 있는 '동화 판소리'라는 용어가 적절하지 않음을 지적하면서16) '아동 판소리'라는 용어를 사용하고 있다.17)

문학의 경우에는, 성인문학과 짝을 이루는 개념으로 아동문학 혹은 어린이 문학이라는 용어가 함께 쓰이고 있다. 아동문학이라는 용어를 쓸 것을 주장하는 사람들은 이 용어가 청소년기까지를 포함하는 개념이라고 하기도 하나 청소년 문학이라는 용어가 공공연히 쓰이고 있는 현실에서는 그리 타당해 보이는 근거는 아니다. 이보다 '어린이'라는 용어가 쉽고 아름다운 우리말이면서 어른에게 속박된 '작은 어른'이 아니라 자기 정체성을 가진 존재로서의 의미를 명확히 하고 있다는

---

16) 서종우도 '동화 판소리'는 '아이들을 위한 이야기로서의 판소리' 정도의 뜻이겠으나 <재미네골>이나 <강아지똥>처럼 동화를 소재로 한 판소리와 혼동될 우려가 있다면서 동화 판소리라는 용어가 적당하지 않음을 피력하고 있다. 서우종, 앞의 글, 55쪽 참조.

17) 서우종은 기존에 쓰이고 있는 용어 중 '아히소리'라는 용어에 각별한 관심을 보인다. 순한글 표현으로, 민족 고유의 전통 예술인 판소리의 성격과 잘 어울린다는 것이다. 그러면서도 '아동 판소리'라는 용어를 선택하고 있는 이유는 자신의 논문에서 창작 판소리를 다섯 가지로 분류하였는데 나머지 명칭들과의 균형 때문이다. 역사판소리, 종교판소리, 세태판소리, 생활판소리 등의 용어가 한자어를 사용해 'ㅇㅇ 판소리'의 형식으로 표현되고 있어 '아히소리'라는 순한글 명칭은 나머지 갈래 명칭과의 일관성을 고려했을 때 적당하지 않다는 것이다. '아동 판소리'라는 용어가 틀렸다고는 할 수 없으나, 서우종은 자신이 분류한 창작 판소리의 다른 명칭과의 관계 때문에 '아히소리'보다는 '아동 판소리'가 좋겠다고 하여 그 논리적 타당성이 약하다는 한계가 있다. 서우종의 창작판소리 분류는 세태판소리와 생활판소리가 명확하게 구분되지 않는 등 일관성있는 분류라 하기 어렵고 이러한 용어들이 학계에서 일반적으로 통용되고 있는 용어는 더더욱 닌 상황에서 이것이 용어를 규정하는 데 있어서의 기준이 되기는 어렵기 때문이다. 좀더 합리적인 기준과 근거를 마련할 필요가 있다. 서우종, 앞의 글. 85쪽 참조.

점에서[18] '어린이 문학'이라는 용어를 선호하는 작가, 비평가, 편집자들이 늘어나고 있고, 그 결과 '어린이 문학'이라는 용어가 널리 쓰이고 있는 형편이다. 음악계에서는 어린이 창극이라는 명칭 또한 널리 쓰이고 있어, 문학뿐만 아니라 문화계 전반의 흐름을 고려할 때 '아동 판소리'보다는 '어린이 판소리'라는 용어가 더 균형 잡힌 용어가 아닐까 한다.

2) 범위

우선 어린이 판소리의 범위를 설정하는 데 있어 문제가 되는 작품을 살펴보면 다음과 같다.

① 〈눈먼 부엉이〉

암행 나온 임금이 뇌물 때문에 과거 낙방한 선비(이만성)를 만나 선비의 이야기를 듣는 액자 형식의 이 작품은 액자 밖의 이야기는 효자 설화를 개작하였고, 액자 속의 이야기는 부엉이와 뜸부기, 꾀꼬리가 등장하여 우화의 형식을 취하고 있다.[19] 겉으로 드러나는 형식은 어린이 판소리로 적절하다 하겠으나 액자 속 이야기의 소재나 주제, 표현 등은 어린이를 위한 판소리라고 하기는 어려운 측면을 지니고 있다.

---

18) '어린이'의 개념에 대해서는 최기숙(『어린이 이야기, 그 거세된 꿈』, 책세상, 2001)이 꼼꼼히 정리해 놓았다.

19) 김연은 이 작품이 설화를 바탕으로 하되 우화의 형식을 취하고 있음을 들어 〈눈먼 부엉이〉를 어린이를 위한 판소리로 구분하기도 하였다. 김연, 앞의 글 참조.

② 〈해님, 달님〉

류수곤의 〈햇님 달님〉과 제목도 비슷하고, '해와 달이 된 오누이' 설화를 개작하고 있다는 점에서는 공통적이나 내용은 사뭇 다르다. 〈해님, 달님〉은 '잔혹동화'라는 이름을 달고 나오면서 청소년 사이에 유행하는 최근의 경향에 초점을 맞추고 있는데[20] 내용은 다국적 기업, 자본주의에 대한 고발, 노동과 빈곤의 문제, 이주 노동자 문제까지 결합시킨 사회성 짙은 사실주의적인 작품이다. 어린이에게 익숙한 옛이야기를 소재로 삼고 있고 어린이를 대상으로 한 듯한 어투를 쓰고 있기는 하나 어린이라는 청자를 염두에 두고 창작된 작품이라고 하기가 어렵다.

③ 〈선녀와 나무꾼〉

설화를 개작한 이 작품은 하늘과 땅이 서로 왕래할 수 없는 영역이라는 사실을 두고 국가보안법과 같은 현실적인 문제들을 언급하고 있기는 하나 가족의 사랑을 기본 주제로 하고 있어 어린이 판소리라하여도 손색없는 소재와 주제와 이야기 형식을 지니고 있다. 그러나이 작품 또한 소재만 어린이에게 널리 알려진 옛이야기에서 취하였을

---

20) '잔혹 동화'는 동화를 기본 틀로 하되 이를 잔인하게 각색하는 것이 특징이다. 98~99년 일본에서 크게 유행하면서 화제를 불러일으킨 책 『알고보면 무시 무시한 그림동화』 1, 2, 3(기류 마사오, 이정환 역, 서울문화사, 1999)으로부터 우리나라에 유행하기 시작한 것으로 보인다. 문제는 청소년들을 중심으로 한 인터넷 사이트에서의 활발한 활동인데 청소년 사이에서는 네이버·다음 등 인터넷 포털 사이트에는 잔혹동화를 만들어 올리는 동호회가 수십 개에 달하고, 창작 게시물 수도 상당한 것으로 집계되고 있다. 여기에 대해서는 우려 섞인 목소리들이 많고 〈눈먼 부엉이〉도 이런 측면에서 논의가 필요할 것이나 일단 여기서는 〈눈먼 부엉이〉를 어린이를 위한 판소리의 범주에서 제외하기로 하였으므로 논의를 제한하기로 한다.

뿐, 어린이를 위한 판소리라는 작가의 명확한 인식이 없으므로 논의에서 제외하기로 한다.[21]

④ 〈우리 집 강아지 뭉치 이야기〉

애완견 강아지가 집을 나와 엄마를 만나기까지의 좌충우돌 모험담을 담은 이 작품은 뭉치의 말썽을 언급하는 창에서는 놀부 심술 생각나는 사설로 짜여져 있고, 동물 소리 흉내도 자주 등장하여 재미를 더한다. 그러나 아니리가 과다한 데다가 아니리의 내용 또한 성적인 사설과 발림 등이 포함되어 있어 어린이에게 적절하지 않은 문제들을 안고 있다.

⑤ 〈아빠와 곰보빵〉

아버지 제사를 맞아 돌아가신 아버지를 회고하는 이야기인데, 비장과 골계의 교차가 판소리적 재미를 더하는 작품이다. 따뜻하고 잔잔한 이야기 자체도 '동화적'인데다가 화자는 어른인데도 굳이 '아빠'라는 단어를 사용하고 있어 어린이를 염두에 둔 제목인가 하는 의문을 갖게 한다. 그러나 일단 논의에서는 제외하기로 한다. 앞서 <선녀와 나무꾼>도 어린이를 위한 판소리라 해도 크게 문제가 없을 것 같으나 제외하기로 한 바, 창작자가 어린이를 위한 판소리라고 밝힌 것에 논의의 범위를 한정하도록 하려는 것이다. 이는 어린이로서 판소리 애호가가 많지 않고, 어린이 판소리에 대한 명확한 범주가 마련되지 않은 상황이므로 청자에 의해서 장르가 결정되기는 힘든 상황이어서

---

21) 창작판소리를 역사, 종교, 세태, 생활, 아동 다섯 가지로 분류한 바 있는 서우종도 이 작품을 생활 판소리로 분류한 바 있다. 서우종, 앞의 글 참조.

창작자의 본래 의도가 가장 중요할 수밖에 없으며 창작자의 본래 의
도를 기준으로 한 것이 가장 선명하다는 편리함 또한 아울러 갖기
때문이다.

그렇게 범위를 정해도 문제가 되는 것이 하나 있는데, 그것은 바로
'애니 판소리'라는 새로운 장르이다. 2005년 전주세계소리축제 때 초
연되었던 이 새로운 장르는 애니메이션을 영상을 보면서 소리를 감상
하는, 새로운 형식으로, 그 의도만을 본다면 어린이를 위한 판소리임
에 틀림없겠으나 애니 판소리는 어린이 창극, 어린이 국악 뮤지컬 등
과 같이 어린이 판소리의 또 다른 파생장르로서 연구되는 것이 바람직
할 것이다.22) 애초에 애니를 만들고 거기에 맞는 사설을 짓고 작창을
하는 과정을 거쳤기 때문에 하나의 독립된 판소리로서의 음악적 문학
적 성과는 그렇다고 치더라도, 애니와 동떨어져 소리로만 독립시켰을
때 온전히 뜻이 전달되지 못하는 작품도 있다.23) 애니 판소리는 창작
판소리의 새로운 변화로서 중요한 한 흐름으로, 판소리의 또 다른 파
생 형태로서 의의를 지닌다. 또한 대중성을 확보하여 어린이 판소리
자체에 대한 관심과 흥미를 불러일으킬 수도 있겠다. 그러한 부수적이
효과들을 기대해 봄직도 하나 판소리 그 자체가 목적이 되지는 않는다
는 점에서는 판소리와 구별하여 논의될 필요가 있다.

---

22) 그런 의미에서 가야금 병창 <강아지똥>도 영역 확대에 기여하였다고 할 수 있다.
23) 나옹과 요괴의 대결이나 너무도 못생긴 춘향은 그림이 없을 경우 이해하기 어렵
    도록 사설이 짜여 있으며 일곱 살 검객 황창랑, 붓통에 숨긴 목화씨 등 다른 작품
    도 정도의 차이는 있으나 그림을 염두에 두고 쓴 사설로서 소리만으로 독립되기
    힘들다.

4. 어린이 판소리의 창작 방식과 특징

창작 판소리에 대한 논의는 크게 사설적인 측면에서의 논의와 음악적인 측면에서의 논의 두 가지가 될 것인데 여기서는 사설을 중심으로 논의를 전개하되 어린이 판소리의 전반적인 특징들을 살피고자 한다. 어린이 판소리가 그 첫걸음을 내딛고 있는 상황이라는 점을 감안한다면 이러한 특징들은 시작 단계에서 있을 수 있는 한계로서 향후 이어지는 작품들에서 한계들은 곧 극복될 수도, 또 다른 방향으로 발전할 수도, 혹은 또 다른 문제점을 노정할 수도 있다. 따라서 지금은 형성 과정의 추이를 지켜보고 점검하는 것이 가장 요구되는 일일 것이라는 생각에서 범박하게나마 어린이 판소리의 사설적 특징들을 점검하는 것으로 논의의 범위를 한정하려고 한다.

1) 서사 중심

어린이 판소리 사설은 크게 두 가지로 나눌 수 있다. 설화나 동화, 만화, 영화 등 기존의 서사를 각색하는 방식과 새로이 창작을 하는 방식이 그것인데 정리해 보면 다음과 같다.

창작방식		작품
기존 사설 각색	우화	<토끼와 거북이>
	설화	<햇님 달님> <재미네골> <나라 구한 방귀 며느리> <치악산 꿩 이야기> <금도끼 은도끼> <혹부리 영감>
	동화	<강아지똥>
	만화 영화	<아기공룡 둘리>
창작		<과자가> <이상한 우리말> <동희의 판소리 여행기>

설화의 각색이 두드러지는 것을 볼 수 있는데 <햇님 달님>, <나라 구한 방귀 며느리>, <치악산 꿩 이야기>처럼 내용을 현대화하거나 주제의식을 바꾸거나 하지 않고 기존 설화를 판소리에 맞게 충실히 각색하고 있는 작품이 있는가 하면, <금도끼 은도끼>, <혹부리 영감>처럼 기존의 설화의 서사를 약간 변형하거나 현대적으로 개작하는 경우 등도 있다. 그런가 하면 설화를 근간으로 하되, <재미네골>처럼 판소리로 부르기에 적절하도록 그림책의 문장이나 표현을 대폭 다듬는 경우도 있고, <강아지똥>처럼 기존의 동화를 거의 그대로 판소리로 불러낸 작품도 있다. <아기 공룡 둘리>는 어린이들에게 인기 있는 만화 영화를 바탕으로 각색되었다. 그에 비하여 창작된 어린이 판소리는 <과자가>, <이상한 우리말>, <동희의 판소리 여행기> 등 세 편에 불과해 어린이 판소리의 경우 기존의 사설을 근간으로 각색이나 패러디를 한 경우가 우세함을 볼 수 있다. 이는 사설을 새로 창작하는 방식이 우세한 창작 판소리와 달라지는 지점이기도 하다.

판소리에서 이야기의 중요성은 이미 누차 강조[24]된 바, 주로 설화를 재구성하는 방식을 취하고 있는 작품들은 이야기성을 지니는 데에는 별 어려움이 없어 보인다. 반면 <아기 공룡 둘리>와 <동희의 판소리 여행기>, <이상한 우리말> 등은 그러한 이야기성을 결여하고 있다.

<아기공룡 둘리>는 '둘리 저지레 대목' 등에서 캐릭터가 집중적으

[24) 창작 판소리의 이야기성에 대한 강조는 특히 다음 논의들을 참고할 수 있다.
김현주, 앞의 글.
신동흔, 앞의 글.
임진택, 「이야기와 판소리」, 『실천문학 2-이 땅에 살기 위하여』, 1981, 329-365쪽.

로 부각되고 있는 반면 서사 자체는 뚜렷하지 않은 채 본래 만화 영화에서의 둘리 서사에 기대고 있어 어린이 판소리로 만들어진 장편 이야기의 한 부분이라는 느낌이 더 강하다.

<동희의 판소리 여행기>와 <이상한 우리말>의 경우는 함께 아기 공룡 둘리처럼 공감대를 형성하고 있는 서사적 토대나 캐릭터도 없을 뿐만 아니라 이야기도 미미하여 계속 사랑받을 수 있을지는 미지수다.25) <동희의 판소리 여행기>는 상황이 더욱 심각하다. <동희의 판소리 여행기>는 초등학생 동희가 잠깐 잠이 들어 꿈속에서 100년 전으로 돌아가 열린 소리판을 구경하게 되면서 꿈에서 깬 뒤에는 판소리 팬이 된다는 줄거리이다. 판소리 관련 지식을 어린이들이 이해하기 쉽도록 풀어서 설명한 작품이라는 점에서는 성과가 있겠으나 서사보다는 판소리를 알기 쉽게 풀어 설명하는 데 치중하여 이야기의 힘이 부족하다. 판소리로 판소리를 교육하고자 한 아이디어는 흥미롭지만26) 이야기가 없어 교육을 떠나 판소리 작품 자체로서 즐기기는 어려워지는 것이다.

2) 주제의식

어린이 판소리의 가장 두드러지는 특징 중의 하나는 교훈이 강하게 드러난다는 점이다. 청중과 신명나게 한판 어우러지는 재미를 추구하

---

25) <이상한 우리말>은 소리꾼 김해람의 행복 나누기(예술기획 TOP, 2005)라는 음반에 수록되어 있을 뿐 활발한 연창의 기회는 획득하고 있지 못한 듯하다.

26) 2004년 KBS FM에서 제작하였다고 하며 아직 CD로 나오지 않았는데, 이는 <동희의 판소리 여행기>가 판소리 작품 자체로서의 가치보다는 판소리 교육 매체로서 더 비중이 두어졌기 때문이 아닐까 한다.

는 것이 최근 창작 판소리의 경향이기는 하나 판짜기에 앞서 어린이를 '위하여' 일정한 교훈을 전달하겠다는 목적의식이 앞서고 그러한 의도가 사설로 굳어져 있다. 이러한 강한 목적의식은 6,70년대 위인들을 소재로 한 창작판소리나 8,90년대 현실 비판적 성격을 강하게 드러냈던 창작 판소리들에서 두드러지는 특징인데 어린이 판소리 또한 그러한 목적의식들을 강하게 드러내고 있는 것이다.

어린이들에게 판소리에 대한 관심을 고취시키기 위한 목적으로 창작된 <동희의 판소리 여행기>나 인터넷에서 즐겨 쓰는 어린이들의 잘못된 언어 습관을 비판하고 우리말의 아름다움을 강조하는 <이상한 우리말>은 음악적 성취 이전에 지나친 목적성이 두드러지는 작품이다. 설화나 동화를 개작한 작품의 경우에도 <토끼와 거북이>, <금도끼 은도끼>, <혹부리 영감>, <치악산 꿩 이야기>, <강아지똥> 등은 서사 자체가 교훈성을 강하게 드러내는 이야기이며, 작품 말미에도 교훈성을 그대로 노출시키고 있음을 볼 수 있다.

> 여러분도 욕심 부리지 말고 착허고 성실허게 부모님 말씀 잘 듣고 재미있게 지내세요. <혹부리 영감>

> 잘못을 깨달은 나무꾼 다시 한번 열심히 일을 하여 마을에서 제일가는 부자가 되어 부모님께 효도하고 어려운 이웃 도와 행복하고 오래오래 잘 살았답니다. <금도끼 은도끼>

한쪽에서는 교훈성이 두드러지는 반면 한쪽에서는 지나치게 흥미 위주의 작품도 발견된다. <과자가>가 그것인데 윤중강은 <과자가>가 '실제 눈높이를 오늘의 어린이에게 맞춘 작품'이라고 하면서 '결과를 궁금하게 하면서 관객을 흡입하는 점은 다른 창작 판소리에서 한수 배워야 할 것'이라고 극찬하였다.[27] 그러나 어린이에게 눈높이를 맞추는 일이 어린이의 기호에 영합하는 일이어서는 안 된다. 과자, 아이스크림, 납치, 군인, 괴물, 싸움 등과 같은 소재들은 어린이들의 흥미를 끌만한 화려하고 매력 있는 것들이나 이들이 궁극적으로 표상하고 있는 바가 무엇인가 생각해 볼 필요가 있다. 가장 핵심이 되는 과자와 아이스크림의 갈등과 싸움에는 이유가 없는 것이다. 따라서 과자들이 아이스크림을 물리치고 나서도 승자의 기쁨 외에는 남는 것이 없다. 창작 판소리들이 예술성보다는 아니리 재담에 더욱 치중하면서 대중적 인기를 좇는 경향에 대해 불편한 심기를 드러내면서 비판의 소리를 높이는 목소리들과 공감하게 되는 지점이다.

교훈이 뻔히 겉으로 드러나거나 어린이의 기호에 영합하는 흥미만을 추구할 것이 아니라 재미있게 즐기면서 다 즐기고 나면 여운이 남는, 한바탕 웃음 속에 진한 감동과 교훈이 담긴 서사가 필요하다.[28] 이런 점에서는 <나라 구한 방귀 며느리>가 어느 정도 성공을 거두고 있다고 할 수 있다. <나라 구한 방귀 며느리>는 어린이 판소리 중에서 유일하게 여성의 이야기다. 물론 <동희의 판소리 여행기>에서도 여자 어린이가 주인공으로 등장하기는 하나 여성성을 드러내면서 여

---

27) 윤중강, 앞의 글, 51-52쪽.

28) 조동일은 판소리 사설 재창조의 방향을 점검하는 글에서 '숭고와 골계, 긴장과 이완, 유식과 무식이 대립되어 겉 다르고 속 다른 주장을 할 수 있게 하는 것이 판소리 재창작의 핵심이다.'라고 하였다.(조동일, 「판소리 사설 재창조 점검」, 『판소리 연구』 제1집, 판소리학회, 1989, 207쪽) 창작 판소리는 물론이거니와 교훈성이나 흥미성 어느 한 쪽만이 강조되는 어린이 판소리의 경우는 이 점을 꼭 염두에 두어야 할 것이다.

성에 대해 생각하도록 만드는 것은 아니다.[29] 그러나 <나라 구한 방귀 며느리>는 방귀 그 자체가 주는 즐거움과 유쾌함, 그리고 방귀로 적군을 물리쳤다는 황당하면서도 기발한 서사를 마음껏 즐기고 나면 어느새 여성에 대한 새로운 시각을 지니게 된다. 또한 위엄이나 체면이라고 하는 것이 얼마나 가식적인 것이며 자연스러움을 따르는 일이야말로 가장 건강하고 행복한 일임을 깨닫게 해준다.

3) 미의식

전통 판소리가 비장과 골계를 교차시키면서 긴장과 이완을 가능하게 하였다면, 창작 판소리들은 초기에는 비장미가 우세하여 문제가 된다는 지적이, 최근 창작되는 판소리들은 오히려 반대로 골계미가 너무 우세한 것이 문제거리로 지적되고 있다. 그런가 하면, 어린이 판소리의 경우는 골계미가 부족하다는 점을 특징으로 꼽을 수 있다.[30]

---

29) 논의 대상에서는 제외하였으나 애니 판소리들에는 여성이 주인공으로 등장하는 경우가 많고, 꼭두쇠 여인, 바우덕이, 여걸 소서노 등에서는 여성이 주인공으로 등장하면서 여성 영웅으로서의 면모를 드러내기도 한다. 그러나 이들은 의도성이 짙어 표면적 주제와 이면적 주제를 달리하면서 다양한 해석을 가능하게 하는 전통 판소리의 특질과는 다르다.

30) 이는 <눈먼 부엉이>의 경우를 살펴보면 더욱 두드러진다. 본고에서는 이 작품이 어린이에게 익숙한 설화를 바탕으로 하고 있기는 하나 소재적인 측면이나 어린이의 삶과의 유리 등을 근거로 어린이를 위한 판소리에서는 제외하였다. 김연의 경우 어린이 판소리로 구별하기도 하나 서우종도 <눈먼 부엉이>를 세태 판소리로 구별하기도 하고 있어 어린이 판소리의 범주에는 포함시키지 않고 있다. 말하자면 <눈먼 부엉이>는 설화적 소재를 가지고 어린이 판소리의 탈을 쓴 세태 판소리라 하겠는데 이 경우에는 골계적인 부분이 많이 등장하고 있다. 이규호도 <눈먼 부엉이>를 평가하면서 '성유숙의 간드러진 목소리와 나긋나긋한 몸짓, 그리고 가수 이정현의 춤 흉내가 청중을 열광케 한다. 개그 콘서트에 나오는 옥동자의 "노래도 못하는

<나라 구한 방귀 며느리>의 경우, 며느리가 방귀를 뀌는 대목에서 골계미가 드러나기도 한다. 그러나 이는 근원이 된 설화 자체의 골계성에 기댄 것일 뿐이다. 골계라고는 끼어들 틈이 없어 보이는 비장한 이야기 속에 절묘하게 웃음을 이끌어 내고 있는 <심청전> 같은 전통 판소리의 경우와 비교하였을 때, 기대하지 않았던 데서 터지는 골계와 청중이 추측 가능한 골계와는 질적 차이가 크다고 할 수 있다.

<햇님 달님>의 경우 호랑이의 우스꽝스러운 태도 등에서 골계가 간간이 드러나기도 하나 충분히 부각되지 못한 채[31) 충실히 서사를 전개할 뿐이다. 특히 <햇님 달님>의 경우는 호랑이에게 떡을 빼앗기고 결국은 잡아먹히고 마는 불쌍한 어머니의 모습 등에서 비장미가 드러나기도 하지만 이 부분이 특별히 강조되지도, 골계와 적절히 교차되지도 못한다. 이 때문에 청자들은 골계와 비장이 교차되는 데서 느껴지는 팽팽한 긴장감을 느낄 사이 없이 이미 알고 있는 이야기를 따라갈 뿐이어서 아쉬움을 남긴다.

이처럼 어린이 판소리는 이처럼 골계미나 비장미 등 미학적인 안배 보다는 이야기 자체의 전달과 교훈 전달에 너무 치중한다. 목적성이 너무 강하다보니 이야기는 직선적으로 전개되고, 이야기는 오로지 교훈을 향해서 치달릴 수밖에 없게 되는 것이다.[32)

것들이 잘난 체 하기는. 노래를 할라면 나처럼 해야지"를 흉내낸 것도 재밌다.'(이규호, 「창작 판소리의 음악 짜임새」,『판소리 연구』제17집, 판소리학회, 243쪽)고 하면서 <눈먼 부엉이>의 골계성을 평가한 바 있다. 이처럼 어린이 판소리라는 범주에서 자유로워지면 골계미도 증가하는 것을 볼 수 있다.

31) 이규호는 호랑이가 엄마의 반말에 눈물 짓는다는 설정이 기발하다고 평가하였다. 이규호, 위의 글, 244쪽. 그러나 그러한 기발함이 충분한 웃음을 유발하도록 부각되어야 했다. 전통 판소리에서 보이는 부분의 독자성 구현이 아쉬운 지점이었다.

32) 김현주는 전통 판소리의 서사패턴이 삽화적 전개방식인 데 반하여 창작 판소리는

4) 표현

어린이 판소리의 또 다른 특징 중 하나는 어린이를 의식한 독특한 표현에 있다.

<토끼와 거북이>는 구연동화 같은 느낌을 주는데 아니리 부분에서 특히 두드러진다.

> 옛날 옛날 토끼와 거북이가 살고 있었어요.
> 토끼와 거북이는 아주 좋은 친구랍니다.
> 토끼는 바람처럼 아주 빨랐고요, 거북이는 엉금 엉금 느렸지요.

결말부도 어린이를 의식한 표현이 나온다.

> 여러분 토끼와 거북이 이야기 재밌지요? 그럼 오늘은 이만 안녕

이처럼 구연 동화와 같은 느낌을 주는 아니리 부분이 창보다 현저하게 길어짐으로써[33] <토끼와 거북이>는 판소리라는 느낌보다는 구연 동화 속에 창이 섞여 있다는 느낌을 주고 있다.[34]

직선적 전개 방식을 취하고 있어 전통적 서사패턴을 계승하고 있지 못하며 이는 정서적 긴장과 이완의 패턴 자체가 의미를 잃어가고 있음을 말하는 것이라고 하였다. 스토리 전달에 초점이 두어지거나 감정의 표피적인 표출에 관심이 많아지면 자연히 정서적 울림과는 거리가 생기게 마련이므로 창작판소리가 직선적 전개방식을 극복해야 할 필요가 있음을 역설하였다. 김현주, 앞의 글, 89쪽 참조.

33) 이규호도 <토끼와 거북이>의 총 공연 시간 8분 54초 중 창 부분이 차지하는 시간이 3분 34초로 공연 시간의 절반도 안 된다면서 이 작품이 구연 중심이라고 밝힌 바 있다. 이규호, 앞의 글, 242쪽 참조.

34) 창보다 아니리가 강조된다는 점은 창작 판소리 전반에서 제기되고 있는 문제점이기도 하다.

이와 함께 '습니다'나 '어요'와 같은 종결 어미도 어린이 판소리가 지닌 독특한 표현 중의 하나이다. 동화를 판소리로 부른 강아지 똥은 아니리나 창 구별 없이 모두 '어요'체를 사용하고 있다. <토끼와 거북이>, <금도끼 은도끼>, <나라 구한 방귀 며느리>, <아기 공룡 둘리>, <과자가>는 아니리에 해당하는 부분은 '어요'와 '습니다'체를 쓰고 있는 반면, 창에서는 판소리 어투를 살려서 쓰고 있다. 이것으로 볼 때, 어린이를 위한 판소리라는 의식 하에 아니리에서는 '어요'와 '습니다'체를 쓰지만 '어요'와 '습니다'체로는 판소리의 맛을 그대로 살릴 수가 없기에 창에서는 판소리의 어투를 살려서 쓰고 있음을 알 수 있다. <이상한 우리말>, <혹부리 영감>은 창, 아니리 구분 없이 '어요', '습니다'체와 판소리 어투를 섞어서 쓰고 있는 것으로 보아 '어요'와 '습니다'체는 어린이에게 이야기를 들려준다는 의식 하에 인위적으로 쓰이기는 하였으나 판소리의 맛을 살리기에는 어려움이 많은 것으로 보인다.

그런가하면 창, 아니리 구별 없이 처음부터 끝까지 판소리 어투를 고집하고 있는 작품도 있는데 <치악산 꿩 이야기>와 <재미네골>이 그것이다. 특히 <재미네골>은 사설의 바탕이 되는 그림책이 있음에도 불구하고 그림책의 본문과는 달리 판소리 어투를 살려서 사설을 창작하였으며 전라도 사투리를 삽입하는 경우도 있다.

어린이 문학에서 요구되는 쉽고 바른 말, 정확한 언어와 문장, 운율감 있고 생생한 표현들이 어린이 판소리에서도 동일하게 요구되는데 아직 시작 단계에 있는 어린이 판소리는 문장이나 표현 자체에 대한 깊이 있는 고민에까지 이르지는 못한 듯하다. 판소리는 우리말의 아름다움이 가장 잘 드러나는 장르 중 하나다.[35] 본래 판소리 자체의 전통이 그러할진대 어린이 판소리는 더 말할 나위가 없을 것이다.

5. 어린이 판소리, 그리고 미래

어린이 판소리는 이제 단순한 실험을 넘어서고 있어[36] 음악 쪽뿐만 아니라 문학쪽에서의 관심과 참여가 요구되는 시점이다. 그러한 분위기가 무르익었다기보다는 여태까지의 성과를 검토하고 방향을 잡아나가야 하는 시점으로, 이제까지의 실험들을 정리, 검토함으로써 일정한 방향성들이 논의되기 시작해야 하는 때인 것이다.

20세기에 들어서면서 실내 극장의 설립, 창극이라는 새로운 양식의 등장, 여성 창자의 대거 출현이라는 변화에도 불구하고 판소리는 쇠퇴

---

35) 김현주는 바로 이 점에 주목하여 "판소리는 아름다운 우리말의 보고였다. 수많은 한문어구들이 있는 것도 사실이지만 범인들이 일상생활 속에서 자연스럽게 쓰는 우리말들이 촘촘히 아로새겨져 있는 것이다. 우리는 그 빛나는 전통을 승계해야 하며, 판소리를 즐기는 것이 우리말의 아름다움을 체험하는 장이 되도록 만들어야 할 것이다."라고 하면서 판소리의 담화 방식을 창작 판소리가 계승할 필요가 있다고 하였다. 김현주, 앞의 글, 92쪽 참조.

36) 김기형은 젊은 소리꾼들의 활동 중 하나인 인사동 거리 소리판의 성격과 의의를 밝히면서 여기서 불린 창작 판소리를 정리한 바 있는데 김명자의 <캔디 타령>, <슈퍼댁 씨름출정기>, 김정은의 <혹부리 영감>, 유수곤의 <햇님 달님>, 박애리의 <토끼와 거북이>, 박태오의 <스타크래프트가>, 이규호의 <똥바다>, <예수전>, 이자람의 <미선, 효순을 위한 추모가>, 이렇게 모두 아홉 곡 중 어린이 판소리는 세 곡을 차지하였다.(김기형, 앞의 글, 2003, 175쪽 참조) 총 몇 차례 공연 중 각 작품들이 몇 차례나 불렸는지, 선곡 또한 인사동 거리 소리판에 참여하는 사람들이 각각 자신의 주요 레파토리를 부른 것인지, 인사동 거리 소리판에 모인 청중들과 그들의 요구를 염두에 둔 것인지 알 수가 없다는 한계는 있으나 어린이 판소리의 비중이 결코 낮지 않다는 것을 알 수 있게 하는 대목이다. 이는 현재 창작 판소리에서 어린이 판소리의 비중을 말해주는 것일 것이며, 판소리 전체에서 요구되는 것일 수도 있다.

의 길을 걸을 수밖에 없었다는 사실을 기억할 필요가 있겠다. 판소리 전승의 위축과 쇠퇴에는 새로운 재담극, 신파극 등 새로운 극양식의 등장과 향유층의 변화 등 전시대와는 다른 환경적 요인들이 중요한 요인으로 작용을 하였을 것이나 단순히 새로운 양식과 대중화라는 안이한 대처가 판소리의 부흥의 관건이 되지는 못한다는 점이다. 전통의 활발한 전승과 세련된 예술성이 함께 갖추어지지 않으면 판소리 부흥은 의미를 잃거니와 부흥 자체를 기대하기도 어렵게 될 것이다. 창작 판소리, 특히 새로운 장르로 떠오르고 애니 판소리, 동화 판소리, 어린이 창극, 어린이 소리극 등 다양한 장르로 분화되고 있는 어린이 판소리가 염두에 두어야 할 부분이다. 다양한 양식적 시도와 발전은 판소리 발전의 추동력으로 기능할 수도 있으나 그것이 예술적 성과들을 지속적으로 확보해 내지 못할 경우, 실험에 그치고 말 수도 있을 것이기 때문이다.

판소리는 신재효가 <광대가>에서 밝혔듯이 창자의 인물, 사설, 음악, 몸짓에 이르기까지 다양한 요소들을 고루 완벽하게 갖출 때에만 그 가치가 빛나는, 고도의 전문성을 요하는 예술이다. 따라서 한두 사람의 힘만으로는 지속적인, 그리고 성과 있는 작업을 기대하기가 어렵다. 인간문화재로 지정된 명창을 비롯한 대부분의 명창들이 전통적인 판소리를 고수할 뿐 창작 판소리에 열정적인 관심을 보이지 않는 점도 판소리 창작이 용이하지 않음을 반증하는 것일 것이다. 이러하니 젊은 광대들의 판소리 창작은 무모하달 수 있으나 오히려 용감한 시도일 수 있겠다. 이제 남은 것은 젊은 광대들의 용감한 시도를 문학과 음악 양쪽에서 든든하게 뒷받침해 주는 일일 것이다. 어린이 판소리의 경우, 명창들의 참여도 더욱 활발해져야 하겠거니와 사설 창작에 있어

어린이 문학을 담당하는 작가와 편집자, 비평가들의 관심과 역할도 증대되어야 하겠다.[37)]

요컨대 수준 높은 음악성과 예술성을 지니고 있으면서도 청자들에게 쉽게 다가갈 수 있는 쉬운 소리를 만드는 것[38)]이 어린이 판소리가 지향해야 할 바다. 어린이 판소리가 중요한 이유는 이 판소리를 들은 어린이들이 바로 다음 세대 판소리의 주역으로 성장할 것이기 때문이며, 그것은 곧 미래의 판소리의 향방을 결정하는 결정적인 요소가 될 것이기 때문이다.

---

37) 조동일도 "판소리 창을 제대로 익힌 사람이 사설까지 스스로 마련하고, 공연 현장에서 거듭 개작해야 한다. 그렇게 하는 것이 지나친 이상론이라면 사설을 만드는 사람, 연기를 돌보는 사람이 광대, 고수와 함께 다니면서 계속 합작을 하는 차선책을 강구할 수 있다."(조동일, 앞의 글, 207쪽)고 하여 창작 판소리가 어느 한쪽의 노력만으로는 어려운 일임을 역설하였다. 이렇기 때문에 타루나 바닥소리의 공동작업은 창작 판소리의 경우 특히나 의미가 있는 일이 아닐 수 없다.

38) 김대행도 마치 유행가처럼 누구나 즐겨 부를 수 있는 음악으로 판소리가 발전하기를 바라며 당대적 언어표현과 평이해진 창법을 수반한 다양한 도막소리와 단가가 개발되어야 함을 역설하였다. 김대행, 「판소리의 발전 전망과 구도」, 『판소리연구』 제18집, 판소리학회, 2004, 38쪽 참조.

은애, 생사를 초월하여
기개와 지조를 숭상하다

1. 열여덟 번이나 찌르다

"펼쳐라!"

현감의 영이 떨어졌다. 나졸 두 명이 피투성이 거적을 펼쳤다. 피범벅이 된 시체 한 구가 나왔다. 거적 밑에는 피가 홍건하였으며 피비린내가 진동했다. 그 끔찍한 모습을 차마 보기 어려웠던지 나졸들은 고개를 돌렸다. 아전들이며 오백(伍伯), 군노 사령, 사건과 관련하여 동헌에 붙들려 온 사람들 모두 너나 할 것 없이 진저리를 쳤다.

현감 박재순도 멈칫했다. 이미 보고를 받은 터였지만 이렇게까지 끔찍하리라고는 생각 못했다. 미간을 찌푸리며 시체를 살피었다. 여러 군데 자상을 입은 시체는 피가 응어리져 사람인지 짐승인지 구분이 어려웠다. 목, 어깨, 겨드랑이, 가슴, 등, 무려 열여덟 군데나 찔려 있었다.

검시를 마친 현감은 동헌 마당에 끌려 나와 있는 죄인을 돌아보고 위엄 있는 목소리로 문초를 시작했다.

"죄인은 바른 대로 고하라. 무엇 때문에 이 자를 찔렀느냐?"

동헌 마당 한가운데에는 두 볼이 아직 통통하여 앳되어 보이는 얼굴의 색시 하나가 대령해 있었다. 가느다란 목에는 칼을 썼으며 손에는 수갑을 차고 다리는 족쇄로 꽁꽁 묶여 있어 당장이라도 쓰러질 것만 같았다.

"이 자는 건장한 부인이고 너는 약한 여자인데, 찌른 모양을 이제금 살펴보니 흉측하고 사나운 것이 네가 혼자서 저지른 짓 같지 않도다. 공모자가 더 있느냐? 한 치도 숨김없이 바른대로 고해야 할 것이야."

현감의 호령 소리가 동헌 마당을 쩌렁쩌렁 울렸다. 형을 집행하는 관원들이 흉악한 얼굴로 좌우에 늘어서 있는 데다가 무시무시한 고문 기구들이 주위에 가득했다. 죄인의 옆에 꿇어 엎드리고 있던 사람들은 새하얗게 얼굴이 질린 채 벌벌 떨고 있었다. 그러나 정작 죄인은 얼굴에 한점 두려움 없이 꿋꿋한 목소리로 말하였다.

"아! 사또! 사또께서는 우리 백성의 부모이시니 이 죄인의 말씀을 부디 들어 주십시오. 여염집 처녀가 무고를 당했으니 몸을 더럽히지 않아도 이미 더러워진 것이나 마찬가지입니다. 창기 출신의 노파가 감히 여염집 처녀를 억울하게 무고하고 모욕하니 고금천하에 어찌 이런 일이 있을 수 있겠습니까? 제가 이를 참을 수 없어 노파를 찔렀습니다. 제 비록 어리석으나 사람을 죽이면 관가에서 사형을 내린다 들었습니다. 어제 노파를 죽였으니 오늘 저는 마땅히 죽어야지요.

하지만 노파는 제가 찔러 죽였지만 사람을 억울하게 무고하고 모욕한 죄는 어찌 벌을 하실 생각이신지요. 지금이라도 당장 정련을 잡아 죽여주소서. 또한, 사또께서는 생각을 해 보십시오. 무고를 당한 것은 저 혼자인데 저를 도와 이런 흉측한 일을 할 사람이 또 누가 있겠습니까?"

거짓이라고는 조금도 섞이지 않은, 애절한 눈빛이었다.

"허어, 이런……. 이런 일이……."

현감은 아무 말을 못한 채 탄식만 거듭할 뿐이었다.

2. 강진현 탑동리의 양가집 딸이다

이덕무(李德懋)의 <은애전(銀愛傳)>에 기록된 바에 따르면 사건의
전말은 이러하다.

죄인은 성은 김이요, 이름은 은애로서 강진현 탑동리 양인의 딸이
었다. 이 마을에는 안조이라는 창기 출신의 할멈이 살고 있었다. 안씨
는 본래 성질이 간사하기 이를 데가 없고, 거짓말을 밥 먹듯이 할 뿐만
아니라 되는 대로 지껄여 말이 많았다. 게다가 안씨는 오래도록 피부
병에 시달렸는데 마음대로 긁지 못해 늘 가려워서 짜증을 내곤하였다.
이런 형편이니 한 번 울화통이 터지면 그 입에서 나오지 않는 말이
없었다.

안씨는 평소 은애의 집에 자주 드나들었다.

"아이구, 늙은이 살림이 변변찮아 쌀이 똑 떨어졌네. 은애네, 쌀 한
됫박만 빌려 주우."

은애 어머니는 말 많은 늙은이와 가까이 지내는 것이 달갑지는 않
았으나 늙고 병든 안씨가 안쓰럽기도 해 한두 번은 빌려주기도 하고
혹 거저주기도 하였다.

그러나 안씨는 고마워하고 미안해하기는커녕 제집 드나들 듯이 드
나들며 콩이며 소금이며 메주 같은 것을 얻어가곤 하였다. 어쩌다가

은애 어머니가 집을 비운 사이에는 부엌에 들어가 함부로 가져가는 일도 있었다. 그러자니 차츰 은애의 어머니도 싫은 내색을 하면서 안 씨의 부탁을 거절하게 되었다. 그러자 안씨는 표독스럽게 은애 어머니를 노려보며 독설을 내뱉었다.

"흥, 그깟 소금 한 줌을 가지고 야박하게 군단 말이야? 병든 늙은이라고 무시하는 거로군. 흥, 두고 봐. 박절하게 군 대가를 톡톡히 치르게 될 터이니."

독을 품으니 피부병도 함께 기승을 부렸다. 안씨는 은애 어머니에 대한 분노에 가려움으로 인한 화마저 더하여 기회만 생기면 앙갚음을 하겠노라고 다짐을 하면서 이를 갈았다.

같은 마을에 안씨의 손자뻘 되는 최정련이라는 총각이 살고 있었다. 이제 막 열네댓 살 먹은 곱상한 총각으로 안씨 시누이의 손자였다.

하루는 안씨가 정련을 찾아가 속을 떠볼 요량으로 은근히 운을 떼었다.

"은애 같은 처녀에게 장가를 들면 어떻겠니?"

이 말에 정련은 씽긋이 웃으며 말했다.

"은애라면 곱고 어여쁘기 이를 데가 없는데 저로서는 복이 넝쿨째 굴러 들어오는 격이지요."

"그럼 됐다. 내가 일을 성사시켜 주마."

"아니, 할머니. 정말이세요?"

"너는 잔말 말고 그저 돌아다니면서 이미 은애하고 사통하였노라고 떠들고만 다녀라. 그러면 내 반드시 일을 성사시켜 주마."

"그러지요."

정련은 어찌된 영문인지 알 수는 없었으나 손해 볼 일은 없겠다

싶어 흔쾌히 승낙하였다.

"그런데 말이다, 내가 지금 온몸에 부스럼이 나서 죽을 지경이구나. 의원의 말이 가려운데 쓰는 약은 여간 비싼 것이 아니라는 게야. 만일 내가 이 일을 성사시켜 준다면 니가 약 값을 댈 수 있겠느냐?"

"여부가 있겠습니까? 당연히 그래야지요."

그러고 얼마 지나지 않은 어느 날 안씨는 밖에서 돌아오는 영감을 붙들어 앉혔다.

"글쎄. 은애가 우리 정련이한테 반해서 나더러 중매를 부탁하지 않겠수? 그래, 하는 수 없이 내가 우리 집에서 몰래 만나도록 해주었는데, 아 뜻밖에 정련이 할미가 집에 들이닥친 게야. 그래 가지고 은애 고것이 그만 담장을 뛰어 넘어 달아났지 뭐유."

"뭐? 이게 무슨 해괴망측한 소리야?"

영감은 노파를 크게 나무랐다.

"정련이네야 보잘 것 없지만, 은애네로 말하면 양가집 딸이 아닌가? 행여 그런 말일랑 입 밖에 내지도 말게."

그러나 이미 온 고을에는 은애와 정련에 대한 소문이 파다하였다. 정련이 안씨의 말을 좇아 거짓 소문을 퍼뜨렸거니와 안씨도 부지런히 입을 놀리고 다닌 탓이었다.

은애는 답답하고 억울하기 이를 데가 없었으나 어쩔 도리가 없었다. 헛된 소문이라고 일일이 항변을 하고 다니기도 민망한 소문이 아닌가. 더구나 남녀 사이의 은밀한 이야기니 거짓으로 꾸며낸 말임을 증명해 줄 증인이나 증거가 있을 턱이 없었다. 혼삿길이 막혀 시집 갈 데가 없었으나 은애는 벙어리 냉가슴 앓듯 속만 태우는 수밖에 도리가 없었다.

"흥, 너희가 나를 업신여기고도 무사할 줄 알았더냐?"

안씨는 은애와 은애의 가족들이 곤경에 처하자 음흉하게 웃으며 고소히 여겼다.

그러나 세상이 그리 어둡지만은 않아 은애의 결백을 알아주는 이가 있었다. 같은 마을에 사는 김양준이라는 젊은이였다.

"떠도는 말들이 전혀 근거 없는 소문이라는 것을 잘 압니다. 제가 은애를 아내로 맞이하겠습니다."

은애네 집에서는 말할 수 없이 기뻤으나 한편으로는 마음 고생은 은애 하나로 족하다는 생각에 처음에는 중매를 물렸다.

"아무리 허황된 소문도 자꾸 들으면 혹하는 마음이 생기게 마련이야. 뭇사람의 입은 쇠도 녹인다는데 그 입질을 어찌 다 견디려는가? 아서라고 하게."

그러나 김양준의 굳은 뜻을 꺾을 수는 없었다. 은애는 그 마음이 고마워 더 사양하지 못하고 혼인을 허락하였다.

김양준과 은애는 조촐하게 혼례를 올리고 누가 뭐라든 아랑곳하지 않고 부지런히 일하면서 오순도순 살았다. 옳다 그르다 대꾸가 없으면 제 풀에 지쳐 얼마 가지 못하려니 했다. 그러나 생각 같지 않았다. 소문은 꼬리에 꼬리를 물고 번져갔을 뿐만 아니라 눈덩이처럼 부풀어 아무리 헛소문이라고는 하나 차마 들을 수 없는 지경에까지 이르렀다.

기유년 윤 5월 스무 닷새 날이었다. 안씨는 늘 하던 대로 사람들을 모아 놓고 목청 높여 은애의 험을 하고 있었다.

"내가 은애 고년 때문에 이 고생을 하는 거야. 아, 우리 정련이가 내가 부스럼으로 고생을 하는 걸 보더니만 은애한테 중매를 넣어 주면 약값을 갚아 준다는 게야. 그런데 은애 고 음탕한 년이 우리 정련이랑

사통을 하고도 몰래 다른 놈에게 시집을 가 버리니 내가 약값을 받을 길이 없어졌단 말씀이야. 이런 분하고 억울할 데가 있나. 내가 병이 더 도져 이 지경이 된 것이 다 은애 고년 때문이니 은애 년이야말로 내 원수이지 뭔가.”

우연히 지나다 안씨의 모함을 듣게 된 은애는 수치심과 분노로 온몸이 저려왔다.

안씨의 말을 들은 사람들은 늙은이 젊은이 할 것 없이 모두 놀란 얼굴로 눈을 껌뻑거리면서 수군거렸다.

“저런 고얀 일이 다 있나, 그래.”

사실은 그렇지 않더라고 입을 떼는 사람이라도 있을라치면 손을 내어 저으며 입밖에 말을 내지 못하게 하였다. 은애는 피가 끓었지만 얼른 고개를 숙이고 그 자리를 피하는 수밖에는 다른 도리가 없었다.

은애는 본래 심지가 굳고 모진 데가 있었다. 그 억울한 욕을 이태나 참고 견뎠으나 더 이상은 부끄럽고 억울해서 참을 수가 없었다. 반드시 제 손으로 원수를 갚아 억울함을 씻으려는 마음을 품고 살았으나 그것이 말처럼 쉬운 일이 아니라는 것을 은애도 잘 알고 있었다. 그러던 차에 할멈이 다시 흉측한 망발을 떠벌이자 이제 더 이상은 참을 수가 없었다. 밤새 뒤척이던 은애는 마음을 다잡아먹었다.

“내가 죽는 한이 있어도 그 요망한 할미를 벌하고 말테다.”

마침내 일을 저지르기로 결심을 한 은애는 이튿날 저녁, 마침 집안 식구들이 나간 틈을 타, 안씨 집을 몰래 살폈다. 영감은 어디로 갔는지 안씨 혼자였다. 기회가 좋았다.

은애는 부엌으로 가 부엌칼을 집어 들었다. 시퍼렇게 날선 칼을 보니 손이 떨렸다. 은애는 이를 악물고 소매를 걷어붙였다. 땀 배인 손으로 치맛자락을 휘감아 쥐고는 거침없이 집을 나섰다. 잰 걸음으로 곧장 안씨의 집으로 달려간 은애는 망설임 없이 안씨가 자는 방문을 열어 젖혔다.

등잔불이 가물가물 하는데 안씨는 이제 막 잘 차비를 하고 있었던지 웃통은 벗어젖힌 채 치마만 두르고 있었다. 칼을 비껴들고 방으로 뛰어 들어간 은애는 눈을 무섭게 치켜뜨고 안씨를 노려보면서 말했다.

"어제 네가 지어낸 말은 그전보다도 더욱 심하더구나. 내 원수를 갚고자 왔으니 순순히 이 칼을 받아라!"

그러나 안씨는 은애가 본래 어리고 약하니 자신을 어쩌지 못할 것이라 여기고 오히려 기세가 등등하여 달려들었다.

"네까짓 것이 뭐 어쩌고 어째? 찌를 테면 어디 한 번 찔러 봐!"

은애는 머리카락 끝까지 화가 곤두섰다.

"하라면 내가 못 할 줄 아느냐?"

은애는 소리를 지르며 달려들어 안씨의 왼편 목덜미를 찔렀다. 안씨는 칼에 찔리고도 은애의 손목을 성깔 있게 휘잡았다. 그렇다고 물러설 은애가 아니었다. 안씨의 손목을 뿌리친 은애는 이번에는 할멈의 오른쪽 목 언저리를 찔렀다. 할멈은 끽 소리를 지르더니 그제야 바닥에 쓰러졌다.

은애는 거기서 멈추지 않았다. 안씨의 어깨, 어깻죽지, 겨드랑이, 목, 가슴을 차례로 내리 찍었다. 그러고는 다시 오른편 등을 찔렀다. 같은 곳을 두 번 세 번 잇달아 찔러대었는데 한 번 꾸짖고 한번 찌르기를 모두 여덟 번이나 하였다.

이 일을 들은 마을의 이장이 곧장 관가로 달려가서 은애를 고발하였던 것이다.

3. 특별히 사형을 면하게 하노라

강진현 현감 박재순은 검시한 내용을 관찰사 윤행원에게 송부한다. 윤행원은 다시 아홉 차례에 걸쳐 은애에게 공범이 없는지 캐물었다. 은애의 대답이 아홉 번 모두 한결 같자 사건은 그대로 종결되고, 후임 전라도 관찰사 윤시동을 통해 사건이 조정에 보고된다.

> "은애가 이미 사실을 자백하였으나 목숨을 걸고 원한을 풀었다 하여 그 죄를 참작하여 낮출 수는 없습니다."

형조가 정조께 아뢰었다. 정조 14년(1790) 8월 10일이었다. 정조는 은애 사건에 대해 대신들과 논의를 하던 중이었다.

정조의 생각은 형조와 달랐다.

> "은애의 옥사가 국법으로 본다면 어찌 털끝만큼인들 달리 의심할 것이 있겠는가. 허나 그 정상으로 보나 나타난 사실로 보나 사건이 일어난 원인으로 보나 그와 같은 일을 저지를 수밖에 없는 상황도 참작하지 않을 수 없는 것이다. 그러한 즉, 죄를 추가할 조건이 되는지 아니면 정상을 참작해 용서할 만한 자료가 되는지 하는 문제는 일개 옥관이 결정할 일이 아니니, 좌상에게 물어서 보고하도록 하라."

정조는 국법으로 보면 마땅히 죄를 엄중히 물어야 하겠지만 그 원인으로 볼 때 정상 참작의 여지가 있다고 생각을 하였다. 이에 좌의정 채제공(蔡濟恭)의 의견을 물어 보고하라는 명을 내린다. 총애하는 신하 채제공의 생각이 자신과 다르지 않을 것이라 생각했던 모양이나 채제공은 정조와는 생각이 달랐다.

채제공은 은애의 살인 동기에 대해서는 충분히 공감을 하고 있었다. 안조이가 근거 없는 말을 지어내 이웃 사람들에게 퍼뜨리니 은애가 평소에 분하고 원통한 마음이 이루 말할 수 없이 컸을 것이며, 시집간 뒤에도 추잡한 누명을 씌워 그 정도가 더욱 심하였으니 앙심을 품는 것이 당연하므로 칼을 무섭게 휘두른 은애의 행위는 응당 그럴 수 있는 일이라는 데에는 채제공도 정조와 같은 의견이었다. 그러나 채제공은 은애가 스스로 칼을 들고 살인까지 저지른 행위에 대해서는 단호한 태도를 취한다. 더 없는 원한이 있더라도 이장에게 고발하거나 관청에 호소하여 안조이의 무고죄를 다스리게 하는 것이 옳은 일이지 칼을 휘두를 필요까지는 없었다는 것이다. 따라서 법적으로 처리함이 옳다는 판단을 내린다. 그가 근거로 삼은 법은 약법삼장(約法三章)이었다. 약법삼장에는 '사람을 죽인 자는 죽여야 한다.'고 하였을 뿐 경우에 따라 그 마음을 참작해 주어야 한다거나 정상을 참작해 용서해 준다거나 하는 말이 애당초 없었다는 것이다. 즉 무고가 아무리 통분하다 해도 법적으로 사형에까지 이를 사안이 아니므로 은애의 살인은 지나친 행위이며, 도저히 참을 수 없어서 살해하였다고 할지라도 그 죄가 살인인 이상 용서가 어렵다는 것이었다.

채제공의 견해는 매우 논리적일 뿐만 아니라 법에 근거한, 대단히 객관적이고 합리적인 것이었다. 그러나 형조로부터 채제공의 견해를 보고 받은 정조는 은애의 손을 들어 주어 다음과 같이 판부한다.

"세상에서 정조를 지키는 여자가 음란하다는 무고를 당하는 것보다 더 억울한 일이 있겠는가. 그것은 살을 에고 뼈에 사무치는 원한이다. 잠시라도 이런 누명을 쓴다면 천만 길 깊은 낭떠러지나 구덩이에 빠진

것과 다름없을 것이다. 낭떠러지는 부여잡고 오를 수도 있고 구덩이는
빠져나올 수나 있겠지만 누명이야 해명하려 한들 어떻게 해명할 것이
며 씻으려 한들 어떻게 씻을 수 있겠는가. 그러한 고로 원한이 절박하
고 통분이 사무칠 때 스스로 구렁텅이에서 목매어 죽음으로써 자신의
진실을 드러내려는 자가 간혹 있었다.”

　정조는 음란하다는 무고를 당한 은애가 그 억울함이 뼈에 사무치는
원한이 되었을 것이며 어디에도 호소할 곳이 없어 낭떠러지나 깊은
구덩이에 빠진 바나 다름없을 것이라 이해하고 있다. 은애의 억울함에
대해서는 좌의정 채제공도 공감했던 바이며 은애를 취조했던 현감이
나 관찰사들도 은애의 억울하고 딱한 사정을 모르는 바 아니었다. 그
러나 정조는 이를 넘어서 생사를 넘어 진실을 드러내려는 은애의 적극
적인 행동에 대해서도 정당성을 부여하고 있다. 결백을 밝히고자 과감
히 행동에 나서지 못한 채 ‘스스로 구렁텅이에서 목매어 죽음으로써
자신의 진실을 드러내려는 자’들이 정조에게는 안타까운 존재들이었
던 것이다. 정조는 계속 말한다.

　　“은애란 자는 채 18세를 넘지 않은 처녀로서 결백하게 정조를 지키
　다가 느닷없이 음탕하다는 더러운 모해를 받게 되었다. 안조이라는
　여인은 처녀를 겁탈했다는 헛된 말을 지어내고 더러운 혀를 놀려 소문
　을 퍼뜨렸다. 은애로서는 시집을 가기 전이라 하더라도 목숨을 걸고
　진위를 밝혀 더러운 모욕을 씻고 깨끗한 몸이 되기를 바랐을 것이다.
　하물며 새 인연을 만나 혼례를 치르자마자 악독한 음해가 다시 고개를
　들기 시작했음에랴. 독을 뿜어 작은 곤충을 잡아먹는 물여우와도 같
　다. 독기를 뿜은 한 마디 말이 입밖에 나자마자 수많은 주둥이가 마구
　짖어대니 사방에서 들려오는 소리가 모두 자기를 비방하는 말이었다.

그리하여 원통함과 울분이 복받쳐 한번 죽는 것으로 결판을 내려고
한 것이다."

정조는 은애의 입장에서 은애의 행위를 변호하고 있다. 마치 은애
가 처했던 상황에 정조가 있었기라도 한 듯한 생생한 정황 묘사가
놀랍다. 안조이의 흉계와 계략을 '물여우'에 비유하면서 헛된 소문이
얼마나 빨리 퍼졌는지, 그로 인하여 은애가 얼마나 괴로웠는지를 생생
하게 묘사해 내고 있다. 그리하여 정조는 은애의 행위가 정당하고도
당당한 일이었음을 강조하게 된다.

"그러나 그저 죽기만 해서는 덧없는 용맹에 그쳐 자신의 결백을
알아주는 사람이 없을 것이 염려되었다. 그러므로 식칼을 들고 원수의
집으로 달려가 통쾌하게 말하고 통쾌하게 꾸짖은 다음 마침내 대낮에
추잡한 일개 여자를 찔러 죽였던 것이다. 그로써 마을 사람들에게 자
신에게는 하자가 없고 원수는 갚아야 한다는 것을 환히 알게 하였도다.
또한 평범한 부녀자로서 살인죄를 범하고 이리저리 변명하여 요행으
로 한 가닥 목숨을 부지하길 애걸하는 무리들과는 달랐으니 이는 실로
피 끓는 남자라도 결단하기 어려운 일이다. 뿐만 아니라 생각이 얕고
속이 좁은 연약한 여자가 그 억울함을 숨긴 채 스스로 구렁텅이에서
목매어죽는 것에 비할 바가 아니다. 만약 이 일이 중국 전국 시대에
있었더라면 어떠했겠는가. 생사를 초월하여 기개와 지조를 숭상한 것
이 섭정(聶政)의 누이 섭영(聶榮)과 사실은 달라도 명칭은 같은 것으
로서 태사공(太史公) 사마천(司馬遷)도 이것을 취하여 유협전(遊俠傳)
에 썼을 것이다."

정조는 앞서의 언급에서 안타까이 여겼던 '스스로 구렁텅이에서 목

매어 죽음으로써 자신의 진실을 드러내려는 자'를 '생각이 얕고 속이 좁은 여자'라고 하였다. 그러나 은애는 억울함을 참고 스스로 목숨을 끊고 마는 유약한 여자가 아니라는 것이다. '추잡한' 노파의 더러운 행위를 '통쾌하게' 꾸짖은 다음 대낮임에도 불구하고 '거사'를 감행하여 마을 사람들에게 자신의 결백을 알렸다는 것이다. 뿐만 아니라 구차한 변명으로 목숨을 구걸하지 않으니 이는 남자라도 하기 어려운 행위라며 은애의 기개와 지조를 높이 사고 있다.

정조는 은애를 섭영과 동궤에 놓으면서 사실은 달라도 명칭은 같다고 하였다. 섭영은 전국시대 자객 섭정의 누이다. 섭정이 엄중자(嚴仲子)를 위하여 한나라 재상 협루(俠累)를 죽이고 스스로 자신의 얼굴 가죽을 벗기고 눈을 도려내어 자결을 하여 신분을 감추자 섭영은 울며 동생을 찾아 간다. 섭정은 자신의 행위로 인하여 누이 섭영이 연루될까 두려워 자신의 신분을 감추려 했던 것이었는데 섭영은 한 치의 망설임 없이 동생을 찾아간 것이다. 한나라 시정 거리에 버려진 동생의 시신 앞에서 섭영은 "내 어찌 죽음의 화를 두려워하여 동생의 장한 이름을 없앨 수가 있겠습니까?"라며 통곡한다. 섭영은 마침내 소리 없이 통곡하던 중 동생 섭정의 곁에서 숨을 거둔다.

사마천은 사기 『자객열전』에서 섭영, 섭정 오누이의 이야기를 실으면서 그들에 대한 평을 함께 실었다.

> 진나라, 초나라, 제나라, 위나라에서 이 소문을 듣고 모두 말하기를 "오직 섭정이 진정코 그의 누이가 연약하여 참고 견디는 성격이 아니어서 해골을 드러내는 고난을 대수롭게 여기지 않고, 반드시 천리 험한 길을 달려와서 이름을 나란히 하여, 누이와 동생이 한나라 시정

바닥에서 죽게 될 것을 알았다면, 또한 감히 몸을 엄중자에게 허락하지는 않았을 것이다. 엄중자 역시 사람을 보는 안목이 있어 현사를 얻었다고 말할 수 있다."라고 하였다.

한 사람은 동생의 의를 밝히기 위해 죽음을 두려워하지 않고 자신의 신분을 밝혔고, 한 사람은 자신의 정조를 밝히기 위해 죽기를 각오하고 과감히 칼을 들었다. 정조가 사건은 서로 다르나 '명칭'이 같다고 한 이유는 바로 죽음을 무릅쓴 기개와 지조를 높이 사고 있기 때문이다. 정조는 '생사를 초월하여 기개와 지조를 숭상'한 섭영의 풍모를 은애에게서 찾고 있는 것이다.

결국 정조는 은애를 특별히 석방하라는 영을 내리고 전을 지어 규장각의 일력에 실으라 명한다.

4. 은애는 본래 강하고 모진 성격이었으므로

은애는 피가 뚝뚝 듣는 칼을 쥐고 마루를 내려왔다. 씩씩 거친 숨을 몰아쉬면서도 숨 돌릴 겨를 없이 사립문을 박차고 나섰다. 현기증이 일었으나 그럴수록 더욱 칼을 세게 쥐었다.

벌겋게 상기된 얼굴은 땀과 눈물로 범벅이 되어 있었고 피투성이가 된 치마 저고리는 본래 어떤 색이었는지 분간을 할 수 없을 지경이었다. 거기에 피 묻은 칼까지 들었으니 미치광이의 형상이 따로 없었다. 사람들은 놀랍기도 하고 무섭기도 하여 멀찍이 비켜 서 쉬쉬 할 뿐 누구 한 사람 말리는 사람이 없었다.

그 때였다. 머리가 허연 늙은 여자 하나가 울며 달려 와 은애의 치마자락을 잡았다.

"아이구, 은애야. 이게 무슨 날벼락이냐. 은애야, 제발 덕분, 제발 덕분, 이 칼을 좀 놓아라."

그 사이 소문을 듣고 달려 온 은애의 어머니였다.

"어머니, 이것 놓으소. 내 이미 할미를 죽였으니 무엇이 두렵겠소. 이미 더러운 이름으로 더렵혀진 몸, 내 정련을 마저 죽이고 원수를 갚으려 하오. 이것 놓으소."

그렇게 말하면서도 은애는 어머니의 손을 차마 뿌리치지는 못했다.

"이러면 네 목숨도 성치 못해, 이것아. 아이고, 이 무슨 마른 하늘에 날벼락이냐. 아이고."

어머니는 은애를 부여잡고 목 놓아 울었다. 은애의 눈에서도 피눈 물이 흘렀으나 은애는 입술을 깨물었다.

"나는 이미 죽기를 각오한 몸이오, 어머니. 더 이상은 부끄럽고 억울 해서 참을 수가 없소. 나도 나지만 내 이제는 더 이상 서방님 볼 낯이 없소. 어머니, 제발 이것 놓으소."

결국 은애는 발길을 돌려 집으로 돌아가지만 관가에 잡혀 갔을 때, 정련을 잡아다 죽여 달라 호소한다.

은애를 방면하라는 영을 내린 정조는 얼마 있다가 다시 형조에 다음과 같은 하교를 내린다.

"지난번 호남지방의 죄수 중 은애는 그 처사와 기백이 뛰어났기 때문에 특별히 방면하라는 하명이 있었는데, 그처럼 강하고 사나운 성질로 그와 같이 분풀이를 하였으니 처음에 손을 대려다가 뜻을 이루 지 못한 최정련(崔正連)이 다시 은애의 독수에 걸려들 우려가 없을지

어떻게 알겠는가. 그렇게 된다면 은애를 살리려다가 도리어 최정련을 죽이게 되는 것이니, 사람의 목숨을 소중히 여기는 뜻이 어디에 있겠는가. 어젯밤에 마침 심사하여 내린 판결문을 뒤적이다가 이런 전교를 내리게 되었는데 이는 사실 공연한 생각이다. 공연한 생각이지만 사람의 목숨에 관계되니 해조로 하여금 사실을 낱낱이 들어 밝혀 해당 도에 공문을 띄워 그로 하여금 지방관을 엄히 신칙하여 다시는 최정련에게 손을 대지 못하게 할 것으로 다짐을 받아 감영에 보고하도록 하라."

은애의 '처사'와 '기백'을 높이 샀던 정조는 다시금 그 '강하고 사나운 성질'이 염려가 되었던 것 같다. 은애를 살려 둔다면 은애가 목숨을 두려워하지 않고 다시 달려가 정련을 죽일 수도 있음을 염려하여 다시는 최정련에게 손을 대지 못하게 하리라는 다짐을 받도록 한 것이다. 아무리 모진 마음을 품었다 하더라도 본래 유약한 성격이라면 피만 보고도 놀라 오금이 저렸을 것이다. 그러나 은애는 사람을 열여덟 번이나 찔러 죽이고 그것으로도 모자라 그 길로 공범을 죽이러 달려갔다. 그 때문에 정조는 '이는 사실 공연한 생각이다'라는 말을 덧붙이면서도 그 독한 성격 때문에 만에 하나 생길지 모르는 불상사를 미연에 방지하고자 하였다.

이덕무는 <은애전>에서 '은애는 본래 강하고 모진 데가 있었다'라고 기록하고 있다. 채제공을 비롯한 사대부들 또한 은애의 억울함은 이해하면서도 살인이라는 행위와 그 대담하고 잔인한 살인 방법에는 고개를 저었다. 이덕무가 사건 정황 때문에 은애를 '강하고 모진' 사람으로 묘사했던 것인지 본래 은애의 성격이 독한 데가 있었던 것인지는 알 수 없다. 그러나 분명한 것은 은애가 본래 사람의 생명을 가벼이 여기는 경솔하고 잔인한 성격이거나 충동적인 성격을 가진 이는 아니었다는 점이다. 은애는 혼인하기 전부터 두 해 남짓 수치심을 참아왔으며 더 이상 참을 수 없게 되자 결단을 내린 것이다. 모함은 결혼 전부터 있었던 것이나 그것을 참고 견디다가 결혼을 한 이후에 복수를 결심한 데에는 자신을 믿어준 남편 김양준에 대한 미안함도 있었을 것이다. 남편 김양준에 대해서는 신의와 절의를 지키고자 하는 양처(良妻)였을 것이나 자신을 더러운 말로 모함하는 안조이나 최정련에 대해서는 더없이 잔인하고 모진 여자가 되어 복수를 한 것이다.

조금 다른 이야기일지 모르겠으나 칼이라고 하면 생각나는 여인이 있다. 하나라 걸왕의 애첩 말희. 하나라를 망하게 한 것은 말희라고 한다. 걸왕은 말희를 위해 보석과 상아로 장식한 궁전을 지어 바쳤으며 옥으로 만든 침대에서 밤마다 일락을 즐겼다. 뿐만 아니라 말희의 요구에 따라 궁정 한 모퉁이에 연못을 파고 술을 가득 채운 다음 못 둘레에는 고기와 포육으로 숲을 만들었다. 그리고 그곳에서 배를 띄우고 음탕한 놀이를 즐기다가 정사를 게을리하여 결국 상나라의 탕에게 멸망을 당하게 된다. 말희라는 애첩 때문에 하나라가 기울었다는 것인데 이 말희라는 여인에게는 한 가지 특이한 점이 있다. '여자임에도 장부의 마음을 품고서 칼을 차고 관을 썼다'고 기록이 되어 있는 것이다. 왕의 사랑을 독차지했던 미인이 왜 향기로운 꽃이 아닌 칼을 차고 다녔을까?

말희는 본래 걸왕이 정복했던 유시씨국(有施氏國)에서 바쳐진 진상품이다. 혹 유시씨의 딸이라고도 하니 말희가 지녔다는 '장부의 마음'이란 조국의 원수를 갚고자 하는 날 서린 마음이 아니었을까? 그리고 그 칼은 자신과 자신의 조국을 지키려는 의지를 스스로 다지는 칼은 아니었을까? 나라를 위해 몸은 팔려왔으나 조국을 짓밟았던 자와 그 나라에 대한 원한은 가슴에 묻어 두고 한시도 잊을 수 없었을 것이다. 원수가 방심한 틈을 타 원수를 죽이고 스스로도 자결하는 쪽이 빠르고 쉬웠을 것이나 말희가 바랐던 것은 그보다 더 큰, 하나라의 멸망이었을지도 모르겠다. 그 시퍼렇게 날 선 원한, 그 굳은 마음을 잊지 않기 위해 '장부의 마음을 품'고 '관을 쓰고' 곱고 아리따운 왕의 여자로서 늘 칼을 허리에 차고 다녔던 것은 아닐지. 걸왕에게는 더없이 부드럽고 아름다운 처녀였을 것이나 실은 강철처럼 강한 여인이었고, 하나라의 충신들의 눈에는 독하고도 독한, 위험하기 짝이 없는 여인이었을 것이나 유시씨국 사람들에게 있어서는 절의와 충을 다한 여인이었던 것이다.

말희는 복수의 그날까지 항상 허리에 칼을 차고 다녔으며, 은애는 모함을 견디는 2년 동안 항상 마음 속에 칼을 품고 지냈다. 두 여인 모두 '장부의 마음'을 지녀 절의를 위해 복수의 칼을 품고 있었던 것이다. 말희의 칼은 상징적인 것이었지만 은애는 직접 칼을 들어 휘둘렀다. 그러나 원수를 당장 찌르지 않고 나라가 망하기를 기다렸던 말희나 스스로 자결하는 방법을 택하기보다는 직접 원수를 갚은 은애, 두 사람 모두 쉬운 방법을 택하지 않았다는 점에서는 같다고 할 수 있다. 그들이 그럴 수 있었던 것은 두 사람 모두 강한 절의와 의지를 지니고 있었기에 가능한 일이었다. 그들의 칼은 의를 위해서는 언제든지 서슴없이 휘두를 수 있는 칼이었던 것이다.

우리나라 열녀들의 품속에는 항상 칼이 있었다. 은장도. 그것은 노리개이며 때에 따라서는 호신용 무기이기도 했다. 그것은 스스로를 지키려는 칼이었지만 그 칼끝은 남을 향해 있었던 적보다는 스스로를 향해 있었던 적이 더 많다. 슬프게도 그것은 자결을 위한 칼이었던 것이다. 물론 스스로 자결을 결단하고 시행하는 것을 소극적인 행동이라고만 볼 수는 없다. 열녀전에 수없이 등장하는, 남편을 좇아 자결하는 여인들은 결코 여리고 약하지 않다. 여간 강건한 성격이 아니고서는 결단하기 어려운 일이기 때문이다. 그러나 은애는 그 열녀들과 똑같이 목숨을 걸되 그보다 더 강하고 독한 마음으로 기개와 절의를 드러냈던 것이다. 늘 정조의 뜻을 헤아렸던 채제공마저 은애의 그 '잔인한 살인'은 용서키 어렵다는 의견을 내 놓았을 때에도 정조는 은애의 행위를 옹호하였다. 스스로 자결하는 것보다 더 어려운 행위임을, 은애가 '강하고 사나운 성질'인 까닭에 그 절의와 기개를 드러낼 수 있었음을 정조는 알아주었던 것이다.

5. 열녀(烈女)? 열녀(列女)

이덕무는 <은애전>에 찬을 붙이면서 '은애를 풀어주자 신하들은 충을 권하였고 여척을 풀어주자 자식들은 효에 힘쓰게 되었다'라고 하였다. 이덕무의 찬은 정조가 신하들의 반대를 무릅쓰고 무리하게 은애를 풀어 준 이유가 예교를 바로잡기 위함이었다고 하는 견해를 뒷받침하고 있다. 정조는 은애의 절행을 통해 신하들에게 충을 권면하고자 하였다는 것인데 전국시대 제나라 왕촉(王蠋)이 "충신불사이군(忠臣不事二君), 열녀불경이부(烈女不敬二夫)"라는 말로 자신의 절의를 표명했던 데서도 알 수 있듯이 충신과 열녀는 절의의 다른 이름일 뿐이었던 것이다.

애초에 '열녀'는 지금과 같은 뜻은 아니었다고 한다. 열녀전의 가장 고본이라 간주되는 유향의 열녀전은 '열녀전(烈女傳)'이 아니라 '열녀전(列女傳)'이었다. 다양한 능력을 지닌 많은 여성들에 대한 이야기인 것이다. 정조가 은애와 같은 이름이라 하였던 섭정의 누이 섭영 또한 '열녀(烈女)'라고 되어 있으나 여기서는 정절을 지킨 여인이라는 의미보다는 '의열한 여인'이라는 의미로 사용되고 있어 현재의 '열녀'와는 다른 의미를 지니고 있는 것이다. 우리나라는 중국 사서나 열녀서와는 달리 '열녀(列女)' 대신 '열녀(烈女)'를 직접 쓰기 시작하였지만 임란 이전, 『상감행실도』 열전에서는 정절뿐만 아니라 자식교육, 시부모 공양 등도 포함되어 보다 넓은 의미의 열전의 뜻에 접근하고 있음을 보여준다. 그러던 것이 임병양란을 거치면서 '자결'하는 여성들이 등장하기 시작하고 17세기 후반부터 특히 18~9세기에는 순절이 무조건적인 것으로 바뀐다.

그런데 <은애전>이 지어질 당시인 18세기 무렵의 열녀 중 주목할 만한 여인들은 '정절 모해에 맞선 여인들'이다. 절의를 위해 순절하는 여인들에게 가장 큰 시련은 정절 모해였는데, 남편이 죽었을 때는 스스로 자결을 서슴지 않던 열녀들이 정절 모해를 당했을 때는 수치를 참고서 자신의 결백이 입증될 때까지 오히려 기를 쓰고 죽지 않는다는 것이다.

남양 사람 홍씨는 납채한 지 얼마 안 되어 남편이 세상을 떠나고 만다. 이에 남편을 따라 자결하고자 하였으나 시아버지의 간곡한 만류로 이를 포기하고 시아버지의 사랑과 신뢰 속에서 집안 재산을 관리하게 된다. 이를 시기한 가족들이 그가 다른 사람과 사통하여 아기를 낳았다고 모해하여 관에 고발하자 홍씨는 직접 관에 나아가 옷을 벗어

판관에게 자신의 배를 보여주고 결백을 입증한 후 칼로 목을 찔러 자결한다. 홍씨의 이야기는 이재(李栽)의 <홍열부전(洪烈婦傳)>, 이시선(李時善)의 <열녀홍씨전(烈女洪氏傳)>에 전하는데 이재는 다음과 같이 찬을 붙이고 있다.

> 태사공이 죽음이 어려운 것이 아니라 죽음에 처신하는 것이 어려운 일이라고 말한 바 있다. …… 스스로 목매어 죽고자 했으나 지극한 억울함을 풀어 당세에 알게 할 수 없으면 부질없는 죽음이 무슨 이익이 되겠는가. 그리하여 구차히 사는 것을 참아 큰 수치로 갚고 조용히 죽음에 나아가니 마음에 부끄럽고 후회됨이 없었다. 이는 진실로 열사도 하기 어려운 것이니, 하물며 부녀자의 참고 견디는 성품에 있어서랴.

홍씨는 자신의 결백을 밝히기 위해 남들 앞에서 옷을 벗는 수치를 참고 견디었다. 죽음보다 더한 수치였음에도 스스로 목매어 죽어서는 억울함을 풀지 못하고 헛된 죽음만 되리라는 것을 잘 알고 있었기에 그러한 수치를 참고 견뎠던 것이다. 그러한 연후에야 스스로 목숨을 끊는다는 것은 정절 모해가 절부들에게는 얼마나 치명적인 것이었는지 알 수 있게 한다. 그 더러운 이름을 씻는 것이 그 무엇보다도 급하고 중요한 일이었던 것이다. 홍씨가 죽음보다 더한 수치를 참고 옳은 처신을 할 수 있었던 것은 조용히 '참고 견디는 성품'이 아니었기 때문이다.

여자는 어려서는 아버지를 따르고 시집을 가서는 남편을 따르며 남편이 죽으면 아들을 따른다 했으니 이것이 이른바 삼종지도(三從之道)다. 여성에게 부과된 의무인 종사(從事)는 섬기고 따르는 일로서 여성에게 순종을 강요해왔다. 그러나 남편을 따르는 여인들, 죽음까지 함께 하여 종사(從死)하는 여인들은 보통 사람들은 생각지 못할 정도의 '독한' 면을 지니고 있는 것이 특징이다. 이도령과의 이별을 앞두고 치마를 박박 뜯으며 악을 쓰던 기녀 춘향과 죽으면 죽었지 두 지아비는 섬길 수 없노라고 관정발악을 하던 열녀 춘향이 한 얼굴이었던 것을 상기해 보라. 죽어도 이별하지 못한다고 악을 쓰던 춘향의 기개라야 변사또에 맞서 죽기를 각오하고 수청을 거부하며 대항할 수 있었을 것이다.

윤지당(允摯堂)의 <최홍이녀전(崔洪二女傳)>의 최홍 두 모녀 또한 효성과 의를 위해 칼을 품었던 열녀들이다.

> 최홍 두 여인은 삼가의 무인 홍씨의 아내와 딸로, 무인이 다른 사람에게 살해되자 두 여인은 그를 위해 원수를 갚고자 서로 말하였다.
> "대거 사람이 금수와 다른 것은 인간에게 효성과 절의가 있기 때문이다. 아내가 남편의 원수를 갚는 것은 절개이고, 자식이 아버지의 원수를 갚는 것은 효도이다. 이제 어르신이 불행하여 다른 사람에게 해를 입었으니, 우리들이 살기를 욕심내어 원수를 갚지 않는다면 장차 지하에서 어지 어르신을 만나 뵙겠으며, 또 어떻게 세상에서 설 수 있겠는가."
> 이에 칼을 품고 원수의 집을 엿보기 수년 만에 그를 만날 수 있게 되자 그를 찔러 죽이고 현에 들어가 사실을 고백했다.

모녀가 수년간 칼을 품고 원수의 집을 엿보다가 원수를 척살한 행위를 두고 윤지당은 '열행이며 효행이고 또 용기 있는 일로, 비록 남자라도 미칠 수 없는 것이다'라고 찬하였다. 본래 독한 성격이 열행을 가능하게 하였던 것인지, 지극한 절의가 그처럼 용기 있는 행동을 하도록 북돋운 것인지는 알 수 없으나 '열행'과 '독기'는 불가분의 관계에 있는 것이다.

　이덕무와 절친하였으며 정조의 총애를 받았던 이옥(李沃), 그가 쓴 전에도 독한 열녀가 나온다. 열녀 이씨는 선비 김 아무개의 처로 나이 스물 하나에 그 남편을 병으로 잃고 만다. 남편의 장례를 치르고 곧 따라 죽고자 하였으나 임신한 것을 알게 되고 졸곡 시에 곡을 하며 남편이 남겨준 생명이니 소상을 지내고 죽겠다고 한다. 아이를 낳아 계집종에게 젖을 먹이게 하고 자신은 거친 베옷을 입고 방안에 틀어박혀 있었다. 다시 소상을 치를 때 곡을 하면서 말하기를 "유복자가 이미 뒤를 잇게 되었으니 삼년상을 마치고 따라가겠습니다." 한다. 이씨가 기한을 늦추자 집 안 사람들이 경계를 하지 않았는데 대상을 마치고나자 이씨는 몸을 깨끗이 하고 사당과 시부모에게 하직을 고하더니 방으로 들어가 베개를 베고는 눈을 감고 죽었다.

　이에 이옥은 다음과 같이 찬한다.

　　아, 예로부터 여녀가 어찌 한정이 있겠는가마는, 모두 창졸간에 행한 것이다. 칼이나 비녀로 스스로 찌르기도 하고, 목을 매기도 하고, 7일을 굶기도 하고, 물에 몸을 던지기도 하고, 몰래 짐약을 먹기도 하였다. 이씨는 유독 그렇게 하지 않으면서 그렇게 되었으니, 어찌 진실로 탁월한 열녀가 아니겠는가. 남편을 따른 것은 의이고, 약속을 지킨 것은 신이고 죽은 것은 성이다. 이 세 가지가 없었다면 어찌 이것을 능히 하였겠는가.

이씨는 비록 절의를 위해 원수에게 칼을 휘두르지도, 스스로의 목에 칼을 찌르지도 않았지만 누구보다 강인한 정신력을 가진 여인이다. 이옥이 찬하고 있는 바처럼 이씨는 '창졸'간에 목숨을 버리지 않고 오랫동안 남편의 장례를 치르고 자식을 키우면서 죽음을 준비해 왔던 것이다. 아니, 조금씩 조금씩 자신을 죽여 왔던 것이다. 이것은 보통 사람으로서는 할 수 없는 일인 까닭에 이옥은 '탁월한 열녀'라고 평하고 있다.

은애를 비롯하여 여기 언급된 '독하디 독한' 열녀들은 자신에게 부과된 이데올로기에 순응하여 스스로 목숨을 끊는 유약한 여성들이 아니다. 강인한 성격을 지니고 소신에 따라 용기 있게 행동함으로써 절의를, 자신들의 품은 뜻을 스스로 펼치는 적극적이고 자유로운 정신의 소유자들이다. 그들은 '강하고 모진' 성품으로 스스로의 의지에 따라 스스로 선택하고 결행한다. 그러기에 남편을 좇아 죽는 소극적인 '열녀(烈女)'가 아니라 더 넓은 의미의 기개와 절의를 지닌 '열녀(列女)'가 된다.

찾아보기

■ 진은진(陳恩眞)

1969년 경남 하동 출생.
경희대학교 국어국문학과 졸업.
경희대학교 대학원 국어국문학과 졸업. 문학박사.
현재 경희대학교 객원교수.

주요 논저로는
『춘향전 전집』 5-6(공편, 박이정, 1997)
『흥부전 전집』(공편, 박이정, 1997)
『삼국사기』(금성출판사, 2006)
『어린이를 위한 흑설공주 이야기』(공저, 뜨인돌, 2007)
「심청전에 나타난 모성성 연구」 등 다수가 있다.

한국문화의 자장과 서사문학

초판 발행   2008년 10월 10일

저 자 진은진
발행인 김홍국

펴낸곳 도서출판 **보고사** (제6-0429)
주 소 서울시 성북구 보문동 7가 11번지 2층
       전화 922-5120~1(편집), 922-2246(영업)
       팩스 922-6990
       메일 kanapub3@chol.com

정 가 20,000원
ISBN   978-89-8433-678-0 (93810)

* 잘못된 책은 교환하여 드립니다.
* 저자와의 협의에 의하여 인지는 생략합니다.